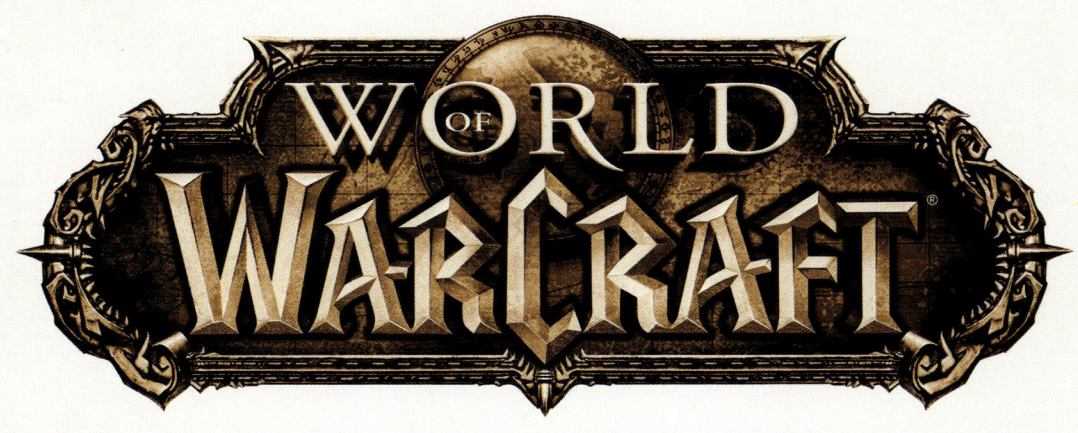

연대기

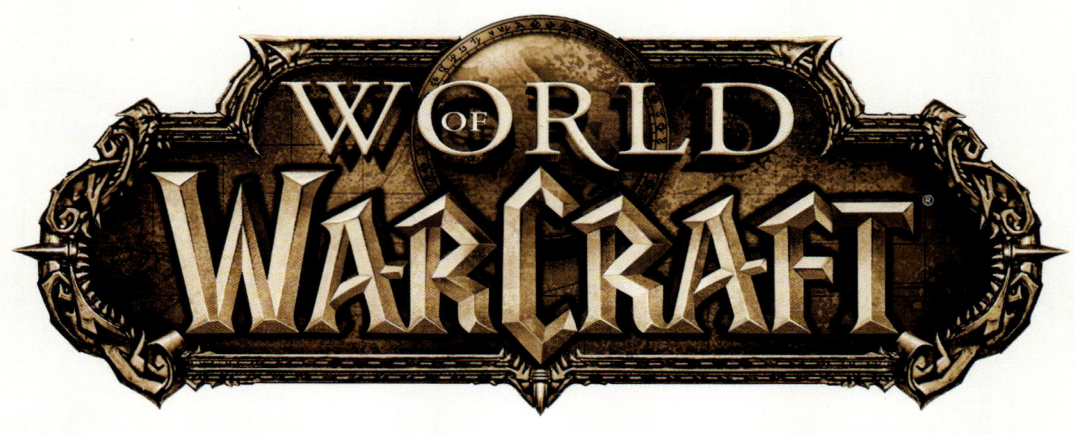

연대기 III

저자
크리스 멧젠, 맷 번즈, 로버트 브룩스

풀컬러 삽화
아서 보조넷
콜 이스트번
스탠튼 펑
로먼 케니
피터 C. 리
대릴 맨드리크
박예원
댄 스콧
로버트 세빌라
에이브 타라키
콘스탄틴 튜로벡
베이어드 우

추가 작화
조셉 라크루아

World of Warcraft® Chronicle: Volume III
© 2018 Blizzard Entertainment, Inc. All rights reserved. World of Warcraft is a registered trademark of Blizzard Entertainment, Inc. Dark Horse Books® and the Dark Horse logo are trademarks of Dark Horse Comics, LLC, registered in various categories and countries. All rights reserved. No portion of this publication may be reproduced or transmitted, in any form or by any means, without the express written permission of Dark Horse Comics, LLC.

Korean translation copyright ©2018 by Jeu Media CO. LTD.
Korean translation rights arranged with Dark Horse Books® through Shinwon Agency in Korea

이 책의 한국어판 저작권은 Shinwon Agency를 통해 독점 계약한 제우미디어에 있습니다. 저작권법에 의하여 한국 내에서 보호를 받는 저작물이므로 무단 전재와 복제를 금합니다.

BLIZZARD ENTERTAINMENT

Written by CHRIS METZEN, MATT BURNS, and ROBERT BROOKS
Additional Story ALEX AFRASIABI, STEVE DANUSER, KEITH R.A. DECANDIDO, EVELYN FREDERICKSEN, CHRISTIE GOLDEN, JEFF GRUBB, WILLIAM KING, RICHARD A. KNAAK, DAVE KOSAK, MICKY NEILSON, BILL ROPER, AARON S. ROSENBERG, LOUISE SIMONSON, WALTER SIMONSON, JAMES WAUGH · *Creative Direction and Design* ELY CANNON, DOUG GREGORY, GLENN RANE, CHRIS ROBINSON · *Editors* CATE GARY, ALLISON MONAHAN, ROBERT SIMPSON · *Lore* SEAN COPELAND, EVELYN FREDERICKSEN, CHRISTI KUGLER, JUSTIN PARKER · *Production* PHILLIP HILLENBRAND, BRIANNE M LOFTIS, JEFFREY WONG, MICHAEL BYBEE · *Licensing* MATT BEECHER, BYRON PARNELL

Special thanks to: the *World of Warcraft* game team,
Frank Mummert, Tommy Newcomer, Max Ximenez

Maps, cosmology chart, borders, and spot art by JOSEPH LACROIX
Paintings by ARTHUR BOZONNET (89, 126, 202) · COLE EASTBURN (49, 206)
STANTON FENG (72, 110, 117, 189) · ROMAN KENNEY (28, 62)
PETER C. LEE (8-9, 42-43, 82-83, 106-107, 134-135, 168-169, 192-193)
DARYL MANDRYK (97) · YEWON PARK (155, 212) · DAN SCOTT (35)
ROBERT SEVILLA (33, 176) · ABE TARAKY (33, 147)
KONSTANTIN TUROVEC (165, 173, 179) · BAYARD WU (24, 99, 124, 161)

DARK HORSE BOOKS
President and Publisher MIKE RICHARDSON · Editor DAVE MARSHALL

월드 오브 워크래프트 연대기 Ⅲ

초판 1쇄 | 2018년 4월 4일
초판 6쇄 | 2024년 8월 21일

지은이 | 블리자드 엔터테인먼트
옮긴이 | 고경훈

펴낸이 | 서인석
펴낸곳 | 제우미디어
출판등록 | 제 3-429호
등록일자 | 1992년 8월 17일
주소 | 서울시 마포구 독막로 76-1 한주빌딩 5층
전화 | 02-3142-6845
팩스 | 02-3142-0075
홈페이지 | www.jeumedia.com

ISBN 978-89-5952-634-5
    978-89-5952-505-8(set)

※ 파본은 구입하신 서점에서 교환해 드립니다.

제우미디어 네이버 포스트 | post.naver.com/jeumediablog
제우미디어 페이스북 | www.facebook.com/jeumedia
제우미디어 공식 블로그 | blog.naver.com/jeumediablog

만든 사람들
출판사업부 총괄 손대현 | 편집장 전태준
책임 편집 안재욱 | 기획 홍지정, 박건우, 장윤선, 조병준, 성건우
디자인 총괄 디자인 수 | 제작 김금남 | 영업 김영욱, 박임혜
도와주신 분 블리자드 코리아 현지화팀, 홍보팀, 커뮤니티팀, 마케팅팀, 웹서비스팀

BLIZZARD.COM

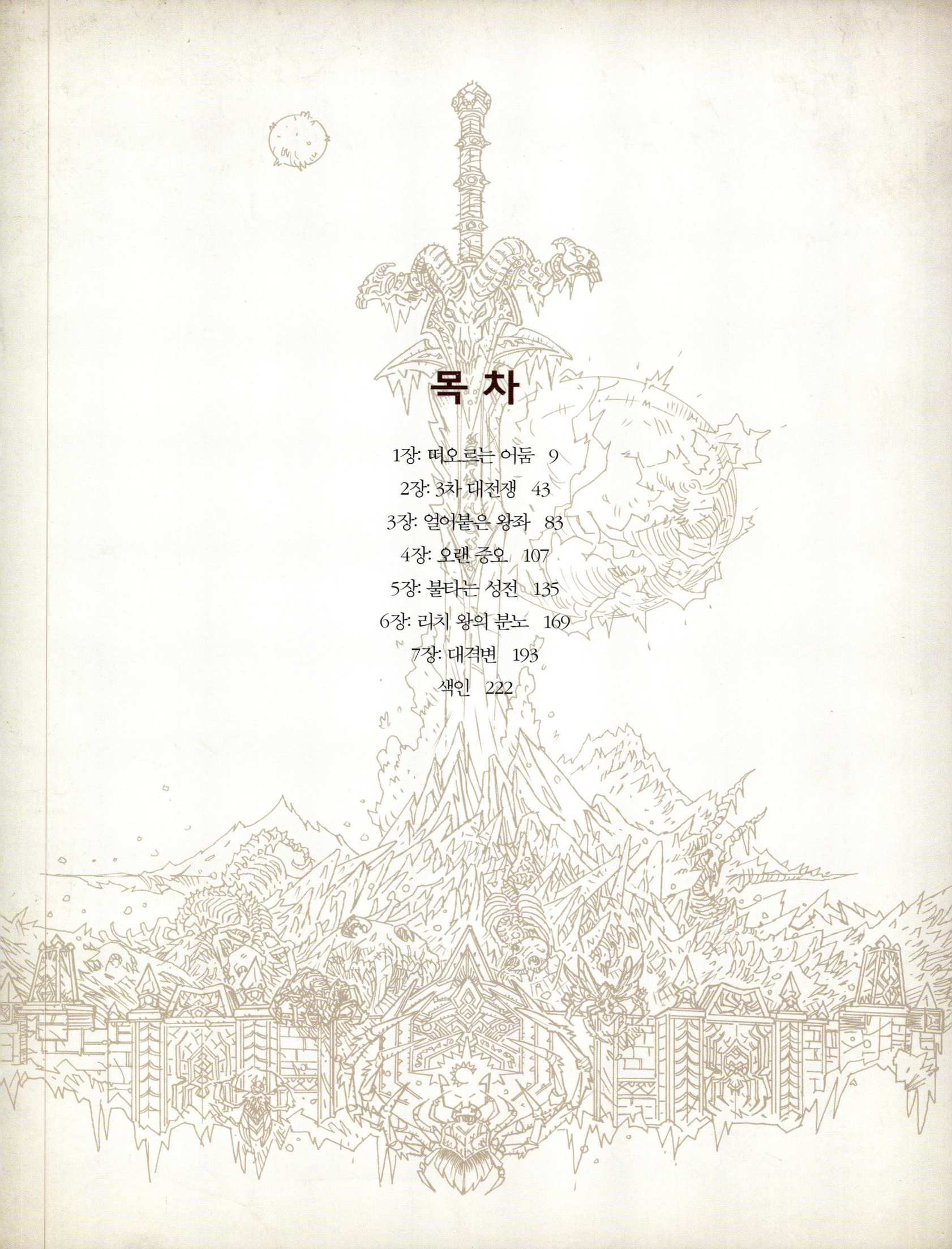

목 차

1장: 떠오르는 어둠 9
2장: 3차 대전쟁 43
3장: 얼어붙은 왕좌 83
4장: 오랜 증오 107
5장: 불타는 성전 135
6장: 리치 왕의 분노 169
7장: 대격변 193
색인 222

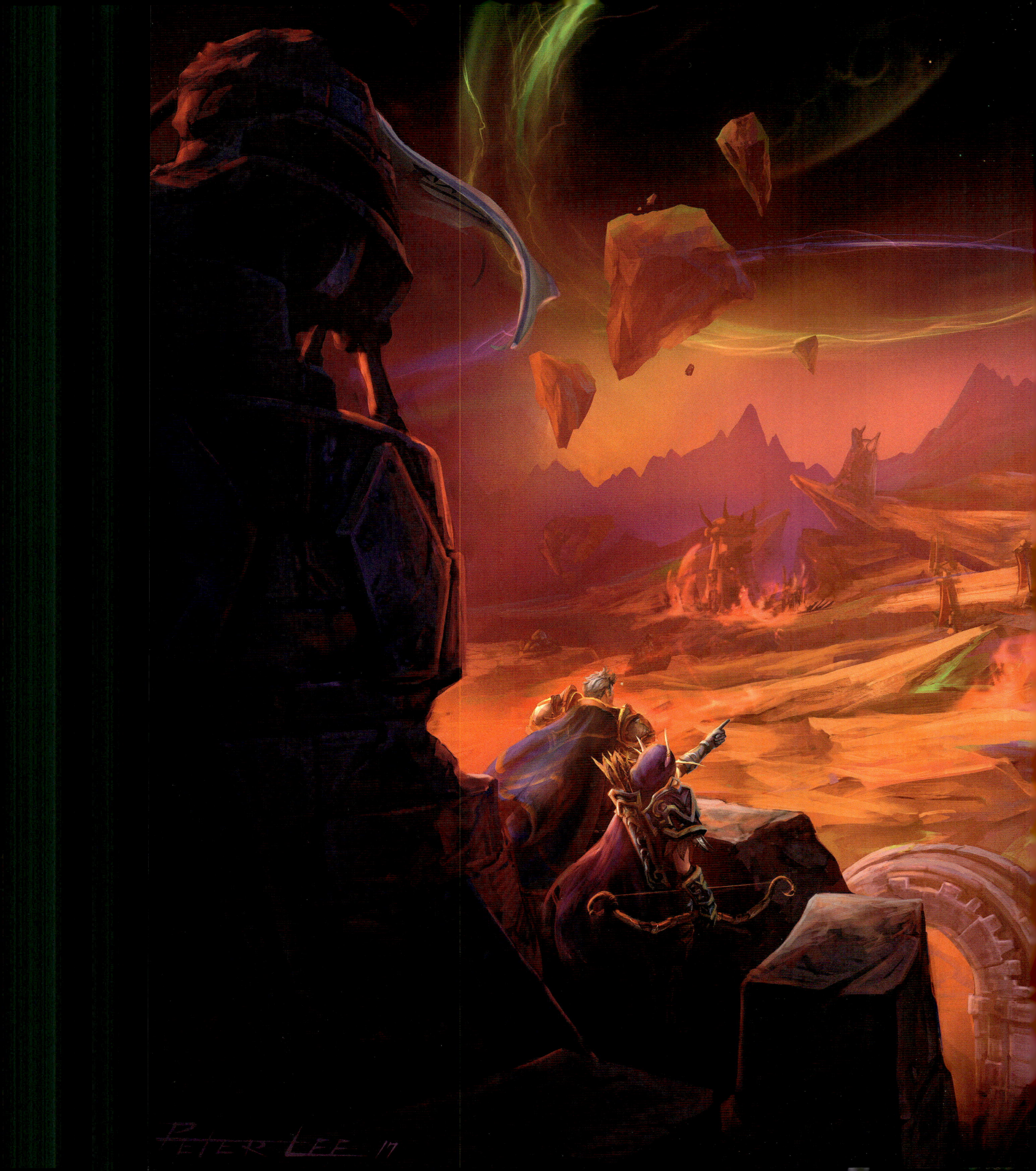

1장
떠오르는 어둠

1장
떠오르는 어둠

시기에 찬 눈

오래전, 광활하게 펼쳐진 끝없는 어둠을 가로지르며 티탄이라고 알려진 강력한 종족이 부패와 혼돈의 힘으로부터 우주를 보호했다. 그들은 초기 티탄의 영혼을 품은 세계를 찾아서 보살폈다. 그리고 세계 영혼이 성장하면 판테온의 일원으로 길러냈다.

티탄 중에서도 가장 강력했던 살게라스는 한때 그들의 위대한 용사였다. 살게라스는 악마라고 불리는 무자비한 존재들을 끊임없이 상대하며 우주를 수호했다. 뒤틀린 황천이라고 알려진 왜곡된 영역에서 기원한 생명체인 악마는 파괴적이고 매우 중독적인 힘인 지옥 마법을 탐했다.

그러나, 살게라스는 수많은 악마의 침략을 격퇴한 후 그것이 무의미했다고 확신하기에 이르렀다. 그는 악마보다도 훨씬 강력한 공허의 군주라는 존재를 알게 되었다. 공허의 군주는 무방비 상태의 세계 영혼을 타락시켜 자신들의 용사로 길러내기 위해 골몰하고 있었다. 그런 생명체가 나타난다면 전 우주를 공허의 에너지로 집어삼키고 모든 생명체를 초토화시킬 것은 뻔한 일이었다.

용납할 수 없는 일이었다. 그 가능성조차도 허용할 수 없었다. 살게라스는 지옥 마법을 받아들였고 악마를 자신의 뜻에 따르는 노예로 부리며 불타는 군단이라는 군대를 만들었다. 고대의 적인 악마와 손을 잡는 것은 극단적이었지만 필요한 결정이었다. 우주의 모든 생명을 말살할 불타는 성전에 동참할 수 있는 존재는 악마가 유일했다. 살게라스는 공허의 군주들로부터 끝없는 어둠에 노출될 생명들을 구할 방법은 그것뿐이라고 생각했다.

살게라스가 보기에는 어둠에 타락한 우주보다는 차라리 죽은 우주가 나았다.

어떤 문명도 살게라스와 불의 군단에 맞설 만큼 강력하지 못했다. 심지어 판테온의 티탄들조차 과거의 용사였던 강력한 살게라스에게 쓰러지고 말았다. 전 우주에서 살게라스를 저지할 것은 없는 듯했다.

살게라스는 결국 어떤 행성에 대해 알게 되었다. 한때 다른 티탄들이 방문하여 손수 빚어낸 세계였다. 아제로스라는 이름의 그 행성에는 판테온이 보았던 어느 티탄보다 강력한 잠재력을 지닌 세계 영혼이 깃들어 있었다. 아제로스에는 어두운 힘도 존재했다. 티탄이 발견한 아제로스에는 공허의 물리적인 현신인 고대 신이라는 존재가 세력을 키우고 있었다. 그 거대한 존재들은 아제로스의 대륙에 검은 제국이라고 불리는 문명을 세웠다.

티탄과 하수인은 후일 검은 제국을 무너뜨렸으나 고대 신을 처치하지는 못했다. 그들은 고대 신을 제거하면 아제로스를 해칠 수 있다고 생각하여 대신 그 사악한 존재들을 지하 깊은 곳에 가두었다.

살게라스는 아제로스의 잠재력도, 고대 신의 존재도 무시할 수 없었다.

만 년 전, 살게라스는 아제로스의 생명체를 타락시키고 파괴하기 위해 군단을 보냈다. 그리고 공허의 힘보다 앞서서 아제로스의 세계 영혼을 정복할 계획을 세웠다. 그러나 나이트 엘프와 야생의 고대 영혼, 용의 위상이라고 불리는 강력한 수호자, 다른 용감한 종족으로 이루어진 의외의 연합군이 악마의 침입을 격퇴했다.

잔혹했던 고대의 전쟁은 군단의 진정한 첫 패배였다.

그러나 살게라스는 자신의 성전을 팽개치지 않았다. 그는 시간을 두고 다시 침공을 준비했다. 그의 가장 강력한 부관, 파멸자 아키몬드와 기만자 킬제덴이 과정을 진두지휘했다. 시간이 지나 그들은 다른 행성에서 아제로스를 공격할 방법을 발견했다. 드레노어라고 알려진 곳이었다.

킬제덴은 드레노어의 자긍심 높은 오크 종족을 조종하여 지옥 마법을 흡수하고 악마의 피를 마시게 했다. 악마의 피를 마신 오크는 저주를 받아 군단의 의지에 종속되고 말았다. 오크는 전쟁에 굶주린 호드라는 군대를 구축하고 단결하여 아제로스를 침공했다. 이 무시무시한 군대의 목적은 단 하나, 군단의 전면전을 준비하기 위해 아제로스를 약화시키는 것이었다. 호드는 거의 성공했다. 그러나, 아제로스 영웅들의 용기에 무너지고 말았다.

군단은 또다시 실패했다. 그러나 악마들은 멈추지 않았다. 그것은 아제로스의 강력함을 확인한 일보 후퇴일 뿐이었다. 살게라스는 킬제덴과 아키몬드에게 다른 동맹을 찾아서 새로운 공격 계획을 꾸미라고 명령했다.

두 전쟁의 재

어둠의 문이 열리고, 8년 후

한동안 아제로스의 종족들은 최악의 순간이 지나갔다고 믿었다. 그들은 분명히 유예의 시간을 얻었다. 지난 8년은 공포로 점철된 시간이었다.

호드와의 1차 대전쟁에서 스톰윈드의 인간 왕국은 배신에 휩싸였고 완전히 파괴되었다. 스톰윈드에는 수호자 메디브라는 위대한 마법사가 있었으나 살게라스에게 지배를 당하고 말았다. 메디브는 드레노어로 통하는 관문인 어둠의 문을 열었고 분노에 찬 호드를 아제로스로 불러들였다. 결국, 인간들은 메디브를 처치했지만 스톰윈드를 구할 수는 없었다.

2차 대전쟁은 호드의 패배로 끝났다. 그러나 간발의 차이였다. 동부 왕국의 국가들은 로데론의 얼라이언스로 함께 단합하여 오크의 침공을 성공적으로 물리쳤다. 승리의 대가는 참혹했다. 수많은 영웅의 희생이 뒤따랐다.

대부분의 호드 병사는 죽거나 포로 신세가 되었다. 일부 생존자는 드레노어로 도망갔으나 그곳에서는 미래를 기약할 수 없다는 사실을 알고 있었다. 오크는 지옥 마법의 어두운 힘을 받아들이면서 부지불식간에 생명의 순환과 정령의 균형을 망가뜨렸다. 드레노어는 죽어가고 있었다. 오크는 오래 생존할 수 없었다.

오크 지도자 넬쥴은 필사의 탈출 계획을 세웠다. 새로운 행성, 새로 정복할 세계로 통하는 균열을 내는 것이었다. 우주의 다른 곳에는, 오크가 정착할 또 다른 세계가 존재할 가능성이 있었다.

아제로스의 용사들은 호드가 다른 세계를 해치도록 내버려 두지 않았다. 얼라이언스의 영웅들은 넬쥴을 막기 위해 로서의 후예들이라는 원정대를 꾸린 다음 어둠의 문을 지나 드레노어를 침공했다. 대마법사 카드가, 로서의 후예들 고위사령관 투랄리온, 실버문의 순찰대장 알레리아 윈드러너, 상급 전사 다나스 트롤베인, 와일드해머 드워프의 영주 쿠르드란 와일드해머 등 아제로스의 여러 위대한 수호자들이 원정대를 이끌었다.

    그들의 용기 있는 행동에 넬쥴은 다급함을 느끼고 무모한 행동을 저질렀다. 넬쥴의 마법 주문은 상상할 수 없는 혼돈을 불러왔고 드레노어 세계에서 불안정한 균열을 일으켜 현실의 구조를 조각냈다. 로서의 후예들은 드레노어의 붕괴의 여파가 아제로스까지 미치지 않도록 어둠의 문을 파괴했다. 원정대의 거의 모든 구성원들이 그 파멸의 공간에 갇히고 말았다.

    아제로스는 드레노어에 남겨진 이들에게서 소식을 들을 수 없었다. 모두가 죽었을 것이라고 추측했다. 그들은 자신의 세계를 수호하기 위해 죽음을 선택한 영웅으로 기억되었다.

    오랜 세월이 지난 후, 아제로스는 그들의 진정한 운명을 알게 되었다.

사라진 이들의 운명

드레노어가 무너지는 혼돈 속에서 카드가와 동료들은 덮쳐 오는 대재앙의 에너지를 피하기 위해 불안정한 균열 중 하나로 도망쳤다. 그리고 마침내 파괴의 힘이 잦아들었을 때 드레노어의 잔해로 돌아왔다.

    그들의 눈에 들어온 것은 부서진 세계였다. 드레노어와 뒤틀린 황천의 장벽이 무너져 있었다. 조각난 현실은 우주의 다양한 장소에 이어지는 경로를 남겼다. 그 뒤틀린 장소는 후일 아웃랜드라고 알려졌다.

    다행히 옛 드레노어의 일부가 남아 있었다. 로서의 후예들은 주 전초기지였던 명예의 요새에 영구 기지를 구축하고 실종된 동료들을 찾아 나서는 임무에 착수했다.

    그러나 최고위직 원정대원 두 명의 행방은 끝내 찾을 수 없었다. 원정대는 두 사람이 죽었으리라고 생각했지만 사실은 다른 운명에 놓여 있었을 뿐이었다.

    알레리아 윈드러너와 투랄리온은 어둠의 문이 파괴된 후 뒤틀린 황천에 갇혀 있었다. 그들은 자체적으로 드레노어나 아제로스로 돌아갈 방법을 찾을 수 없었으나 생각하지도 못한 강력한 존재, 시초의 나루 제라에게 구출되었다.

    나루는 종종 필멸의 생명을 인도하고 길러낸 빛의 생명체였다. 제라는 나루 중에서도 가장 강력한 이들 중 하나였으며 불타는 군단의 성전에 맞서 싸우는 데 헌신할 이들을 규합하여 빛의 군대라고 하는 신성한 군대를 만들었다. 제라의 충성스러운 부하 대부분은 악마의 적을 자처하는 드레나이였다.

    드레나이는 군단과 싸워온 유구한 역사가 있었다. 그들은 한때 에레다르라고 알려진 고도의 지능을 가진 종족의 일원이었다. 오래전, 살게라스는 에레다르의 행성, 아르거스를 발견했고 그곳을 군단의 권좌로 탈바꿈시켰다. 그 과정에서 살게라스는 에레다르를 타락시켜 악마로 만들었다. 아르거스를 탈출한 이들은 "추방자들"을 뜻하는 드레나이라는 이름을 얻었다. 그들은 도망치며 우주를 떠돌았다. 군단은 살게라스를 거역한 그들을 계속해서 뒤쫓았다. 그중 지혜로운 예언자 벨렌이 이끄는 일부가 결국 드레노어에 정착했다. 다른 드레나이는 빛의 군대에 자리를 잡았다.

    빛의 군대는 규모나 장비 면에서 언제나 열세를 면하지 못했으나 병사들은 수천, 수만 년 동안 군단을 상대로 전쟁을 수행했다. 그들은 절망하지 않았다. 제라는 언젠가 필멸의 생명을 가진 존재들이 악마의 성전을 저지하는 광경을 예견했다.

알레리아와 투랄리온이 아제로스를 떠나 드레노어에서 전쟁을 일으켰을 때, 제라는 빛의 운명에 관한 또 다른 계시를 받았다. 아제로스의 두 후예는 불타는 군단의 약점을 밝힐 열쇠였다.

제라는 알레리아와 투랄리온에게 모든 것을 이야기해 주었다. 그들은 예언과 불타는 군단의 위협에 관해서, 악마의 의지에 타락한 도구가 된 호드에 관해서 이야기를 나누었다. 제라는 그들에게 빛의 군대에 합류하여 군단을 상대로 함께 싸우자고 부탁했다.

어려운 결정이었다. 알레리아 윈드러너와 투랄리온은 아제로스에 아라토르라는 아들을 두고 있었다. 친구와 가족은 물론이거니와 아들을 두고 떠나야 하는 상황이 무척 고통스러웠다. 그러나 그들은 드레노어로 떠날 때부터 되돌릴 수 없는 여행이라고 생각했다. 두 사람은 아제로스와 아들의 미래를 위해 궁극의 희생을 할 준비가 되어 있었다.

제라는 호드가 아제로스가 맞이할 최후의 위협이 아니며, 그래서 전쟁이 계속될 것이라고 말했다. 그들은 아웃랜드를 떠나 빛의 군대에 합류했다. 꽤 오랜 시간 동안, 그들의 소식은 다시 전해지지 못했다.

부서진 세계를 위한 전투

아웃랜드에서 재앙의 여파가 가라앉았을 때 생존자들은 무참히 파괴된 그곳이 우주에서 가장 중요한 전략적 요충지 중 하나가 되었다는 사실을 차츰 깨달았다. 넬쥴의 차원문 다수가 영구적으로 열려 있었다. 드레노어는 우주의 한 지점에서 다른 지점으로 빠르게 이동하는 군대를 위한 교차로가 되어 있었다.

군단은 아웃랜드가 다른 행성에 침공을 시작하는 집결지로 완벽한 장소라고 생각했다. 악마들은 아웃랜드와 그곳에 거주하는 생명체들을 지배하기 위해 잔혹하고 강력한 마그테리돈이라는 이름의 지옥의 군주를 사령관으로 파견했다. 마그테리돈은 남은 호드의 세력을 사냥하여 저항하는 이들을 처치하고 항복한 이들을 노예로 삼았다. 그에게 저항하여 죽은 오크들은 차라리 편한 운명을 맞이했다.

항복한 오크들은 마그테리돈의 악마의 피를 마셔야 했다. 대부분의 오크에게 그것은 군단의 타락에 굴복하는 두 번째 순간이었다. 그러나 십수 년 전과는 달리, 군단은 오크를 자신의 의지에 굴복시키는 것에 만족하지 않고 완전히 망가뜨리기를 원했다. 오크는 핏빛 피부를 지닌 야만적인 생명체로 돌변한 채 오로지 불타는 군단을 섬기는 것에만 몰두했다.

마그테리돈의 새 "타락한 호드"는 지옥불 성채에 자리를 잡고 다른 강력한 주요 거점을 차지하기 위해 공격에 나섰다. 그중 가장 잘 알려진 것이 검은 사원이었다.

한때 드레나이에게 신성한 숭배의 장소였던 검은 사원은 호드의 지배하에서 타락을 겪었지만 아직 잔여 마력이 깃들어 있었다. 또한, 넬쥴이 드레노어를 무너뜨린 불운한 의식을 수행할 장소로 선택한 곳이었다. 검은 사원은 반도의 끝부분에 지어졌기 때문에 오직 한 방향에서만 접근할 수 있었고 따라서 방어하기에 유리했다. 그곳은 아웃랜드의 잔여 세력을 정복하려는 마그테리돈의 전쟁 집결지로 안성맞춤이었다.

지옥의 군주 마그테리돈의 행동은 간과할 수 없는 것이었다. 로서의 후예들은 악마의 습격을 막기 위해 최대한 병력을 동원했다. 카드가와 쿠르드란 와일드해머, 다나스 트롤베인은 자신들의 힘으로 군단 돌격대를 물리칠 수는 없어도 공격을 늦출 수 있다는 사실을 곧 깨달았다. 마그테리돈이 아웃랜드 깊은 곳까지 병력을 보낼 때마다 얼라이언스가 나타났고 적의 측면을 공략하면서 낙오 병력을 제거했다. 두 세력은 수년 동안 간헐적으로 국지전을 벌였다.

황천의 폭풍

아웃랜드

지옥불 성채

어둠의 문

명예의 요새

지옥불 반도

어둠달 골짜기

검은 사원

드레노어의 파국을 피해서 생존한 드레나이들은 그 전투에서 얼라이언스를 거의 도울 수 없었다. 군단은 드레나이를 찾아 제거하기 위해서라면 아무리 먼 곳이라도 찾기를 마다하지 않았고 예언자 벨렌은 그것을 잘 알고 있었다. 그러한 의심은 운명의 경계에서 살아남아 소식을 전한 소수의 불행한 영혼들에 의해 사실로 확인되었다.

드레나이를 찾는 것은 킬제덴의 개인적인 과제이기도 했다. 킬제덴은 벨렌 일당을 증오했으며 아르거스에서 도망간 이후 우주 곳곳에서 그들의 뒤를 쫓았다. 악마들은 드레나이의 머리를 수집할 때마다 보상을 받았다. 벨렌은 여러 곳의 외딴 소규모 거주지에 드레나이 무리를 숨겼다. 만약 그중 하나가 발견된다고 해도 종족 전체가 몰살당하지 않게 하기 위해서였다.

벨렌의 추종자들은 어렵게 생존을 영위했지만 그나마 운이 좋은 편이었다. 드레노어의 드레나이는 호드가 부상하면서 끔찍한 피해를 겪었다. 드레나이는 그들의 대도시 샤트라스가 파괴되는 과정에서 지옥의 역병을 마주해야 했다.

호드의 타락한 마법에 감염된 모든 드레나이가 죽은 것은 아니었다. 많은 이가 살아남았으나 끔찍한 돌연변이의 모습이 되었다.

그 드레나이들은 크로쿨, 즉 "뒤틀린 드레나이"라는 이름으로 알려졌다. 곳곳이 기형적으로 뒤틀리고 더는 신성한 빛의 힘에 닿을 수 없게 된 그들 대부분은 다른 드레나이에게서 멀리 떨어지고 흩어진 채 소규모 부족의 형태로 살았다. 일부는 폭력과 절망의 나락에 떨어졌으며 부족 간 잔혹한 전투가 벌어지기도 했다.

한때 드레나이의 신성한 전사들을 이끌었던 아카마는 잿빛혓바닥 부족의 사령관이 되었다. 아카마 역시 뒤틀린 드레나이였기에 신성한 빛을 부르는 능력을 잃고 말았다. 아카마는 자신과 동료 추방자들이 언젠가는 과거의 영광을 되찾을 것이라는 작은 희망을 가지고 있었지만 먼저 일련의 어둠과 불길한 동맹들 사이에서 종족을 이끌어야 했다.

아웃랜드에서 주목할 만한 마지막 종족은 세데크 아라코아였다. 한때 자부심이 높았던 아라코아는 호드의 힘에 멸망했다. 생존자들은 세데크 골짜기에 있는 타락의 웅덩이에 던져졌다. 그 시련 속에서 비행 능력을 잃었으며 정신은 억압적인 어둠의 힘에 짓눌렸다. 부서지는 드레노어에서 생존한 소수 아라코아는 아킨둔이라는 드레나이의 무덤을 은신처로 삼았다. 아라코아는 수년 전 그곳을 잠식한 어둠의 힘을 연구하면서 많은 시간을 보냈고 그 힘을 숭배했으며 결국 그 영향력에 굴복하고 말았다.

이들 세력은 수년 동안 전투를 벌였다. 그들의 전쟁은 파괴된 어둠의 문 뒤에 가려져 있었다. 아제로스의 주민들은 그들의 주도권 싸움에 대해 아무것도 알지 못했고 곧 자기 자신의 문제에 파묻혔다.

리치 왕

2차 대전쟁에서 호드가 패배하면서, 군단의 아제로스 점령 계획도 틀어지고 말았다. 그러나 악마들은 흔들리지 않았다. 킬제덴은 오히려 무척이나 귀중한 교훈을 얻었다.

호드의 실패는 내부 갈등과 배신 때문이었다. 군단의 다음 아제로스 공격에서는 그러한 약점이 없어야 했다. 킬제덴은 어둡고 음흉한 계획을 생각해냈다. 군단의 의지에서 조금도 벗어나지 않는 새로운 꼭두각시 부대를 만드는 것이었다. 그에게는 그 군대를 지배할 수 있을 만큼 마법을 능수능란하게 구사하는 강력한 영혼이 필요했다. 드레노어의 파멸은 킬제덴의 그러한 요구에 정확하게 부합하는 존재를 선물해 주었다.

드레노어가 파괴되는 과정에서 넬쥴은 가장 가까운 동료들과 함께 뒤틀린 황천으로 탈출했다. 그리고 그곳에서 그들을 기다리던 킬제덴의 부하들을 만났다.

넬쥴은 군단의 손에서 상상할 수 없는 고문을 당했다. 넬쥴의 신체는 조각났지만 영혼은 온전하게 살아 있었고 주위의 상황을 완전하게 인식할 수 있었다. 공포의 군주 티콘드리우스, 말가니스, 바리마트라스가 차례로 넬쥴을 끔찍한 고통에 굴복시켰다.

넬쥴은 곧 죽음을 애걸했다. 킬제덴은 그에게 죽음을 허락하는 데 동의했지만 군단의 새로운 무기가 되어 절대적으로 복종해야 한다는 조건을 내세웠다. 죽음은 시작에 불과했다.

넬쥴은 이성이 갈라지는 것을 느끼며 결국 킬제덴에게 동의했다. 킬제덴은 넬쥴의 혼을 죽음으로 보낸 다음 영혼의 존재로 되살렸다. 넬쥴의 의식은 수천 배 이상 확장되어 엄청난 정신적 능력을 얻었다. 공포의 군주들은 육체에서 벗어난 넬쥴의 영혼을 특별히 제작된 한 벌의 갑옷과 서리한이라고 불리는 룬검에 결속했다. 그 장비들은 넬쥴의 영혼과 함께 다이아몬드만큼 단단한 얼음 덩어리에 갇혔다.

그 장비들은 두 가지 목적에 적합했다. 그것들은 넬쥴의 영혼을 가두는 도구인 동시에 탐나는 전리품이었다. 킬제덴은 하수인이 된 넬쥴에게 군단에 충성을 바친다면 새로운 몸을 이끌고서 자유롭게 활보하도록 허락하겠노라고 약속했다. 그의 갑옷은 왕의 표식이었으며 그는 아제로스를 지배할 수 있었다. 그러나 거역한다면 넬쥴의 영혼은 영원히 고통받아야 했다.

악마 군주 킬제덴은 약속을 이행할 마음도 그럴 필요도 없었다. 그러나 위협에만 의존하기보다는 그런 거짓말을 통해서 부하의 복종심을 더욱 이끌어낼 수 있으리라 생각했다.

넬쥴의 충성스러운 부하들도 변화를 겪었다. 그들의 찢긴 몸은 무조건적으로 주인을 섬기는 강력한 언데드 리치의 모습으로 다시 빚어졌다.

넬쥴의 과거 삶은 사라졌다. 새로운 삶이 그곳에 자리를 잡았다. 그 존재는 리치 왕이라고 불렸다. 그는 영원히 속박되고 형언할 수 없는 힘을 지닌 존재로 다시 태어났다.

얼음왕관과 얼어붙은 왕좌

킬제덴은 그 사악한 일을 마치고서 새로운 부하에게 계획을 설명했다. 강령술을 이용하여 아제로스에서 모든 저항 세력의 목을 조를 역병을 만들어낸다는 계획이었다. 살아 있는 자들은 쓰러진 다음 충성스러운 언데드 병사로 다시 태어날 것이고 그 넋 나간 병사들은 아제로스의 방어를 약화시키면서 악마 군단의 침공을 준비할 것이다.

악마 군주 킬제덴은 리치 왕에게서 의심을 거두지 않았다. 그는 이미 오래전부터 부하들을 신뢰하지 않았다. 킬제덴은 넬쥴을 고문하고 그의 갑옷을 만드는 일을 도왔던 공포의 군주들을 넬쥴과 함께 아제로스에 남으라고 명령했다. 공포의 군주들은 교도관이자 집행자였다. 즉, 필요에 따라 어떤 식으로든 리치 왕의 일을 앞당기는 역할을 맡았다.

군단은 엄청난 마력을 소모하여 뒤틀린 황천에서 아제로스로 통하는 작은 차원문을 열었다. 리치 왕의 얼어붙은 감옥은 밤하늘을 가르며 얼어붙은 대륙 노스렌드로 떨어져 얼음왕관 빙하의 외진 구석에 부딪혔다. 낙하하는 동안 모양이 일그러진 그의 감옥은 왕좌를 닮은 모습으로 바뀌었다. 리치 왕의 공포의 군주 관리인들도 곧 그에게 합류하여 얼어붙은 왕좌 주위에서 요새를 건설하기 시작했다.

리치 왕은 공포의 군주들을 내버려 두고서 자신의 일을 시작했다. 리치 왕은 노스렌드 곳곳에 흩어진 토착 생명체들에게 의식을 확장하여 정신을 어둡게 물들였고 끔찍한 악몽으로 고통을 선사했다.

리치 왕은 처음에는 조심스럽게 자신의 힘을 시험했다. 킬제덴은 아제로스의 국가들이 마지막 순간이 되기 전까지는 다가오는 재앙을 모르기를 원했다.

고립된 부족과 강력한 야수가 리치 왕의 지배에 굴복했다. 첫 번째는 웬디고라 불리는 난폭한 생명체였다. 야만적인 얼음 트롤이 뒤를 이었다. 그다음이 사라진 부족, 강력한 브리쿨이었다.

브리쿨은 전쟁에 굶주린 종족이었다. 수천 년 전, 세계를 지배하려던 그들의 야욕은 아제로스의 으뜸가는 수호자인 용의 위상에 의해 가로막혔다. 그 위대한 생명체들은 브리쿨을 끝나지 않은 깊은 잠에 가두어 그들의 야만성을 아제로스에서 격리했다. 리치 왕의 부하들은 잠든 브리쿨을 처치했고 그들은 불사의 존재로 다시 일어나 강력한 언데드 전사가 되었다.

리치 왕은 첫 성공에 만족하면서 초기 단계의 언데드 역병 종을 만들었다. 멀리 용의 안식처의 주변 지역에는 점차 다가오는 강력한 힘의 존재를 미처 알아차리지 못한 인간들의 정착지가 있었다. 리치 왕은 스스로의 의지만으로도 역병을 조종할 수 있었고, 인간들이 잠든 사이 그의 역병이 마을 속에 퍼져 나갔다.

단 3일 만에 마을 주민이 모두 쓰러졌다. 그들은 곧 언데드 하수인으로 다시 일어났다. 그들의 생각과 지각이 리치 왕의 의식에 덧입혀졌다. 리치 왕은 꿈도 꾸지 못했던 권력이 점점 가까워지고 있다는 것을 느꼈다. 더 많은 정신을 지배할수록 그는 더 강력해졌다.

리치 왕이 언데드를 조종하면서 실험을 거듭하는 동안 그의 주위에는 무시무시한 요새가 만들어지고 있었다. 공포의 군주들은 얼음왕관 성채라고 불리는 난공불락의 요새를 건설했다. 리치 왕이 끔찍한 전쟁의 물결을 내보낼 작전 기지였다.

킬제덴은 흘러가는 상황을 무척 만족스럽게 생각했다. 그는 리치 왕에게 조용히 힘을 모으라고 지시했다. 일단 노스렌드를 지배하게 되면 동부 왕국을 필두로 하여 아제로스의 나머지 생명체를 대상으로 본격적인 작전을 시작할 수 있었다. 동부 왕국의 국가들은 수년 동안 호드와 전쟁을 겪었다. 그들은 취약했을 뿐만 아니라 내부적인 갈등을 겪는 중이었다. 언데드 역병이 닥친다면 무너지는 것은 시간문제였다. 그렇게 되면 군단은 전 병력을 모을 집결지를 아제로스에 확보할 수 있었다.

킬제덴의 계획은 그럴듯하게 들렸다. 그러나 리치 왕은 그에게 반하는 계획을 꾸미고 있었다. 리

발키르

리치 왕은 브리쿨에서 발키르라고 불리는 흥미로운 존재를 알게 되었다. 그들은 어둠땅을 뒤져 영혼을 수집하는 영혼의 존재였다. 리치 왕은 스스로 발키르를 만들고자 했으나 그것은 리치 왕에게도 어려운 일이었다. 결국, 몇 차례 시행착오를 거쳐서 성공을 거두었다. 발키르는 불사의 어두운 마력을 구사하는 리치 왕의 능력을 크게 강화했다.

치 왕은 충성스러운 하수인의 역할을 수행하면서도 군단의 마수에서 벗어나겠다는 결심을 비밀스럽게 굳히고 있었다. 그는 악마에 대한 충성심이 없었다. 악마 군주 킬제덴은 잔혹한 행위를 통해서 그를 노예가 되도록 굴복시켰다. 리치 왕은 자유롭게 세상을 활보하게 해 주겠다는 킬제덴의 말이 거짓이라고 생각했다.

리치 왕은 악마 군주 킬제덴이 자기에게 저지른 짓을 절대로 잊을 수 없었다. 절대로. 언젠가는 킬제덴에게 그 대가를 치르게 할 생각이었다.

공포의 군주는 리치 왕의 복수를 방해하는 커다란 걸림돌이었다. 그들은 킬제덴의 지령에 따라 리치 왕을 면밀하게 감시하며 배신의 흔적을 찾고 있었다. 그러나, 교활하고 고도로 지능적이며 술책에 능한 공포의 군주들도 리치 왕의 계략에는 상대가 될 수 없었다. 리치 왕은 세심한 주의를 기울이면서 악마들을 조종했다. 그리고 자신의 막강한 힘의 실체를 감추었다. 그러면서 공포의 군주들이 자신을 완전히 장악하고 있다고 믿게 했다. 동시에 자신의 사냥감을 살피며 각자의 강점과 약점을 파악했다.

조각난 호드

동부 왕국 국가들은 노스렌드에서 일어나는 일을 알지 못했다. 그들은 전쟁으로 황폐화된 땅을 재건하느라 바쁜 날들을 보냈다. 스톰윈드 피난민 대부분은 집으로 돌아오지 않았고 전쟁 이후 맞닥뜨린 삶의 현실 속에서 국가 간의 단결은 느슨해져 갔다. 감옥에 가둘 오크 포로들은 끝이 없었다. 포로를 들일 거대한 수용소가 건설되었고 감옥 시설을 유지하는 데 드는 비용은 점점 늘어나기만 했다. 왕국들은 이웃 국가에 비용을 떠넘기며 긴장을 악화시키고 불화의 씨앗을 뿌렸다.

아제로스에 남아 있던 많은 오크가 포로로 붙잡혔지만, 아직 위험한 여러 부족들이 활보하고 있었다. 전설적인 부족장 그롬마쉬 헬스크림이 이끄는 전쟁노래 부족은 항복을 거부했다. 헬스크림 부족은 로데론 근처의 깊은 숲으로 들어갔고 음식과 물자를 구하기 위해 인근의 마을과 농장을 습격할 때만 간간이 모습을 드러냈다. 달렌드(렌드)와 메임 블랙핸드가 이끄는 검은바위 부족과 검은니 부족의 잔여 병력은 자신을 "진정한 호드"라고 선언하고 검은바위 산에 기거했다.

달렌드와 메임은 그림 바톨의 고대 요새를 장악하고 2차 대전쟁의 어두운 비밀을 간직한 용아귀 부족 오크와 미약하나마 동맹 관계를 유지했다. 용아귀 부족은 용의 영혼이라고 불리는 유물을 가지고 있었는데, 그 안에는 위대한 알렉스트라자와 노즈도르무, 말리고스, 이세라 네 용의 위상의 마력이 깃들어 있었다. 용아귀 부족은 그 유물을 이용하여 생명의 위상, 알렉스트라자를 사로잡고서 그녀의 용군단을 지배했다.

그들 부족은 대부분 숨어서 지냈다. 누구도 얼라이언스의 관심을 끌고 싶어 하지 않았다. 한편, 얼라이언스는 재건 활동만으로도 바쁜 시간을 보내고 있었으며 오크를 뒤쫓는 데 많은 시간을 들이지 않았다.

호드의 전 대족장 오그림 둠해머로 인해 그러한 상황은 극적으로 변화했다. 로데론의 얼라이언스는 오그림 둠해머를 포로 중에서 가장 위험한 오크라고 여겼고 그는 삼엄한 감시 속에 놓여졌다.

오그림의 간수는 오그림이 육체적으로나 정신적으로 무너졌다고 생각했다. 그러나 착각에 불과했다. 오그림 둠해머는 기지를 발휘하여 간수들을 따돌리고 수용소를 탈출했다.

얼라이언스 사이에서 분노가 들끓었다. 2차 대전쟁도 오그림 둠해머를 생포했기에 호드의 패배를 분명하게 결정지을 수 있었다. 이제 자유의 몸이 된 오그림 둠해머가 남은 병력을 규합하여 새로운 분쟁을 일으킬 수 있었다. 얼라이언스 국가 대부분은 그 사태에 당황했고 관계는 날로 악화되어 갔다. 신뢰는 부족했고 각 왕국은 서로 몹시 무능하다는 의심의 눈길을 거두지 못했다.

얼라이언스는 더욱 많은 시간과 자원을 투입하여 동부 왕국에서 자유롭게 활보하는 오크들을 뒤쫓았다. 얼라이언스에게 발견된 불운한 오크들은 보통 그 자리에서 죽거나 포로 신세가 되었다. 그러는 중에도 오크들은 종종 감시를 뚫고 탈출하며 얼라이언스의 노력을 헛되이 만들었다.

얼라이언스는 다른 오크들이 오그림 둠해머처럼 수용소를 탈출하지 못하도록 포로수용소의 감시와 방어를 한층 강화했다. 탈출은 사실상 사라졌다. 그러나 인간 감시자들이 놀란 것은 탈출하려는 시도도 함께 사라졌다는 사실이었다.

감옥에 갇힌 오크들은 아제로스를 침략했던 전투에 굶주린 전사의 모습과는 전혀 달랐다. 그들은 점차 온순해졌다. 그들은 에너지를 분출할 수 없었고 공격성과 자긍심마저 잃어버렸다. 그들은 별 저항 없이 수감자라는 자신의 처치를 받아들였다.

그것은 지옥 마법이 빠져나가는 증상이었다. 오크의 상태를 깊이 있게 연구한 소수의 학자 중 하나인 달라란의 대마법사 안토니다스는 치료제를 발견하기 위해 여러 노력을 했지만 마법을 이용한 해결책은 없었다. 시련은 오크의 집단 심리에 큰 상처를 남겼다. 살아갈 목적을 찾는 것은 그들의 몫이었다.

사실 많은 얼라이언스 구성원들은 수감자들의 무기력한 상태에 무척 만족해했다. 오크 포로들이 의욕을 잃는다면 그들은 전혀 위협이 될 수 없기 때문이다.

대족장의 망명

오그림 둠해머는 수용소에서 탈출한 후 조용히, 인간의 도시를 피해 최대한 멀리 이동했다. 얼라이언스의 우려가 무색하게도, 그는 호드를 규합하여 아제로스에서 전쟁을 지속할 생각이 없었다.

악마는 오크를 꼭두각시로 취급했다. 오크는 실패했고 버려졌다. 오그림은 수용소에 머무는 동안 다른 오크의 눈에서 서서히 불길이 가라앉는 모습을 보았다. 오크는 그저 패배한 것이 아니었다. 오크는 처참하게 망가졌다.

일부는 오크가 곤경에 빠진 것이 오그림 때문이라며 비난했다. 사실, 오크를 악마의 손아귀에 이끈 이는 오그림이 아니었다. 오히려 오그림은 호드의 지옥 마법 사용을 줄곧 반대한 입장이었다. 그는 지옥 마법의 파괴력과 그 잔혹함이 오크 종족을 점차 타락시켰다고 생각했다.

오그림은 수년 동안 혼자서 살았다. 가끔씩 자신을 적으로 돌리지 않을 것이라고 확신하는 유일한 부족, 즉 서리늑대 부족을 만났다.

오그림은 서리늑대 부족의 전 족장 듀로탄과 그의 아내 드라카의 오랜 친구였다. 그 두 오크는 호드의 결성과 지옥 마법의 사용을 공개적으로 반대했다. 그 대가로 듀로탄과 드라카는 군단에 충성하는 암살자들의 칼날에 쓰러지고 말았다. 오그림은 그들의 젖먹이 아들, 고엘 역시 살해되었을 것이라고 생각했다.

오그림은 망명 기간 동안 종족 대부분을 덮친 무기력증에 조용히 맞서 싸웠다. 그러나 불완전한 성과를 거두었을 뿐이었다. 오크의 자부심과 명예를 되찾으려는 꿈은 이루어지지 못했고 그는 최대한 다른 이들의 이목을 피해 은둔의 삶을 살았다.

데스윙의 유산

호드의 패배는 오그림 둠해머와 오크 종족에게만 타격을 준 것이 아니었다. 타락한 용의 위상, 데스윙과 검은용군단도 그 여파에서 자유롭지 못했다.

오래전 티탄은 당시에는 넬타리온이라는 이름으로 불렸던 데스윙과 다른 용의 위상들에게 아제로스의 수호자 역할을 수행하도록 강력한 마력을 부여했다. 그 거대한 생명체들은 각자 특정한 역할을 맡았다. 넬타리온은 대지의 위상으로서 아제로스 자체의 힘을 받았다. 그 선물은 그에게 엄청난 마력과 불굴의 용기를 주었으나 동시에 고대 신의 영향력에 쉽게 노출되는 의도하지 않은 결과를 초래했다.

검은 제국이 무너진 후 티탄과 하수인은 고대 신을 지하 깊은 곳에 봉인했으나 그들의 힘을 중화하지는 못했다. 그들은 점차 대지로 사악한 촉수를 뻗쳤고 그 영향력은 넬타리온의 정신에까지 미쳤다. 고대 신은 서서히 용의 위상 넬타리온을 매우 강력한 무기로 빚어냈다. 그리고 세계를 집어삼켜 혼돈 속으로 몰아넣으라고 다그쳤.

고대의 전쟁 동안 넬타리온은 정확히 그 요구를 따랐다.

넬타리온은 악마의 영혼을 만든 다음, 다른 위상들에게 각자 마력의 일부를 희생하여 유물을 강화하자고 설득했다. 그리고 그 유물이 군단을 아제로스에서 몰아내는 데 도움이 될 것이라고 주장했다. 그의 진정한 의도는 나중에서야 드러났다. 넬타리온은 동료 용의 위상을 배신하고서 악마의 영혼으로 그들을 공격했다. 그 후, 넬타리온은 죽음의 날개, 즉 데스윙이라는 더 적합한 이름으로 알려졌다.

이후 수천 년 동안, 다른 용군단은 데스윙의 후손들을 멸종 직전까지 사냥했다. 검은용에게는 아제로스의 어느 곳도 안전하지 않았다. 그러나 호드가 아제로스를 침입했을 때 데스윙은 기회를 찾았다. 잘만 이끌어준다면, 오크는 적을 공격하는 무기로 거듭날 수 있었다.

고대 신은 데스윙의 뜻에 수긍했다. 비록 그들은 군단의 적이었으나 호드가 아제로스에 엄청난 고통과 죽음을 불러올 것이라고 생각했다. 아제로스와 그 주민들이 힘을 잃는다면, 전 세계에 지배력을 뻗쳐 검은 제국을 재건하려는 고대 신에게도 불리할 것이 없었다.

데스윙은 고대 신에게 매우 효과적인 파괴의 대리인이었고 그것을 여러 차례 증명했다. 1차 대전쟁 동안 호드가 스톰윈드만을 상대할 수 있도록 동부 왕국의 국가들을 교묘히 조종한 것도, 비록 진정한 정체를 드러내지 않았지만 용아귀 부족에게 악마의 영혼을 빌려준 것도, 그리고 용아귀 부족에게 알렉스트라자와 그녀의 용군단을 사로잡는 방법을 알려준 것도 데스윙이었다.

데스윙은 그의 용군단을 무사히 재건하기를 꿈꾸며 한 무더기의 알을 드레노어에 가져갔다. 하지만 결국, 그의 계획은 수포로 돌아갔다. 검은용군단의 미래는 드레노어와 함께 산산이 부서졌다.

그러나 모든 것이 사라진 것은 아니었다. 용아귀 오크는 아직 알렉스트라자는 물론 그녀의 자손과 알을 포로로 잡고 있었다. 데스윙은 그 용들을 직접 빼앗아서 노예로 부릴 수 있었다. 그들은 데스윙의 새로운 용군단이 될 수 있었다.

먼저 데스윙은 용아귀 부족이 얼라이언스 군대에 괴멸되지 않도록 손을 써야 했다. 그는 과거 어둠의 문이 파괴된 직후에도 사용했던 다발 프레스톨 경이라는 인간의 신분으로 위장했다. 그리고 매력적인 귀족 계층의 일원으로 행세하면서 로데론의 왕궁을 거짓말과 속임수로 물들였고 인간들이 1차 대전쟁과 2차 대전쟁의 양상을 제대로 파악하지 못하도록 방해했다. 프레스톨의 활약은 매우 효과적이었으며 많은 귀족들은 데스윙이 자신들의 적으로 활동했다고 의심조차 하지 못했다.

프레스톨 경은 다시 왕궁에 들어가서 얼라이언스가 전쟁의 여파를 극복하도록 돕겠노라고 말했다. 그리고 비밀스럽게 아들 네파리안과 딸 오닉시아를 불러 인간의 모습으로 자신을 따르게 했다. 그들은 함께 귀족들 사이에 불신과 분노를 역병처럼 퍼뜨렸다. 얼라이언스 국가들 사이에서 오랜 경쟁심이 불붙었다. 거의 매일, 귀족들 사이에서 진영의 미래에 관한 격적적인 논쟁이 펼쳐졌다.

오그림 둠해머의 탈출은 불길에 기름을 부었다. 프레스톨 가에는 뜻밖의 선물이나 마찬가지였다. 그들은 그 완벽한 기회를 이용하여 얼라이언스의 토대를 근본부터 파멸 계획이었다.

오그림이 사라진 이후, 서로 불신하는 인간들을 이용하기는 무척이나 쉬웠다. 데스윙과 자식들은 수를 써서 얼라이언스 정찰병과 습격대가 항상 부정확한 정보를 습득하게 했다. 호드의 잔여 병력을 추적하는 일은 항상 게으름이나 무능, 아니면 두 가지 모두에 번번이 발목이 잡혔다. 이러한 문제들 중에서 어느 것도 프레스톨 가의 책임으로 연결되지 못했다.

한편 그림 바톨의 용아귀 부족이 드리우는 위협은 얼라이언스에게는 알려지지 않고 있었다. 이제 데스윙은 용아귀 오크의 힘을 훔치는 데 집중할 수 있었다.

데스윙은 용아귀 부족에게 자신이 일에 관련되었다는 사실을 비밀로 유지했다. 오크들이 자신을 신뢰하지도, 그리고 명령을 따르지도 않을 것이라고 생각했기 때문이다. 데스윙은 용아귀 부족의 지도자 네크로스 스컬크러셔의 꿈을 조작하여 얼라이언스가 아제로스의 표면에서 용아귀 부족을 쓸어버리기 위해 그림 바톨 공격을 준비한다는 암시를 주었다. 그리고 그럴듯한 상황을 만들기 위해 로닌이 이끄는 얼라이언스의 소규모 부대를 용아귀 부족의 비밀 거처로 유도했다.

네크로스는 경악했다. 그는 부족에게 그림 바톨을 떠나 던 알가즈의 산길에 숨겨진 새 동굴로 거처를 옮기도록 명령했다.

용아귀 부족을 그 강력한 요새에서 끌어내는 것이 바로 데스윙이 노림수였다. 그러나 용아귀 부족을 주시하고 있던 강력한 용은 데스윙만이 아니었다.

그림 바톨 전투
어둠의 문이 열리고 10년 후

2차 대전쟁 당시 알렉스트라자가 사라졌을 때 붉은용 코리알스트라즈는 크게 걱정했다. 용의 위상 알렉스트라자의 배우자이자 가장 가까운 친구인 코리알스트라즈는 무슨 일이 있더라도 그녀를 찾겠다고 맹세했다. 결국, 알렉스트라자가 용아귀 부족에게 사로잡혔다는 사실을 알게 되었다. 그러나 코리알스트라즈는 자신이 몹시도 무력하다는 사실을 깨달아야 했다. 용아귀 부족은 어떤 용이라도 무찌를 수 있는 악마의 영혼으로 알렉스트라자를 노예로 부리고 있었다. 코리알스트라즈는 그녀를 풀어줄 수 없었다. 그는 용의 위상인 이세라, 노즈도르무, 말리고스에게 도움을 청했으나 그들은 쉽사리 나서지 못했다. 코리알스트라즈와 마찬가지로 오크가 악마의 영혼을 사용하여 자기들은 물론 알렉스트라자까지 해치지 않을까 염려한 탓이었다.

곧 데스윙이 붉은용군단의 부화하지 않은 알을 훔쳐서 가져갈 계획을 세우고 있다는 것이 분명해졌고 코리알스트라즈는 거의 절망에 이르렀다.

그러나 로닌이 우여곡절 끝에 용아귀 부족의 소굴에 이르렀을 때 붉은용 코리알스트라즈는 다시 한 번 희망을 품었다. 그는 크라서스라는 이름의 강력한 하이 엘프 마법사로 모습을 바꾸고서, 로닌에게 붉은용군단을 풀어줄 수만 있다면 어떻게 해서라도 그를 돕겠다고 약속했다.

로닌은 오크 부족이 2차 대전쟁 이후에도 그렇게 강력한 힘을 가졌다는 사실에 충격을 받았고 오크의 세력을 무너뜨리겠다고 결심했다. 로닌은 붉은용들을 풀어주기 위해 하이 엘프 순찰자 베리사 윈드러너와 드워프 그리핀 기수 폴스타트 와일드해머 등 몇 명의 동료들과 함께 그림 바톨로 뛰어들었다.

그들이 도착했을 때 전투는 이미 진행 중이었다.

용아귀 부족이 던 알가즈로 가기 위해 그림 바톨을 떠난 순간, 데스윙이 공격하여 수많은 오크를 학살했다. 데스윙은 오크나 성장한 붉은용을 살려둘 생각이 없었다. 그에게 필요한 것은 붉은용군단의 알뿐이었다.

데스윙의 의도와는 달리 그 뻔뻔한 습격은 뜻밖의 결과를 초래했다. 전투가 펼쳐지는 동안 알렉스트라자가 사슬을 끊고 풀려났다. 네크로스는 악마의 영혼으로 공격을 시도했으나 알렉스트라자는 그를 통째로 집어삼키고 끔찍한 공포를 선사한 것에 대해 복수했다. 그런 다음 알렉스트라자는 데스윙에게 분노를 돌렸다.

알렉스트라자는 혼자가 아니었다. 곧 이세라와 노즈도르무, 말리고스가 붉은용군단과 함께 데스윙을 상대로 싸웠다. 위상들은 알렉스트라자를 도와 달라는 코리알스트라즈의 요청에 응하지 않았지만 그를 무시한 것은 아니었다. 그들은 만약에 대비하여 그림 바톨에 면밀한 주의를 기울이고 있었다. 데스윙이 오크를 공격한 순간 기회가 찾아왔다.

다섯 용의 위상이 하늘에서 격전을 벌이는 동안 로닌과 그의 필멸자 동료들은 오크와 악마의 영혼에 눈을 돌렸다. 로닌은 그 고대 유물에서 결함을 찾아내어 유물을 파괴했다. 그 순간, 유물에 갇혀있던 마력이 풀려나 용의 위상들에게 되돌아갔다.

데스윙은 새롭게 힘을 얻은 위상들을 상대할 수 없었다. 그는 끔찍한 상처를 입은 채 도망쳐야 했다. 그리고 오랫동안 다시 모습을 드러내지 않았다.

붉은용군단은 자유를 되찾았다. 용아귀 부족 다수가 전투에서 사망했고 생존자들은 공포에 질린 채 숲속으로 흩어졌다. 그들은 아제로스에서 위협으로 남았지만 과거의 힘을 다시 찾을 수 없었.

데스윙이 도망치면서 다발 프레스톨 경이 로데론의 왕실에서 갑자기 모습을 감추었다. 데스윙의 딸

속박에서 풀려나 오크 네크로스 스컬크러셔에게 복수하는 알렉스트라자

인 오닉시아는 남아서 그의 일을 이어갔으며 기꺼이 그것을 즐겼다. 로데론과 다른 얼라이언스 왕국의 관계는 계속 악화되었다. 오닉시아는 그녀의 영향력을 남쪽 스톰윈드 왕국에 퍼뜨리기로 결심했다.

오닉시아는 카트라나 프레스톨이라는 이름의 귀족으로 분장하고 스톰윈드의 왕궁에 잠입했다. 프레스톨은 스톰윈드의 재건 작업을 망치고 지역 정치에 간섭하면서 스톰윈드를 로데론 등 북부의 왕국들로부터 고립시켰다.

데스윙의 아들, 네파리안은 어둠 속에서 일을 꾸미기로 결심했다. 네파리안은 검은바위 산의 자칭 "진정한 호드"를 만났고 그들을 능수능란하게 부리며 그곳을 검은용군단의 새로운 근거지로 삼았다. 네파리안은 검은용군단을 재건하겠다는 아버지의 꿈을 실현하기 위해 비밀 실험실을 만들었다. 그리고 다른 용군단의 피를 이용하여 기괴한 실험을 수행했다. 실험에 쓰인 피 중에서 많은 양이 살아 있는 용에게서 채취한 것이었다.

잊힌 맹세

만년 동안 온전한 힘을 지니지 못한 채로 살았던 데스윙의 동료 용의 위상들은 갑작스럽게 힘을 되찾고서 육체적으로, 그리고 정신적으로 탈진한 상태가 되었다. 그들은 변화에 적응하면서 불편한 결론에 이르렀다. 위상들은 너무도 오랫동안 세상에서 숨어 지냈다. 더는 그럴 여유가 없었다. 다시, 티탄이 그들에게 맡긴 책임을 다할 때였다.

시간의 위상 노즈도르무는 시간의 길이라는 신성한 공간을 보호하기 위해 돌아갔다. 그리고 곧 기이한 힘이 과거의 역사적인 사건을 변경하려 한다는 소름 끼치는 사실을 발견했다. 그 파급 효과는 현실 자체가 무너지고도 남을 정도였다.

꿈의 위상인 이세라는 물리 세계의 자연을 인도하는 초기 아제로스 자연의 신비로운 환영인 에메랄드의 꿈에서 더 많은 시간을 보냈다. 그러나 이세라는 되찾은 힘과 감각으로, 어둠과 절망이 에메랄드 악몽이라는 이름의 타락한 모습으로 에메랄드의 꿈의 숨겨진 구석에 스며들고 있다는 사실을 발견했다.

두 위상은 알지 못했지만 그것들은 모두 고대 신이 촉발시킨 위협이었다. 요그사론의 손길이 서서히 에메랄드의 꿈을 타락시켰고 나중에는 느조스까지 에메랄드의 꿈에 손을 뻗쳤다. 시간의 길은 무한의 용군단의 습격을 받고 있었다. 노즈도르무는 알지 못했지만 그 어둠의 생명체들은 아제로스의 잠재적인 미래에서 넘어온 존재였다.

마법의 위상 말리고스는 힘을 되찾은 후 가장 적은 영향을 받았다. 고대의 전쟁에서 데스윙은 그의 용군단 대부분을 살해했고 푸른용군단을 광기의 문턱까지 몰아갔다. 말리고스는 슬픔과 고통에 잠긴 채 자신의 둥지, 마력의 탑에 모습을 숨겼다. 힘을 되찾고 혼란스러웠던 그의 정신은 약간의 지성을 회복했다. 무기력한 상태에서 완전히 벗어나기에는 충분하지 않았지만 변화가 일어났다. 말리고스는 기나긴 시간을 보낸 후 처음으로 마법의 탑 주위를 거닐며 자신의 둥지와 푸른용들의 상태를 살폈다.

생명의 어머니 알렉스트라자는 악몽과도 같은 시련을 겪은 후 회복할 시간이 필요했다. 알렉스트라자와 붉은용군단은 한적한 곳을 찾아서 몸과 마음을 치유했다.

많은 용의 위상이 과거에서 벗어나기를 갈구했지만 완전히 회복하기까지는 오랜 시간이 걸렸다. 악의 세력은 그들이 준비가 될 때까지 기다려주지 않았다.

고대 신의 부름

2차 대전쟁 동안 호드는 둘로 분열되었다. 오크 흑마법사 굴단은 호드에서 떨어져 나와 살게라스의 무덤이라고 불리는 곳에서 금지된 마력을 손에 넣으려 했다. 굴단은 폭풍약탈자와 황혼의 망치단의 두 부족을 데리고 갔다. 황혼의 망치단은 머리가 둘 달린 오우거 마법사 초갈이 이끄는 부족이었다. 굴단의 배신에 호드의 전력은 크게 약화되었고 결국 패배하기에 이르렀다. 결국, 군단은 탐욕스러운 굴단을 벌했다.

굴단이 살게라스의 무덤으로 호기롭게 뛰어들었을 때 그곳에서는 악마들이 그를 기다리고 있었다. 악마들은 굴단과 그의 여러 추종자들을 갈가리 찢어버린 다음 그들의 뼈를 높다랗게 솟은 살게라스의 무덤 속에서 썩게 버려 두었다.

초갈과 몇몇 황혼의 망치단 부족원은 간신히 살아남아 살게라스의 무덤에서 도망쳤다. 그들은 호드나 군단에게 더 충성할 이유가 없었다. 사실, 그들은 다른 주인의 부름에 응했다.

그들은 고대 신을 따랐다.

황혼의 망치단은 호드의 다른 부족과는 달랐다. 그들은 지옥 마법보다는 어둠의 마법을 사용했고 공허의 힘을 숭배했다. 황혼의 망치단은 황혼의 시간을 믿은 광신자들이었는데 그것은 모든 것의 종말을 예언하는 일종의 어두운 계시였다. 초갈과 추종자들은 스스로를 종말의 대리인이라고 생각했다. 유일한 의문은 종말이 어디에서, 그리고 어떻게 발생할지였다.

그들은 아제로스에서 답을 찾았다. 초갈과 추종자들은 고대 신의 속삭임을 들었다. 그 존재들은 황혼의 망치단에게 과거의 계시를 나누어 주었다. 고대 신이 보여준 것은 과거 아제로스의 모습, 즉 검은 제국과 그 끔찍한 영광이었다.

초갈과 황혼의 망치단은 고대 신의 부활을 도울 수 있었다. 고대 신의 족쇄를 풀고 다시 검은 제국을 건설할 수 있었다. 검은 제국의 융성은 황혼의 시간을 알리는 전조와도 같았다.

초갈은 한때 호드가 종말을 부르는 열쇠라고 생각했다. 그러나 굴단이 살게라스의 무덤에서 죽은 후 그것이 사실이 아니었음을 깨달았다. 머리가 둘 달린 오우거 초갈은 호드를 버리고 추종자들과 함께 칼림도어를 향해 신성한 여정을 떠났다. 초갈은 머나먼 대륙의 어딘가에서 고대 신의 존재를 감지했고 그 존재를 만나 엄청난 힘에 빠져들 순간을 갈망했다.

살게라스의 무덤에서 칼림도어를 향한 여정은 느리고 위험했다. 황혼의 망치단은 조금씩 대륙의 남단을 향해 나아갔다. 바로 그곳 지하에서 어둠의 속삭임이 새어 나오고 있었다. 초갈은 수많은 위협이 도사리는 칼림도어 대륙에 대해 잘 알지 못했다. 초갈은 수개월 동안 명상에 들었다. 그의 두 정신은 고대 신의 혼돈에 찬 의지 속에 빠져들었다. 비록 마법의 감옥에 갇힌 몸이었으나 수천 년 동안 방치되어 있었던 고대 신은 아제로스에 조금씩 영향력을 행사하고 있었다. 고대 신은 초갈이 그 기이한 땅에서 위험을 피하도록 길을 인도하면서 도움을 주었고 계속 나아가도록 다그쳤다.

초갈과 하수인들은 타나리스 사막의 복잡하게 이어진 동굴 속에 기지를 구축했다. 동쪽으로는 고대 신 크툰이 갇힌 안퀴라즈가 있었다. 초갈은 자신이 주인 가까이에 있다고 느꼈다.

그러나, 안타깝게도 빠른 시간 내에 주인을 만날 수 없었다.

오래지 않아 황혼의 망치단에서 주요 부족원이 사라지기 시작했다. 그다음에는 또 다른 이들이 주검이 되어 발견되었다. 초갈은 처음에 내부의 배신을 의심했다. 그리고 마침내 진실을 확인했다. 초갈은 흐릿한 누군가가 자신이 가장 신뢰하는 부관의 목을 베는 모습을 보았다.

가로나라는 이름의 반오크 암살자였다.

오래전, 굴단과 초갈은 가까운 추종자를 데리고서 가로나의 정신을 현혹하여 살아 있는 무기로 이용했다. 2차 대전쟁 동안 가로나는 그들의 지배에서 벗어났다. 가로나는 과거의 조종자들에게 무한한 증오심을 품고 있었고 초갈에게 복수를 하기 위해 바다를 건너서까지 뒤를 쫓았다. 황혼의 망치단은 방어를 강화하고 함정을 설치했으나 가로나는 이미 그 지역을 수개월 동안 연구하고 있었다. 동굴은 오우거들의 집이 아니었다. 동굴은 그녀의 사냥터였다.

밤이 거듭될수록 새로운 희생자가 발견되었다. 초갈은 격분했으나 달리 방법이 없었다. 황혼의 망치단은 그 지역을 버리고서 어둠의 과업을 계속 수행할 새로운 장소를 찾아 나섰다.

새로운 유산

검은용군단이 술책을 부리고 왕국 간의 유대가 과거처럼 굳건하지 않은 상황에서도 인간 왕국은 점차 과거의 번영을 되찾아 갔다.

1차 대전쟁 동안 호드의 스톰윈드 시 공격에서 탈출했던 어린 바리안 린 왕자는 이제 왕이 되어 강력하고 공정하고 선견지명을 갖춘 지도자로 인정받았다. 그는 스톰윈드 재건을 감독했으며 티핀 엘레리안이라는 귀족 여인과 결혼했다. 그들은 아들을 낳고서 2차 대전쟁에서 장렬히 전사한 사령관, 안두인 로서를 기리며 안두인이라는 이름을 지어 주었다.

호드를 바다에서 격퇴한 사령관 중 한 명인 대제독 댈린 프라우드무어는 2차 대전쟁의 상실로 인해 아직 슬픔에 잠겨 있었다. 그는 냉혹하게 거친 바다의 질서를 유지하면서 무모하게도 자신의 영토를 탐하는 해적과 약탈자 무리를 소탕했다. 댈린의 어린 딸 제이나 프라우드무어는 아버지의 어두운 면에 점차 염증을 느끼고 달라란에서 교육을 받기로 결심을 굳혔다. 수년 후 제이나는 키린 토와 함께 비전 마법을 연구하기 시작했으며 결국 전설적인 대마법사 안토니다스의 수습생이 되었다.

로데론의 왕 테레나스 메네실 2세에게는 아서스라는 이름의 아들이 있었다. 테레나스 왕은 아서스가 전투를 익히고 정의에 대해 배우는 것을 보았다. 아서스 메네실은 로데론에 아이언포지의 드워프 대사로 부임해 있던 무라딘 브론즈비어드의 지도를 받으며 뛰어난 검사로 성장했다. 젊은 아서스는 존경받는 빛의 수호자 우서에게 신성한 빛의 길을 배웠다. 아서스는 19세가 되었을 때 은빛 성기사단에 가입하여 성기사가 되었다. 비록 고집불통에 완고한 면이 있었지만 아서스는 용감한 영웅의 자질을 보였으며 아무리 위험한 일이라도 물러서는 법이 없었다. 아마니 트롤이 동맹 국가인 쿠엘탈라스의 국경에 습격대를 보냈을 때, 그곳에 있었던 아서스는 트롤을 뒤쫓아 정의의 심판을 내려 주었다.

아서스는 종종 로데론 귀족들에게, 특히 제이나 프라우드무어와 교제하면서 집중적인 관심을 받았다. 그들의 연애 이야기는 여러 소문이 되어 퍼졌지만 결국 제이나는 비전 마법의 연구에 몰두했고 아서스는 미래 왕으로서의 수련에 힘썼다.

그들은 각자의 야망을 추구하기 위해 헤어졌으나 결코 서로에 대한 감정을 놓지 못했다.

로데론 수도 정원의 제이나 프라우드무어와 아서스 메네실

거미 전쟁

리치 왕은 인간 왕국에서 멀리 떨어진 곳에서 빠르게 힘을 키우며 몹시도 끔찍한 군대를 건설하고 있었다. 대부분의 노스렌드 생명체들은 언데드 역병에 쉽게 타락했다. 그에 따라, 리치 왕의 군대는 더욱 증가했다.

그러나 오래지 않아 리치 왕은 진정한 첫 번째 시험에 맞닥뜨렸다. 노스렌드에는 네루비안이라고 불리는 고대의 곤충 종족이 살았는데 무척이나 사나운 전사들이었다. 그들의 거대한 왕국 아졸네룹은 얼어붙은 동토의 깊은 곳까지 뻗쳐 있었다. 네루비안은 리치 왕의 존재를 알고 있었으며 그에게 정복당할 뜻이 없었다. 그들의 거주지에 언데드 역병을 퍼뜨리려는 여러 시도는 강력한 전사이자 네루비안의 지도자인 아눕아락에 의해 가차 없이 간파당하고 말았다.

네루비안의 방어는 빈틈이 없었다. 리치 왕은 결국 네루비안을 직접 공격하여 무너뜨리는 방법을 택했다.

수년 동안 리치 왕의 언데드 군대는 곤충 종족을 상대로 소모적인 전쟁을 벌였다. 전사한 자들은 끊임없이 리치 왕의 군대에 합류했다. 마침내 전쟁이 끝났을 때 리치 왕은 아눕아락을 강력한 언데드 부하로 부리는 기쁨을 얻을 수 있었다. 한때 지배자였으나 노예의 몸이 된 아눕아락은 속박된 상황이 마음에 들지 않았으나 벗어날 방법이 없었다.

리치 왕은 네루비안의 저항에 깊은 인상을 받고서 그들의 건축물을 자신의 것으로 받아들였다. 그는 네루비안의 뾰죽뾰죽한 지구라트에 마법의 에너지를 주입하여 노스렌드의 하늘로 올려보냈다. 그 죽음의 요새들은 이후 아제로스 곳곳에서 두려움을 불러일으켰다.

이제 노스렌드에서 리치 왕에게 거역할 자는 없었다. 그러나 아직 동부 왕국에 언데드 역병을 퍼뜨릴 시간이 아니었다. 리치 왕은 아눕아락과 같은 적을 부하로 삼으면서 강력한 정신을 타락시키는 것의 중요성을 깨달았다. 앞으로의 일을 이루려면 그러한 동맹이 필요했다. 게다가 리치 왕은 그러한 하수인들을 비밀스럽게 곁에 두고서 군단의 속박에서 벗어나는 데 이용할 생각도 가지고 있었다.

리치 왕은 아제로스 곳곳에 자신의 의식을 퍼뜨리면서, 힘을 미끼로 유혹할 이들을 찾았다. 그리고 몇 명에게서 답을 들었다.

켈투자드

어둠의 문이 열리고 15년 후

리치 왕의 부름을 들은 가장 강력한 이들 중 하나는 달라란의 마술사 의회, 키린 토의 옛 지도자였다. 그의 이름은 켈투자드로, 한때 비전술로 존경과 선망의 대상이었던 학자였다. 그러나 최근 들어 그의 연구는 삶과 죽음을 조종하는 강령술이라는 어둠의 영역을 향해 나아가고 있었다.

그의 행동은 단순히 눈을 찌푸리고 말 것이 아니었다. 그러한 연구는 키린 토만큼이나 오래된 법률에 의해 명백하게 금지되어 있었다. 켈투자드는 반복해서 질책을 당했고 공식적인 권한을 대부분 잃었으며 달라란에서 완전히 추방될 위기에 몰렸다.

켈투자드는 키린 토가 편협한 자세로 오랜 계율에 얽매이고 있다고 생각하며 분노했다. 불과 얼마 전, 아제로스는 다른 세계의 생명체들에게 침공을 당했다. 달라란조차도 2차 대전쟁의 여파 속에서 습격을 당했다. 강령술의 힘을 주입받은 호드 죽음의 기사와 언데드 전사 무리가 달라란을 휩쓸었다. 켈투자드는 그들을 직접 목격했다. 켈투자드는 그러한 형태의 마력을 모른 척할 수 없었다. 그 힘의 위력을 알게 된 지금은 더욱 그랬다.

리치 왕은 그에게 강령술의 가장 심오한 비밀에 이르는 방법과 그의 모든 질문에 답을 주었다. 리치 왕은 처음에는 군단과의 연관성을 숨기고 독자적인 운명을 개척하는 존재로 스스로를 포장했다.

켈투자드는 리치 왕에게 경외심을 느꼈다. 그는 달라란의 모든 의무를 등지고 리치 왕의 힘을 직접 보기 위해 노스렌드로 여정을 떠났다. 켈투자드는 아졸 네룹의 폐허를 보았고 정복당한 지배자 아눕아락을 만났다. 낙스라마스라고 불리는 타락한 지구라트에서는 끔찍한 공포를 목격하기도 했다.

그것은 켈투자드가 바란 이상이었다. 켈투자드는 잠시 탈출할 생각도 했으나 리치 왕의 하수인들은 재고의 시간이 이미 지났음을 분명히 일깨워 주었다. 켈투자드는 리치 왕을 섬기게 되어 있었다. 남은 유일한 선택지는 살아서 섬길 것인지 아니면 죽어서 섬길 것인지였다.

켈투자드는 별 수 없이, 그의 "보상"이 기다리는 얼음왕관의 얼어붙은 왕좌를 향해 느릿느릿 나아갔다. 리치 왕은 충성의 대가로, 상상할 수 없는 마력을 얻을 것이라고 그에게 약속했다. 그리고 켈투자드에게 로데론으로 내려가 충성스러운 추종자들의 군대를 모으라는 임무를 맡겼다. 시간이 지나면, 리치 왕의 부름에 따라 로데론의 주민들에게 언데드 역병을 퍼뜨리는 역할을 수행할 이들이었다.

켈투자드는 복종했다. 거부감은 사라지고 리치 왕을 섬기고 싶은 욕망이 솟았다. 리치 왕에게서 받은 마력은 실로 놀라웠다.

켈투자드는 새로운 종교의 희망을 설파하는 성직자의 모습으로 로데론에 나타났다. 그리고 로데론 왕정에 대한 환멸감을 자극하면서 선동적인 발언으로 하층민들의 마음을 사로잡았다. 그러면서 자신이 억압받는 이들의 고통을 누그러뜨리고, 희망을 잃은 자에게 용기를 전하며, 궁핍한 자들을 영원한 삶으로 이끌 수 있다고 주장했다. 거짓말은 막힘이 없었다. 켈투자드는 불사의 마력을 보았다. 이제 그는 리치 왕과 결속되어 있었다. 더는 그것이 두렵지 않았다. 심지어 삶의 족쇄를 벗어던지고 더욱 위대한 언데드의 형태로 승천할 날을 바라기까지 했다.

부자들에게는 다른 접근 방식을 취했다. 켈투자드는 귀족과 지주에게 대의에 함께한다면 엄청난 힘과 불멸의 삶을 얻을 것이라며 미끼를 던졌다. 일부는 수립된 질서를 무너뜨리는 "민중 운동" 등의 활동을 걱정했지만 켈투자드는 그들의 두려움을 누그러뜨렸다. 하층민은 위협이 될 수 없었다. 그들은 특권층이 경쟁자를 쓰러뜨리고 더 많은 부를 확보하기 위해 이용하는 도구에 불과할 뿐이었다.

수년이 지났고 켈투자드는 더욱 많은 사람들을 그의 대의에 끌어들였다. 그들을 기다리는 끔찍한 공포를 진정 이해한 이는 거의 없었다. 언데드 역병에 대한 진실과 그것이 인간에게 어떤 영향을 줄 것인지를 알 수 있었던 사람들은 켈투자드가 어둠의 존재로 바꿀 수 있다고 확신한 이들뿐이었다.

이윽고 켈투자드의 추종자들은 저주받은 자들의 교단이라는 이름으로 알려졌다.

스칼로맨스라고 불리는 고대 인간의 성채 아래 지하무덤에 교단의 본부가 꾸려졌다. 켈투자드는 그곳에서 가장 충성스러운 이교도들에게 강령술을 가르쳤다. 어둠의 마술사들은 빠르게 기술을 연마했다. 그들은 성채 아래에서 파낸 해골들을 되살리면서 끔찍한 실험을 자행했다. 일부 강령술사들은 발굴한 시체를 거칠게 조각내고 그 시체를 이용하여 영혼 없는 언데드 거인, 누더기골렘을 만들었다.

이러한 작업이 진행되는 동안 켈투자드는 가장 중요한 실험에 몰두해 있었다. 그는 리치 왕의 언데드 역병 견본을 노스렌드에서 스칼로맨스까지 가지고 왔다. 그리고 은밀하면서도 효과적인 질병의 종을 만들기 위해 광적으로 연구에 매달렸다. 켈투자드는 로데론의 곡물 보급을 이용하여 역병을 퍼뜨릴 계획을 세웠고, 희생자의 수를 극대화하기 위해 발병 전에 인간이 오염된 음식을 충분히 섭취할 수 있을 만큼 역병의 잠복 기간을 늘리는 데 집중했다.

켈투자드는 수개월 동안의 긴 시도 끝에 성공을 거두었다.

얼어붙은 왕좌에 도착한 켈투자드

스랄

스칼로맨스 남쪽 로데론의 얼라이언스는 그물망처럼 퍼진 수용소에 계속 자원을 투입하고 있었다. 감옥을 관리하는 임무는 2차 대전쟁의 걸출한 참전 용사인 애델라스 블랙무어라는 인간 귀족에게 맡겨졌다.

애델라스는 개인적으로, 포로수용소 감시인이라는 직위를 받은 것이 얼라이언스 지도부로부터 모욕을 당한 것이라고 생각했다. 그의 아버지 에델린 블랙무어는 오래전 로데론에 배신을 저질렀다는 이유로 괄시를 받았다. 애델라스는 얼라이언스 지도자들이 아직도 그를 "배신자의 아들"이라고 생각하여 아무런 영광도 없고 고마워할 것도 없는 일을 주었다고 믿었다.

그러나 애델라스는 아버지와 마찬가지로 뛰어난 군사 전략가였다. 그에게는 얼라이언스에서 자신의 합당한 직위를 되찾을 수 있다고 여기는 무기가 있었다.

1차 대전쟁이 끝나기 전 블랙무어는 우연히 놀라운 광경을 목격했다. 눈밭에 갓난아이 오크 하나가 홀로 버려져 있었다. 옆에는 살해당한 부모와 그들을 죽인 여러 자객이 쓰러져 있었다. 애델라스는 자리에서 즉시, 그 생명체를 처치하고 싶은 본능을 억누르고 오크를 기르기로 결심했다.

애델라스는 오크에게 "스랄"이라는 이름을 붙여 주고 검투사로 훈련시켰다. 애델라스는 그가 단지 힘만 센 바보가 아니라는 사실을 깨닫고서 전략과 철학을 가르치기 시작했고 병사들을 전투로 이끄는 전문적인 지식을 가르쳤다. 애델라스는 다수의 적을 상대하는 전투에 투입하면서 종종 스랄을 시험했다. 포로수용소에서 전투 구덩이는 흔한 풍경이었고 경비병들은 강제로 오크 수감자들끼리 혈투를 벌이게 했다. 애델라스가 그러한 검투의 투기장에 스랄을 내보낸 이유는 전투 기술을 연마하기 위한 것만이 아니었다. 술꾼이었던 애델라스는 경기 결과를 걸고 도박을 즐겼다. 스랄은 그의 주인이 폭력적이고 잔혹하며 가끔은 명석하다는 사실을 알게 되었다.

애델라스 블랙무어의 전략적인 생각은 복잡하고 대담했으나 음주라는 치명적인 결함이 있었다. 애델라스는 수감된 오크를 잠재적인 병력으로 생각했고 스랄을 그들의 지도자로 생각했다. 물론 스랄은 인간 주인에게 충성을 유지해야 했다. 애델라스는 얼라이언스를 전복하고 직접 다스리며 인간 왕국들을 자신의 생각대로 고쳐 만들 생각이었다. 그러나 잔혹한 애델라스의 성격은 젊은 오크 스랄과의 관계를 악화시켰다. 스랄은 애델라스를 의붓아버지가 아니라 자유를 허락하지 않는 거만하고 잔혹한 주인이라고 여겼다.

스랄은 노예 생활 동안 타레사 폭스턴이라는 인간과 친구가 되었다. 그녀는 스랄을 친동생처럼 생각했다. 타레사는 비밀스럽게 스랄과 연락을 유지했고 스랄이 절망의 문턱에서 포로수용소를 탈출하는 데 도움을 주었다.

스랄은 블랙무어의 경비병들을 따돌리고 오크 부족이 살고 있다는 근처의 숲으로 향했다. 그리고 그롬마쉬 헬스크림과 전쟁노래 부족의 생존자들을 만났다. 그들은 그 고아가 서리늑대 부족의 일원임을 알아보았다. 그래서 그 부족이 사는 것으로 알려진 알터랙 산맥으로 가라고 말했다.

스랄은 알터랙에 도착하여 서리늑대 부족을 찾았고 자신의 부모님인 듀로탄과 드라카에 대한 진실을 알게 되었다. 두 오크는 호드가 악마의 타락에 물들어서는 안 된다고 고집스럽게 저항했으며 목숨으로 그 대가를 치렀다.

스랄은 또한 자신이 아제로스의 나머지 오크나 서리늑대 부족과 동질감을 느끼지 못한다는 것을 깨달았다. 자유로운 오크도, 수감자 오크도 모두들 오크의 삶을 살았다. 스랄은 무엇도 아닌 존재로 길러졌다. 인간도, 오크도 아니었다. 스랄은 단지 정복을 위한 도구로 다듬어졌을 뿐이었다.

스랄은 자신의 종족과 함께하기 위해, 그들이 누구이고 자신이 누구인지 알아내야 했다.

던홀드 요새의 애델라스 블랙무어와 그의 자랑스러운 노예 스랄

부족의 지배자

스랄은 명예로운 오크가 된다는 것의 기본적인 의미를 익히면서 시간을 보냈다. 그의 종족 대부분은 지옥 마법을 받아들이면서 주술의 유산을 버렸으나 서리늑대 오크 중에는 그들의 원래 뿌리로 되돌아간 이가 하나 있었다. 장로 오크 드렉타르였다. 그는 정령과의 결속을 되살렸고 스랄에게 주술의 길을 가르쳤다.

스랄은 오그림 둠해머에게서도 가르침을 받았다. 대족장이었던 오그림은 스랄을 만나며 고통스러운 기억을 떠올리면서도 한편으로 편안함을 느꼈다. 오그림은 스랄의 부모와 가까운 친구였고 스랄이 그들과 함께 죽었을 것이라고 생각했다. 스랄의 생환은 오그림의 마음에 온기를 전했다. 오그림은 스랄에게 오크의 전투 방식을 가르쳤고, 더욱더 중요한 오크의 삶을 가르쳤다.

스랄은 오크로 길러지지 않았지만, 잔혹한 훈육을 받으면서 정확하게 호드에게 필요한 덕목을 습득했다. 바로 자유에 대한 애착, 부족들이 잃어버린 고결함에 대한 존경, 그 모든 것들을 다시 완전하게 만들고자 하는 욕구였다.

스랄의 낙천성과 강인함은 오크의 자긍심과 명예를 되돌리려는 오그림의 희망에 다시 불을 지폈다. 오그림은 젊은 주술사 스랄을 부사령관에 임명했다. 그들은 그롬마쉬 헬스크림과 그의 전쟁노래 부족과 함께 수용소의 오크 수감자들을 해방시키기 위한 작전에 돌입했다. 오크들을 순종적으로 만들었던 무기력증은 스랄의 대의에 깃든 원초적인 에너지 앞에서 존재감을 잃었고, 수용소가 하나씩 무너질 때마다 새로운 호드는 더욱 커지고 강해졌다.

오그림 둠해머는 그 수용소들을 해방시키기 위해 싸우다가 전사했다. 오그림은 숨을 거두면서 스랄이 새로운 대족장으로서 호드를 이끌어 가야 한다며 자신의 뜻을 밝혔다. 스랄은 오그림 둠해머의 이름을 딴 무기와 갑옷, 그리고 그의 책임을 물려받았고 전체 포로수용소 체계를 일거에 와해시킬 방법을 찾았다.

호드는 애델라스 블랙무어의 성채인 던홀드 요새로 진군했다. 스랄은 평화 협상을 제안했다. 애델라스는 타레사 폭스턴을 죽임으로써 답을 대신했다. 격분한 스랄은 호드를 이끌고 던홀드 요새에 들이닥쳤고 피비린내 나는 전투 속에서 직접 애델라스를 쓰러뜨렸다.

던홀드가 정복당하고 포로수용소의 체계는 즉시 붕괴되었다. 새로운 호드는 큰 어려움 없이 로데론 곳곳에서 소규모의 고립된 수용소를 해방시켰다. 스랄은 불어난 병력을 이용하여 로데론에 전쟁을 일으키지 않았다. 대신 종족을 이끌고 동부 왕국을 가로질러 새로운 삶의 터전을 찾아 나섰다.

얼라이언스의 분열

포로수용소의 함락은 로데론 얼라이언스의 여러 국가에게 되돌릴 수 없는 전환점이 되었다. 카트라나 프레스톨은 기회를 놓치지 않고 만나는 모든 귀족에게 열정적으로 호소했다. 오크는 모두 탈출했고 그들을 수감하는 데 들어간 비용은 헛되이 사라졌다. 무엇 때문에 그런 불안한 연합이 존속해야 한다는 말인가?

쿠엘탈라스의 하이 엘프가 가장 먼저 얼라이언스를 떠났다. 길니아스와 스트롬가드의 인간 왕국도 곧 그 뒤를 따랐다. 그들은 항상 독립적으로 번영할 수 있다고 생각했고 로데론의 "무능"은 그러한 믿음을 확인시켜 주었다.

전사한 오그림 둠해머의 장례 의식에서 그를 기리는 스랄

티리온 폴드링과 아이트리그

호드의 재결성 소식은 인간 사회에 예상하지 못한 효과를 가져왔다. 처음에는 두렵다는 반응이 대부분이었지만 오크를 마주친 사람들은 그들이 더는 과거 얼라이언스가 상대했던 전투에 굶주린 야수가 아니라는 말을 전하곤 했다.

그러한 주장을 펼친 이들 중 하나가 은빛 성기사단의 성기사 티리온 폴드링이었다. 티리온은 아이트리그라는 이름의 나이 많은 오크를 만났고 그가 진정 평화롭게 살고 싶어 한다고 믿게 되었다. 그리하여, 성기사 티리온은 아이트리그를 처치하고자 하는 이들과 반대되는 입장을 취했다. 그것은 배신으로 여겨졌으며 티리온은 죄를 저지른 대가로 은빛 성기사단에서 추방되었다. 그럼에도 티리온은 계속해서 신성한 빛에 닿을 수 있었으며 자신이 옳았다고 확신할 수 있었다.

아이트리그는 나아가 스랄의 새로운 호드에 합류했다. 티리온은 오랫동안 인간 문명을 등지고 혼자서 살아갔다.

길니아스의 왕 그레이메인은 호드는 물론 다른 어떤 적도 두 번 다시 왕국을 위협하지 못하게 할 묘책을 생각해냈다. 길니아스는 대부분이 바다로 둘러싸인 반도에 위치했다. 그레이메인은 얼라이언스와 공식적으로 모든 군사 협정을 끊고 거대한 그레이메인 성벽을 건설하여 왕국을 고립시켰. 그레이메인이 다른 왕국을 도울 생각이 없는 것은 분명했다. 길니아스는 자급자족하는 국가였고 얼라이언스의 나머지 국가에게서 식량이나 자원을 거의 필요로 하지 않았다.

일부 왕국은 얼라이언스가 무너지는 것을 용납할 수 없다는 뜻을 분명히 했다. 스톰윈드의 국왕 바리안 린, 로데론의 국왕 테레나스 메네실 2세, 달라란의 키린 토, 쿨 티라스의 대제독 댈린 프라우드무어, 아이언포지의 국왕 마그니 브론즈비어드, 놈리건의 겔빈 멕카토크는 모두 어떤 시련이 닥치더라도 단결을 위해 헌신하겠다는 입장을 재확인했다.

프레스톨에게는 전혀 반갑지 않은 소식이었다. 그녀는 얼라이언스의 해체를 원했다.

그러나 왕국들이 외부의 위협을 경계하고 있다면 프레스톨은 자신의 힘이 닿는 곳에서 내부의 분열을 조장하기로 마음을 굳혔다. 프레스톨은 비밀스럽게 스톰윈드 재건에 관여하면서 귀족들이 석공 길드의 작업에 불만을 품도록 만들었다. 한편, 석공들은 정직한 노동의 대가를 지급하지 않겠다고 위협하는 귀족들에게 분노했다.

프레스톨은 양쪽을 이간질하며 각자 양보하지 말고 절대 타협하지 말라고 부추겼고 의견 충돌은 악화되어 결국 동요로 이어졌다. 귀족들이 석공 길드의 노동에 비용을 지불할 수 없다고 공표하자 폭동이 일어났다.

혼란 속에서 스톰윈드의 왕비 티핀 린이 살해되었다.

바리안 린 국왕은 책임자들을 처벌하겠다고 맹세하며 폭도들을 강력하게 단속했다. 석공들은 스톰윈드에서 도망쳤고 서부 몰락지대의 시골에 숨어 상황이 수습되기를 기다렸다. 그들 대부분은 바리안의 분노가 절대 누그러들지 않을 것이며 따라서 숨어서 지내야만 한다는 사실을 알고 있었다.

그들의 분노도 결코 사그라지지 않았다. 에드윈 밴클리프라는 이름의 재능 있는 석공이 카트라나 프레스톨 등의 귀족에게서 비밀스럽게 지원을 받으며 데피아즈 결사단을 조직했다. 그 무장한 무법자 단체는 오랫동안 스톰윈드를 상대로 내란을 일으켰다.

어둠의 준비

얼라이언스는 쇠퇴하고 있었다. 스톰윈드는 내부의 갈등으로 고전했다. 동부 왕국의 하이 엘프와 인간은 더는 서로를 신뢰하지 않았다.

세계의 국가들은 지난 몇 년에 비해 훨씬 취약해졌다. 마침내 킬제덴은 지금이야말로 로데론에 언데드 역병을 퍼뜨릴 완벽한 시기라고 리치 왕의 귀에 속삭였다.

리치 왕은 준비되어 있었다. 그의 하수인도 마찬가지였다. 켈투자드와 저주받은 자들의 교단은 로데론의 곡창 지대, 동쪽 숲 곳곳에서 영향력을 행사했다. 그 비밀스러운 단체는 다수의 주요 거점을 확보하고 있었는데 특히 안돌할은 가장 주목할 만한 도시로, 그 지역의 중요한 농작물 보급지였다. 안돌할에서 곡물이 역병에 오염된다면 결국 동쪽 숲의 외진 변방까지 전해지게 되어 있었다.

켈투자드와 강령술사들은 안돌할의 곡물 저장고에 역병을 집어넣었다. 안돌할의 시민들은 그들의 식량 공급에 깃든 위협에 대해 아무것도 알지 못했다. 심지어 이교도들 중에서도 다수는 무슨 일이 일어나고 있는지 정확히 모르고 있었다. 오염된 곡물은 겉에서 보아서는 구분할 수 있는 특징이 없었다. 역병은 몸에 흡수된 후에야 드러나 증상을 일으켰.

상인들은 통상 교역로를 통해서 치명적인 화물을 수송했고 아무것도 모르는 주민들은 새로 도착한 곡물을 섭취했다. 며칠이 지나서 안돌할과 가장 가까운 도시와 마을에서 무언가가 잘못되었다는 첫 번째 징조가 나타났다. 피로와 미열을 호소하는 이들이 생겨났다. 대부분 어린이와 노인이었다. 다음에는 온 가족이, 다음에는 온 마을이 병에 걸렸다.

희생자 누구도 그 고통의 사악한 원인을 알지 못했으며 그것이 군단의 침공을 알리는 전주곡이라는 사실을 알지 못했다.

그러나 악마들의 계획을 알고 있었던 누군가가 있었다. 수년 전 목숨을 잃은 메디브라는 인물이었다. 메디브의 영혼은 현실의 경계 너머로 표류하면서 검은 물결처럼 서서히 동쪽 숲을 뒤덮는 역병을 지켜보았다. 메디브는 아제로스 세계에 닥칠 일에 대해 경고를 전하고 싶었다. 그러나 로데론의 사람들과 이야기할 방법이 없었다.

아제로스에서 단 한 사람, 메디브가 닿을 수 있는 이가 있었다. 그들은 마법보다도 강한 유대감으로 연결되어 있었다.

메디브의 어머니, 에이그윈이었다.

쓰러진 수호자

어둠의 문이 열리고 18년 후

대해 너머 칼림도어의 동부 해안에서, 고독한 누군가가 홀로 떠돌고 있었다. 그녀의 이름을 아는 이는 거의 없었다. 그녀의 비범하고도 비극적인 과거를 아는 이는 더욱 적었다. 그녀는 가장 위대한 티리스팔의 수호자 중의 한 명인 에이그윈이었다.

오래전, 살게라스는 에이그윈을 전투로 끌어들이기 위해, 그의 영혼의 일부를 주입한 화신을 아제로스로 보냈다. 에이그윈은 그 도전에 맞섰고 불길 속에서 움직이는 거대한 악마의 형체를 상대했다. 승리를 거둔 것처럼 생각되었던 순간 에이그윈은 적을 쓰러뜨렸다. 수호자 에이그윈이 쓰러뜨린 것은 단지 군단의 대리인이 아니었다. 에이그윈은 바로 군단의 지배자를 상대로 승리를 거두었다.

에이그윈은 살게라스의 진정한 계획을 꿈에도 알지 못했다. 살게라스는 화신이 쓰러지기 직전, 그 영혼을 수호자 에이그윈의 몸에 집어넣었다. 이제 살게라스 자신의 마력 일부, 그의 영혼의 일부가 아제로스의 가장 위대한 수호자의 몸에 남겨졌다.

후일 에이그윈이 메디브를 낳고서 수호자의 마력을 그에게 전해 주었을 때 살게라스의 영혼 또한 메디브에게 전해졌다. 수년의 시간이 지나면서 군단의 지배자는 새로운 수호자에게 자신의 의지를 전하며 그를 무기로 빚어냈다. 살게라스는 결국 메디브의 엄청난 마력을 이용하여 어둠의 문을 열었고 오크 호드를 아제로스로 불러들였다. 그리고 벌어진 끔찍한 전쟁은 수천 명의 목숨을 앗아갔다.

메디브는 이후 살해되었고 그가 지닌 마력은 이제 아제로스에 위협이 되지 않았다. 그렇다고 해도 에이그윈에게는 아무런 위로가 되지 못했다. 에이그윈은 메디브가 일으킨 모든 일에 대해 자신을 책망했다. 호드의 침공, 1차 대전쟁과 2차 대전쟁의 참극, 그리고 무엇보다도 아들에게서 성취의 기회 즉, 자신의 진정한 잠재력을 발휘할 기회를 빼앗은 사실에 대해 자신을 비난했다.

에이그윈은 그렇게 어두운 나날을 보내던 중 기이한 꿈을 꾸었다. 에이그윈은 꿈속에서 까마귀 깃털을 수놓은 망토 차림의 메디브를 보았다. 메디브는 전할 이야기가 있다고 말하며 자신을 다시 아제로스로 불러달라고 어머니에게 부탁했다. 에이그윈은 처음에는 군단의 술수라고 생각하며, 그 꿈을 의심했다. 그러나 그녀의 일부는 사실을 인지하고 있었다. 에이그윈은 메디브의 영혼이 현실의 장막 너머에서 떠다니는 것을 느꼈고 살게라스의 영향력에서 벗어나 있다는 것을 직감했다.

실패를 바로잡을 수 있는 기회였다. 아제로스를 위해서, 그리고 아들을 위해서.

에이그윈은 얼마 남지 않은 마력에 의지해서 메디브의 영혼을 불렀다. 여러 달이 지났지만 아무런 반응이 없었다. 그러나 에이그윈은 고집스러웠고 좀처럼 포기하지 않았다. 에이그윈은 메디브를 소환하는 데 도움이 될 마법의 유물을 찾아 나섰다. 아들을 불러들이는 일은 집착이 되어 갔다. 그것은 어려운 일이었으나 성취감을 주기도 했다. 에이그윈은 아주 오랜만에 목적을 가질 수 있었다. 마치 과거의 자신으로 돌아간 느낌이었다.

에이그윈은 마침내 메디브를 아제로스로 소환했다. 유령과 같은 형체가 그녀의 앞에 나타났다. 에이그윈이 꿈에서 본 그대로, 메디브는 까마귀 깃털이 수놓인 로브를 입고 있었다. 에이그윈은 아들의 눈을 보자마자 자신의 직감이 옳았다는 사실을 알 수 있었다. 메디브는 살게라스의 영향력에서 벗어나 있었다.

모자의 재회는 엄숙했다. 에이그윈은 그동안 일어난 모든 일에 대해 사과했다. 메디브는 곧바로 어머니를 용서했다. 메디브는 두 사람 모두 살게라스에게 희생되었다고 생각했다. 게다가, 지금은 과거에만 머물러 있을 수 없는 상황이었다.

메디브는 영혼이 되어 물리적인 영역을 넘어서 떠도는 동안 많은 것들을 보았다고 말했다. 그는 강력한 마력으로 뒤틀린 황천을 잠깐이나마 들여다보고 군단 악마들의 정신에 접촉할 수 있었다. 그리고 악마들에게서 리치 왕과 언데드 역병에 대한 사실을 알아냈다. 또한 메디브는 군단이 역병으로 아제로스를 약화시킨 다음 어떤 일을 꾸미고 있는지도 알게 되었다.

고대의 전쟁에서 군단은 아제로스에 악마를 불러들이기 위해서 영원의 샘이라고 불리는 마법의 샘을 이용하려 했다. 군단은 영원의 샘의 에너지를 이용하여 살게라스가 직접 사용할 수 있는 아제로스의 차원문을 여는 데 거의 성공할 뻔했다. 그들의 계획은 실패했지만, 영원의 샘은 파괴되었다. 그러나, 또 다른 마법의 샘이 존재했다. 두 번째 영원의 샘은 하이잘 산의 꼭대기에서 거대한 세계수 놀드랏실에 의해 보호되고 있었다. 그 영원의 샘을 이용한다면 군단은 자신들이 시작한 일을 마무리할 수 있었다. 즉, 살게라스와 그의 모든 병력이 아제로스로 침공할 수 있는 차원문을 열 수 있었다.

에이그윈은 아들 메디브에게 군단을 상대로 수호자의 힘을 사용하라고 당부했다. 그러나 메디브는 다른 생각이 있었다. 그는 타락을 경험하면서 한 명의 수호자에게 아제로스의 보호를 의존하는 것이 얼마나 위험할 수 있는지 깨달았다. 수호자가 악의 존재로 돌아설 수 있는 가능성이 너무 컸다. 안될 일이었다. 수호자의 시대는 끝났다. 아제로스의 왕국들이 다가오는 폭풍우에 맞서려면 단결하여 스스로 아제로스를 지켜야 했다.

메디브는 단결을 위한 촉매제가 되기로 맹세했다. 그는 아제로스를 여행하면서 주민들에게 군단의 야욕을 알리고 목적을 위해 단결하게 만들고자 했다.

에이그윈은 아들의 여정에 합류하고 싶었으나 그럴 상태가 아니었다. 그녀는 소환 주문을 시전하면서 죽음의 문턱까지 이르렀다. 주문을 마무리한 순간, 에이그윈의 몸은 늙고 쇠약해졌다. 회복하려면 오랜 시간이 필요했다. 회복을 한다고 해도 전처럼 젊어지거나 강력해지는 것은 불가능했다.

메디브는 홀로 나서야 했다. 시간이 부족했다. 언데드 역병이 로데론을 집어삼키고 있었다.

서리와 어둠

노스렌드에서는 리치 왕이 자신의 속박된 처지를 두고 생각에 잠겨 있었다. 그는 언데드를 자신의 하인으로 만들어 군단과 싸울 날을 꿈꾸었다. 그러나 아직은 때가 아니었다. 역병은 이제 로데론에서 시작되었을 뿐이었다.

리치 왕은 당분간 다른 것들에 신경을 써야 했다. 얼어붙은 왕좌에 갇혀 있었기 때문에 자신의 의지를 바깥세상에 전할 방법이 필요했다. 리치 왕은 언데드 생명체들을 완전히 지배했다. 그러나 그들의 힘은 숫자에서 나왔다. 개별적으로는 약하고 영혼조차 가지지 못한 존재였다. 켈투자드도 있었으나 그 강령술사는 저주받은 자들의 교단을 이끄는 아주 구체적인 일을 수행하고 있었다. 리치 왕은 다른 무엇인가가 필요했다. 더 강한 존재가 필요했다. 얼어붙은 왕좌 너머에서 직접적으로 자신을 대신하여 활동할 수 있는 강력한 용사가 필요했다.

리치 왕은 누가 그러한 대리인이 될 수 있을지 아직 알지 못했지만 하수인을 만들 방법은 알고 있었다. 그 열쇠는 얼음 감옥에 있었다. 서리한이었다. 서리한은 영혼을 흡수하는 무서운 무기였다. 누구든 서리한을 집어든다면 리치 왕의 의지에 속박될 수밖에 없었다.

그러나 공포의 군주들은 리치 왕이 자신의 새로운 하수인을 만드는 것을 허락하지 않았다. 리치 왕은 그것이 군단의 이익에 가장 부합하는 것이라고 악마들이 믿게 만들어야 했다.

수년 동안 리치 왕은 공포의 군주들이 가장 두려워하는 것이 무엇인지를 알아냈다. 바로 악마 군주 킬제덴이었다. 만약 역병이 실패한다면 킬제덴은 그들을 처벌할 것이 분명했다. 리치 왕은 그 사실을 유리하게 이용했다. 리치 왕은 공포의 군주의 두려움을 자극하면서 켈투자드와 같은 다른 필멸의 용사를 찾는 것이 승리의 열쇠라고 조금씩 설득했다. 리치 왕은 제안은 교묘했고 전략적이었다. 그는 새로운 하수인을 찾아서 서리한을 쥐여 주는 계략이 공포의 군주 자신들의 생각이라고 믿게 만들었다.

켈투자드만이 리치 왕의 진정한 의도를 알고 있었다. 리치 왕은 켈투자드에게 역병의 배후에 군단이 있다고 말해 주었으나 켈투자드는 충성을 거두지 않았다. 켈투자드는 후일 악마들에게 맞서 반란을 일으킬 것을 비밀스럽게 약속했다.

공포의 군주들이 수긍하자 리치 왕은 자신의 계획을 실행에 옮겼다. 그는 얼어붙은 왕좌에 마력을 집중하여 서리한을 가둔 얼음 덩어리를 떼어 냈다. 서리한은 얼음왕관 빙하의 바닥에 떨어진 채 희생자를 기다렸다.

남은 일은 그 희생자를 찾는 것뿐이었다.

2장
3차 대전쟁

로데론의 스컬지

로데론에서는 언데드 역병이 계속 퍼지고 있었다. 역병에는 치료제도, 물약도 무용지물이었다. 아주 초기에 감염을 치료하지 못한다면 마을 사제들의 신성한 마법조차 희생자들의 고통을 누그러뜨리지 못했다. 역병에 대한 소식이 곧 로데론의 수도로 전해졌으나 누구도 대처 방법을 몰랐다. 질병은 드문 것이 아니었고 특히 2차 대전쟁의 발발 이후에는 더욱 그러했다. 로데론의 주민들은 수차례 기근과 질병으로 신음했다.

국왕 테레나스 메네실 2세는 역병 조사에 자원을 투입하기 전에 더 많은 정보를 요구했다. 그는 풀려난 오크들이 왕국의 여러 지역에 퍼진 상황에서 마을의 방역 작업에 병력을 투입하고 싶지 않았다. 그는 호드를 더욱 임박한 위협이라고 보았다.

곧 로데론에서 역병의 첫 사망자들이 발생했다. 가족과 친구들은 희생자들의 죽음을 슬퍼했다. 그러나 사랑하는 사람을 곧 다시 보게 되리라고는 상상하지 못했다. 죽음이 끝이라면 차라리 자비일 수 있었다. 사망자의 수가 증가했고 기이한 사건에 대한 소문이 로데론 구석구석까지 전해졌다. 어떤 이들은 역병으로 죽은 이들의 시체가 밤 사이에 사라지고 있다고 말했다. 또 다른 이들은 죽은 자들이 무덤에서 일어나 영혼 없는 시체로 돌아다닌다고 말했다.

비록 기이한 이야기였지만 그 이야기들은 사실이었다. 역병의 마지막 증상이 발현되고 있었다. 희생자들은 리치 왕의 의지에 속박된 채, 좀비와 같은 불사의 몸이 되어 일어나고 있었다.

켈투자드는 차가운 시선으로 동쪽 숲에서 파국이 펼쳐지는 모습을 지켜보았다. 그는 리치 왕의 위대한 계획을 실현하는 데 누구보다도 큰 희생을 치렀다고 생각했다. 그의 눈앞에서 무시무시한 군대가 만들어지고 있었다. 언데드 하수인과 저주받은 자들의 교단에 소속된 광신도로 이루어진 군대였다. 켈투자드는 그 군대에 스컬지라는 이름을 주었다. 스컬지는 재앙이라는 단어 뜻 그대로, 리치 왕이 온 로데론을 휩쓸고 인간을 굴복시키는 데 쓰일 무기였다.

그리고 수개월 내에 스컬지라는 이름은 리치 왕을 섬기는 모두를 일컫는 이름이 되었다.

앞면: 하이잘 산 전투에서 놀드랏실을 공격하는 아키몬드

예언자의 경고

언데드 역병은 메디브의 예상보다 훨씬 빠른 속도로 퍼지고 있었다. 그는 인정하고 싶지 않았지만 그 질병에 접촉한 이들을 구할 수 없다는 사실을 알고 있었다. 시간이 없었다. 아제로스를 향한 진정한 위협은 두 번째 영원의 샘을 이용하려는 군단의 계획이었다. 메디브는 모든 수단을 동원하여, 비록 로데론이 역병으로 황폐화되고 말지라도, 그 마력의 샘을 보호해야 했다.

메디브는 로데론의 건강한 시민들을 최대한 모아서 두 번째 영원의 샘으로 이끌기로 결정했다. 그는 남아 있는 수호자의 마력을 집중하여 지역의 영향력 있는 인물들과 접촉했다. 일부는 꿈속에서 까마귀의 형상으로 접촉했다. 또 다른 이들은 "예언자"라고만 알려진 두건을 쓴 인물의 형상으로 직접 대면했다. 메디브는 모두에게 동부 왕국을 떠나 고대의 땅 칼림도어를 향해 서쪽으로 가라고 말하면서 만약 그렇게 하지 않으면 전 세계가 멸망할 것이라는 무시무시한 경고를 전했다. 메디브는 자신의 정체를 결코 드러내지 않았다. 메디브라는 이름을 아는 자들은 그를 아제로스에 호드를 불러온 사악한 마법사이자 악당이라고 생각할 것이 분명했기 때문이다.

메디브가 접근한 가장 영향력 있는 두 명은 로데론의 국왕 테레나스 메네실 2세와 달라란의 지도자 대마법사 안토니다스였다. 두 사람 모두 그의 경고에 주의를 기울이지 않았다.

테레나스 2세는 풀려난 오크가 항상 눈엣가시였다. 다른 얼라이언스 국가들은 강력한 적이 시골에서 자유롭게 활보하는 상황에 대비하여 무장을 준비했다. 테레나스는 오크를 무찌르기 위해 신성한 성기사가 포함된 군대를 내보냈다. 그는 메디브의 경고가 미치광이의 헛소리에 불과하다고 생각했다.

안토니다스는 다른 이유로 메디브의 말을 듣지 않았다. 안토니다스와 마법사들은 동쪽 숲에서 퍼지는 수수께끼의 역병에 대해 알게 되었다. 테레나스와는 달리 그들은 점차 기승을 부리는 전염병의 소식에 깊이 우려하고 있었다. 안토니다스는 그 역병이 마법의 성질을 가진 것이라고 추측했으나 그러한 가설을 확인하려면 증거가 필요했다. 그는 발병 상황을 관찰하고 정보를 수집하기 위해 가장 유망한 제자인 마법사 제이나 프라우드무어를 보냈다.

메디브는 인간들로부터 거의 성공을 거두지 못했으나 오크에게서 희망을 찾을 수 있었다. 과거의 수호자였던 메디브는 아직 운명의 장난 속에 있었다. 피를 갈구하며 아제로스를 침략하고 세계 대부분을 황폐화시킨 그들이 이제 파멸의 손길에서 그 세계를 구할 장본인으로 나설 차례였다.

계시를 찾아서

새로운 호드는 불확실한 미래와 마주했다. 대족장 스랄은 포로수용소에서 많은 오크들을 해방시켰지만 그들은 거처가 없었다. 그들은 유랑자의 삶을 살면서, 계속 인간의 군대를 피해서 로데론과 주위 지역의 다른 오크들을 찾아다녔다. 얼라이언스와의 또 다른 전쟁은 불가피해 보였다.

오크들은 스랄에게서 답을 구했으나 그 역시 답을 몰랐다. 걱정이 사고를 잠식했고 악몽이 꿈을 물들였다. 매일 밤, 스랄은 오크들이 잔혹한 전투 속에서 얼라이언스에게 쓰러져 가는 계시를 접했다. 스랄은 자신의 종족이 다시 한 번 수용소에 갇혀서 힘을 잃는 모습을 보았다.

그러한 불확실성의 시기에 메디브가 스랄을 찾아왔다. 그는 스랄에게 어둠의 폭풍이 아제로스를 덮치고 있으며, 악마의 침공으로 인해 모든 문명은 잿가루가 될 것이라고 말했다. 그리고 불타는 군단을 막을 방법은 하나뿐이며, 그것을 위해서는 대해를 건너 칼림도어라는 이름으로 알려진 땅에 가야 한다고 전했다.

메디브를 만난 후 스랄은 고민에 빠졌다. 스랄은 너무 어렸기 때문에 군단이 오크 종족을 노예로 삼았던 시절을 기억하지 못했지만, 악마가 무엇인지는 알고 있었다. 오그림 둠해머와 그롬마쉬 헬스크림 등 나이 많은 오크들은 군단이 오크 종족을 파멸로 이끈 과정을 스랄에게 이야기해 주었다. 스랄은 자신이 악마들과 맞서지 않으면 오크 종족이 다시 한 번 노예 신세가 되거나 아니면 더 끔찍한 운명을 겪을지 모른다고 생각했다.

그러나 스랄은 그 이방인을 신뢰하기가 망설여졌다. 그는 불과 대지, 바람, 물의 정령에게서 답을 구했다. 정령들은 즉시 그리고 다급하게 이방인을 믿으라고 답했다. 스랄과 같은 주술사에게 그 이상의 확신은 필요하지 않았다.

스랄은 오크 종족에게 아무것도 숨기지 않았다. 그는 앞으로 겪을 여정과 대면해야 할 적에 대해 이야기했다. 다수의 오크가 미지의 땅으로 항해를 나서는 것을 경계했지만 그들은 대족장을 믿었다. 스랄이 아니었다면 그들은 지금껏 수용소 감옥에 갇혀 있었을 것이 분명했다.

스랄은 새로운 호드를 모아 바다를 건널 방법을 모색하기 시작했다.

역병의 참화

로데론의 시골 지역에서는 아직 호드가 어슬렁거리고 있었으나 테레나스 메네실은 더 이상 역병을 무시할 수 없었다. 그는 키린 토에서 질병을 조사하기 위해 마법사 제이나 프라우드무어를 보낸다는 소식을 접하고서 그녀를 도와야겠다고 생각했다. 테레나스는 자신의 아들 아서스 메네실이 이끄는 사절단을 파견했다. 그들의 임무는 제이나와 함께 역병의 원인을 찾는 것이었다. 운 좋게 방법을 찾아서 역병이 더 퍼지지 못하게 막을 수 있다면 더 좋은 일이었다.

한편, 엄중한 상황에도 불구하고 아서스와 제이나는 함께 시간을 보내기만을 기다렸다. 그들의 연애는 끝이 났지만 아직 서로에 대한 감정이 남아 있었기 때문이다. 그러나 그들은 이번 임무가 아직 남은 젊음의 순수함을 깨부수고 두 사람을 영원히 바꾸어 버릴 것이라고 생각하지 못했다.

아서스 일행은 동쪽 숲으로 발을 내딛는 순간 또 다른 세계로 통하는 차원문을 통과한 듯한 착각을 느꼈다. 한때 그 지역에서 볼 수 있었던 평온함은 사라지고 없었다. 어둠이 대지를 휩쓸면서 공포와 망상을 퍼뜨리고 있었다. 아서스는 주민들의 고통을 목격하면서 마음이 찢기는 것을 느꼈다. 그들은 아서스의 백성이었다. 그들을 보호하는 것은 그의 책임이었다. 만약 실패한다면, 어떤 통치자가 되겠는가? 아서스는 그의 백성을 파멸에서 구할 수만 있다면 무엇이든 하겠노라고 맹세했다.

처음부터 아서스는 별 성과를 거두지 못했다. 아서스는 빛의 힘을 불러내어 자신이 만난 역병에 찌든 희생자들을 정화하려고 했으나 신성한 빛은 대체로 효과가 없었고 불안정했다. 아서스가 많은 불쌍한 영혼들을 위해 할 수 있는 것이라곤 역병을 종식시키겠다는 다짐의 말을 전하는 것뿐이었다.

시간이 지나면서 아서스와 제이나는 역병에 관한 의문점을 하나씩 풀어나갔다. 한 가지 사실이 밝혀질 때마다 상황은 더욱 심각해졌다. 역병은 안돌할에서 곡물 보급로를 따라 동쪽 숲 곳곳으로 전파되고 있었다. 더욱 불편한 사실은 역병의 증상이 희생자의 목숨을 앗아가는 것에서 그치지 않았다는 것이었다. 역병은 죽은 이들을 불사의 존재로 일으켰고 어슬렁거리는 시체로 변화시켰다.

아서스와 제이나는 그 끔찍한 광경을 직접 목격했다. 그리고 시골 지역에서 파도처럼 떼를 지어 걸어다니는 시체와 싸우며 나아가야 했다.

그 어느 것도 우연한 일이 아니었다. 역병을 퍼뜨린 것은 켈투자드가 이끄는 인간 이교도들이었으며 그들은 스컬지라 불리는 언데드의 군대를 지휘하고 있었다.

역병의 배후에 인간이 있었다는 사실은 아서스의 마음에 불을 붙였다. 아서스는 분노에 빠져들었고, 무고한 생명을 앗아간 대가를 치르게 하겠다며 켈투자드와 추종자들을 추적하는 데 집중했다.

아서스 메네실은 안돌할에서 기회를 얻을 수 있었다.

어둠의 길

리치 왕은 스컬지 하수인의 눈을 통해서 아서스를 지켜보고 있었다. 그 젊은 인간은 리치 왕의 흥미를 자극했다. 아서스는 카리스마와 자신감이 넘치는 타고난 지도자였다. 또한, 리치 왕은 아서스 왕자가 길을 내면서 쓰러뜨린 언데드의 시체들을 보면서 아서스 메네실이 재능 있는 전사이자 전략가임을 알아보았다. 무엇보다 중요한 것은 분노와 절망이 서서히 그의 정신을 집어삼키고 있었다는 사실이었다.

다시 한 번, 리치 왕은 공포의 군주들을 은밀하게 조종하여 그들의 주의를 아서스에게로 돌렸다. 공포의 군주들은 아서스를 타락에 빠뜨릴 완벽한 용사로 보았다. 그렇지만 노스렌드의 서리한이 있는 곳까지 그를 유인하는 것은 쉬운 일이 아니었다. 젊은 왕자는 이제 막 자멸의 길을 걷기 시작했다. 그 길을 리치 왕과 공포의 군주들이 인도해 주어야 했다.

악마들은 리치 왕의 충고에 따라 계획을 구상했다. 그들은 켈투자드에게 아서스와 싸우라고 지시했다. 그리고 신성한 도시 스트라솔름에 켈투자드가 섬기는 강력한 공포의 군주 말가니스가 있다는 것을 알리라고 말했다. 켈투자드가 아서스에게 그러한 정보를 주는 것만으로는 충분하지 않았다. 켈투자드는 그러면서 목숨을 내놓아야 했다. 아서스 왕자는 켈투자드를 쓰러뜨린 다음에야 스트라솔름을 찾아 말가니스를 상대할 생각을 할 것이 분명했다.

스트라솔름은 구체적인 목적을 고려하여 선택된 장소였다. 인구가 무척 많았고 전략적으로나 경제적으로나 지역에서 가장 중요한 도시였다. 스트라솔름은 또한 성기사단이 탄생한 신성한 장소였다. 만약 스트라솔름이 역병에 물들고 언데드에 뒤덮인다면 그것은 재앙이나 다름없었다. 로데론은 동쪽 숲에서 통제력을 잃을 수밖에 없었다.

아서스는 안돌할에 도착했고 켈투자드는 도망가지 않았다. 켈투자드는 리치 왕이 상상을 뛰어넘는 강력한 언데드로 자신을 되살려줄 것이라고 믿었다. 그리고 아서스 왕자와 전투를 벌이면서 말가니스의 존재에 대해 밝혔고 그가 스트라솔름에 있다고 전했다.

계획한 대로 아서스 메네실은 켈투자드에게 분노를 터뜨리면서 그의 목숨을 끊어주었다. 그런 다음, 더한 절망과 광기에 휩싸인 채 스트라솔름을 향해 떠났다.

스트라솔름 정화

시간이 흘러가면서 제이나 프라우드무어는 아서스 메네실에게서 변화를 느꼈다. 그의 머리는 증오로 가득 차 있었다. 아서스는 제이나와 부하들을 한계까지 밀어붙이며 나아갔고 휴식할 시간조차 거의 주지 않았다. 제이나 역시 아서스만큼이나 역병을 종식시키고 싶었지만 아서스가 그 임무에서 정신적인 충격을 받은 게 아닌지 두려운 생각이 들었다.

제이나는 아서스에게 감정을 다스리라고 설득했으나 아서스는 귀를 기울이지 않았다. 왕자는 자신의 백성이 안전해질 때까지 쉴 수 없었다.

스트라솔름으로 가는 도중 로데론에서 온 누군가가 아서스와 제이나에게 합류했다. 왕자에게 어느 정도 직언을 할 수 있는 인물인 빛의 수호자 우서였다.

우서는 명성 높은 성기사이자 은빛 성기사단의 창단인이었다. 그는 국왕 테레나스 메네실 2세의 명령에 따라 아서스를 신성한 전사로 훈련시켰다. 우서는 아서스 왕자에게 엄격했지만 그것은 제자에게서 큰 가능성을 보았기 때문이었다. 시간이 지나면서 우서는 아서스를 아들처럼 생각하며 그의 안녕을 자신의 책임으로 여겼다.

우서는 아서스의 여정에 합류했을 때 그 젊은 성기사에게서 무언가가 잘못된 것을 느꼈으나 크게 개의치 않았다. 우서는 이미 아서스가 가끔씩 고집불통일 때가 있다는 것을 알고 있었다. 아서스는 단지 자신의 백성들을 위해 최선을 다하고자 했고 우서는 그가 곧 이성을 찾을 것이라고 생각했다.

우서는 스트라솔름에서 아서스가 얼마나 잘못되었는지 금방 알게 되었다. 스트라솔름 주민들은 이미 안돌할의 오염된 곡물을 받아서 소비하고 있었다. 그들의 운명은 봉인되었다. 역병이 그들을 영혼 없는 언데드로 뒤바꾸는 것은 시간문제였다.

아서스는 스트라솔름이 스컬지의 성채로 뒤바뀌는 것을 막을 방법은 단 하나뿐이라고 생각했다. 그리고 주민들이 역병에 굴복하기 전에 도시 전체를 정화하라고 동료들에게 명령했다. 아서스에게 그것은 자비이자 전략적인 결정이었다. 만약 스트라솔름의 주민들이 언데드 괴물로 바뀌어 생전에 사랑했던 모든 사람과 모든 것을 공격할 운명임을 안다면 무엇을 선택하겠는가? 아서스는 자신이 역병에 걸린다면 역병에 의해 무덤에서 일어나 걸어 다니는 시체가 되느니 자유 의지를 가진 인간으로서 깨끗한 죽음을 선택하고 싶을 것이라고 생각했다.

왕자의 일부 동료들은 명령에 복종했다. 많은 이들은 명령을 따르지 않았다. 우서와 그의 성기사들은 무고한 자를 죽인다는 생각에 역겨움을 느꼈다. 그들 역시 참여하지 않았다. 그들의 불복종은 아서스에게 더욱 어둡고 극단적인 선택을 종용할 뿐이었다. 아서스는 다른 성기사들에게서 등을 돌리고 그들의 행동을 반역으로 규정했다.

아서스는 제이나에게 동참할 것을 요청했으나 제이나도 응하지 않았다. 제이나는 아서스 왕자가 그런 만행을 저지르는 모습을 볼 수 없었다. 제이나는 우서의 성기사들과 함께 왕자를 그 끔찍한 현장에 남겨 두었다.

아서스와 충성스러운 부하들은 스트라솔름을 휩쓸며 학살을 시작했다. 불길이 도시를 집어삼켰고 거리에서는 잿가루와 불씨가 솟아올랐다. 날카로운 비명이 공기를 갈랐다. 무고한 자들의 피가 자갈길을 흥건하게 적셨다.

대학살의 현장에서 아서스는 말가니스를 발견했다. 공포의 군주 말가니스는 인간 아서스를 쓰러뜨리고 싶었지만 그것은 그의 목적이 아니었다. 말가니스는 노스렌드에서 진정한 전투를 벌이자며 아서스 왕자에게 도전장을 내밀었다. 그런 다음 마법으로 모습을 감추고 스트라솔름에서 사라졌다.

아서스는 지체하지 않고 뒤를 따랐다. 그는 공포의 군주 말가니스를 처치한다면 스컬지를 무너뜨

스트라솔름의 아서스 메네실 왕자

리고 언데드 역병을 완전히 막을 수 있을 것이라고 생각했다. 아직 불길이 잦아들지 않은 스트라솔름의 폐허에서 아서스는 부하들을 모아 얼어붙은 대륙 노스렌드를 향해 항해에 나섰다.

며칠 후 제이나와 우서는 스트라솔름으로 돌아왔다. 도시의 대부분은 불에 타고 형체만 남아 있었다. 거리에는 시신이 나뒹굴었다. 생각했던 것보다도 더욱 끔찍했다.

제이나는 무너진 도시를 보면서 학살을 막지 못하고 아무것도 하지 못한 자신을 책망했다. 마법을 사용하여 아서스를 저지할 수도 있었다. 그러나 제이나는 그렇게 하지 않았다. 그녀가 행동하지 않았기 때문에 왕자는 평생 동안 악몽으로 기억될 만행을 저지르고 말았다. 후회는 그 후 오랫동안 제이나를 무겁게 짓눌렀다.

제이나 프라우드무어와 빛의 성기사 우서는 각자 길을 떠났다. 우서는 로데론의 수도로 돌아와 국왕 테레나스 메네실 2세에게 왕자의 행동을 고했다. 한편 제이나는 안토니다스에게 역병에 대한 조사 결과를 보고하기 위해 달라란으로 향했다.

제이나도 우서도 후일 아서스 메네실을 다시 대면하는 날, 그들이 알고 사랑했던 왕자는 사라지고 없을 것이라는 사실을 알지 못했다.

저주받은 검

스트라솔름 정화는 아서스 메네실 왕자에게 되돌릴 수 없는 선택이었다. 아서스의 마음은 검게 물들었고 이성은 흐트러졌다. 아서스는 리치 왕의 위대한 하수인이 되어 가고 있었다. 거의 그랬다.

먼저 아서스는 저주받은 룬검 서리한을 찾아야 했다. 스컬지는 간단히 아서스를 서리한이 있는 곳으로 데려가지 않았다. 그랬다가는 왕자의 의심을 살 수 있었다.

리치 왕은 노스렌드의 드워프 탐험가들에게 눈길을 돌렸다. 산속 도시 아이언포지에서 온 위대한 전사 무라딘 브론즈비어드가 이끄는 드워프 일행이 고대 유물을 찾아 여행하는 중이었다. 아서스가 어렸을 때 무라딘은 로데론에 대사로 파견되었고 아서스에게 무술을 가르쳤다. 무라딘은 아서스에게 서리한의 존재를 알릴 완벽한 전령이었다.

리치 왕의 인도에 따라 말가니스와 공포의 군주들은 드워프들을 조종했다. 악마들은 탐험가 야영지에 서리한과 그 위치에 대한 단서들을 지도와 전설적인 룬검에 대한 고대 기록의 형태로 비밀스럽게 심어 두었다. 드워프 탐험가 중 누구도 그 정보의 출처를 기억하지 못했다. 전에는 잘 알아보지 못한 것이라고 짐작할 뿐이었다. 무라딘은 룬검에 이끌렸고 드워프들은 룬검을 찾기 위해 나섰다.

한편 아서스와 병사들은 울부짖는 협만이라고 불리는 노스렌드의 지역에 상륙했다. 겨울의 날씨는 가혹했고 스컬지는 이상하게도 그들을 피했다. 로데론에서의 공격적인 태도에 비하면 무척이나 다른 모습이었다.

리치 왕은 스컬지를 이용하여 무라딘 브론즈비어드를 공격하면서 아서스와 만나도록 유도했다. 마침내 무라딘이 아서스를 만났을 때 그것은 우연한 조우로만 생각되었고 한편으로 행운처럼 느껴졌다. 무라딘은 아서스에게 노스렌드 탐험의 목적과 서리한을 찾아 나선 최근의 여정에 대해 말해 주었다. 룬검에 대한 이야기는 왕자를 사로잡았다. 그것은 말가니스와의 전투에서 유용하게 쓰일 무기였다.

아서스는 희망에 부풀었다. 그러나 로데론에서 좌절스러운 소식이 들려왔다. 왕실 특사가 왕자를 추적하여 테레나스 왕의 지시를 전했다. 부하들을 데리고 즉시 로데론으로 돌아오라는 내용이었다. 왕자의 충성스러운 부하들은 그의 곁에 남고 싶었으나 왕의 명령을 거역하는 것은 반역 행위가 될 수 있었다.

아서스는 지금 돌아간다면 다시 말가니스를 찾을 기회를 얻지 못할 것이라고 생각했다. 아서스는 한 가지 방법을 생각했다. 그는 아무도 모르게, 한 척도 남김없이 배를 불태웠다. 부하 중 누구도 그것이 왕자의 소행이라고 생각하지 않았다. 그들은 적어도 배를 만들 때까지 노스렌드에 머물 수밖에 없었다.

얼마 후, 말가니스와 스컬지 무리가 함정에 빠진 왕자 일행을 공격했다. 언데드는 아서스가 전에 보지 못한 규모로 밀려들었고 부하들을 압도할 만큼 위협적이었다. 아서스의 유일한 희망은 또 다른 힘, 서리한을 찾는 것뿐이었다.

부하들이 스컬지를 상대하는 동안 아서스와 무라딘은 어느 작은 동굴 속으로 룬검 서리한을 찾아 들어갔다. 바로 그곳, 빛나는 얼음 덩어리 속에 검이 들어 있었다. 마력은 물론 불길한 이계의 기운이 검에서 뿜어져 나왔다. 무라딘은 아서스에게 서리한을 두고 돌아가자고 설득했지만 왕자는 그럴 수 없었다. 돌아가기에는 너무도 멀리까지 오고 말았다.

리치 왕이 아서스의 결의를 느꼈다. 그는 서리한의 에너지를 분출시켜 격렬한 폭발을 일으켰다. 얼음의 감옥이 부서졌다. 동굴 속에서 날카로운 얼음 파편이 사방으로 날았고 그중 하나가 무라딘을 찔러 쓰러뜨렸다.

아서스는 친구를 치유하기 위해 서둘러 움직였다. 동쪽 숲에서는 변덕스럽고 불안정했던 신성한 빛이 왕자의 부름에 응했다. 빛나는 에너지가 아서스의 몸을 감쌌고 그의 손에서 눈부신 빛을 내뿜었다. 이제 빛을 받아들일 차례였다.

그러나 아서스는 빛을 받아들이지 않았다. 아서스는 서리한과 구원의 약속에 대한 생각에 빠져 있었다. 서리한은 진정한 힘을 지니고 있었다. 말가니스를 처단할 열쇠는 신성한 빛이 아니라 서리한이었다. 결국 신성한 힘이 동쪽 숲에서 무슨 일을 할 수 있었단 말인가? 신성한 힘은 언데드를 막지 못했다. 신성한 힘은 아서스가 죽어가는 모습을 지켜봐야 했던 무고한 이들을 구하지 못했다.

그 순간, 아서스 메네실은 빛에서 영원히 등을 돌리고 서리한을 집어 들었다. 서리한의 끔찍한 힘이 그의 몸을 타고 전해졌다. 피를 얼릴 듯이 차가운 기운이었다. 그것은 아서스의 영혼을 집어삼켰다.

리치 왕은 서리한을 통해서 아서스와 대화하고 그의 움직임을 인도할 수 있었다. 리치 왕은 아직 아서스 왕자를 자신의 노예로 만들지 않았다. 당분간은 아서스가 스스로 자신의 운명을 결정하고 있다고 믿게 내버려 둘 생각이었다.

스컬지 사이에서 자리를 잡기 전에 아서스가 마지막으로 할 일이 남아 있었다.

무라딘의 운명

아서스 메네실의 생각과는 달리 무라딘 브론즈비어드를 찌른 얼음 파편은 그의 목숨을 앗아가지 않았다. 무라딘은 넘어져서 의식을 잃고 기절해 있었다.

아서스가 동굴을 떠난 후 무라딘은 정신을 차렸다. 그의 상처는 깊었고 자신이 누구인지 어째서 노스렌드에 왔는지 기억하지 못했다. 무라딘은 기진맥진한 상태로 눈 덮인 황무지를 떠돌았다. 무라딘은 노스렌드에서 살아가는 드워프인 서릿결 부족의 도움으로 죽음을 면할 수 있었다.

서릿결 드워프는 부상당한 무라딘을 발견했고 회복할 수 있도록 나중까지 보살폈다. 수년이 지나 무라딘은 기억을 되찾아 아이언포지로 돌아갔다.

저주받은 자들의 용사

아서스 메네실이 기지로 돌아왔을 때 그의 부대는 스컬지에게 포위당하고 있었다. 룬검의 굶주림을 채우라는 리치 왕의 목소리가 서리한을 통해 전해졌다. 그리고 아서스는 서리한의 갈증을 채워 주었다. 아서스는 겨울 폭풍처럼 분노를 터뜨리며 언데드를 가르고 나아갔다.

인간들은 왕자와 그의 새로운 힘에 환호했다. 아서스가 그것을 위해 얼마나 큰 대가를 치렀는지 누구도 알지 못했다.

아서스는 부하들에게 쉴 기회를 주지 않았다. 리치 왕은 아서스에게 말가니스가 언데드 사이 어딘가에 있다고 속삭였다. 아서스는 말가니스를 찾을 수 있다면, 그리고 그를 처치할 수 있다면 로데론을 구원할 수 있을 것으로 믿었다. 아서스는 부하들을 이끌고 반격을 감행했다. 인간들 중에서 사상자가 속출했다. 그러나 왕자는 그들의 죽음을 무시했다. 아서스는 말가니스가 나타날 때까지 계속해서 나아갔다.

리치 왕은 아서스를 막지 않았다. 그것은 자유를 향한 리치 왕의 첫걸음이었다. 가장 강력한 군단의 일원 중 하나를 제거할 수 있는 기회였다. 리치 왕은 서리한을 통해 명령을 전했다. 아서스는 공포의 군주 말가니스에게 서리한을 찔러 넣어, 그의 숙적을 처단했다.

남은 스컬지들은 황무지 곳곳으로 흩어졌다. 인간 생존자들은 승리를 축하했으나 아서스는 함께하지 않았다. 아서스는 홀로 노스렌드의 얼어붙은 자연 속을 떠돌았고 리치 왕은 그에게서 마지막 남은 인성의 자락을 벗겨냈다. 어둠의 지식이 왕자의 정신 속에서 불길을 피웠다. 그리고 아서스는 자신의 새로운 주인이 그랬던 것처럼 강령술의 마력을 사용하는 법을 익혔다.

며칠 후 아서스는 야영지로 돌아왔다. 그의 피부는 죽음처럼 창백했고 머리카락은 백골처럼 하얗게 변했다. 로데론의 왕자는 사라지고 없었다. 무언가가 그의 자리를 대신 차지하고 있었다. 리치 왕이 새롭게 창조한 첫 언데드 피조물, 죽음의 기사였다.

아서스 메네실은 그의 부하들을 학살했다. 서리한은 그들의 영혼을 마음껏 들이켰다. 일부는 동쪽 숲을 떠돌던 자들과 마찬가지로 죽음에서 일어나 평범한 스컬지 하수인이 되었다. 다른 운명을 맞은 이들도 있었다. 아서스는 그들을 자신과 같이 공포스러운 죽음의 기사로 탈바꿈시켰다.

왕자는 노스렌드에 더 머물지 않았다. 그는 스컬지를 이끌고 로데론으로 돌아갈 준비를 했다.

고향으로 돌아갈 시간이었다.

죽음의 기사

리치 왕의 죽음의 기사는 2차 대전쟁 동안 호드의 편에서 싸웠던 언데드 병사와 같은 이름으로 불렸다. 그들은 강령술을 사용하는 등 여러 특징을 공유했다. 그러나 그들의 기원은 매우 달랐다. 굴단은 쓰러진 오크 흑마법사의 영혼을 인간 기사의 썩어 가는 시체에 주입하여 최초의 죽음의 기사를 빚어냈다.

말가니스의 운명

다른 공포의 군주들은 말가니스의 죽음에 격분했으나 리치 왕을 벌하지는 않았다. 리치 왕은 그 악마들에게 말가니스의 죽음이 불운한 사고였다고 설득했다. 아서스 메네실은 아직 완전하게 지배당하는 상태가 아니었다. 그리고 이제는 지배력이 견고해졌기에 다시는 공포의 군주에게 검을 겨누지 못하게 하겠다고 약속했다.

아서스와 리치 왕은 말가니스가 죽었다고 생각했다. 그것은 사실이 아니었다. 공포의 군주들은 서리한을 만들 당시 그 마력이 자신들을 해치지 못하게 만들었다. 서리한은 말가니스의 영혼을 집어삼키지 않았다. 단지 뒤틀린 황천으로 돌려보냈을 뿐이었다. 시간이 지난 후, 공포의 군주 말가니스는 새로운 몸으로 다시 태어났다.

검은창 부족

노스렌드에서 멀리 떨어진 남쪽에서는 스랄과 새로운 호드가 대해를 건너 새로운 길을 찾아 나섰다. 오크는 2차 대전쟁에서 배를 사용한 적이 있었지만 그 함대는 이미 오래전 파도 속으로 사라졌다. 호드는 새로운 함선을 건조할 만한 시간과 자원이 없었다. 유일한 선택지는 배를 훔치는 것이었다.

남녘해안은 완벽한 제물이었다. 그 항구는 다수의 갈레온선을 보유하고 있었고 방어도 허술했다. 호드는 밤을 틈타 항구를 덮쳤으나 주민들을 학살하지는 않았다. 철저한 학살은 옛 호드의 방식이었다. 호드는 최소한의 피를 흘리고서 얼라이언스의 함선을 조종하여 항해에 나섰다.

오크가 함선을 훔쳤다는 소식은 얼라이언스 해군의 총사령관인 대제독 댈린 프라우드무어의 귀에 들어갔다. 그는 오크를 사냥하겠다고 맹세했다. 댈린은 오크를 생포할 생각이 없었다.

댈린 프라우드무어의 해군은 해상 전투의 달인이었다. 그들은 빠르게 스랄의 함대를 추적하여 호드 함대를 격파할 태세를 갖췄다. 그러나 운명의 계획은 달랐다. 하늘에서 거대한 폭풍우가 일었고 바다는 무섭게 동요했다. 폭풍우가 호드와 얼라이언스의 함선을 집어삼켰고 마치 장난감을 다루듯 배를 집어던졌다.

스랄과 오크는 근처의 군도로 대피했다. 마침내 구름이 물러가고 바다는 평온을 되찾았다. 얼라이언스 해군은 어디에도 보이지 않았다. 그러나 스랄의 걱정은 가라앉지 않았다. 상당수 함선이 폭풍우와 함께 사라져버렸다. 그롬마쉬 헬스크림과 다수의 전쟁노래 부족 오크들도 그중 일부였다. 스랄은 그들의 생사를 알 수 없었다. 스랄이 보유한 함선들의 상태는 더욱 긴박한 문제였다. 함선은 폭풍우 속에서 피해를 입었고 서쪽으로 여행을 재개하려면 함선을 수리해야 했다.

스랄과 오크의 앞날은 순탄하지 않았다. 그들은 오래된 적과 싸웠고 새로운 적과 싸웠다. 폭풍우로 인해 댈린 프라우드무어의 함대 일부도 그 섬으로 밀려왔고 인간들은 해안 곳곳에 흩어졌다. 게다가 섬 아래 동굴은 자르지라라고 불리는 나가 마술사의 소굴이었다. 그 증오에 찬 바다뱀은 멀록이라는 이름의 물고기를 닮은 원시 생명체의 군대를 거느리고 있었다.

그러나 스랄은 그 위험을 홀로 감당하지 않았다. 스랄은 그 섬에 거주하는 또 다른 종족과 뜻밖의 동맹을 맺었다. 바로 검은창 트롤이었다.

검은창 부족은 가시덤불 골짜기에 있는 분열된 구루바시 제국의 일원이었다. 수백 년 동안 거의 매년 반복된 기근과 전쟁은 트롤에게 큰 타격을 주었다. 검은창 부족은 다른 부족과는 달리 야만적이거나 무자비하지 않았고 그 때문에 쉬운 먹잇감이 되었다. 그들은 동료 구루바시 트롤의 끔찍한 잔혹성에 고통 받았고 결국 가시덤불 골짜기를 떠났다. 검은창 부족은 서쪽으로 항해하여 외딴 섬에 정착했다.

스랄은 즉시 검은창 트롤과 지혜롭고 연로한 족장 센진에게 동질감을 느꼈다. 스랄은 트롤의 마음에서 선의를 느꼈고 오크와 트롤 사이에서 많은 공통점을 발견했다. 두 종족은 모두 억압받았고 그들을 몰아내려 작정한 듯한 세상에서 살아남기 위해 서로 도움을 필요로 하고 있었다.

호드와 검은창 트롤은 한 편이 되어 두 전선에서 전투를 치렀다. 한 적은 인간이었고 다른 적은 자르지라와 비늘 덮인 부하들이었다. 스랄과 트롤은 승리했으나 큰 희생이 뒤따랐다. 모든 진영에서 희생자가 쏟아졌다. 센진도 전사자 중 한 명이었다.

스랄은 전사한 족장 센진을 기리며 검은창 트롤을 호드에 초대했다. 전쟁으로 엉망이 된 섬에서 미래를 장담할 수 없었던 트롤은 제안을 받아들였다.

오크는 함선을 수리한 후 계속해서 대해를 가로지르며 나아갔다. 많은 검은창 부족이 호드에 합류했지만 다른 트롤들은 당분간 섬에 남기로 했다. 센진의 아들이자 젊은 어둠사냥꾼인 볼진이 이어서 부족을 이끌었다. 볼진은 남은 트롤들을 규합했고 최대한 물자를 수집했다. 그런 다음, 부족이 머나먼 칼림도어 땅에서 평화를 찾기를 바라며, 호드를 따라 서쪽으로 출발했다.

왕좌의 계승자

스랄과 호드가 대해에서 항해하는 동안, 무슨 일인지 동쪽 숲에서 언데드가 물러나고 자취를 감추었다. 시민들은 이유를 모른 채 추측만 할 뿐이었다. 인간들 대부분은 그들의 사랑하는 왕자가 노스렌드에서 스컬지를 무찌르는 임무에 성공했다고 믿었다.

실제로는 리치 왕이 아서스의 귀환을 준비하기 위해 스컬지를 물린 탓이었다. 스컬지에게는 로데론의 주민들이 아서스가 언데드를 물리쳤다고 믿는 것이 좋았다. 그러면 아서스는 승리한 영웅으로서 환영을 받으며 로데론 수도에 들어갈 수 있었다. 누구라도 아서스가 무언가 잘못되었다고 의심할 때쯤이면 이미 상황은 끝나 있어야 했다.

아서스 메네실은 군대를 이끌고 고향 땅에 도착했다. 그는 언데드 병사와 죽음의 기사는 물론 더 많은 병력과 함께 바다를 건너 로데론에 도착했다. 그의 군대에는 모든 형태의 스컬지 괴물들이 포함되어 있었다. 인간 강령술사, 기워 붙인 누더기골렘부터 거미를 닮은 언데드 지하마귀, 날개 달린 가고일 그리고 심지어 불사의 몸으로 일어나 얼음의 마법을 부여받은 서리고룡도 무리를 이루었다.

아서스는 자신의 부하들에게 얼마간 숨어 있으라고 명령했다. 소수의 죽음의 기사만이 아서스와 동행하며 수도를 향해 나아갔다. 그들은 두건이 달린 망토를 입어 시체처럼 창백한 피부와 여윈 몸을 가렸다.

아서스가 돌아온다는 소식이 로데론에 퍼졌다. 그의 귀환은 많은 사람들의 바람, 즉 왕자가 스컬지에게서 그들을 구해주었다는 믿음을 확인시켜 주는 듯했다.

수백 명의 시민들이 아서스를 환영하기 위해 수도에 모여들었다. 아서스의 도착에 맞추어 종이 울렸고 환희에 찬 군중은 장미꽃 잎을 던지며 아서스 일행을 환영했다. 그러나 아서스는 군중을 무시했다. 그는 기이한 침묵을 지키며, 왕실에 들어섰다. 아버지가 간절한 심정으로 아들을 기다리고 있었다.

왕좌 앞에서, 아서스와 그의 아버지가 재회했다. 그러나 포옹은 없었다. 기쁨의 눈물도 없었다. 서리한이 영혼을 갈구했다. 아서스는 테레나스 메네실의 영혼으로 서리한의 굶주림을 채워주었다.

도시의 주민들이 왕의 죽음을 미처 깨닫기도 전에 아서스와 죽음의 기사들은 거리를 휘젓기 시작했다. 너무도 많은 환영 인파가 수도에 몰린 탓에 사람들은 빠르게 혼돈과 혼란 속으로 빠져들었다. 시민들은 아서스와 부하들에게 맞설 수 없었다. 동시에 로데론 곳곳에 숨어 있던 스컬지가 모습을 드러내며 살아 있는 자들을 공격하기 시작했다.

3차 대전쟁이 본격적으로 시작되고 있었다.

다른 얼라이언스 국가들은 로데론의 소식을 믿기조차 어려웠다. 누구도 그러한 악몽과 같은 일이 벌어질 것이라고 상상하지 못했다. 대부분 국가가 그러한 상황에 대비가 되어 있지 않았지만 그렇다고 해서 시도조차 포기할 수 없었다. 달라란의 마법사들, 아이언포지와 맹금의 봉우리의 드워프, 놈리건의 노움, 이웃 인간 왕국의 병사들이 로데론에 모여 스컬지에 맞섰다. 심지어 얼라이언스와 동맹을 끊은 쿠엘탈라스도 언데드 퇴치를 돕기 위해 하이 엘프 사제를 파견했다.

그러나 무엇도 스컬지를 막을 수 없었다. 언데드는 그저 영혼이 없는 좀비의 군대가 아니었다. 리치 왕의 명령에 따라 모든 생명체는 목적을 가지고 움직였다. 강령술사는 어둠의 마법으로 동료에게 힘을 부여했고 쓰러진 적의 시체를 일으켜 세웠다. 누더기골렘은 걸어다니는 공성 병기가 되어 얼라이언스 병사들을 짓밟았다. 지하마귀는 땅속에 잠복해 있다가 방심한 적들을 습격했다. 가고일과 서리고룡은 그리핀 기수를 비롯한 얼라이언스의 공중 병력을 상대했다.

그리고 아서스와 그의 죽음의 기사들은 스컬지의 가장 효과적인 무기였다. 그들은 강령술은 물론 무력을 사용하는 전투에서도 뛰어난 실력을 발휘했다. 단 한 명의 죽음의 기사만으로도 전투의 흐름이 스컬지 쪽으로 기울었다. 그들은 수많은 얼라이언스 병사를 쓰러뜨렸다.

그리고 그것이 바로 아서스의 업적이었다. 로데론은 고향이었고 지형은 익숙했다. 전투 기술과 성기사 훈련을 받았던 오랜 경험은 그에게 얼라이언스의 전략에 대한 통찰력을 주었다.

점차, 아서스는 그 지식을 이용하여 왕국을 장악했다. 소수의 얼라이언스가 남아서 저항했으나 그저 완고한 몸부림에 지나지 않았다.

로데론은 스컬지의 영토였다.

놈리건 침공

모든 얼라이언스 종족이 로데론에 지원 병력을 보냈지만 전투에서 거의 모습을 보이지 않은 종족이 있었다. 바로 노움이었다.

노움은 고도로 영리한 종족으로 과학과 기계공학 기술이 잘 알려져 있었다. 그들은 얼라이언스에게 최신 무기와 전쟁 기계를 제공했다.

3차 대전쟁이 진행되는 동안 노움은 로데론에 그러한 무기를 공급했지만 병력 측면에서는 지원이 미약했다. 이는 얼라이언스의 다른 국가들에게 의문점으로 남았다. 일부 구성원들은 노움의 충성심을 의심하기도 했다.

다른 얼라이언스 국가들은 알지 못했으나, 놈리건은 스컬지가 아닌 트로그라고 불리는 잔인한 생명체에게 포위되어 있었다.

트로그는 최근에서야 위협으로 떠올랐다. 수천 년 동안 트로그는 울다만이라 불리는 고대의 성채 속 구석진 틈에서 잠들어 있었다. 그들은 우연히 아이언포지의 드워프를 만나지 않았다면 계속해서, 영원히 잠들어 있었을 것이다.

드워프들은 유물과 지식을 수집하기 위해 울다만 곳곳을 뒤졌고 의도하지 않게 그 안에 잠든 괴물들을 깨우고 말았다. 트로그는 즐거워하며 잔혹하게 탐험가들을 학살했다. 생존자들은 공포에 질린 채 울다만 밖으로 도망쳐 나와 아이언포지로 돌아갔다. 드워프는 트로그들이 따라오지 않은 것을 알고서 안도했다. 그러나 그들이 본 것은 전부가 아니었다.

트로그는 그들을 땅 위에서 따라가지 않았다. 그들은 지하에서 따라가고 있었다.

대다수 트로그는 지상에서 움직이기를 싫어했다. 그들은 날카로운 발톱을 이용하여 땅을 파고 동굴을 뚫었다. 트로그는 목적지인 아이언포지에 다가가면서 이상한 소리에 주의를 기울였다. 어딘가 부자연스럽고 인공적인 소리였다.

트로그가 들은 것은 노움의 놀라운 도시, 놈리건 중앙에 위치한 거대한 공장의 소리였다. 기계가 작동하고 장치가 돌아가는 소리는 트로그에게 저항할 수 없는 유혹이나 마찬가지였다. 트로그들은 놈리건과 아무것도 모르는 노움들 쪽으로 동굴을 뚫었다. 마침내 놈리건의 최하층에 다다랐을 때 그들을 막을 것은 없었다.

노움은 신체적으로 훨씬 크고 강한 트로그의 상대가 될 수 없었다. 그러나 지능 면에서는 훨씬 우월했다. 노움의 뛰어난 지도자 땜장이왕 겔빈 멕카토크는 트로그의 침공에 다른 문제와 마찬가지 방법으로 접근했다. 그는 공포나 분노에 사로잡히지 않았다. 멕카토크는 냉정을 유지하면서 노움의 비상함과 해결책을 찾는 기술적인 방법론에 의존했다.

멕카토크는 요충지마다 병력과 전쟁 기계를 배치하여 침략자의 접근을 막았다. 그러나 트로그는 쉽사리 간힐 적이 아니었다. 다시, 그리고 또다시, 그들은 땅을 파고 수비를 우회했다.

노움은 기술이 뛰어났지만 군대는 침략자들을 몰아낼 만큼 규모가 크지 않았다. 멕카토크는 얼라이언스의 지원을 요청할 것인지 잠시 고민했지만 곧 포기했다. 스컬지로부터 로데론을 지키는 것은 무엇보다 중요했고 전방의 자원을 돌리고 싶지 않았다. 사실, 멕카토크는 북부의 전쟁을 너무 중요하게 생각한 나머지 트로그의 침공 소식을 동맹에게 알리지 않고 비밀로 유지했다.

수년이 지난 후에야 사람들은 놈리건에서 발생한 사건과 얼라이언스를 위한 노움의 희생을 알게 되었다.

폭풍의 눈

로데론은 함락되었다. 얼라이언스가 흔들리고 있었다.

불타는 군단은 이제 동부 왕국에서 거의 저항을 받지 않고 군대를 규합할 수 있었다. 그곳에서 악마들은 대해를 지나 두 번째 영원의 샘을 차지할 계획이었다. 킬제덴은 침공의 기반을 닦았지만 직접 전쟁을 이끌 생각은 없었다. 그 영광은 파멸자 아키몬드에게 돌아갔다.

킬제덴이 어둠 속에서 적을 조종하는 데 능수능란했다면 아키몬드는 노련한 전투 사령관이자 전략가였다. 그는 습격대의 구성원을 직접 선택하여 이전에 아제로스에서 전쟁을 경험했던 악마 병사들로 채웠다. 그들 중에는 오크 종족을 군단의 노예로 만들기 위해 피를 흘렸던 지옥의 군주 만노로스도 있었다.

아키몬드의 군대는 필요에 따라 소규모로 꾸려졌다. 군단의 전 병력을 아제로스에 불러들일 강력한 차원문을 만드는 것은 불가능했다. 그것은 아키몬드가 두 번째 영원의 샘의 에너지를 이용할 때에나 가능한 일이었다. 그러나 아키몬드를 아제로스로 보내는 것조차 실로 엄청난 작업이었다. 군단의 하수인 하나가 아제로스에서 차원문을 생성하고 고정하는 역할을 수행해야 했다.

리치 왕은 그 이야기를 듣고서 공포의 군주들에게 해결책을 제안했다. 그는 메디브의 책이라는 유물을 알고 있었다. 메디브의 책은 지금 달라란에 안전하게 보관되어 있었다.

수년 전 메디브는 막대한 수호자의 마력 일부를 그 책에 주입했다. 또한 드레노어와 아제로스를 연결했던 관문인 어둠의 문을 창조하는 데 사용한 주문을 상세하게 기록했다. 그 책에 깃든 에너지와 차원문을 만드는 방법을 이용한다면 아키몬드와 선봉대를 아제로스에 불러들이는 것도 충분히 가능했다.

그러나 그 책을 손에 넣고 사용하는 것은 쉬운 일이 아니었다. 리치 왕은 켈투자드가 성공을 위한 열쇠가 될 수 있다고 보았다. 켈투자드는 뛰어난 마법사였을 뿐만 아니라 달라란의 지도자 중 한 명이었다. 켈투자드를 되살린다면 그는 달라란의 방어를 우회해서 메디브의 책을 찾아올 수 있었다.

킬제덴과 공포의 군주들은 리치 왕의 계획에 기뻐했다. 악마들은 충성스러운 종복의 진정한 의도를 추호도 의심하지 않았다. 켈투자드에 대한 리치 왕의 주장은 사실이었으나 그를 되살리려 했던 주요 목적은 메디브의 책이 아니었다. 켈투자드는 리치 왕이 군단에 저항할 때 의지할 수 있는 소수의 하수인 중 하나였으며 그것이 더욱 중요한 이유였다.

메디브의 책과 굴단의 해골

2차 대전쟁이 끝나갈 무렵, 대마법사 카드가와 마법사들은 드레노어에서 어둠의 문을 파괴했다. 관문이 주문의 위력에 눌려 휘어지고 있었을 때 카드가는 동료에게 두 가지 강력한 유물을 맡기고 차원문을 통해 달라란으로 보냈다. 그 두 유물이 키린 토의 손에 있는 편이 안전하리라고 생각했기 때문이다. 그중 하나는 메디브의 책이었고 다른 하나는 굴단의 해골이었다. 전령은 아슬아슬하게 성공했다. 차원문은 전령이 빠져나오자마자 굳게 닫혔고 아제로스와 드레노어의 연결은 끊어졌다.

저주받은 자들의 길

켈투자드의 유해를 되살리는 일은 그의 살해자인 아서스 메네실에게 맡겨졌다. 죽음의 기사 아서스는 과거의 적을 돕는 것에 거리낌이 없었다. 그의 유일한 관심은 리치 왕의 의지를 섬기는 것이었다. 그리고 그는 그렇게 했다. 아서스는 언데드의 군대를 이끌고 켈투자드가 최후를 맞이한 안돌할로 향했다.

부패의 장막이 안돌할과 주위 지역에 드리웠다. 역병의 기운이 유독한 안개가 되어 땅을 뒤덮고 해를 가렸다. 식물이 시들었다. 가축과 야생 동물들이 죽어 갔다. 한때 비옥했던 동쪽 숲은 이제 없었다. 그곳은 언데드의 소굴이 되었고 역병지대라는 이름으로 알려졌다.

끔찍한 상태였지만 안돌할은 로데론에서 아직 얼라이언스가 점유한 소수의 지역 중 하나였다. 빛의 수호자 우서와 다수의 생존한 성기사가 안돌할에 모였다. 그들은 안돌할을 스컬지에 반격을 감행할 본부로 삼았다.

아서스는 성기사를 손쉬운 사냥감으로 보았고 대부분은 그러했다. 아서스는 안돌할로 뛰어든 다음 신성한 전사들을 쓰러뜨렸다. 함께 훈련받고 함께 싸웠던 남자와 여자 동료들이었다.

우서는 쉽게 쓰러지지 않았다. 우서는 아서스에게 맞서 싸웠고 누구도 하지 못한 일을 해냈다. 우서는 죽음의 기사 아서스를 전투에서 꺾고 그 부정한 전사를 땅바닥에 쓰러뜨렸다. 승리는 우서의 손아귀에 있었다. 빛의 힘이 주입된 망치를 한 차례만 휘두르면 아서스를 끝장낼 수 있었다.

그러나 망치는 움직이지 않았다. 우서는 강했지만 아서스만큼 빠르지 못했다. 아서스 왕자는 몸을 추스르고 우서를 다시, 또다시 공격했다. 아서스는 한 치의 망설임도 없었다. 한때 우서에게 훈련받았던 제자이자 아들 같은 존재였던 그는 결국 위대한 성기사의 가슴에 서리한을 찔러 넣었다.

아서스는 과거의 스승이 죽는 모습을 지켜보면서 아무런 감정을 느끼지 못했다. 우서는 다른 삶의 메아리에 불과했다. 흐릿하고 반쯤은 잊힌 과거의 유령이었다.

우서의 죽음은 안돌할의 저항이 끝나는 것을 의미했다. 도시는 스컬지의 수중에 떨어졌다. 아서스는 켈투자드의 유해를 수습하여 다시 여정에 올랐다.

리치 왕은 공포의 군주들에게 켈투자드를 있는 그대로 부활시키기보다는 그 이상의 존재, 즉 마법이 주입된 영혼의 존재인 리치로 만들자고 설득했다. 공포의 군주들은 리치라는 새롭고 강력한 형태를 부여하는 것이 켈투자드가 군단을 아제로스로 불러들이는 데 도움이 될 것이라고 생각했다. 그것은 사실이었다. 그러나 리치 왕에게는 자신의 부하를 강력한 무기로 만들 방법이기도 했다.

켈투자드에게 새로운 형태를 부여하려면 강력한 비전 에너지의 원천이 필요했다. 리치 왕과 공포의 군주들은 유력한 장소를 알고 있었다. 바로 쿠엘탈라스에 있는 하이 엘프의 왕국 안쪽 깊은 곳이었다.

쿠엘탈라스의 문화는 태양샘이라고 불리는 비전 에너지의 샘을 중심으로 형성되었다. 태양샘은 하이 엘프에게 힘을 주었고 그들의 고향을 영원한 빛으로 적셨다. 태양샘은 하이 엘프의 모든 것이었고 그들은 태양샘을 지키기 위해 마지막까지 싸울 것이 분명했다.

그리고 아서스는 마지막까지 싸워 그것을 차지해야 했다.

3차 대전쟁 당시 동부 왕국

- 태양샘
- 실버문
- 스트라솔름
- 역병지대
- 로데론
- 수도
- 안돌할
- 은빛소나무 숲
- 달라란
- 길니아스 시
- 쿨 티라스
- 아이언포지
- 놈리건
- 울다만

늑대인간의 저주

아서스 메네실과 스컬지가 쿠엘탈라스를 향해 북쪽으로 진군하고 있을 때 다른 언데드 무리는 로데론을 떠돌고 있었다. 일부는 역병지대의 동쪽 끝까지 나아갔다. 또 다른 무리는 은빛소나무 숲이라고 불리는 지역까지 내려갔다.

은빛소나무 숲의 언데드는 빠르게 전진해 나아갔고 마침내 그들의 행군은 그레이메인 성벽의 그늘에서 멈추었다. 나무와 돌로 세워진 그 거대한 장벽은 반도의 상부를 가르며 뻗어 있었다. 그곳은 인간 왕국 길니아스였다.

국왕 겐 그레이메인은 스컬지와 싸울 병사들을 내보내지 않았다. 겐은 로데론의 몰락을 보고서 길니아스 왕국을 세상으로부터 분리한 자신의 선택이 옳았다고 생각했다. 그레이메인 성벽 덕분에 길니아스의 백성들은 안전했다.

처음에는 스컬지의 수가 많지 않았다. 그레이메인은 자신의 백성들은 그저 기다리기만 하면 될 것이라고 확신했다. 언데드는 성벽을 돌파할 수 없다는 사실을 깨닫고서 물러날 수밖에 없었다. 그러나 스컬지는 지칠 줄을 몰랐다. 그들은 휴식도 음식도 필요로 하지 않았다. 길니아스 성벽 바깥에는 점점 더 많은 언데드가 나타났고 언데드의 군대는 밤낮으로 성벽을 두드려댔다.

그레이메인의 명령에 따라 군대가 모였다. 왕국의 관문이 흔들리며 열렸고 길니아스 병사들이 물결을 이루어 은빛소나무 숲으로 쏟아져 들어갔다.

그레이메인은 성벽 위에서 재앙의 참화를 지켜보고 있었다. 스컬지는 길니아스 군대를 격파했다. 쓰러진 병사들은 언데드가 되어 다시 일어났고 과거의 동료를 공격했다. 그레이메인은 스컬지에게 완전히 압도당하는 것은 결국 시간문제라고 생각했다. 국왕은 왕실 마법사인 아루갈에게 해결책을 찾으라고 명령했다.

아루갈은 마음에 두었던 것이 있었다. 그는 늑대인간이라고 불리는 전설의 생명체에 대해 알게 되었다. 외모는 늑대를 닮았지만 인간처럼 두 다리로 걷는 존재였다. 아루갈은 늑대인간의 완전한 기원에 대해 알지 못했으나 그들이 어디에 있는지는 알고 있었다. 아루갈은 또 다른 차원, 에메랄드의 꿈이라고 알려진 에테르 영역에서 잠자고 있는 그 야수들의 존재를 느꼈다. 그 생명체들을 길니아스로 소환하는 것은 어려운 일이었지만 아루갈은 개의치 않았다. 전설에 따르면, 늑대인간은 원시의 분노에 이끌리는 야만적인 종족이었다. 그들을 다루는 것은 어렵고 위험할 수 있었다. 문제는 아루갈이 늑대인간을 길니아스로 불러올 수 있는지가 아니었다. 문제는 꼭 그래야만 하는지였다.

아루갈은 그레이메인에게 늑대인간의 다루기 힘든 본성에 대해 경고했다. 그러나 국왕은 다른 선택지가 없었다. 그 늑대 야수는 유일한 희망이나 다름없었다.

성벽 바깥에서 전투가 고조되는 가운데 아루갈은 소환 의식을 수행했다. 그는 물리 세계와 에메랄드의 꿈을 연결하는 균열을 열고서 늑대인간을 은빛소나무 숲으로 불러들였다. 늑대 야수는 즉시 스컬지에게 분노를 퍼부었다. 송곳니와 발톱이 폭풍처럼 몰아치며 언데드를 찢어발겼다. 그 생명체들은 아루갈이 상상했던 것보다도 강력했.

곧 스컬지가 무너지기 시작했다. 언데드는 늑대인간을 피해 도망갔고 은빛소나무 숲으로 사라졌다. 그러자 늑대인간들은 피를 갈구하며 길니아스인들을 향해 돌아섰다.

아루갈이 걱정한 대로였다. 늑대인간에게 적과 아군의 구분은 없었다. 그들은 단지 살육을 원했다.

생존한 길니아스 병사들은 성벽 안으로 후퇴했고 성문이 굳게 닫혔다. 그레이메인은 안도의 한숨을 내쉬었다. 모든 것이 순조롭게 마무리된 듯했다. 스컬지는 물러갔고 늑대인간은 성벽으로 차단되어 있었다.

그리고 성벽 안에 늑대인간이 있다는 첫 번째 소식이 그레이메인에게 전해졌다.

왕과 아루갈은 늑대인간이 저주를 옮긴다는 사실을 몰랐다. 성벽 안으로 후퇴한 길니아스 병사들 중에 늑대인간에게 물린 이들이 있었고 그 사이에서 저주가 퍼졌다. 시간이 지나자 그 고통스러운 저주는 인간 희생자를 늑대 야수로 변화시켰다. 새로운 늑대인간들은 길니아스를 활보하며 더 많은 시민들에게 저주를 퍼뜨렸다.

길니아스를 구하려던 그레이메인은 괴물을 또 다른 괴물로 바꾼 셈이었다.

실버문의 몰락

길니아스의 북쪽에서, 아서스 메네실과 스컬지는 쿠엘탈라스의 국경을 이루는 평온한 숲으로 진격하고 있었다. 놀랍게도 그들은 아무런 저항을 받지 않았다. 숲은 기이할 정도로 조용하고 버려진 느낌이었다. 마치 왕국의 하이 엘프들이 다가오는 언데드 앞에서 공포에 질려 도망간 듯했다. 그러나 사실은 정반대였다.

엘프들은 분주히 스컬지의 공격에 대비했다. 국왕 아나스테리안 선스트라이더는 엘프들을 결집시켜 움직였다. 그러나 방어를 정비하고 군대를 이끄는 일은 순찰대 사령관 실바나스 윈드러너에게 맡겨졌다.

실바나스는 하이 엘프의 뛰어난 가문 출신이었다. 자매인 알레리아와 베리사는 전투에서 활약하며 용맹을 떨쳤다. 실바나스도 예외가 아니었다. 실바나스는 2차 대전쟁에서 오크 호드가 쿠엘탈라스를 침공하고 숲을 불태웠을 때 자매들과 마찬가지로 최전선에서 싸웠다. 그 전에도 근처의 아마니 제국의 트롤과 싸우면서 용감하고 영리한 순찰자로 명성을 얻었다.

순찰대장 실바나스는 왕국의 거의 모든 마법사와 사제들에게 실버문으로 모이라고 명령했다. 만약 스컬지가 수도까지 다다른다면 최후의 방어선으로 활약할 이들이었다. 그러나 그런 일이 일어나지 않기를 바랐다. 실바나스는 순찰대를 실버문 외곽의 숲으로 데려갔다. 그곳에서 매섭게 저항하면서 언데드를 돌려보낼 계획이었다.

원정순찰대라고 알려진 그들은 고도의 기동력을 자랑하는 경장갑 부대였다. 역사적으로 그들은 최전방을 지키며 쿠엘탈라스를 위협하는 모든 적에 맞섰다. 위험했지만 크나큰 명예와 영광이 따르는 역할이었다.

아서스와 스컬지가 숲 안쪽으로 더 깊이 들어오자 실바나스와 순찰자들은 전면에서 공격을 감행했다. 전투는 격렬했고 뜨거웠다. 언데드 군대는 서서히 실버문을 향해 나아갔지만 실바나스는 매 걸음마다 값비싼 대가를 치르게 만들었다. 실바나스는 뛰어난 전략가였고 그녀의 완강한 저항은 아서스의 분노를 일으켰다.

스컬지의 규모는 순찰대를 훨씬 뛰어넘었고 결국 실버문에 다다를 것은 너무도 분명했다. 실바나스는 실버문의 수호자들에게 공성전을 준비할 시간을 벌어주는 것만이 유일한 희망이라고 생각했다. 그녀는 순찰대에 실버문 바깥에서 최후의 저항을 명령했다. 그리고 직접 아서스를 상대하기 위해 나섰다.

실버문의 장엄한 첨탑을 뒤로하고 죽음의 기사 아서스와 순찰대장 실바나스가 격돌했다. 실바나스는 무섭게 공격했지만 며칠 동안의 격렬한 전투로 피로가 누적되어 있었다. 그녀는 서서히 지쳤고 아서스는 빈틈을 발견했다.

서리한이 순찰대장의 몸을 가르며 그녀의 핏줄에서 생명을 쏟아냈다.

쿠엘탈라스에서 실바나스 윈드러너를 쓰러뜨린 아서스 메네실

실바나스 윈드러너에게 죽음은 끝이 아니었다. 아서스는 자신에게 저항한 대가로 실바나스를 벌했다. 그는 하이 엘프 실바나스의 영혼을 몸에서 빼내어 밴시로 변화시켰다. 실바나스는 그 과정을 통해서 리치 왕의 의지에 속박당하고 말았다. 실바나스는 자신의 뜻과는 달리 리치 왕을 거역할 수 없었다. 그녀는 원치 않게 쿠엘탈라스 습격에 참여하여 자신의 사람들을 살해했다. 죽는 날까지 보호하기로 약속한 바로 그들이었다.

실바나스의 희생은 용감했지만 실버문을 구하지는 못했다. 아서스 메네실과 스컬지는 실버문의 방어를 무너뜨리고 북쪽으로 진격하여 태양샘이 있는 쿠엘다나스 섬까지 나아갔다.

아나스테리안 선스트라이더 국왕은 생존자들을 데리고 함선에 올라 그 섬으로 후퇴했다. 태양샘을 보호하는 것이 무엇보다도 중요했다. 도시는 언제든 재건할 수 있었다. 그러나 비전 마법의 샘은 대체할 수 없는 것이었다. 스컬지는 함선이 없었고 엘프는 언데드가 바다를 건널 수단을 마련하기까지 시간이 걸릴 것이라고 생각했다.

착각이었다.

아서스는 함대가 필요하지 않았다. 그에게는 서리한이 있었다. 아서스는 쿠엘탈라스의 북부 해안에 도착하여 거품이 이는 바다에 서리한을 담갔다. 서리한 주위의 물이 얼어붙었고 얼음은 서서히 바다 너머로 퍼져나가 얼음의 다리를 만들었다.

아서스와 스컬지가 쿠엘다나스로 나아가는 동안 아나스테리안 국왕은 직접 전투를 준비했다. 엘프에게 생존의 기회가 있다면 그것은 아나스테리안에게 달려 있었다. 그는 연로했지만 지혜로웠고 지략에 능했다. 또한, 아서스처럼 뛰어난 무기를 사용했다. 펠로멜로른이라고 알려진 고대의 검이었다.

아나스테리안은 쿠엘다나스의 얼어붙은 해안에서 아서스와 맞붙었다. 두 자루 검이 울부짖는 소리가 천둥처럼 하늘을 뒤흔들었다. 아나스테리안은 아서스를 상대했던 그 누구보다 훨씬 더 오래 싸웠다. 그러나 죽음의 기사 아서스의 상대가 될 수는 없었다. 펠로멜로른 역시 마찬가지였다.

아서스 메네실은 한 차례의 가차 없는 공격으로 아나스테리안의 검을 부러뜨렸다. 그리고 아나스

다르칸의 배신

실버문은 수많은 마법의 장벽으로 보호되고 있었다. 그중 둘은 엘프의 문으로, 수도로 통하는 주 도로의 전략적인 지점에 위치해 있었다. 세 번째이자 가장 강력한 장벽은 반디노리엘이었다. 반디노리엘은 태양샘의 힘을 공급받는 무적의 보호막이었다. 하이 엘프 마법학자 다르칸 드라시르가 아니었다면, 아서스 메네실과 스컬지는 그 방어선을 통과할 수 없었을 것이다.

다르칸은 재능 있는 마법사였으나 끝없는 욕망 때문에 거만한 생각과 앙심을 품게 되었다. 다르칸은 언제나 자신이 충분히 인정받지 못한다고 생각했다. 비참함이 그의 마음을 채웠고 감정을 어둡게 물들였다. 아서스는 다르칸에게서 내면의 동요를 감지했고 쿠엘탈라스 침공의 핵심적인 동맹으로 점찍었다. 죽음의 기사 아서스는 다르칸의 마음속에 속삭이며 거래를 제안했다. 그리고 만약 리치 왕을 섬긴다면, 다르칸이 그토록 원했던 모든 힘과 인정이 마침내 그의 차지가 될 것이라고 말했다.

다르칸은 거부할 수 없었다. 그는 엘프 종족을 배신하고 스컬지가 쿠엘탈라스의 마법 장벽을 파괴하고 통과하도록 도왔다.

테리안의 목숨을 거두었다.

남은 하이 엘프 수호자들은 사기를 잃었고 스컬지는 쿠엘다나스를 휩쓸었다. 극소수의 엘프만이 탈출했다.

승리를 거둔 죽음의 기사 아서스는 태양샘에 다가가 켈투자드의 유해를 빛나는 샘 깊이 담갔다. 죽음의 기사 아서스는 태양샘의 무한한 마법에 의지하여 죽은 강령술사 켈투자드를 무시무시한 존재인 리치로 만드는 주문을 사용했다. 그 변화로 하이 엘프는 막대한 피해를 입었다. 켈투자드가 리치로 부활하며 태양샘이 더럽혀지고 말았다. 태양샘은 다시 이전과 같을 수 없었다. 태양샘의 타락한 에너지는 서서히 쿠엘탈라스와 그곳에 남아 있던 엘프들에게 침투했다.

아서스 메네실은 그곳에 머물지 않았다. 일은 마무리되었다. 아서스는 스컬지를 규합하여 남쪽 달라란으로 향했다. 그가 지난 자리에는 죽음과 폐허만이 남았다. 쿠엘탈라스 땅에서 아서스와 언데드가 지나간 지역은 곪아가며 생명을 잃었다. 그 세계의 상처는 후일 죽음의 흉터라는 이름으로 알려졌고 오랫동안 그렇게 남겨졌다.

칼림도어로의 탈출

스컬지가 달라란에 접근하는 동안, 대마법사 안토니다스와 키린 토는 전투에 대비했다. 그들은 달라란의 민간인 대부분을 대피시켰고 소규모의 저항군만을 남겼다. 그 수호자들의 수는 적었지만 세계에서 가장 강력한 마법사들이 다수 포함되어 있었다. 뿐만 아니라 달라란은 그 자체로 무기였다. 거리마다 마법이 흘렀고 비전 방벽이 도시를 감싸고 있었다. 그 수호물 중 다수는 순간의 접촉만으로도 언데드를 쓰러뜨릴 수 있었다.

그런 준비에도 불구하고 달라란에는 임박한 파멸의 기운이 감돌았다. 스컬지는 로데론 수호자들의 무릎을 꿇렸다. 그리고 쿠엘탈라스의 심장을 도려냈다. 아마도 동부 왕국에서 가장 강력한, 아니 전 아제로스에서 가장 강력한 두 왕국이었다. 두 왕국이 그렇게 쉽게 무너진 상황에서 달라란에 어떤 희망이 남아 있었을까?

안토니다스는 그 질문에 마음이 쓰였다. 그의 생각은 동부 왕국에서 도망치라고 말하던 두건 쓴 인물을 향했다. 안토니다스는 그 이방인이 미친 사람이 아니었다는 것을 깨달았다. 그의 말은 줄곧 옳았다.

안토니다스는 이제 와서 서쪽으로 떠나기에는 너무 늦었다고 생각했다. 그는 키린 토의 지도자로서 달라란을 버릴 수 없었다. 달라란과 비전의 보관소를 보호하는 것은 그의 의무였다. 그러나 이방인의 충고를 실행에 옮기고 무고한 사람들의 생명을 구할 인물이 있었다. 제이나 프라우드무어였다.

마법사 제이나 프라우드무어는 처음에는 떠나기를 망설였다. 제이나는 안토니다스와 함께 남아 달라란을 지키고 싶어 했다. 또한 아서스가 어떻게 되었는지 보기를 원했다. 제이나는 다가오는 스컬지 무리에서 아서스의 존재를 느낄 수 있었다. 제이나는 지금도 스트라솔름에서 그를 버린 것에 대한 죄책감에 괴로워했고 아서스를 구할 방법을 찾고 싶었다.

한참을 설득한 후에야 제이나가 동의했다. 제이나는 안토니다스처럼 달라란이 결국은 스컬지에 맞서 버틸 수 없으리라는 것을 인정했다. 제이나와 안토니다스가 죽는다면 누가 남아서 이방인의 경고를 따르겠는가?

스승과 제자는 각자의 길에 나섰다. 말은 하지 않았지만 그것이 서로를 볼 수 있는 마지막이라는 사실을 알고 있었다.

그리고 수일 동안 제이나는 쉴 새 없이 움직이며 최대한 많은 수의 피난민들을 모았다. 제이나가 만난 모두는 아니었지만 다수가 함께 가기로 결정했다. 마침내 제이나의 일행은 칼림도어를 향해 출항했다. 거의 모든 얼라이언스 종족의 구성원이 그에 포함되어 있었다. 일부는 로데론과 쿠엘탈라스의 생존자들이었다. 얼라이언스 군대의 드워프와 노움도 있었다. 또 다른 일부는 스트롬가드와 쿨 티라스, 그리고 그 지역의 다른 국가 출신의 인간들이었다.

그들은 비록 출신은 달랐지만 같은 이유로 제이나 프라우드무어를 따랐다. 제이나는 동부 왕국 전체에서 거의 사라지다시피 한 무언가를 상징했다.

그것은 희망이었다.

불타는 하늘 아래에서

켈투자드는 달라란으로 가는 도중에 아서스 메네실을 신뢰하게 되었고 군단에 맞서려는 리치 왕의 계획을 일부 말해 주었다. 그는 악마들이 믿을 수 없으며 스컬지 역시 군단이 아제로스를 차지하게 되면 버려질 소모적인 무기에 불과하다고 말했다. 켈투자드는 아서스에게 악마에 대한 그 반란이 언제 일어날지 아니면 어떻게 펼쳐질 것인지 이야기하지 않았다. 그러나 그에 준비하라고 일러 주었다.

그리고 아서스는 그럴 생각이었다. 아서스는 켈투자드가 그러한 사실을 밝히기 전부터 공포의 군주들을 불신했다. 악마들은 항상 아서스를 따라다니며 지켜보았다. 아서스는 그들의 존재를 참을 수 없었고 말가니스처럼 쓰러뜨릴 기회가 오기만을 기다렸다. 그러나 공포의 군주들을 손보는 것은 나중의 일이었다. 당분간은 달라란에서 메디브의 책을 찾고 아키몬드를 아제로스에 불러오는 것을 돕기 위해 자신의 역할을 수행해야 했다.

달라란에 도착한 아서스와 스컬지는 로데론이나 쿠엘탈라스에 뒤지지 않는 강력한 저항에 맞닥뜨렸다. 어쩌면 훨씬 더 강력한 것일 수 있었다. 달라란 마법사들은 비전 에너지를 연속해서 퍼부으며 침입자들에게 파국을 선사했다. 그러나 전면 공격은 시선 끌기에 불과했다. 수호자들이 언데드 군대의 본진에 집중하는 동안 아서스는 켈투자드와 소규모 스컬지 군대를 이끌고 달라란에 직접 침투했다. 공포의 군주 티콘드리우스가 아서스를 지켜보면서 그가 명령대로 움직이는지 확인하기 위해 침입자들과 동행했다.

아서스는 켈투자드의 지식을 활용하여 달라란 내부의 방어 시설을 우회했다. 그리고 메디브의 책이 보관되어 있는 보관함을 찾아 나아갔다. 안토니다스가 그를 기다리고 있었다.

아서스에게 쓰러진 수많은 용감한 사람들처럼, 안토니다스는 전력을 다해서 그를 저지했다. 그리고 아서스에게 쓰러진 수많은 용감한 사람들처럼, 안토니다스는 패배했다. 서리한은 또 다른 영혼을 거두었다. 이번에는 세계에서 가장 지혜롭고 재능이 뛰어난 마법사의 것이었다.

아서스는 제이나 프라우드무어가 안토니다스와 함께 있을 것이라고 생각했으나 그렇지 않다는 것을 알고서 의아하게 생각했다. 게다가, 달라란의 다른 곳에도 없는 듯했다. 그러면서 아서스는 기이한 감정이 스치는 것을 느꼈다. 사라지지 않고 남아 있던 과거 삶의 한 조각이었다. 아서스는 제이나가 없다는 사실에 안도했다. 그 감정은 다가온 만큼이나 빠르게 사라졌.

켈투자드는 메디브의 책을 간직한 마법 깃든 보관함을 파괴하고서 유물을 차지했다. 다른 많은 유물이 메디브의 책과 함께 놓여 있었다. 그중에는 굴단의 해골도 있었다. 티콘드리우스는 그 유물과 그것이 내뿜는 지옥 에너지의 오라에 이끌렸고 보관함에서 유물을 훔쳐낸 다음 달라란에서 빠져나왔다.

아서스는 스컬지에게 달라란에서 철수하라고 명령했다. 그는 필요로 하는 것을 얻었다. 아키몬드와 악마들이 기다리고 있었다.

켈투자드는 군단을 불러들일 길을 열 준비를 하면서 메디브의 마법책에 매료되었다. 켈투자드는 전에 그 책을 본 적이 없었다. 그것은 달라란에서 가장 엄격하게 보호되는 유물 중 하나였으며 그조차 열어볼 권한이 없었다. 지금 켈투자드는 그 이유를 이해할 수 있었다. 그 책에는 엄청난 양의 마력과 지식이 담겨 있었다. 켈투자드는 그것을 모두 흡수하여 생전에 지었던 그 어떤 주문보다 거대한 주문을 만들어냈다.

마력이 밀어닥치며 아제로스와 뒤틀린 황천을 연결하는 균열이 생겨났고 그 불길의 구덩이 속에서 악마들이 쏟아져 들어왔다. 처음으로 도착한 것은 야수 같은 지옥사냥개와 지옥불정령이라고 불리는 영혼 없는 피조물이었다. 그리고 만노로스와 전투로 단련된 파멸의 군주 카자크 등 더욱 큰 악마들이 그 뒤를 따랐다. 그런 다음 아키몬드가 거대한 몸을 드러냈다.

만 년 이상의 시간이 지나, 아키몬드는 다시 아제로스를 굽어보고 섰다.

아키몬드는 즉시 달라란에 분노를 돌렸다. 만약 내버려 둔다면 그 마법사들은 군단의 눈엣가시로 계속 남아 있을 것이라고 생각했다. 그런 일이 벌어지도록 허용할 수 없었다. 그는 달라란에 깃든 잠재적인 에너지를 모아서 도시를 전복시킬 주문을 지었다. 달라란의 빛나는 첨탑이 하나씩 부서졌고 돌덩이가 되어 무너져 내렸다.

악마 군주는 그런 다음 공포의 군주들에게 스컬지의 지배를 맡겼다. 아키몬드는 더는 리치 왕이 필요하지 않았다. 리치 왕은 자신의 몫을 다했고 군단을 위한 언데드의 충성스러운 군대를 만들었다. 아키몬드는 리치 왕을 불신했다. 과거 킬제덴이 그랬던 것보다도 훨씬 더.

아키몬드는 부하들에게 로데론의 중심부에 모여서 얼라이언스의 마지막 흔적을 없애버리라고 명령했다. 군단이 칼림도어를 침공할 때 어떤 적도 뒤쫓지 못하게 만들기 위해서였다. 아키몬드는 로데론을 평정하는 데 모든 부하를 보낸 것은 아니었다. 아키몬드는 군단의 도착에 앞서 길을 낼 수 있도록 만노로스와 티콘드리우스를 칼림도어로 미리 보냈다.

기나긴 행진

메디브는 아제로스에서 불타는 군단의 존재를 느꼈다. 메디브는 악마들이 곧 칼림도어를 노릴 계획임을 알고 있었다. 다행히도 얼라이언스의 생존자와 호드가 거의 칼림도어에 다다르고 있었다. 먼저 출발한 것은 스랄과 오크였지만 제이나 프라우드무어 일행이 거리를 좁혔다. 얼라이언스는 잔잔한 바다에서 전속력으로 항해했다. 얼라이언스는 호드의 함대를 강타하여 많은 함선을 흩어지게 만든 무시무시한 폭풍을 겪지 않았다.

메디브는 호드와 얼라이언스를 칼림도어에 불러들이는 데 성공했지만 더욱 강력한 도전이 남아 있었다. 두 진영이 손을 잡아야 했다. 메디브는 그것을 쉽게 요구할 수 없었다. 그들 사이에는 너무도 큰 적대감이 남아 있었다. 메디브는 조심스럽게 그들을 대면시켜야만 했다. 그런 다음 자신의 정체를 밝히고 아제로스의 안녕을 위해 서로 간의 차이를 제쳐 놓으라고 설득해야 했다.

메디브는 스랄과 제이나를 칼림도어의 특정한 장소, 돌발톱 봉우리로 불러들였다. 세계수 놀드랏실의 남쪽에 위치한 그 산은 지역 문화에서 신성한 곳으로 여겨졌다. 봉우리에 깃든 마법은 특별하고 중요한 장소라는 분위기를 자아냈다.

그렇지만 스랄과 제이나 프라우드무어가 봉우리까지 무사히 도착할 수 있을지가 아직 의문이었다. 그들은 각자 다른 시점에, 칼림도어의 다른 장소에 도착했으나 모두 동쪽 해안에서 내륙으로 들어오면서 어려움을 겪었다.

칼림도어 땅은 식량이나 물을 거의 찾아보기 힘든 붉은 황무지였다. 야생동물들도 마찬가지로 적대적이었다. 날카로운 언덕에는 돼지를 닮은 야수 가시멧돼지와 맹독 전갈이 어슬렁거렸다. 며칠이 지난 후 제이나와 스랄은 칼림도어로 온 것이 좋은 결정이었는지 의문이 들었다.

정말로 그곳에 희망이 있단 말인가? 아니면 분쟁의 땅이 또 다른 분쟁의 땅으로 바뀐 것뿐일까?

내륙으로 들어가는 것은 쉽지 않았지만 한편으로는, 특히 호드에게 예상하지 못한 소득을 주었다. 스랄은 칼림도어에 도착한 후 곧 함대에서 사라졌던 함선의 잔해를 발견했다. 그롬마쉬 헬스크림과 다른 오크들이 폭풍우에서 살아남아 먼저 칼림도어에 도착한 듯했다. 그러나 그들의 모습은 어디에서도 보이지 않았다. 스랄은 그들이 스스로 길을 개척해 나갔으리라고 짐작했다.

그러한 발견에 고무된 스랄은 칼림도어 안쪽으로 호드를 이끌면서 나머지 호드의 흔적을 찾았다. 그러나 젊은 대족장 스랄은 그롬마쉬를 찾기는커녕 전쟁에 휘말리게 되었다.

칼림도어의 두 토착 종족, 타우렌과 켄타우로스가 전쟁을 벌이고 있었다. 두 종족은 건장하고 강력했으나 그것을 제외한다면 모든 것이 달랐다. 타우렌은 소를 닮은 생명체로, 거대한 몸집과는 달리 온화한 성품을 가지고 있었다. 타우렌은 대지모신이라고 부르는 신을 통해서 자연과 깊은 유대를 맺었다. 또한 그들은 오랜 주술의 전통을 통해서 아제로스의 정령과 소통했다.

켄타우로스는 타우렌의 신비주의적인 행동을 나약함으로 보았다. 잔혹한 전쟁광인 켄타우로스는 놀이 삼아 타우렌을 사냥했다. 말을 닮은 강력한 하체와 인간의 상반신을 가진 켄타우로스는 칼림도어의 넓은 평원에서 싸우는 데 적합했다.

수 세대 동안 타우렌은 켄타우로스의 간헐적인 공격에 지쳐 갔다. 전투는 양측에 큰 피해를 주었다. 친절한 마음씨를 가진 타우렌도 전투에 있어서는 물러섬이 없었다. 타우렌은 켄타우로스의 부당한 공격에 대해 충분히 대가를 치르게 만들었다.

그러나 타우렌은 전쟁을 좋아하지 않았다. 켄타우로스가 나타날 때마다 타우렌은 목숨을 던지기보다 새롭게 정착할 곳을 찾아 나섰다. 그들은 지속적인 격변 속에서 삶을 영위했고 한곳에 오래 머무르는 법이 없었다. 평화로운 한 해가 지나면 전쟁으로 얼룩진 한 해가 찾아왔다. 타우렌은 이러한 거대한 전쟁의 순환을 피할 수 없는 것으로 받아들였다. 그것은 그들이 아는 유일한 삶이었다. 그러나 이제 변화를 앞두고 있었다.

스랄은 타우렌의 지혜로운 지도자인 대족장 케른 블러드후프와 곧 친구가 되었다. 대족장 스랄은 많은 타우렌이 주술을 연마하고 대지를 존경하는 데에 감명을 받았다. 타우렌은 고귀한 마음을 가졌고 더 나은 미래를 갈망했으나 끊임없이 잔혹한 전쟁에 휘말렸다. 스랄은 그러한 불의를 보고서 무시할 수 없었다. 스랄의 호드는 타우렌 같은 종족, 즉 오해받고 억압받는 이들과 잊힌 이들에게 희망의 불빛이 되어야 했다. 그리고 호드는 필요하다면 그들을 지키기 위해 싸울 수 있었다.

불모의 땅이라고 불리는 먼지투성이 땅에서, 호드는 타우렌과 손을 잡고 함께 싸웠다. 그들의 단합된 힘은 강력한 망치처럼 켄타우로스 부대를 박살냈고 적들은 바람을 따라 뿔뿔이 흩어졌다.

켄타우로스는 패배에 충격을 받고서 수치심에 휩싸인 채 불모의 땅에서 물러났다. 그리고 다시는 타우렌을 손쉬운 사냥감으로 여기지 않았다.

타우렌은 기억하는 시간 중 처음으로 새롭고 희망찬 미래를 보았다. 켄타우로스는 항상 위협이 되겠지만 이전만큼은 아니었다. 타우렌의 유랑 생활도 끝이 났다. 마침내 그들은 전쟁의 순환을 끊었다.

전쟁이 끝나자 케른 블러드후프는 스랄에게 물자를 제공했고 북쪽 돌발톱 봉우리까지 가는 동안 호드를 도울 몇 명의 강력한 전사들을 보냈다. 다른 대부분의 타우렌은 멀고어라고 알려진 초원으로 향했다. 타우렌은 그곳에서 자리를 잡고 마침내 영구 정착지를 건설할 계획을 세웠다.

전쟁노래의 함성

스랄과 그의 호드가 타우렌을 돕는 동안 제이나 프라우드무어와 그녀의 원정대는 돌발톱 봉우리를 향해 나아갔다. 제이나는 그곳에 무엇이 기다리고 있는지 정확히 알지 못했지만 스컬지로부터 세계를 구하는 데 도움이 될 어떤 무기나 지식을 찾을 것이라고 예상했다. 제이나는 그 두건을 쓴 이방인이 적어도 그 정도의 무언가를 줄 것이라고 추측했다.

식량과 물을 찾는 것은 매일의 투쟁이었다. 얼라이언스 피난민들은 척박한 환경 속에서 점차 지쳐 갔다. 그들이 희망을 놓지 않은 유일한 이유는 제이나였다. 제이나는 미래에 대해 의구심을 가지면서도 그것을 잘 숨길 줄 알았다. 그리고 아무리 열악한 상황에서도 단호한 결의를 잃지 않았다.

여러 날에 걸친 여행 끝에 얼라이언스 일행은 잿빛 골짜기라고 알려진 울창한 숲에 들어섰다. 그 지역은 자원과 깨끗한 강과 호수, 사냥감이 가득했다. 그러나 위험이 없지는 않았다.

제이나가 돌발톱 산맥의 기슭에 도착했을 때 전쟁노래 오크가 숲 덤불 속에서 살의가 번뜩이는 눈으로 날카로운 무기를 들고 나타났다. 그들을 이끄는 이는 그롬마쉬 헬스크림이었다.

그롬마쉬와 오크는 오랜 시간 불모의 땅을 떠돌다가 잿빛 골짜기에서 제이나와 마주쳤다. 전쟁노래 부족의 족장은 바로 공격을 감행하지 않고 거리를 두고 얼라이언스를 뒤쫓기로 결정했다. 그 이국적인 땅에서 옛 적을 발견한 이유는 알 수 없었지만 그들의 피를 보고자 하는 충동을 채우기에 앞서 잠시 지켜보기로 했다.

얼라이언스 군대는 약간의 피해만을 입고서 습격자들을 물리쳤지만 그 전투로 충격에 휩싸였다. 누구도 칼림도어에서 오크를 발견할 것이라고 예상하지 못했다. 제이나는 전투가 지속되기를 원하지 않았다. 그녀는 피난민들을 데리고서 돌발톱 산맥으로 올라갔다. 일부 병력이 뒤에 남아 방어선을 구축하여 오크의 추적을 막았다.

그리고 얼마 되지 않아 스랄과 나머지 호드도 뒤이어 산기슭에 도착했다. 오크들은 그곳에서 얼라이언스 군대를 발견하고 몹시 놀랐으나 그롬마쉬의 전쟁노래 부족과 재결합하면서 다시 사기가 고취되었다. 제이나 프라우드무어와 마찬가지로 스랄도 불필요한 전쟁에 휘말리고 싶지 않았다. 특히 불모의 땅에서 전쟁을 치르고 난 지금에는 더욱 그랬다. 얼라이언스를 쓰러뜨리는 것은 이곳에 온 목적이 아니었다.

스랄은 호드에게 얼라이언스를 무시하라고 명령했으나 다수 오크가 그의 말에 귀를 기울이지 않았다. 오크들 사이에서 수상한 일이 벌어지고 있었다. 잿빛 골짜기에 도착한 이후 그들은 더욱 공격적으로 변했고 피를 갈구하고 있었다. 옛 호드에 가까운 모습이었다.

그롬마쉬 헬스크림과 전쟁노래 부족은 최악의 공격성을 보였다. 그들은 되풀이해서 스랄에게 거역했고 얼라이언스의 피로 무기를 적셨다.

스랄은 더는 참을 수 없었다. 그는 그롬마쉬와 전쟁노래 부족을 잿빛 골짜기 깊은 곳으로 보내어 그곳에 전초기지를 건설하도록 명령했다. 스랄은 자신이 돌발톱 봉우리에서 돌아올 때까지 전쟁노래 부족이 고된 노동에 집중하느라 다른 곳에 신경을 쓰지 못할 것이라고 생각했다.

그롬마쉬와 전쟁노래 부족은 마지못해 복종했다. 그들은 육체노동 작업을 맡은 것을 큰 모욕으로 받아들였다. 전쟁노래 부족은, 어쩌면 전 호드 부족에서 가장 위대한 전사들이었다. 그럼에도 그들은 작업을 수행하면서 숲에 분노를 터뜨렸다. 도끼가 잿빛 골짜기의 고목들을 갈랐다. 그들은 전초기지를 건설할 넓은 숲 지역에서 나무를 베어 넘겼.

숲을 훼손하는 행위는 간과하거나 벌을 피할 수 없었다. 잿빛 골짜기는 오크의 땅이 아니었다. 그곳은 나이트 엘프의 땅이었다.

고대의 전쟁

나이트 엘프는 아제로스에서 가장 오래된 종족 중 하나였다. 그들은 만 년도 넘은 과거, 아제로스가 하나의 땅덩어리였을 때 전 세계를 아우르는 영광스러운 제국을 건설했다. 그 엄청난 업적이 가능했던 것은 바로 나이트 엘프의 생명수이자 비전 에너지의 신비로운 원천인 영원의 샘 덕분이었다.

수 세대에 걸쳐서, 나이트 엘프는 영원의 샘의 힘을 시험했다. 나이트 엘프는 점차 그 에너지를 능숙하게 다루었고 비전의 신비를 풀어가면서 야심 차고 재능 넘치는 마술사가 되었다. 그들 중에서 가장 강력했던 이들이 명가라고 알려진 나이트 엘프의 분파와 아즈샤라 여왕이었다. 그들은 끝없이 마법을 추구하여 놀라운 성과를 보였지만 동시에 그들의 제국을 멸망으로 이끌었다.

더욱 강력한 힘을 원했던 아즈샤라와 명가는 생각조차 못 할 일을 저질렀다. 그들은 불타는 군단과 서약을 맺고 악마들을 아제로스로 소환했다.

나이트 엘프 사이에서 분열이 일어났으며 아제로스에서 군단을 격퇴하기 위한 저항군이 나타났다. 다른 토착 종족은 물론 깊은 숲에 거주하는 원시의 생명체인 야생 신들도 그 용감한 나이트 엘프들과 합류했다. 그리고 펼쳐진 전쟁은 고대의 전쟁이라는 이름으로 알려졌다.

그 전쟁은 많은 영웅을 낳았으나 그중에서도 가장 잘 알려진 이들이 대여사제 티란데 위스퍼윈드와 드루이드 말퓨리온 스톰레이지, 그의 쌍둥이 동생 마술사 일리단이었다.

전투 도중 일리단은 동료들에게서 등을 돌리고 군단의 편에 섰다. 일리단은 악마에게 거짓 충성을 약속하여 엄청난 마력을 얻은 다음 그 힘으로 악마를 무찌르고 자신의 위대함을 증명하겠다고 결심했다.

일리단 스톰레이지는 힘을 얻었지만 엄청난 대가를 치러야 했다. 불타버린 그의 눈은 그을린 마법의 구덩이가 되었고 피부에는 지옥 문신의 흉터가 새겨졌다. 게다가 동료 나이트 엘프들은 그를 배신자로 생각했다.

저항군은 아제로스에서 군단을 격퇴하고 전쟁을 끝내기 위해 아즈샤라에게 맞서서 영원의 샘에 공격을 감행했다. 뒤이어 발생한 전투는 영원의 샘을 흐트러뜨렸다. 영원의 샘은 폭발했고 세계의 분리라고 알려진 대재앙을 일으켰다. 지각판이 찌그러졌다. 하나의 땅덩어리였던 아제로스는 여러 개의 대륙으로 분리되었다. 세계는 영원히 변하고 말았다.

저항군은 파국을 피해 하이잘 정상으로 도망쳤다. 그리고 그곳에 도착하여 놀라운 것을 발견했다. 일리단이 이미 하이잘 정상에 있었고 그곳에 두 번째 영원의 샘을 만들어 놓았던 것이다.

일리단은 다른 나이트 엘프들 몰래, 원래의 영원의 샘에서 일부 에너지를 수집했고 그것을 이용하여 새로운 영원의 샘을 만들었다. 일리단은 군단이 다시 아제로스에 돌아온다면 그들을 무찌를 영원의 샘의 마법이 필요할 것이라고 생각했다.

일리단 스톰레이지는 군단에 대한 거짓 동맹보다도 이 행동 때문에 "배신자"라는 칭호를 얻었다. 말퓨리온은 다시는 나이트 엘프 종족에게 피해를 주지 않도록 일리단을 지하 감옥에 가두자고 주장했다.

나이트 엘프들은 군단이 두 번째 영원의 샘을 이용하여 다시 아제로스 세계를 침공하지 않을까 염려했다. 고대 용의 위상들도 그러한 생각에 동의했다. 알렉스트라자와 이세라, 노즈도르무는 새로운 영원의 샘에 대한 소식을 듣고 그것을 보호하기로 뜻을 모았다. 알렉스트라자는 두 번째 영원의 샘에 마법 깃든 씨앗을 심었다. 씨앗은 싹을 틔워 놀드랏실이라고 불리는 거대한 세계수로 자라났다. 그 나무는 영원의 샘을 덮어 누구도 그 마력을 남용하지 못하도록 막았다.

용의 위상들은 나이트 엘프가 놀드랏실을 수호하는 것이 좋겠다고 생각했다. 알렉스트라자와 동료들은 나이트 엘프를 돕기 위해 세계수에 강력한 마법을 주입했다. 놀드랏실이 서 있는 한 나이트 엘프는 불멸을 누리고 질병에 걸리지 않게 되었다. 또한 세계수는 에메랄드의 꿈으로 통하는 관문이 되기도 했다. 말퓨리온과 미래의 드루이드들은 에테르 영역으로 통하는 더 쉬운 길을 갖게 되었다.

말퓨리온 스톰레이지는 새로운 드루이드를 훈련시키고 지도하면서 더 많은 시간을 보냈다. 그들은 자연 마법을 연구하면서 헌신적으로 야생의 안녕과 활력을 지켰다. 말퓨리온과 다른 드루이드들은 종종 물리 세계에서 잠에 들곤 했는데 그러는 동안 그들의 영혼은 에메랄드의 꿈의 원시 숲을 거닐었다.

나이트 엘프 사회를 이끄는 책무는 티란데 위스퍼윈드에게 돌아갔다. 제국을 건설하고 무분별한 마법을 사용하던 날들은 지났다. 그러한 집착은 죽음과 폐허만을 남겼다. 티란데는 전보다 훨씬 배타적이고 조심스러운 문화를 발전시켰다. 나이트 엘프는 하이잘의 숲에 머물며 멀리 떨어진 땅에 거의 모습을 보이지 않았다. 티란데는 국경을 지키기 위해 파수대라고 불리는 군사 조직을 창설했다. 그 군대는 주로 나이트 엘프 여사제로 이루어졌으며 다수가 고대의 전쟁을 경험한 역전용사들이었다. 파수대는 잿빛 골짜기와 나이트 엘프 영토의 국경 지대 곳곳에 전초기지를 건설했다.

숲을 보호하는 일은 위험이 따랐으나 파수대는 자신을 도울 다른 생명체들을 소환할 수 있었다. 그들은 에메랄드의 꿈을 여행하는 드루이드를 잠에서 깨우거나 야생에 거주하는 영혼을 불러냈다. 숲에는 매서운 키메라, 요정용, 지혜로운 나무정령, 드리아드, 고대 숲의 수호자 등 잠재적인 동맹이 되어줄 존재들이 많았다.

지금까지 그중에서 가장 강력한 생명체는 세나리우스라고 알려진 야생 신이었다. 세나리우스는 나이트 엘프에게 드루이드의 기술을 가르쳤으며 나이트 엘프의 번영과 발전에 깊은 관심을 기울였다. 세나리우스는 놀드랏실과 두 번째 영원의 샘을 수호하는 나이트 엘프의 임무에 함께했다. 그는 고대의 전쟁에서 싸우면서 동료 야생 신들이 악마의 손에 찢기는 모습을 보았다. 그리고 하늘까지 치솟은 지옥 불길 속에서 불타는 숲을 목격했다. 그러한 재앙이 다시 발생하는 사태를 방지하려면 엘프와 숲의 정령들이 함께 단결해야 했다.

그리고 세나리우스의 도움으로, 그들은 단결했다. 나이트 엘프와 숲의 생명체들은 그들의 땅을 위협했던 모든 적들을 극복했다.

그들의 경계는 동부 왕국까지 미치지 않았다. 티란데 위스퍼윈드와 나이트 엘프는 대해 너머에서 일어나는 사건들에 관하여 어느 정도 알고는 있었지만 개입하는 경우는 드물었다. 설령 개입을 한다고 해도 그들의 활동은 항상 은밀했고 드러나지 않았다.

동부 왕국에서 언데드 역병이 퍼지면서 야생의 생명이 죽어가는 것을 가장 먼저 알아차린 것은 드루이드였다. 에메랄드의 꿈 속에서 그들의 영혼은 파멸을 막기 위해 물리 세계에 닿았다. 그러나 별 성과는 없었다. 일부 드루이드는 티란데에게 그 사태에 대해 알렸다. 티란데는 고립주의를 유지했지만 역병의 배경에서 익숙한 느낌을 받았다.

티란데는 군단의 존재를 직감했다.

잿빛 골짜기의 영혼

파수대가 수상한 자들이 잿빛 골짜기에 들어왔다고 보고했을 때 티란데 위스퍼윈드는 최악을 예상했다. 티란데는 그 침입자들이 악마가 아니라는 사실을 확인하고 나름 안도했다. 티란데는 호드와 얼라이언스 피난민이 역병을 피해 대해를 건널 것이라고 정확히 추측하고 있었다. 그들이 서로 싸웠던 방식으로 미루어 또한 잔인한 적들일 것이라고 짐작했다.

티란데는 파수대에게 새로 도착하는 자들을 멀리에서부터 관찰하라고 지시했다. 티란데는 피난민들이 잿빛 골짜기를 통과하여 다른 지역으로 이동하기만을 바랐다. 그녀의 기대는 빗나갔다. 초록색 피부를 가진 일부 오크들이 숲에 전쟁을 일으켰다. 그들은 묻지도 않은 채 숲을 훔쳤고 무자비하게 나무를 쓰러뜨렸다. 티란데는 그 생명체들에게 자비를 베풀 수 없었다. 그들은 야만적이고 폭력적이었다. 더는 그들의 존재를 참아줄 수 없었다.

파수대는 그롬마쉬 헬스크림과 전쟁노래 부족을 공격했다. 일부는 높다란 나무 위에 앉아 사냥감에게 폭풍처럼 화살을 쏟아부었다. 또 다른 이들은 칼날처럼 날카로운 수리검으로 무장한 채, 히포그리프라고 불리는 날개 달린 야수나 밤호랑이라고 불리는 거대한 고양잇과 동물의 등에 올라타고서 적을 덮쳤다.

파수대는 오크가 만났던 어느 적보다도 위협적이었다. 그러나 그롬마쉬와 그의 전사들을 겁을 먹지 않았다. 그들은 오히려 들떴다. 그들은 싸울 만한 적을 찾기만을 고대하고 있었다.

오래지 않아 오크들은 자신들이 크게 열세임을 깨달았다. 세나리우스 역시 새로운 방문자들을 지켜보고 있었고 그들의 핏속에서 악마의 흔적을 발견했다. 세나리우스는 그 초록색 피부를 가진 생명체들이 군단의 하수인이라고 판단하고 나이트 엘프의 편에 서서 싸웠다.

오크들은 나이트 엘프와 숲의 동맹을 당해낼 재간이 없었다. 전투에 대한 열망은 식지 않았으나, 패배는 임박한 듯이 보였다. 그 절망적인 순간, 어둡고 익숙한 형태의 에너지가 그롬마쉬와 오크들에게 닿았다. 오크들은 그 마법의 흔적을 추적하여 울창한 숲의 한쪽에 숨겨진 에메랄드빛 액체의 웅덩이에 다다랐다.

피였다. 악마의 피였다.

만노로스의 피

그롬마쉬 헬스크림과 오크가 악마의 피를 발견한 것은 우연이 아니었다.

아키몬드의 명령에 따라, 만노로스와 티콘드리우스는 악마의 침공에 앞서 칼림도어의 방어를 약화할 목적으로 칼림도어에 이르렀다. 칼림도어에는 군단에 적대적인 생명체들이 가득했다. 악마들은 그 대부분이 귀찮은 존재에 불과하며 무해하다고 생각했다. 그러나 세나리우스를 비롯한 야생 신은 이야기가 달랐다. 그들은 고대의 전쟁에서 군단에게 격렬히 저항했다. 군단이 두 번째 영원의 샘을 차지하려면 먼저 세나리우스와 숲의 동맹을 쓰러뜨려야 했다.

만노로스와 티콘드리우스는 야생의 힘을 무마하기 위해서 굴단의 해골을 칼림도어까지 가지고 왔다. 그 유물은 군단의 손아귀에 들어간 후 변화했다. 악마들은 굴단의 해골에 더욱 많은 지옥 에너지를 주입하여 훨씬 더 강력하게 만들었다. 만노로스와 티콘드리우스는 그 에너지를 끌어내어 잿빛 골짜기의 숲을 오염시키고 세나리우스의 힘을 빼낼 계획이었다. 느리지만 효과는 확실한 방법이었다.

잿빛 골짜기 숲에서 그롬마쉬 헬스크림과 싸우는 세나리우스

악마들이 계획을 실행에 옮기기도 전에 또 다른 기회가 저절로 발생했다. 오크였다.

오크가 만노로스의 피를 들이킨 후 오랜 시간이 지났으나 저주는 아직 그들의 핏속에 남아 있었다. 저주는 오크를 지옥의 군주에게 속박시켜 주었고 그의 영향력에 취약하게 만들었다.

잿빛 골짜기에 지옥의 군주 만노로스가 등장한 것만으로도 오크들은 벌써 영향을 받기 시작했다. 특히, 그롬마쉬 헬스크림과 전쟁노래 부족이 대표적이었다. 그들은 만노로스 가까이에서 점차 폭력적이고 공격적으로 변화했다. 그리고 끝없는 분노를 터뜨리며 세나리우스와 전쟁에 뛰어들었다. 오크는 승산이 없었고 승리하려면 더 큰 힘이 필요했다.

그것이 바로 만노로스가 주고자 한 선물이었다. 오크가 그의 피를 들이켠다면 세나리우스를 무찌를 만큼 강력해질 수 있었다. 오크는 다시 한 번 군단의 노예가 되어야 했다. 만노로스는 제 피를 숲 속에 쏟아 놓고서 보이지 않는 곳으로 사라졌다.

예상대로 그롬마쉬는 웅덩이를 발견했다. 그롬마쉬는 그것을 마시는 것이 위험하지 않을지 의심하면서도 세나리우스와의 전투에서 살아남으려면 다른 방법이 없다고 생각했다. 그롬마쉬는 힘에 대한 유혹을 뿌리치지 못하고서 악마의 피를 깊이 들이켰다. 부하들도 그의 뒤를 따랐다.

이계의 힘이 몸을 타고 흘렀고 오크들은 잿빛 골짜기를 누비며 날뛰었다. 수많은 나이트 엘프와 숲의 생명체들이 그들의 굶주린 칼날에 쓰러졌다. 그롬마쉬 헬스크림은 세나리우스를 상대했다. 야생 신 세나리우스는 모든 원시의 분노를 동원하여 싸웠으나 그조차 그롬마쉬의 초자연적인 힘을 이겨낼 수 없었다. 도끼가 세나리우스의 몸을 갈랐고 그롬마쉬는 적을 무찔렀다.

세나리우스가 쓰러진 순간 하이잘 주위로 그늘이 드리웠고 숲이 떨렸다. 드리아드와 키메라, 나무정령, 요정 등의 생명체들이 공포에 질려 물러났다. 일부는 돌아와 나이트 엘프를 도왔지만 많은 생명체들이 전쟁이 벌어지는 동안 숨어 지냈다.

그롬마쉬는 뒤늦게 그 힘의 원천이 무엇이었는지 깨닫게 되었다. 그렇지만 그롬마쉬와 부하들은 이미 저항할 수 없었다. 그들은 만노로스의 의지에 구속되고 말았다.

운명의 구속

그롬마쉬 헬스크림이 세나리우스와 나이트 엘프를 상대하는 동안 스랄과 제이나 프라우드무어는 돌발톱 산맥으로 부하들을 이끌었다. 그들은 각자 다른 경로로 가파른 바위투성이 산을 올랐다. 그리고 봉우리에 있는 동굴 속에 들어선 이후에야 서로를 대면하게 되었다.

즉시 검이 들리고 전선이 형성되었다. 제이나와 스랄은 모두 공개적인 전쟁을 원하지 않았지만 싸움은 불가피한 상황으로 보였다.

피가 쏟아지기 전에 메디브가 모습을 드러냈다. 제이나와 스랄은 두건을 쓴 형체를 보고서 놀랄 수밖에 없었다. 끔찍한 경고를 전하며 칼림도어로 자신들을 데려온 장본인이었다.

메디브는 단 한 번의 기회를 살려 제이나와 스랄을 자신의 편으로 만들어야 했다. 그는 모든 것을 밝혔다. 그런 다음 불타는 군단의 계획을 설명하고 악마의 침공이 이미 시작되었다고 말했다. 아제로스는 파멸의 언저리에서 위태롭게 흔들리고 있었다. 홀로 남겨진다면, 아제로스의 종족들은 멸망할 운명이었다. 그러나 함께라면…… 그들의 세계를 구할 기회가 있었다.

메디브는 위태로운 상황을 정확하게 알리고 설득하기 위해 그롬마쉬와 전쟁노래 부족의 운명을 그들에게 보여주었다. 그 오크들은 만노로스의 피를 마시고 다시 한 번 군단의 노예가 되었다. 군단에 맞서서 연합군을 형성하지 않는다면, 그것은 모든 오크를 기다리는 운명이 될 수 있었다.

스랄은 그롬마쉬에 대한 소식을 접하고 경악했다. 스랄은 그의 종족이 호드의 어두운 시기를 두 번 다시 겪게 하지 않겠다고 맹세했다. 만약 그 약속을 지키기 위한 방법이 얼라이언스의 적과 연합하는 것뿐이라면 그렇게 해야 했다.

제이나 프라우드무어는 호드와 병력을 합치는 것이 미친 짓이라고 생각했으나 결국 메디브의 말에 일리가 있다는 것을 꿰뚫어 보았다. 제이나는 달라란에서 마법을 연구하면서 불타는 군단에 대한 여러 단편적인 지식을 접했다. 제이나는 그 모든 것이 끔찍했다. 만약 악마의 침공이 정말로 펼쳐지는 중이라면 전력을 다하여 막지 않는 것이 어리석은 일이었다. 실패는 단지 제이나 개인의 죽음을 의미하지 않았다. 그것은 로데론을 수호하기 위해 목숨을 바친 모든 이들의 죽음을 무가치하게 만드는 것이었다.

스랄과 제이나는 불편한 휴전을 맺었다. 서로를 완전히 신뢰할 수는 없었지만 잠시 오랜 증오를 뒤로하고 협력할 의사가 있었다.

그 미약한 동맹의 첫 번째 시험은 그롬마쉬 헬스크림과 전쟁노래 부족을 상대하는 것이었다.

피의 저주

돌발톱 산맥에서 내려온 얼라이언스와 호드의 연합군은 그롬마쉬 헬스크림과 그의 피에 굶주린 부하들을 저지하기 위해 움직였다. 전쟁노래 부족은 분노에 너무 깊이 빠져든 나머지 아군과 적군조차 구분하지 못했다. 그들은 얼라이언스와 호드를 구분하지 않고 잔혹하게 쓰러뜨렸다. 그들은 한때 형제와 자매라고 생각했던 오크의 피를 보았다.

전투가 지속되면서 스랄은 전쟁노래 부족의 전선을 과감하게 돌파하여 그롬마쉬를 붙잡았다. 호드의 주술사와 얼라이언스의 사제가 동시에 마법 주문을 읊어 그의 피에서 피의 욕망을 정화했다. 그것은 효과가 있었다. 며칠 만에 처음으로 그롬마쉬의 눈에서 증오의 구름이 걷혔다. 그롬마쉬는 자신이 어떤 괴물이 되었는지 깨닫고 수치심에 휩싸였다.

그런 다음 그롬마쉬는 자신에게 그런 짓을 저지른 자를 기억해 냈다. 만노로스가 어딘가에서, 숲을 거닐며 자신이 벌인 참극을 즐기고 있었다. 그롬마쉬와 스랄은 자기들이 그 악마를 상대하지 않는다면 오크는 파멸의 운명을 면하지 못할 것이라고 생각했다.

호드와 얼라이언스 피난민 부대가 전쟁노래 부족의 나머지 오크들을 치료하는 동안 그롬마쉬 헬스크림과 스랄은 만노로스를 추적했다. 두 오크는 잿빛골짜기 동남쪽, 지옥의 마력에 오염된 협곡에서 만노로스를 발견했다. 지옥의 군주는 두 오크를 위협이라기보다는 흥밋거리로 생각했다. 만노로스는 스랄을 나약한 애송이로 취급하면서 쉽게 물리쳐 버렸다. 그러나 그롬마쉬가 자신에게 복수할 것이라고 예상하지 못했다. 감히 주인인 자신에게 맞설 수는 없었다.

만노로스의 생각이 아주 틀린 것은 아니었다. 그롬마쉬의 영혼에는 피의 저주가 타올랐다. 그러나 그보다 더 밝게 타오르는 무엇인가가 있었다. 그것은 종족을 해방시키려는 욕망이었다.

그롬마쉬는 만노로스의 가슴 깊이 도끼를 박아 넣었다. 치명상을 입은 악마의 몸은 조각나기 시작했다. 만노로스는 폭발했다. 그 불타는 지옥 에너지가 협곡을 뒤덮었다.

지옥의 군주는 사라졌다. 그러나 대가가 뒤따랐다. 폭발로 인해 그롬마쉬가 큰 상처를 입고 말았다. 그롬마쉬는 스랄의 곁에서, 만노로스를 처치하고 자신을 되찾았다는 사실에 만족하면서 숨을 거두었다. 그롬마쉬는 악마를 쓰러뜨렸고 마침내 오크 종족에게서 피의 저주를 정화했다.

그들은 해방되었다.

악마벼락 협곡

오크는 그롬마쉬 헬스크림을 가장 위대한 영웅 중 하나라고 생각했다. 그롬마쉬의 숭고한 희생이 깃든 그 장소는 후일 악마벼락 협곡이라는 이름으로 알려졌다. 그곳은 군단의 저주에서 종족을 해방시킨 전사를 기리는 많은 오크의 순례지가 되었다.

칼림도어 침공

만노로스는 비록 죽었지만 임무를 완수했다. 세나리우스가 죽었다. 숲의 정령들은 군단의 침공에 저항하겠지만 원시의 힘은 크게 약화되었다.

칼림도어를 침공할 시간이었다.

아키몬드는 동부 왕국의 국가들을 확실하게 처리하기 위해 일부 악마와 언데드를 그곳에 남겨 두었다. 그리고 나머지 군대를 이끌고 잿빛 골짜기를 공격했다. 하늘에서 지옥불정령이 비처럼 떨어지면서 잿빛 골짜기의 동쪽 가장자리에서 수천 마리의 언데드와 악마가 모습을 드러냈다. 아키몬드의 군대는 곧 나이트 엘프와 숲의 정령, 그리고 얼라이언스와 호드 연합군의 저항에 맞닥뜨렸다. 그러나 수호자들은 잿빛 골짜기 곳곳에 흩어진 채 각자의 전선에서 싸웠다. 군단은 손쉽게 적들을 제압했다. 아키몬드의 불굴의 군대는 마주치는 모든 적과 숲을 짓밟으며 서서히 내륙으로, 하이잘 정상을 향해 나아갔다.

진행은 신속했다. 그러나 아키몬드는 아무것도 우연에 맡기지 않았다. 그는 셀 수 없이 많은 전쟁을 이끌었고 가능한 모든 이익을 취하는 것의 가치를 알고 있었다. 열등한 상대라고 해도 마찬가지였다. 그에게 아직 사용하지 않은 무기가 하나 있었다. 그것은 굴단의 해골이었다. 티콘드리우스가 아직 그 유물을 가지고 있었다. 이제는 세나리우스를 처치하기 위해 사용할 필요가 없어졌지만 숲을 약화시키고 두 번째 영원의 샘까지 길을 내는 데 사용할 수 있었다.

공포의 군주 티콘드리우스는 군단의 본대보다 앞서 나아가, 하이잘 근처 숲의 평온한 구석을 찾았다. 그리고 굴단의 해골의 지옥 에너지를 끌어내어 대지에 주입했다. 유독한 마법이 부글거리며 땅을 가로지르자 나무들과 근처 야생 동물들이 군단을 섬기는 괴물로 바뀌었다. 숲 사이로 흐르던 맑은 강은 역겨운 녹색으로 변했다. 그 오염된 숲은 후일 악령숲이라고 알려졌다.

지옥 마법은 계속해서 하이잘 산까지 퍼졌고 닿는 모든 것을 오염시켰다. 지옥의 에너지가 두 번째 영원의 샘 가에 닿는 것은 시간문제였다. 군단은 별다른 저항 없이, 어둡게 변한 숲을 통과하여 전진할 수 있게 되었다.

각성

티란데 위스퍼윈드는 아키몬드가 잿빛 골짜기를 더럽히는 광경을 보고 충격과 분노에 휩싸였으나 그것은 단지 시작일 뿐임을 알고 있었다. 군단이 칼림도어에 발을 들인 목적은 숲 정복이 아니었다. 악마들은 전 아제로스를 집어삼키기를 원했다. 두 번째 영원의 샘을 손에 넣는다면 그럴 힘을 가질 수 있었다. 즉, 나머지 병력을 불러들일 관문을 열 수 있었다. 어쩌면 살게라스까지도.

티란데는 하이잘 방어를 위해 모든 무기를 동원해야 했다. 그것은 에메랄드의 꿈 속에 체류 중인 드루이드를 깨우는 것을 의미했다. 티란데는 말퓨리온 스톰레이지와 드루이드가 아직 에메랄드의 꿈에서 나오지 않았다는 사실에 마음이 쓰였다. 그들이 잿빛 골짜기 곳곳에 퍼지고 있는 타락을 감지했을 것은 분명했다. 도대체 무엇 때문에 아직까지 에메랄드의 꿈 속에 머물고 있는 것인가?

그것은 세나리우스 때문이었다. 세나리우스가 쓰러졌을 때 그의 죽음은 에메랄드의 꿈 속에 충격파를 전했고 드루이드들을 약화시키며 혼란 속으로 빠뜨렸다. 말퓨리온과 추종자들은 물리 세계에서 일어나는 일을 부분적으로 감지했으나 사실상 에메랄드의 꿈 속에 갇혀 있었다.

티란데는 결국 말퓨리온을 깨웠고 말퓨리온은 잿빛 골짜기의 상황을 접하고 충격에 빠졌다. 지옥 불길이 그의 사랑하는 숲을 집어삼켰고 유독한 언데드 역병이 잿빛 골짜기의 모든 생명을 질식시키고 있었다. 말퓨리온은 숲을 구해야 한다는 생각에, 다른 드루이드들을 깨우기 위해 서둘러 나섰다.

말퓨리온과 티란데는 하이잘을 지나 여명의 설원으로 향했고 다른 드루이드들이 잠든 지하 굴을 찾았다. 말퓨리온은 새로 깨어난 드루이드 일부를 군단과 전투를 치르고 있는 파수대에 보냈다. 다른 드루이드에게는 숲의 생명체를 모으고 남은 야생 신을 깨우라고 지시했다. 그 존재들은 가장 평화로운 시기에도 발견하기가 힘들었다. 세나리우스가 사라진 지금, 그들을 찾아 전투에 참여하도록 설득하는 것은 거의 불가능에 가까웠다. 그럼에도 나이트 엘프들은 길에 나섰다.

드루이드를 깨우는 임무는 길고 고되었지만 말퓨리온과 티란데가 재회할 기회를 주었다. 그들이 마지막으로 만난 후 세나리우스가 세상을 떠났다. 말퓨리온은 나이트 엘프를 수호했던 오랜 시간 동안 티란데가 변화했다는 것을 느꼈다. 티란데는 전보다 사나워졌고 종족을 위험에서 구하기 위해서라면 어떤 희생도 치를 준비가 되어 있었다. 말퓨리온은 티란데가 땅을 지키기 위해 어디까지 갈 수 있을지 알 수 없었다. 그러던 중 그들은 하이잘의 지하굴 속에서 고대의 관문을 발견했다.

말퓨리온의 쌍둥이 동생 배신자 일리단의 감옥이었다.

티란데는 일리단 스톰레이지를 강력한 무기로 생각했다. 일리단은 뛰어난 마술사였고 악마에 대한 지식은 나이트 엘프 중에서 누구보다도 뛰어났다. 티란데는 만약 그를 풀어준다면 군단에 맞서서 그의 힘을 사용할 수 있을 것이라고 생각했다.

말퓨리온은 그 의견에 격렬히 반대했다. 시간이 지난 후에도 배신자 일리단에 대한 말퓨리온의 생각은 바뀌지 않았다. 말퓨리온은 지금도 일리단이 아제로스 세계에 위협이 된다고 생각했다.

티란데는 위험을 감수하고서 일리단을 풀어주기로 결정한 다음 홀로 길에 나섰다. 수천 년 동안 배신자를 지키고 있었던 나이트 엘프의 조직, 감시자가 그녀의 길을 막았다. 그들은 일리단을 풀어주라는 티란데의 명령을 공공연히 거부했다.

그리고 그에 대해 감시자들은 궁극의 대가를 치렀다.

아제로스의 운명이 기울어가는 지금, 티란데 위스퍼윈드는 거역을 용납할 수 없었다. 누구에게서도. 티란데는 자신을 막은 감시자들을 쓰러뜨리고 일리단의 감옥에 다가갔다.

지하굴의 어둠 속에서 배신자가 모습을 드러냈다.

배신자

일리단 스톰레이지는 만 년 동안 어둠 속에 갇힌 채 고통스러운 나날을 보냈다. 끝없는 고독은 그의 이성의 가닥을 풀어헤쳤다. 시간이 지나면서 일리단은 아제로스가 군단에게서 스스로를 보호할 방법을 찾는 데에 집중했다. 일리단은 그러한 방법을 고심하던 끝에 단 한 가지 결론에 이르렀다.

아제로스는 절대로 방어적인 전쟁을 통해서 군단을 무찌를 수 없었다.

악마들이 쫓겨났다고 해도 그들은 다시 돌아오게 되어 있었다. 그리고 다시, 그리고 또다시, 계속해서, 마침내 아제로스를 차지할 때까지 돌아올 것이 분명했다. 고대의 전쟁에서 거둔 "승리"도 일시적인 유예에 불과했다.

군단의 핵심적인 힘은 회복력이었다. 아제로스에서 죽은 악마들은 뒤틀린 황천에서 실체를 갖추었고 또다시 싸울 수 있었다. 그러한 효과로 군단의 병력은 끝없이 늘어갔다. 악마를 영구적으로 죽이는 방법은 황천에서 또는 황천의 에너지가 가득한 곳에서 그들을 처치하는 것뿐이었다. 그것은 악마의 영토에서 전쟁을 수행하는 것을 의미했다.

마침내 감옥에서 풀려난 일리단은 군단을 상대로 전쟁을 일으킬 생각뿐이었다. 일리단에게는 다른 나이트 엘프와 힘을 합칠 이유가 없었다. 일리단은 자기를 가둔 나이트 엘프들을 용서하지 않았다. 게다가 그들이 자신을 신뢰하지 않는다는 사실을 알고 있었다. 일리단이 군단을 무찌르는 방법을 설명해 준다고 해도 엘프들은 그의 지혜를 의심스럽게 생각하거나 미치광이로 취급할 것이 분명했다.

일리단은 전쟁에 피폐해진 하이잘 숲으로 뛰어들었다. 특정한 목적지도 없었지만 의도는 분명했다. 일리단은 군단을 꺾기 위해 더욱 강력한 지식과 마력이 필요했다. 일리단은 잿빛 골짜기의 북부에서 두 가지를 모두 느낄 수 있었다. 그곳의 숲에서는 막대한 지옥 에너지가 퍼져 나왔다. 일리단은 그 마법의 원천을 추적하여 곧 악령숲에 이르렀다.

그의 앞을 막아선 첫 번째 생명체는 악마가 아니었다. 죽음의 악취를 풍기는 인간이었다.

불길과 어둠의 운명

리치 왕의 명령에 따라 죽음의 기사 아서스 메네실은 군단의 칼림도어 침공에 합류했다. 악마를 돕기 위해서가 아니라 은밀하게 그들의 전쟁을 방해하기 위해서였다. 아서스는 악마들에게 의도를 들키지 않도록 항상 어둠 속에서 조심스럽게 움직였다. 아서스는 은밀하게 영향력을 행사하여 스컬지가 군단 주인들의 명령에 불복종하고 미쳐 날뛰게 했다. 그로 인하여 하이잘 정상을 향한 악마들의 발걸음이 지체되었다. 가끔은 이로 인해 적을 놓치기도 했다.

그러나 그러한 수단은 그저 사소한 방해에 불과했다. 아서스는 군단에 타격을 줄 다른 방법을 생각하고 있었다. 아서스는 티콘드리우스와 굴단의 해골에 끌렸다. 티콘드리우스는 굴단의 해골을 사용하여 잿빛 골짜기의 넓은 지역을 지옥 마법으로 물들였다. 그 어두운 에너지는 날마다 더 넓게 퍼져가면서 서서히 하이잘 산 주위를 잠식하고 있었다.

티콘드리우스를 쓰러뜨리고 굴단의 해골을 파괴한다면 지옥 마법이 퍼지는 것을 막을 뿐만 아니라 군단의 전략에 막대한 타격을 줄 수 있었다. 그러나 티콘드리우스를 처치하는 것은 말처럼 쉽지 않았다. 아서스는 자신이 티콘드리우스를 쓰러뜨린다면 아키몬드가 리치 왕의 배신을 눈치챌 것이라고 생각했다. 그러나 만약 다른 이가 그 일을 대신할 수 있다면⋯⋯ 그것은 또 다른 이야기였다.

아서스는 숲 사이로 파괴의 길을 만들고 있는 일리단 스톰레이지를 보고서 그 생각을 떠올렸다. 그 나이트 엘프는 지옥의 마법이 충만했지만 군단의 수하가 아니었다. 게다가 자신의 종족인 나이트 엘프의 확고한 지지자도 아니었다.

아서스는 일리단의 마력에 대한 채울 수 없는 갈망을 감지했다. 일리단의 야망을 무기로 사용하기는 쉬운 일이었다.

죽음의 기사 아서스는 악령숲에서 일리단을 만나 정보를 주고서 그를 유인했다. 아서스는 굴단의 해골이라는 강력한 유물이 근처에 있다는 사실을 일러주었다. 그러나 그 유물은 찾기가 쉽지 않았다. 아서스는 티콘드리우스라는 교활한 공포의 군주가 악령숲을 떠돌고 있다고 경고했다.

일리단은 아서스를 무척이나 의심했지만 이미 악령숲에서 퍼져나오는 강력한 마력을 감지하고 있었다. 무시하기에는 너무도 달콤한 유혹이었다. 일리단은 아서스를 뒤에 남기고 유물을 찾아 나섰다. 그것은 그들에게 마지막 만남이 아니었다.

일리단 스톰레이지는 악마들을 연달아 쓰러뜨리며 굴단의 해골을 찾아냈다. 일리단은 그 유물이 에너지는 물론 지식을 담고 있다는 사실을 알고서 기뻐했다. 해골은 오크 흑마법사 굴단의 기억을 간직하고 있었다. 일리단은 단순히 유물의 마력을 흡수하는 대신 그 에너지를 통째로 집어삼켰다. 일리단의 피와 살 속에 지옥 마법이 몰아쳤다. 일리단의 두개골에서 거대한 뿔이 솟아났고 등에서는 가죽 날개가 돋았다. 나이트 엘프였던 일리단은 무언가 다른 존재로 변화했다. 바로 악마였다.

마력과 함께 굴단의 기억이 일리단에게 밀려들었다. 일리단은 굴단의 고향 행성, 드레노어에 대한 지식을 얻었고 살게라스의 무덤 속 수수께끼와 고대 유물에 대해 알게 되었다.

새로운 힘을 얻은 일리단은 티콘드리우스를 찾아내어 쓰러뜨렸다.

일리단은 굴단의 해골을 차지하여 군단에 막심한 타격을 입혔다. 악령숲은 오염된 상태로 남았지만 타락의 에너지는 잿빛 골짜기나 하이잘까지 퍼지지 않았다.

일리단은 나이트 엘프의 전쟁에 실질적으로 도움을 주었지만 형인 말퓨리온과 티란데 위스퍼윈드에게서도 비난을 면치 못했다. 일리단은 굴단의 해골을 흡수하면서 선을 넘고 말았다. 그는 나이트 엘프 종족이 그토록 힘겹게 싸우고 있는 존재인 악마가 되었다. 말퓨리온 스톰레이지는 일리단을 나이트 엘프의 땅에서 추방했다. 일리단은 복종했다. 그러나 하이잘에 머무는 것이 의미가 없다고 생각했기 때문이었다. 나이트 엘프가 군단의 침공을 저지하는지는 중요하지 않았다. 한 차례 패배한다고 해도 군단은 다시 돌아오게 되어 있었다.

일리단 스톰레이지는 자신의 전쟁을 치러야 했다. 일리단에게 중요한 전쟁은 그것뿐이었다.

하이잘 산의 전투
어둠의 문이 열리고 21년 후

군단이 서서히 하이잘 산에 오르며 두 번째 영원의 샘에 다가가는 동안 수천 명에 이르는 나이트 엘프 파수대와 드루이드가 하이잘 산 정상에 모여들었다. 그들은 혼자서 싸우지 않았다. 비록 야생 신을 불러내지는 못했지만 드리아드와 숲의 수호자 등 많은 숲의 정령들을 대의에 끌어들였다. 호드와 얼라이언스 피난민들도 온 힘을 다하여 악마의 군대와 싸웠다.

종족들 간의 이러한 연합은 고대의 전쟁 이후 볼 수 없던 것이었다. 그럼에도 수호자들은 수적으로 열세였다. 게다가, 대부분은 협력하지 못했다. 나이트 엘프와 숲의 생명체들은 호드와 얼라이언스 피난민들을 경계하고 있었다. 특히, 티란데 위스퍼윈드는 군단을 칼림도어로 끌어들인 책임이 두 진영에 있다고 생각했다.

하이잘의 수호자들이 혼란스러운 가운데 아키몬드는 승리가 목전에 있음을 느꼈다. 그러나 아키몬드는 메디브의 존재나 그의 계획을 알지 못했다.

메디브는 스랄과 제이나 프라우드무어, 티란데 위스퍼윈드, 말퓨리온 스톰레이지를 불러모았다. 만남은 긴장감이 가득했다. 티란데는 얼라이언스 피난민은 물론 호드와 연합을 한다는 제안에 망설였다. 그러나 메디브는 편견을 덮어두고 아제로스를 생각하자며 티란데를 설득했다. 이질적인 진영이 서로 단결했다. 그러나 그들은 아키몬드를 격퇴하려면 무력만으로는 부족하다는 사실을 알고 있었다.

말퓨리온이 해결책을 제안했다. 위험하고 희생이 따르는 일이었다. 세계수 놀드랏실은 용의 위상에게서 주입받은 강력한 마법을 품고 있었다. 나이트 엘프 종족에게 영생을 부여하고 질병과 고통에 면역이 되도록 만들어준 마력이었다. 말퓨리온과 동료 드루이드들이 함께 그 마법을 이용해 폭발을 일으킨다면 아키몬드와 군단 침략자들을 말살하는 것도 가능했다. 그러나 그것은 놀드랏실의 마법을 파괴하는 것을 의미했고, 나이트 엘프 종족이 만 년 이상 겪지 않았던 노화와 질병을 받아들여야 한다는 것을 의미했다. 나이트 엘프 사회는 막대한 충격을 감당해야 했지만 수호자들은 다른 선택의 여지가 없었다.

말퓨리온이 드루이드들과 함께 놀드랏실의 마력을 끌어낼 준비를 하는 동안 나머지 수호자들은 하이잘 정상 주위에 자리를 잡고 시간을 벌어 주었다. 오크와 인간, 나이트 엘프와 타우렌, 트롤과 드워프 모두가 파도처럼 밀려드는 무자비한 언데드와 악마를 상대로 잔혹한 전투를 벌였다.

그날 수천 명의 수호자가 쓰러졌으나 그 희생은 헛되지 않았다. 아키몬드가 놀드랏실에 다다랐을 때 말퓨리온과 드루이드들은 일을 끝마쳤다. 위습이라고 알려진 육체가 없는 수많은 영혼들이 하이잘 주위의 숲에서 모습을 드러냈다. 그들은 아키몬드 주위로 몰려들었지만 그를 공격하지 않았다. 그리고 말퓨리온의 요청에 따라 세계수에 에너지를 집중하여 그 안에 깃든 마력을 터뜨렸다.

놀드랏실에서 눈부신 에너지의 충격파가 터져 나오며 칼림도어를 뿌리째 뒤흔들었다. 아키몬드는 즉사하고 말았다. 대부분의 다른 언데드와 악마도 마찬가지였다. 두 번째 영원의 샘을 차지하려는 군단의 희망도 산산이 조각났다.

수호자들은 즉시 남은 군단의 병력에 반격을 시작했다. 분노에 찬 그들의 공격으로 칼림도어에 남아 있던 악마와 언데드는 거의 궤멸되어 버렸다. 아서스 메네실은 간신히 공격을 피해 빠져나왔다. 아서스는 남은 스컬지를 최대한 규합하여 동부 왕국으로 도망쳤다.

호드와 얼라이언스 피난민들은 승리를 거둔 후 하이잘 산에서 내려와 새 정착지를 찾아 나섰다. 그들의 미약한 협약은 유지되었지만 앞으로도 많은 시련이 그들을 기다리고 있었다.

티란데 위스퍼윈드와 말퓨리온 스톰레이지는 하이잘에 남아서 재건 작업에 착수했다. 주위 숲은 대부분 폐허가 되었다. 설상가상으로, 놀드랏실이 폭발의 피해를 받았다. 아제로스 세계에 생명의 에너지를 전했던 거대한 뿌리들이 다수 시들고 죽어 갔다. 시간이 지나 놀드랏실이 회복한다고 해도 용의 위상들이 부여했던 마법은 사라지고 없었다. 나이트 엘프는 영생도, 질병에 대한 면역도 누릴 수 없었다. 그들은 늙고 쇠약해질 운명이었다. 그리고 다른 필멸의 종족들처럼 죽음을 맞이해야 했다. 또한 말퓨리온과 드루이드들은 폭발로 인한 피해 때문에 에메랄드의 꿈에 닿기가 더욱 힘들어졌다.

메디브는 멀리에서 전쟁에 찢긴 세계를 살피며 그 광경에 안도하고 있었다. 군단의 침공은 실패했다. 아제로스는 당분간 안전했다. 메디브는 리치 왕과 같은 다른 위협이 아제로스의 어두운 구석에 숨어 있음을 알았다. 그러나 메디브는 막을 방법이 없었다. 그의 힘은 시들고 있었고 물리 세계에 머물 시간이 끝나간다고 느꼈다.

세계를 지키는 임무는 아제로스의 주민들에게 돌아갔다. 그가 의도한 대로였다. 메디브는 그들에게 단결의 힘을 보여주었다. 메디브는 그들이 하이잘에서처럼 계속 함께 싸우기를 바랄 뿐이었다.

그리고 아제로스 최후의 수호자는 모습을 감추었다.

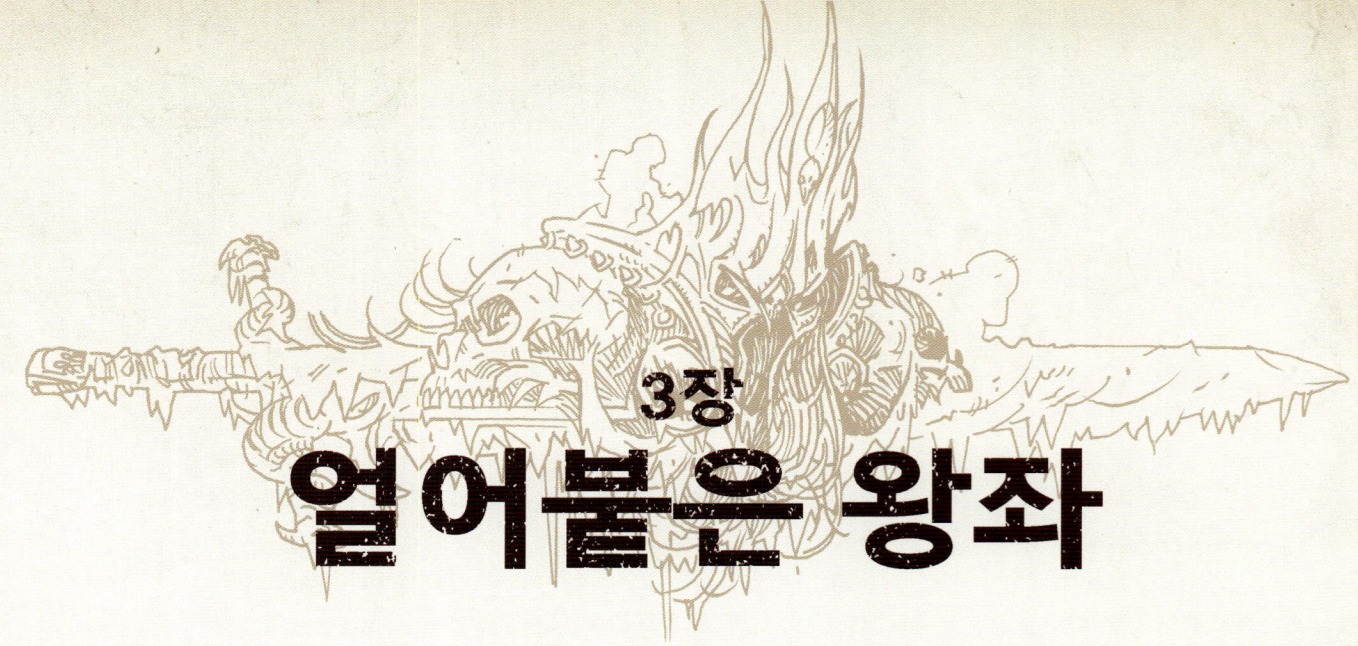

3장
얼어붙은 왕좌

반란

다시 한 번, 불가능한 확률에 맞서 아제로스의 수호자들은 불타는 군단을 물리쳤다.

뼈아픈 패배에도 악마 군주 킬제덴은 모든 것이 사라졌다고 생각하지 않았다. 아직 리치 왕과 몇몇 공포의 군주가 있었고 스컬지를 부릴 수 있었다. 언데드는 칼림도어에서 끔찍한 타격을 입었지만 수천에 달하는 괴물 같은 생명체들이 로데론을 장악하고 있었다. 스컬지는 빠르게 군세를 회복하고 공격을 재개할 수 있었다.

그러나 킬제덴이 리치 왕을 찾았을 때 그의 희망은 사라졌다. 리치 왕은 악마 군주의 명령을 거부했다.

리치 왕은 하이잘 산의 패배를 군단에게서 벗어날 기회로 생각했다. 그리고 시간을 낭비하지 않았다. 리치 왕은 아서스 메네실과 켈투자드, 로데론의 나머지 스컬지를 규합했다. 리치 왕은 군대를 완전히 장악한 후 남은 공포의 군주 조종자인 발나자르, 바리마트라스, 데서록을 공격했다.

공포의 군주들은 들끓는 언데드의 무리 앞에서 승산이 없었다. 악마들은 역병지대로 도망쳤고 어둠의 마법을 이용하여 모습을 감추었다.

이제 군단은 리치 왕에게 맞설 수 없었다. 스컬지는 그의 것이었다. 그만의 것이었다.

악마 군주 킬제덴은 항상 리치 왕이 반기를 들 수 있다고 경계했다. 그러나 자신의 무기인 리치 왕이 그렇게 치밀할 줄은 예상하지 못했다. 리치 왕은 킬제덴과 공포의 군주에게서 진정한 힘을 숨기고 있었다. 그리고 충성스러운 하인의 역할을 수행하면서 교묘하게 그 악마들을 조종했다. 스컬지가 강력해지면서 리치 왕의 힘도 커졌다. 그의 정신력은 과거에 비할 수 없을 만큼 강력했다.

군단이 리치 왕을 이용하여 칼림도어를 재습격할 기회도 사라졌다. 게다가 리치 왕은 이제 악마에게 직접적인 위협이 되었다. 리치 왕이 아제로스를 정복한다면 악마들은 후일의 침공도 거의 기약할 수 없었다.

한 가지 방법만이 남아 있었다. 리치 왕을 쓰러뜨리는 것이었다. 킬제덴은 아제로스에서 그 과업을 수행할 만큼 강력한 새로운 악마의 존재를 발견했다. 고대의 전쟁에서 이미 군단과 동맹을 맺었던 자였다.

군단의 하인

일리단 스톰레이지는 굴단의 해골을 삼키고 이계의 지식과 힘을 획득했다. 그러나 악마로 변화하면서 킬제덴에게 자신의 존재를 드러내고 말았다.

악마 군주 킬제덴은 멀리에서 일리단에게 한 가지 제안을 했다. 리치 왕을 쓰러뜨려 준다면 원하는 것을 무엇이든 들어주겠다는 내용이었다. 일리단은 제안에 끌렸다. 일리단은 군단과 싸웠던 자신의 과거 때문에 킬제덴이 자신을 잠재적인 동맹이라기보다는 적으로 볼 것이라고 생각했다. 그러나 킬제덴은 분명히 그를 필요로 하고 있었다. 그리고 일리단이 한 줌 힘에 눈이 멀어 쉽게 무릎을 꿇을 것이라고 생각했다.

킬제덴은 군단을 파멸시키겠다는 일리단의 개인적인 과업에 대해 알 방법이 없었다. 무척 어려운 일이었지만 일리단은 자신의 생각을 마음 깊이 묻고 킬제덴에게서 숨겼다.

일리단은 킬제덴과 동맹을 맺는 척하며 제안을 받아들였다. 군단에 대해 더 많은 것을 알 수 있는 기회라고 생각했기 때문이다. 또한 일리단은 리치 왕을 제거하고 싶은 마음이 간절했다. 일리단의 눈에 리치 왕은 군단이 만들어낸 무기에 불과했다. 아제로스에서 리치 왕을 한시라도 빨리 제거해야만 군단에 온전한 주의를 쏟을 수 있었다.

일리단은 스컬지의 엄청난 규모를 알고 있었기에 리치 왕을 정면에서 공격하기는 불가능하다고 생각했다. 그는 다른 방안을 염두에 두고 있었다. 마법사로서의 능력에 더 어울리는 방법이었다.

일리단은 굴단의 해골을 통해서 살게라스의 눈이라고 불리는 유물의 존재를 알게 되었다. 그것을 마법의 도관으로 삼아 마력을 증폭시키면 아주 먼 거리에서도 리치 왕을 공격할 수 있었다. 한 가지 넘어야 할 큰 장애물이 있었다. 그 유물은 바다 너머의 군도, 부서진 섬에 있는 고대 건축물인 살게라스의 무덤에 있었다.

부서진 섬은 한때 나이트 엘프 제국의 일부였으나 그것은 만 년도 더 지난 과거의 이야기였다. 일리단은 지금 그곳에 어떤 위험이 도사리고 있을지 알 수 없었다. 살게라스의 눈을 찾기 위해서는 아군이 필요했다. 그러나 나이트 엘프에게 지원을 요청하는 것은 생각할 수 없었다. 말퓨리온 스톰레이지가 엘프의 땅에서 자신을 추방한 상황이었기 때문이다.

게다가 일리단은 쫓기는 중이었다. 수천 년 동안 일리단의 간수 역할을 수행했던 나이트 엘프 감시자는 티란데 위스퍼윈드가 그를 풀어주었을 때 무척이나 분노했다. 그중에서도 가장 분노한 이는 감시자를 이끄는 마이에브 섀도송이었다.

감시자의 본보기인 마이에브는 죄수를 감시하고 위험한 범죄자를 추적하는 데 평생을 바치며 규율을 지킨 군인이었다. 마이에브는 일리단을 풀어준 티란데의 행동을 그저 무모한 것으로만 생각하지 않았다. 그것은 반역이었다. 티란데는 많은 감시자를 죽이고 배신자 일리단을 풀어주었다. 마이에브는 결코 그녀의 행동을 용서할 수 없었다. 일리단 스톰레이지가 자유로이 활보하는 것도 허락할 수 없었다.

일리단은 감시자가 자기를 찾는 것은 시간문제라고 생각했다. 달리 선택의 여지가 없었던 일리단은 과거의 존재들에게 손을 뻗었다. 명가의 마술사들이었다.

명가의 유산

만년 전, 고대의 전쟁에서 원래 영원의 샘이 붕괴했을 때 명가의 마술사들은 아즈샤라 여왕과 함께 깊은 바다 속으로 빨려들어 갔다. 그리고 파도 아래 어둠이 깃든 그곳에서, 고대 신의 구원을 마주했다.

고대 신은 복종을 요구하며 명가를 익사할 운명에서 구해주었다. 그러나 대가가 따랐다. 엘프들은 뱀처럼 구불거리고 비늘 덮인 몸을 가진 나가라는 이름의 생명체가 되었다. 그들의 심장은 심해의 해구처럼 어둡게 변했고 증오가 그들의 이성을 집어삼켰다.

일리단 스톰레이지는 명가의 운명을 소문으로만 들었을 뿐, 그 이야기가 진실인지 알지 못했다. 그러나 깊은 바다의 명가에게 강력한 주문을 시전하여 보냈을 때 그들은 답을 보내왔다. 여군주 바쉬가 깊은 바다에서 비늘과 송곳니의 군대를 이끌고 모습을 드러냈다. 그들은 모두 일리단을 따르겠다고 약속했다.

나가는 일리단과 나이트 엘프라는 배경을 공유했기 때문에 온 것이 아니었다. 악마의 힘을 가진 일리단을 경외하지도 않았다. 그들은 고대 신의 의지를 따랐을 뿐이었다.

고대 신은 일리단을 눈여겨보았다. 힘을 향한 그의 욕망과 혼란스러운 과거는 그들의 흥미를 자극했다. 리치 왕을 쓰러뜨리려는 일리단의 행보는 아제로스에서 새로운 전쟁의 불씨를 일으킬 수 있었다. 언데드와 아제로스의 국가, 군단까지도 집어삼킬 수 있는 전쟁이었다. 아제로스가 혼돈에 빠져든다면 초갈과 이교도는 별다른 저항 없이 고대 신을 깨울 수 있었다.

일리단은 매우 유용하게 쓰일 가능성이 있었고 고대 신들은 리치 왕과의 전쟁에서 승리할 수도록 나가를 보냈다. 일리단이 문제를 일으킨다고 해도 상관없었다. 고대 신은 나가에게 명령하여 지옥 마법에 물든 그의 심장을 도려내면 되었다.

어느 쪽이든 고대 신은 일리단 스톰레이지를 이용하여 아제로스에 새로운 전쟁의 시대를 열 수 있으리라고 확신했다.

살게라스의 눈

일리단 스톰레이지는 새로운 동맹의 도움으로 대해를 건너 부서진 섬에 도착했다. 일리단은 그 지역에서 자랐지만 그것은 머나먼 과거인 세계의 분리 이전의 일이었다. 부서진 섬은 오랜 시간 고립되어 있던 탓에 많은 변화를 겪었다. 해안을 거니는 여러 흥미로운 생명체가 주의를 끌었으나 일리단은 호기심을 채울 여유가 없었다. 마이에브 섀도송과 감시자가 그를 뒤쫓고 있었다.

일리단은 추적자들을 따돌리고 살게라스의 무덤 속으로 뛰어들었다. 그 불길한 탑의 지하에서는 다른 무엇보다도, 금지된 마법의 움직임이 느껴졌다. 그 저주받은 장소는 죽음과 배신의 기념물이었다. 구석마다 위험이 도사리고 있었다. 일리단은 굴단의 기억 덕분에 무덤의 굽이지고 축축한 통로에서 안전하게 이동할 수 있었다. 일리단은 간신히 늦지 않게 살게라스의 눈을 발견했다. 수많은 감시자가 그를 포위한 채 다가왔다. 그러나 일리단을 저지할 수는 없었다. 살게라스의 눈으로 마력이 증폭된 일리단은 그들이 감당할 수 있는 상대가 아니었다.

살게라스의 무덤에서 일리단을 상대한 이들 중에서 살아남은 이는 마이에브뿐이었다.

마이에브는 심각한 부상을 입고 살게라스의 무덤에서 빠져나와 나머지 감시자들을 모았다. 마이에브는 죽음의 문턱을 넘을 뻔했지만 그럼에도 겁에 질리거나 추적을 중단할 생각이 없었다. 반대로 마이에브는 최대한 빨리 일리단을 쓰러뜨리고 싶어 했다. 일리단은 마이에브의 충성스러운 많은 감시자를 학살했다. 마이에브의 영혼 속에서 복수의 불길이 뜨겁게 타오르고 있었다.

마이에브는 칼림도어에 전령을 보내어 말퓨리온 스톰레이지에게 도움을 청했다. 마이에브는 무슨 일이 있더라도 다시 도망치지 않겠다고 결심했다. 부서진 섬의 마이에브와 남은 감시자들은 일리단과 최후의 결전을 준비했다.

그리고 일리단이 조금은 불만족스러운 상태로 무덤에서 빠져나왔다. 살게라스의 무덤에는 그가 얻을 수 있는 더 많은 힘이 남아 있었으나 마이에브가 아직 살아 있다는 것을 알았고 또 다른 무엇인가가 그의 주의를 끌었다. 살게라스의 눈이 생각했던 것만큼 강력하지 않았다. 일리단은 살게라스의 눈을 통해서 자신의 마력을 집중했지만 리치 왕을 공격할 수 없었다. 거리가 너무 멀었다. 그는 주문의 마력을 증폭할 또 다른 마법의 원천이 필요했다. 일리단은 다시 한 번 굴단의 기억 속에 깃든 지식을 살폈다. 그리고 다시 한 번 답을 찾았다.

일리단은 마음의 눈으로 동쪽의 빛나는 도시를 보았다. 그곳은 마법이 가득했을 뿐만 아니라 강력한 비전 지맥의 연결점에 건설되어 있었다. 그 도시의 이름은 달라란이었다.

일리단은 여군주 바쉬와 다수의 나가를 미리 보내어 달라란과 그 주위의 지맥을 조사하고 공격을 준비하게 했다. 마이에브 새도송은 직접 상대할 생각이었다. 마이에브는 목숨이 붙어 있는 한 눈엣가시가 될 것이 분명했다. 이제야말로 그 위협을 제거하고 영원히 짓밟아버려야 할 때였다.

일리단과 남은 동료들은 마이에브와 감시자를 공격했다. 나이트 엘프 감시자들은 부상을 입었고 지쳐 있었다. 감시자들은 그 전투가 마지막이 될 것이라고 생각하면서 단호한 결의로 전투에 임했다. 마이에브의 유일한 희망은 마지막 숨을 내쉬면서 일리단 스톰레이지를 처치할 기회를 얻는 것뿐이었다.

마이에브는 그 기회를 얻지 못했다.

전투가 펼쳐지는 도중 나이트 엘프 파수대와 드루이드의 군대가 도착했기 때문이다. 말퓨리온 스톰레이지와 티란데 위스퍼윈드가 그들을 이끌고 있었다. 두 엘프는 마이에브의 전령에게서 일리단이 군대를 모아 악마의 유물을 찾고 있다는 소식을 들었고 그에 경악했다. 티란데는 일리단의 배신에 대해 개인적인 책임을 느꼈다. 티란데는 일리단을 풀어준 것을 후회하지 않았다. 상황을 고려했을 때 그것은 필요한 일이었다. 그러나 이제 자신이 알았던 친구이자 만 년 전의 동료였던 일리단은 없었다. 다른 무엇인가가 그의 자리를 차지하고 있었다. 하이잘 산의 침략자와 별로 다르지 않은 존재였다.

나이트 엘프 지원군은 일리단을 상대로 전투의 판세를 뒤집었다. 일리단은 동쪽으로 탈출하여, 필사적으로 달라란을 향해 나아갔다. 일리단은 티란데와 말퓨리온에게 살게라스의 눈을 사용할 수도 있었지만 그렇게 하지 않았다. 두 나이트 엘프가 그를 배신자라고 생각했어도 일리단은 아직 두 엘프에 대해 일말의 감정이 남아 있었다.

블러드 엘프의 저주

로데론이 함락된 후 동부 왕국에서는 많은 것이 변했다. 스컬지는 계속 주변을 활보하며 생존자를 추적하고 얼라이언스 저항군과 싸웠다. 그러나 패배의 후유증 속에서 분투한 국가는 로데론만이 아니었다. 쿠엘탈라스의 하이 엘프도 남쪽의 이웃만큼이나 막대한 피해를 받았다. 죽음의 기사 아서스 메네실은 한때 아름다웠던 그 땅을 황폐한 무덤으로 만들었을 뿐만 아니라 하이 엘프 사회의 박동하는 심장이었던 비전 마법의 원천, 태양샘을 오염시켰다. 하이 엘프들은 고향 땅의 참화에 슬퍼하면서 전사한 이들을 기리는 의미로 자신들을 블러드 엘프라는 이름으로 칭했다.

아서스는 또한 쿠엘탈라스의 국왕, 아나스테리안 선스트라이더를 처치했다. 계승권에 따라 엘프의 통치는 마법사 왕자 캘타스 선스트라이더에게 맡겨졌다. 그러나 처음에는 어디에서도 그를 찾을 수 없었다. 왕좌의 계승자는 고향 땅이 무너지는 동안 달라란에 가 있었다. 캘타스는 침공 소식을 듣고서 쿠엘탈라스로 서둘러 달려갔다. 그러나 전투는 이미 패배로 끝난 후였다.

생존한 엘프들은 불만스러운 태도로 캘타스를 맞이했다. 캘타스는 쿠엘탈라스를 지키기 위해 싸우지 않았고 달라란에 있었다. 많은 엘프들은 캘타스가 자신의 고향에서보다 그 머나먼 도시에서 시간을 보내기를 좋아한다고 생각했다.

캘타스는 필요한 시기에 쿠엘탈라스를 떠나 있었던 것에 대해 변명하지 않았다. 엘프들은 분노할 이유가 충분했다. 캘타스는 왕국 재건을 위해 헌신하면서 엘프들에게 인정받겠다고 결심했다. 그것은 쉽지 않았다. 사실, 캘타스는 항상 자신의 사람들에게서 거리감을 느꼈다. 엘프들은 대체로 배타적이었고 고립을 좋아했으나 캘타스는 그 반대였다. 캘타스는 세계를 보고 싶었다. 다른 종족과 어울리고 새로운 사고를 익히고 싶었다.

그는 실버문의 폐허를 살폈고 부왕의 장례식에 참석했으나 엘프들과 가까워지기는 쉽지 않았다. 그럼에도 캘타스는 굴하지 않았다. 캘타스는 몇몇 엘프들이 생각한 것 이상으로, 백성과 왕국을 사랑했다. 그리고 그러한 사랑 때문에 오염된 태양샘에 이끌리게 되었다.

캘타스는 태양샘과 그 안에서 휘몰아치는 뒤틀린 에너지를 보고서 공포에 질렸다. 캘타스는 마법의 감응 능력을 통해 태양샘의 어두운 힘이 점차 쿠엘탈라스를 집어삼키고 있다는 사실을 감지했다. 시간이 지나면 태양샘은 블러드 엘프의 마음과 정신에 스며들어 모두를 죽일 것이 분명했다. 태양샘을 확실히 정화할 방법은 없었다. 쿠엘탈라스의 다른 고위 블러드 엘프들도 같은 결론이었다. 그들은 캘타스와 함께 태양샘의 유독한 에너지의 확산을 막는 방법은 하나뿐이라는 데 동의했.

캘타스는 쿠엘탈라스에서 가장 강력한 마법사들을 태양샘에 모았다. 그들은 태양샘을 파괴하는 대규모 의식을 수행했다. 태양샘에서 에너지가 폭발하며 흘러나왔고 주변의 남은 스컬지의 흔적을 완전히 지워버렸다.

블러드 엘프들은 태양샘이 사라진 것을 즉시 느낄 수 있었다. 그들은 태양샘의 에너지 속에서 평생 살아왔다. 그리고 태양샘의 에너지에 너무 빠진 나머지 비전 마법에 중독이 되었다. 이제 태양샘에서 단절된 상태에서, 블러드 엘프는 금단 증상에 고통받기 시작했다. 시간이 지나면서 중독의 고통은 블러드 엘프의 심신을 약화시켰고 많은 엘프가 병들고 무기력한 상태에 빠졌다.

캘타스는 이러한 상황을 걱정했지만 더 즉각적인 위험이 그의 주의를 끌었다. 스컬지는 아직 로데론을 굳건하게 장악하고 있었다. 언데드가 주위 지역을 활보하는 한 블러드 엘프는 평화를 누릴 수 없었다. 캘타스와 블러드 엘프가 왕국을 재건하려면 얼라이언스의 남은 병력을 지원하여 스컬지를 물리쳐야 했다.

캘타스의 아버지는 얼라이언스로부터 독립했지만 그럼에도 캘타스는 얼라이언스에 지원군을 보

스컬지와 얼라이언스 사이에서 벌어진 3차 대전쟁의 전투

냈다. 그런 다음 건강한 병사를 모아서 언데드와의 전투에 참가하기 위해 로데론으로 향했다. 캘타스는 로르테마르 테론이라는 경험 많은 순찰자를 쿠엘탈라스의 섭정으로 임명하고 자신을 대신하여 블러드 엘프를 보살피도록 했다.

대다수 블러드 엘프는 캘타스의 출정에 놀라지 않았다. 다시 한 번 캘타스는 자신의 고향을 뒤로하고 머나먼 땅으로 모험을 떠나고 있었다.

피와 별의 아이들

얼라이언스 저항군은 로데론 곳곳에 흩어져 있었으나 가장 큰 부대는 은빛소나무 숲에 모여 있었다. 부대를 이끄는 이는 최고사령관 오스마르 가리토스라는 인간이었다. 로데론 군대의 최고위 생존자로서 가리토스는 실력보다는 운으로 군대의 지도자가 되었다. 그는 이상적인 지휘관과는 거리가 있었다. 가리토스는 자신의 부대에 있는 다른 종족들을 경멸하는 괴팍하고 차별적인 인물이었다.

캘타스 선스트라이더 왕자와 블러드 엘프도 최고사령관의 편견에서 자유롭지 못했다. 캘타스가 얼라이언스 저항군에 충성을 서약했을 때 가리토스는 마지못해서 그를 받아들였다. 가리토스는 노골적으로 엘프에게 경멸을 표시했다.

가리토스의 냉대에도 캘타스와 블러드 엘프는 헌신적으로 전쟁을 수행했다. 블러드 엘프는 곧 얼라이언스 군대에서 가장 효율적인 전투를 벌이는 전투 부대 중 하나로 자리매김했다. 그들은 은빛소나무 숲의 넓은 지역을 장악하고 서서히 달라란의 폐허로 전진해 나아갔다. 그 부서진 도시는 아직 부분적으로 키린 토의 지배에 있었지만 주위의 땅에는 언데드가 들끓었다.

캘타스는 달라란에 접근해 가면서 불길한 사실을 발견했다. 보이지 않는 비전 에너지가 공기를 갈랐고 그의 발아래에서 대지가 흔들렸다. 달라란 근처의 어느 곳에서 마법의 폭풍이 끓어오르고 있었다.

알 수 없는 불안감은 스컬지를 광란에 빠뜨렸다. 전보다 훨씬 더 많은 언데드가 물밀 듯이 쏟아져 들어왔다. 블러드 엘프는 흔들리지 않고 날마다 파도처럼 밀려드는 언데드를 상대로 싸웠다. 전선에서 자신의 병사들을 뒤로 물리던 캘타스는 머나먼 땅에서 찾아온 이방인들과 마주쳤다. 일리단을 추적하면서 악천후 속에서 거친 바다를 항해하여 로데론 해안에 도착한 마이에브 섀도송과 티란데 위스퍼윈드, 말퓨리온 스톰레이지의 나이트 엘프 일행이었다.

블러드 엘프와 나이트 엘프는 같은 조상을 두었지만 문화는 커다란 차이를 보였다. 그러나 캘타스는 그러한 차이에 구애받지 않았다. 그는 자신의 먼 친척인 그들에게서 배울 것이 많다고 생각했다. 어쩌면 마력에서 단절된 블러드 엘프들을 달래는 데 도움이 될 무언가를 찾을 수 있을지도 몰랐다. 캘타스는 나이트 엘프가 일리단이라고 하는 강력한 악마를 뒤쫓고 있다는 이야기를 듣고서 바로 그 악마가 달라란의 이상 현상을 가져온 장본인일 수 있다고 추정했다. 그렇다면 스컬지가 그토록 갑작스럽게 포악해진 사실도 설명할 수 있었다.

캘타스는 나이트 엘프를 도와 일리단 스톰레이지를 추적하기로 결정했다. 만 년도 넘는 분열의 시간이 지나 두 엘프 종족은 공동의 목적을 위해 협력하고 있었다.

리치 왕 습격

일리단 스톰레이지를 뒤쫓는 이는 나이트 엘프만이 아니었다. 리치 왕은 언데드의 눈을 통해 여군주 바쉬와 나가 무리가 달라란 주위에 숨어드는 것을 보고 있었다. 일리단이 달라란의 폐허에 모습을 드러내고 주문을 외우기 시작했을 때 그들의 의도는 분명해졌다. 일리단은 달라란의 지맥의 힘을 끌어내어 살게라스의 눈에 깃든 파괴력을 증폭시킬 생각을 하고 있었다. 일리단 주위에서 서서히 비전 에너지의 폭풍이 만들어졌고 하루가 다르게 강력해졌다.

리치 왕은 악마 군주 킬제덴이 자기에게 복수할 것이라는 생각을 항상 품고 있었다. 아마도 그는 명령을 수행할 새로운 대리인을 찾은 듯했다. 그것도, 강력한 대리인이었다.

곧 일리단이 그 무시무시한 주문을 얼어붙은 왕좌로 이끌 것이 분명해 보였다. 리치 왕은 다시 한 번 자신의 진정한 약점을 실감해야 했다. 리치 왕은 얼음 속에 갇혀 있었고 그것은 일리단과 같은 적에게 쉬운 목표물이 된다는 것을 의미했다. 스컬지를 보내 일리단의 마법을 중단시키는 것만이 리치 왕의 유일한 선택지였다. 언데드의 물결이 로데론 남서부를 뒤덮었다. 그러나 일리단에게 이르려면 시간이 걸렸다.

일리단은 준비를 끝마쳤다. 그리고 휘몰아치는 비전 에너지를 세계의 지붕으로 이끈 다음 얼음왕관 빙하에 분노를 집중시켰다. 그 원초적인 힘이 드러나자 여군주 바쉬와 나가마저 경외감에 휩싸였다. 마법이 내리치면서 땅이 찌그러졌다. 달라란 주변은 물론 세계의 곳곳에서 거대한 균열이 터져 나왔다.

일리단은 그런 의도하지 않은 효과를 무시했고 다가오는 스컬지 군대도 신경을 쓰지 않았다. 부하들이 언데드 스컬지를 상대하는 동안 일리단은 온 정신을 얼음왕관에 집중했다. 마법의 물결이 끝없이 얼음을 난타했다. 마법의 폭격에 마침내 얼음의 감옥이 부서졌고 리치 왕은 외부에 노출되었다. 단 몇 차례만 공격하면 스컬지의 지배자를 끝장낼 수 있었다. 그러나 일리단이 마지막 폭격을 준비하는 동안 혼돈이 그를 집어삼켰다. 나이트 엘프와 블러드 엘프의 연합군이 일리단의 부대와 격돌했다.

곧 전투의 파고가 일리단을 덮쳤다. 나이트 엘프들은 그의 마법을 흩트려 뜨렸다. 살게라스의 눈이 그의 앞에서 나뒹굴었다. 흔들리던 대지가 가라앉았다. 얼음왕관 빙하를 뒤덮었던 포효하는 마법의 폭풍도 잦아들었다. 삽시간에, 일리단의 승리는 재앙으로 바뀌었다.

일리단은 격분했다. 나이트 엘프들은 의도하지 않게 리치 왕의 목숨을 구해 주었으나 전혀 후회하지 않았다. 일리단의 마법은 대지를 황폐화시켰고 만약 그를 막지 않았다면 더 심각한 재앙을 초래할 수 있었다. 일리단은 나이트 엘프가 근시안적이라고 생각했다. 어떤 희생이 따르더라도 악마와 그 창조물을 쓰러뜨려야 했다. 나이트 엘프는 그것을 이해하지 못했다. 엘프는 군단을 상대로 하는 일리단의 전쟁에 뛰어들 의지가 없었다.

그리고 일리단은 나이트 엘프가 앞으로도 달라지지 않을 것이라고 생각했다.

죽은 세계

일리단 스톰레이지는 악마 군주 킬제덴이 실패를 용서하지 않으리라고 생각했다. 아직 군단과의 전쟁을 위해 할 일이 많았다. 이 위태로운 시기에 킬제덴의 분노를 끌어들인다면 계획이 영영 엇나갈 수 있었다. 일리단은 킬제덴의 분노를 피해 자신의 군대를 구축할 은신처가 필요했다. 그는 드레노어 세계에 터를 잡았다. 일리단은 굴단의 기억 속에서 지옥 마법의 무분별한 사용으로 거의 모든 생명을 잃고 황폐화된 드레노어 세계를 처음 접했다. 일리단은 드레노어의 암울한 상태에 개의치 않았다. 오히려 드레노어의 생명체가 대부분 죽어 없어졌다면 자신의 성역을 구축하는 일이 더 쉬워질 것이라고 생각했다.

그러나 그것은 일리단이 병력을 다시 꾸린 다음에나 가능한 일이었다. 그의 부하들 대부분은 달라란 폐허에서 벌어진 전투에서 쓰러지고 말았다. 여군주 바쉬와 나가 생존자들은 간신히 전장에서 빠져나와 로다미어 호수 깊이 몸을 숨겼다.

일리단은 여군주 바쉬에게 새로운 동맹을 구해오라고 명령했다. 그리고 자신은 드레노어의 땅을 직접 조사할 생각이었다.

일리단은 달라란 근처에서 현실의 장막이 찢긴 틈을 발견했다. 일리단은 알지 못했지만 그곳은 켈투자드가 차원문을 열고 아키몬드와 군단 선봉대를 불러들인 장소였다. 아제로스와 뒤틀린 황천을 이어준 그 통로는 오래전에 사라지면서 작은 균열을 남겼다. 일리단은 굴단의 해골에서 얻은 지식을 그 균열에 이용하여 드레노어로 통하는 새로운 차원문을 열었다.

일리단은 굴단의 기억 속에서 보았던, 적당히 죽어가고 빼앗기 좋은 그 세계를 생각하며 걸음을 내디뎠다. 일리단이 발견한 것은 아웃랜드라고 알려진 부서진 세계였다. 알려지지 않은 우주의 구석으로 통하는 수많은 차원문이 그 버려진 땅 곳곳에서 빛나고 있었다. 또한, 지옥의 군주 마그테리돈과 악마의 무리가 그 균열을 통해서 아웃랜드에 들어와 넓은 영역을 차지하고 있었다.

일리단은 악마의 존재를 알고서 당혹스러워했으나 아제로스로 돌아갈 수 없었다. 나이트 엘프는 일리단을 다시 붙잡아 그 오래된 지하굴 속에 가둘 기회만을 노리고 있었다. 일리단의 유일한 희망은 아웃랜드에 남아서 그곳을 장악하는 것이었다. 그 부서진 세계는 아직 그의 전쟁을 위한 집결지가 될 수 있었다. 그러려면 먼저 드레노어에서 군단을 제거하고 마그테리돈을 처치해야 했다.

일리단은 아웃랜드에서 군단의 병력을 조사하면서 누군가가 그를 뒤쫓고 있다는 사실을 깨달았다. 그러나 알아차렸을 때에는 이미 손을 쓸 수 없었다.

아제로스에서 일리단을 쫓아온 마이에브 섀도송과 감시자 무리였다. 나가도 살게라스의 눈도 없는 일리단은 쉬운 사냥감이었다. 마이에브는 자신의 숙적을 제압하고 마법 깃든 우리에 가두었다. 한때 나이트 엘프였던 일리단을 가두기 위해 마력을 중화하도록 특별히 제작된 우리였다. 고난에 찬 수 개월의 시간이 흐른 후 복수는 그녀의 차지가 되었다.

어둠의 서약

달라란 폐허에서 일리단 스톰레이지를 물리친 후, 티란데 위스퍼윈드와 말퓨리온 스톰레이지는 칼림도어로 돌아왔다. 나이트 엘프들은 곤경에 처한 로데론 수호자들에게 연민을 느꼈지만 발길을 돌려야만 했다. 놀드랏실은 약한 상태였으며 엘프는 전력을 다해서 숲을 되살리고 두 번째 영원의 샘을 안전하게 지켜야 했다.

나이트 엘프가 떠난 후 캘타스 선스트라이더와 블러드 엘프는 오스마르 가리토스가 이끄는 얼라이언스 군대와 재회했다. 얼라이언스는 달라란을 차지하고 그곳을 작전 기지로 사용하고 있었다. 무너진 도시를 재건하려는 움직임도 시작되었다.

달라란을 되찾은 것은 캘타스에게 중대한 사건이었지만 블러드 엘프의 마법 중독 때문에 빛이 바래고 말았다. 캘타스와 블러드 엘프는 달라란에 집중되는 지맥에서 마력을 끌어냈지만 충분히 갈증을 채울 수 없었다. 금단의 고통은 더욱 뚜렷해졌고 엘프들은 더욱 쇠약해져 갔다. 캘타스조차 그 부담을 견디며 분투해야 했다.

최고사령관 가리토스의 지휘를 받는 것도 캘타스의 화를 돋우었다. 가리토스는 계속해서 엘프를 얕잡아 보며 하찮은 작업을 맡겼다. 캘타스와 그의 지휘관 사이에서 틈이 벌어졌고 하루가 다르게 커져만 갔다.

여군주 바쉬와 나가도 그러한 관계를 알고 있었다. 그들은 어둠 속에서 블러드 엘프를 지켜보았다. 여군주 바쉬는 중독과 힘겨운 싸움을 벌이는 캘타스와 블러드 엘프가 점점 지치는 모습을 보았다. 또한 가리토스의 부당한 처우로 사기가 흔들리는 것을 눈여겨보았다. 일리단의 대의를 위해 대화를 시작할 때가 무르익고 있었다.

여군주 바쉬는 캘타스에게 접근하여 그와 싸울 뜻이 없다는 것을 밝혔다. 바쉬는 나가도 언데드를 쓰러뜨리기를 원하며 달라란 외곽에서 벌어진 그들의 전투는 일리단과 나이트 엘프 간의 원한 때문에 벌어진 것이라고 설명했다. 그리고 그에게 아무런 악의를 가지고 있지 않다며 캘타스를 안심시켰.

캘타스는 처음에는 여군주 바쉬를 경계했지만 곧 가리토스보다 믿고 의지할 수 있는 동맹으로 생각하게 되었다.

곧 스컬지는 달라란을 되찾고 얼라이언스 저항군을 격파하기 위해 반격을 감행했다. 로데론 왕국이 몰락한 이후 가장 큰 전투가 벌어졌다. 캘타스와 블러드 엘프에게는 가리토스의 깃발 아래에서 싸운 마지막 전투였다.

스컬지가 전진하면서 일부 언데드 군대가 얼라이언스의 측면을 공략하기 시작했다. 가리토스는 새로운 전선으로 블러드 엘프를 보내면서 달라란에 도착하기 전에 언데드를 막으라고 명령했다. 캘타스와 블러드 엘프는 명령을 따랐다. 그러나 승리는 불가능해 보였다. 가리토스는 블러드 엘프 병력을 분리하여 대다수의 블러드 엘프 병사들을 자신이 통솔하는 본대에 남겨 두었다. 스컬지가 캘타스를 막 제압하려는 찰나, 여군주 바쉬와 나가의 지원군이 도착했다.

캘타스는 그들의 도움을 받아들일 수밖에 없었다. 캘타스는 그 결정으로 목숨을 구했다. 블러드 엘프는 나가와 함께 스컬지의 전진을 막았다. 그들은 얼라이언스 본 병력의 측면을 보호하면서 언데드 습격자를 물리치는 데 힘을 더했다.

자초지종을 알게 된 가리토스는 캘타스를 칭찬하지 않았다. 오히려 캘타스를 비난했다. 대부분의 인간들처럼 최고사령관 가리토스는 나가를 스컬지와 별로 다를 것이 없는 사악한 존재로 생각했다. 캘타스가 나가와 동맹을 맺었다는 사실은 용서할 수 없는 배신 행위로 여겨졌다.

가리토스는 블러드 엘프들에게 족쇄를 채운 후 달라란의 지하 감옥에 가두고 처형을 준비했다. 캘타스는 가리토스의 처사에 충격을 받았다. 캘타스는 가리토스의 편견과 궤변 속에서도 굴하지 않았지만 이러한 처분은 도저히 받아들일 수 없었다. 달라란 지하의 어두운 회랑에서, 그는 얼라이언스에 대한 모든 신뢰를 잃었다.

다시 한 번, 여군주 바쉬가 곤경에 처한 캘타스 앞에 나타났다. 바쉬는 밤의 어둠을 틈타 지하 감옥에 침입한 다음 캘타스에게 한 가지 제안을 했다. 얼라이언스는 블러드 엘프에게 아무것도 주지 않았지만, 일리단은…… 블러드 엘프가 원하는 모든 것을 줄 수 있다고, 족쇄와 마법의 중독에서 그들을 풀어주고 자유를 줄 것이라고 그녀는 전했다.

얼라이언스에서 블러드 엘프의 미래를 찾을 수 없었던 캘타스 선스트라이더는 일리단 스톰레이지와 손을 잡기로 결정했다. 캘타스에게는 더 나은 대안이 없었다. 설령 달라란의 지하 감옥을 탈출한다고 해도 쿠엘탈라스에 돌아가면 실패한 범법자일 뿐이었다. 종족을 도울 방법을 찾기 전까지는 다시 그들의 얼굴을 볼 수 없었다. 쿠엘탈라스를 구할 길은 아제로스 세계가 아니라 그 너머에 있었다.

역병지대의 내전

리치 왕은 일리단 스톰레이지의 공격에서 살아남았지만 전과 같지 않았다. 얼어붙은 왕좌의 갈라진 틈 사이로 그의 정수가 흘러내리고 있었다. 그의 힘이 빠져나가면서 스컬지에 대한 지배력도 약해졌다. 한때 강력했던 그의 의지는 로데론에서 배회하는 수많은 언데드의 마음속에서 서서히 자리를 잃었다. 언데드는 친숙한 무언가가 돌아오는 것을 느꼈다. 죽음과 함께 잃어버렸던 것이었다.

자유 의지였다. 대부분의 언데드는 그러한 변화에 어리둥절했다. 언데드는 혼란스러운 상태로, 무엇을 할지 알지 못한 채 무너진 왕국을 떠돌아다녔다. 그러나 리치 왕이 힘을 잃은 것을 복수의 기회로 삼은 다른 스컬지들이 있었다. 밴시 실바나스 윈드러너도 그중 하나였다.

실바나스는 죽음을 맞이한 순간부터 리치 왕의 지배에 저항했다. 언제나 소득은 없었다. 리치 왕의 의지는 강철처럼 굳건했고 산 자들을 상대로 전쟁에 나서도록 실바나스를 내몰았다. 리치 왕과 그의 가장 중요한 종복인 아서스 메네실에 대한 증오감이 부풀어 올랐다. 복수심과 분노가 실바나스의 영혼을 집어삼켰으나 적들에게 그것을 보여줄 방법이 없었다.

이제 상황이 급변했다. 실바나스는 자유 의지를 가진 다른 언데드를 모아서 목적의식을 심어 주었다. 빼앗긴 삶을 다시 살 수는 없어도 최소한 복수는 할 수 있었다. 그들의 첫 번째 희생자는 그녀의 아름다운 왕국을 파괴했을 뿐만 아니라 미래를 빼앗고 그녀를 괴물로 만들었던 아서스였다.

죽음의 기사 아서스를 노리고 있었던 이는 실바나스만이 아니었다. 바리마트라스를 비롯한 공포의 군주들도 리치 왕의 쇠퇴를 알게 되었다. 그들은 스컬지의 일부를 지배하며 노스렌드를 침공하여 언데드의 군주를 쓰러뜨릴 날을 기다렸다. 또한, 실바나스와 마찬가지로 아서스를 제거하는 것이 그 목표를 위한 첫걸음이라고 생각했다.

아서스는 그러한 반란을 다스릴 상태가 아니었다. 리치 왕의 힘이 약해지면서 아서스도 약해졌다. 한때 거의 무적이나 다름없었던 아서스는 실바나스와 공포의 군주들에게 쫓기는 신세가 되었다. 아서스는 싸울 생각이 있었지만 그보다 더 다급한 일이 있었다. 아서스가 로데론을 포기한 것은 리치 왕의 명령 때문이었다. 리치 왕은 아직 자신에게 충성하는 스컬지들을 모두 자신이 있는 노스렌드로 불러 모았다. 그는 킬제덴이 언제라도 얼어붙은 왕좌를 공격할 수 있다고 보았다.

적의 복수를 예견한 리치 왕의 판단은 정확했다. 그러나 복수의 주인공은 공포의 군주도, 실바나스 윈드러너도 아니었다. 복수의 주인공은 아웃랜드에 있었다.

배신자의 하수인

캘타스 선스트라이더와 여군주 바쉬는 아웃랜드에 도착한 후 광활한 지옥불 반도의 갈라진 황무지를 가로지르며 부하들을 이끌었다. 일리단 스톰레이지는 어디에서도 보이지 않았다. 블러드 엘프와 나가는 며칠 동안 그 적막한 땅을 떠돌던 끝에 마이에브 섀도송과 감시자를 발견했다.

마이에브는 일리단을 체포하는 데 성공했으나 아제로스로 돌아갈 방법을 찾을 수 없었다. 아웃랜드에 올 때 사용했던 차원문은 사라지고 없었다. 아웃랜드에는 다른 차원문들이 여럿 있었지만 어느 것도 아제로스로 통하지 않았다. 마이에브는 그 부서진 세계의 지형을 몰랐고 어떤 위험이 도사리고 있는지도 알지 못했다. 마이에브와 감시자는 조심스럽게 길을 찾다가 전혀 예상하지 못한 것을 발견했다. 얼라이언스 병사들이었다.

살아남은 로서의 후예들은 지옥불 반도에 명예의 요새라고 알려진 성채를 건설했다. 그 피난민들은 마이에브가 아웃랜드에서 빠져나갈 방법을 찾을 수 있는 최선의 기회나 다름없었다. 그러나 명예의 요새에 이르기도 전에 캘타스와 여군주 바쉬에게 습격을 당했다. 먼지가 흩날리는 황야에서 블러드 엘프와 나가가 칼을 뽑고 달려들었다. 감시자들은 무섭게 반격했지만 수적 열세를 뒤집을 수 없었다. 캘타스와 여군주 바쉬는 일리단을 풀어주고 마이에브와 살아남은 감시자들을 황무지로 내쫓았다.

일리단은 마이에브를 추격하고 싶은 충동을 억눌렀다. 부서진 섬에서도 마이에브를 쫓아 나섰지만 그것은 결국 시간 낭비나 다름없었다. 마이에브를 처치하고자 하는 마음은 간절했어도 같은 실수를 반복할 수는 없었다.

일리단은 그의 새로운 군대를 만족스럽게 평가했다. 블러드 엘프는 잘 훈련되고 충성스러운 전사였다. 우두머리인 캘타스 선스트라이더는 뛰어난 마술사였고 내면의 악마와 씨름하고 있었다. 일리단은 엘프들의 정신을 갉아먹는 혼란을 즉각적으로 감지했다. 일리단은 마법의 중독은 치료할 수 없다고 직설적으로 말하고서 그렇다고 해서 블러드 엘프가 고통 속에서 살아야 할 필요는 없으며 캘타스에게 태양샘보다도 강력한 새로운 마법의 원천을 찾아주겠노라고 약속했다.

기다리던 대답은 아니었어도 솔깃한 제안이었다. 캘타스로서는 자기보다 마법에 뛰어난 인물을 만나는 것도 흔한 일이 아니었다. 게다가 이미 여기까지 온 상황이었다. 캘타스는 일리단에게 운명을 걸 생각이었다.

자유의 몸이 된 일리단은 마그테리돈과 군단의 손아귀에서 아웃랜드를 빼앗을 계획을 꾸몄다. 먼저 아웃랜드에 있는 수많은 관문을 차단해야 했다. 그 차원문을 통해서 군단이 보낸 증원군이 들어오고 있었기 때문이다. 그런 다음, 마그테리돈의 권좌, 즉 어둠달 골짜기에 위치한 검은 사원에 군사 공격을 감행할 생각이었다.

전쟁은 가혹했다. 일리단은 부하들에게 많은 것을 요구했고 보상은 적었다. 그러나 흔들림 없는 목표 의식과 순수한 의지의 힘으로 사기를 북돋우며 병사들을 전장으로 이끌었다.

일리단 스톰레이지는 검은 사원에 가까이 다가가면서 뒤틀린 드레나이 중에서 새로운 동맹을 발견했다. 그 뒤틀린 존재들은 잿빛혓바닥 부족의 일원으로 한때 드레나이의 총독이었던 아카마라는 자를 따르고 있었다. 이유는 달랐지만 아카마도 마그테리돈에게서 검은 사원을 해방시키기를 원하고 있었다. 그 요새는 드레나이 종족의 옛 성지였다. 아카마는 그곳을 되찾는 것이 드레나이 종족의 눈으로 보았을 때 뒤틀린 드레나이를 구제할 수 있는 방법이라고 생각했다.

마그테리돈의 속박

일리단 스톰레이지의 군대는 검은 사원을 공격하면서 수호자들의 분노를 끌어냈다. 마그테리돈은 오크에게 자신의 피를 마시게 하여 전투에 굶주린 핏빛 피부의 전사로 변화시켰다. 그들은 타락한 오크라는 이름으로 불렸다. 악마들은 그 옆에서 싸우면서 침략자들을 향해 군단의 전쟁 기계를 겨누었다. 곧 성벽 바깥의 벌판은 온통 에메랄드빛 불길에 휩싸였다. 그러나 그것으로는 부족했다. 일리단과 부하들은 군단의 수호자들을 쓰러뜨리고 나아가 마그테리돈과 마주했다.

일리단과 여군주 바쉬, 캘타스 선스트라이더는 각자로도 강력했다. 그러나 모였을 때 힘은 무시무시했다. 끔찍한 힘을 가진 마그테리돈이었지만 놀랄 만큼 빠르게 적들에게 쓰러지고 말았다.

일리단은 마그테리돈을 처치할 수 있었지만 죽이지 않고 살려두는 편이 이익이라고 판단했다. 그 악마의 피를 마신 오크들이 어떻게 되었는지 보았기 때문이다. 오크들은 마그테리돈의 피를 마시고 피에 굶주린 생명체로 변모하여 단 한 가지 목적, 전쟁만을 갈구하며 살고 있었다. 일리단의 군대에는 그런 단순한 마음가짐을 가진 병사들이 필요했다. 마그테리돈의 피만 있으면 그런 부하들을 얼마든지 더 만들 수도 있었다.

일리단이 검은 사원의 수호자들 앞에 모습을 드러냈다. 그리고 무릎을 꿇을 것인지 아니면 죽음을 맞이할 것인지 물으며 쉬운 선택을 제시했다. 일부는 죽음을 선택했다. 그러나 대부분은 일리단을 새로운 주인으로 받아들였다. 타락한 오크가 다수를 차지했지만 악마들도 고개를 숙이며 복종을 택했다.

캘타스와 아카마는 일리단이 자신의 군대에 악마들을 들이는 것을 보고서 두려움을 느꼈지만 일리단은 그들을 안심시켰다. 악마와 서약을 맺는 것은 하나의 기회였다. 악마들을 통해서 군단의 많은 강점과 약점을 파악할 수 있었다. 킬제덴이 언제고 복수를 해 온다면 일리단과 동맹들에게 요긴하게 쓰일 지식이었다.

그 복수는 일리단의 기대보다 훨씬 이른 시점에 찾아왔다. 전투의 승리에 뒤이어 불길에 휩싸인 킬제덴의 얼굴이 일리단과 부하들 앞에 모습을 드러냈다.

악마 군주 킬제덴은 일리단이 아웃랜드에서 반란을 일으켰다는 것을 알게 되었다. 킬제덴은 전보다도 일리단을 신뢰하지 않았지만 한때 나이트 엘프였던 그자가 유용할 것이라고 생각했다. 캘타스 같은 새로운 동맹을 모으고 군대도 키웠기 때문이다.

킬제덴은 아직 일리단을 조종할 수 있다고 확신했다. 악마들은 비열한 존재였기 때문에 힘을 차지하기 위해 서로를 배신하는 것은 드문 일이 아니었다. 일리단의 최근 배신을 바라보는 킬제덴의 생각도 정확히 그랬다. 그의 하수인이 보상으로 아웃랜드를 차지했다. 킬제덴은 일리단에게 아제로스로 돌아가 리치 왕을 처치하기를 요구했다. 만약 명령을 따른다면 아웃랜드는 바람대로 일리단의 것이었다. 만약 명령을 따르지 않는다면 킬제덴은 모든 힘을 동원해서 그 부서진 세계에서 일리단의 지배력을 무너뜨리고 그를 처치할 생각이었다.

일리단에게 킬제덴의 최후 통첩은 행운의 기회나 다름없었다. 일리단은 군단과 본격적인 전쟁을 일으키기 전에 시간이 더 필요했고 마침 킬제덴이 그러한 시간을 준 셈이었다. 일리단 스톰레이지는 다시 한 번 복종을 가장하여 아제로스로 군대를 이끌었다. 일리단은 아웃랜드에 열려 있는 많은 차원문 중 하나를 이용하여 아제로스로 돌아가는 새로운 차원문을 만들었다.

그러나 모든 병력을 동원하지는 않았다. 일리단은 아카마와 다른 부하들 일부를 아웃랜드에 남기고 자기가 없는 동안 그곳을 지키게 했다.

마그테리돈과 싸우는 일리단 스톰레이지, 아카마, 여군주 바쉬, 캘타스 선스트라이더

승천

일리단 스톰레이지의 군대가 아제로스에 도착했을 때, 리치 왕의 최악의 두려움은 현실로 드러났다. 킬제덴은 리치 왕을 영원히 파멸시키기 위해 부하들을 보냈다. 그들은 결의에 차 있었고 강력한 마법을 구사했으며 그 마법의 도움으로 놀랄 만큼 빠르게 노스렌드에 닿을 수 있었다.

아서스 메네실은 빠르게 여행할 수 있는 방법이 없었다. 아서스가 노스렌드에 발을 디뎠을 때 일리단의 군대는 이미 얼음왕관 성채를 향해 전진하고 있었다.

아서스가 적들보다 먼저 리치 왕에게 도착할 방법은 단 한 가지뿐이었다. 아서스는 땅속으로 뻗은 네루비안의 왕국, 아졸네룹의 잊힌 지하굴로 뛰어들었다. 그것은 쉬운 길이 아니었고 안전한 길도 아니었다. 아졸네룹은 아제로스가 성숙하기 전에 건설된 고대의 장소였다. 그 깊은 지하굴 속에는 고대 신의 부하들이 숨어 있었다. 그들은 아서스가 주인을 돕는 것을 막기로 결심했다.

아서스는 반대로 그 금지된 도시를 뚫고 나갈 결의를 다졌다. 그리고 절박한 심정으로 고대 신의 하수인들을 쓰러뜨리고 나아가 일리단보다 앞서서 얼음왕관 빙하에 도착했다. 아서스는 그 얼어붙은 황무지에서 찾을 수 있는 모든 언데드를 끌어모으며 전쟁에 대비했다.

일리단은 아서스와 스컬지의 갑작스러운 등장에 놀랐지만 흔들리지 않았다. 얼음왕관 성채의 그림자 속에서 전투가 벌어졌다. 어느 쪽도 포로를 잡지 않았다. 그것은 정복 전쟁이 아니었다. 완전한 파멸의 전쟁이었다.

전투가 지속되는 가운데 아서스가 달려나가 일리단과 단독으로 맞섰다.

부하들이 줄어들고 있었지만 리치 왕은 아서스에게 남은 힘의 일부를 주입했다. 리치 왕을 망각의 문턱에 더욱 가까이 몰아넣는 위험한 도박이었다. 그렇지만 살아남을 수 있는 유일한 가능성이기도 했다. 죽음의 기사 아서스가 실패한다면 리치 왕도, 나머지 스컬지도 실패할 운명이었다. 그러나 아서스가 성공한다면 블러드 엘프와 나가에 맞서 전투의 흐름을 뒤집을 수도 있었다.

두 군대가 지켜보는 가운데 아서스 메네실은 일리단 스톰레이지와 싸웠다. 한때 나이트 엘프였던 일리단의 전설적인 전투검, 아지노스의 쌍날검과 서리한이 충돌했다. 리치 왕의 마력에 힘을 얻은 아서스가 위세를 점했다.

서리한이 일리단의 몸을 거의 죽음 직전까지 갈랐다. 그러나 아서스는 치명타를 날리지 않았다. 리치 왕의 의지는 아서스에게 최대한 빨리 얼어붙은 왕좌로 돌아올 것을 요구하고 있었다.

아서스는 주인을 찾아가면서 블러드 엘프와 나가를 최대한 베어 넘겼다. 일리단은 남은 병력을 이끌고 불명예스럽게 아웃랜드로 후퇴했다.

일리단이 사라진 후에도 얼어붙은 왕좌의 갈라진 틈에서는 계속해서 리치 왕의 마력이 흘러나왔고 상황은 달라지지 않았다. 리치 왕은 결국 완전하게 사라지고 에너지는 노스렌드의 얼어붙은 공기 속으로 흩어질 운명이었다. 그것을 벗어날 방법은 단 하나, 자신의 가장 위대한 용사와 하나가 되는 것뿐이었다.

그렇게 한다면 리치 왕은 망각으로부터 자신을 구하는 이상의 결과를 볼 수 있었다. 마침내 육체의 그릇을 얻어 얼어붙은 왕좌에서 벗어날 수 있었다. 리치 왕은 오랫동안 아서스의 마음을 잠식했던 내면의 의심에 대해 알고 있었으며 그를 쉽게 억누를 수 있을 것이라고 생각했다.

주인의 명령에 따라, 아서스는 얼어붙은 왕좌에 다가가서 서리한을 한 차례 휘둘러 얼음을 깨뜨렸다. 리치 왕의 영혼을 담은 마법의 투구가 죽음의 기사 아서스의 발치에 굴러떨어졌다.

리치 왕은 아서스에게 투구를 쓰고 진정한 힘의 권좌에 오르라고 요구했으나 아서스는 망설였다. 그저 자기를 이용하려는 것인가? 투구를 쓰고 나면 리치 왕이 자신의 영혼을 파괴할 것인가? 모든 것

노스렌드에서 죽음의 기사 아서스 메네실과 대적하는 일리단 스톰레이지

이 불확실했지만 단 한 가지만은 알 수 있었다. 아무것도 하지 않는다면, 주인은 사라지고 자신의 힘도 더불어 약해질 것이 분명했다. 그에게는 적이 많았다. 그를 쓰러뜨리기 위해 무엇이든 마다하지 않을 자들이었다. 리치 왕이 없다면 아서스는 결국 사냥꾼들의 제물이 될 수밖에 없었다.

그렇게 해서 아서스는 투구를 쓰고 미지의 영역에 발을 디뎠다. 리치 왕의 힘이 온몸에 전해졌다. 그들의 영혼은 합쳐졌고, 지금까지 세상에 나타났던 가장 강력한 존재 중 하나가 되었다.

밴시 여왕

아서스 메네실이 떠났음에도 로데론에는 평화가 찾아오지 않았다. 쓰러진 왕국의 중심부에서부터 역병지대 동쪽 끝까지 아직 리치 왕에게 충성하는 언데드의 무리가 어슬렁거렸다. 남서쪽에서는 오스마르 가리토스와 얼라이언스의 잔여 병력이 공격을 이끌고 있었다. 그 사이에는 리치 왕에게 반란을 일으킨 두 언데드 진영이 끼어 있었다. 하나는 실바나스 윈드러너의 무리였고 다른 하나는 공포의 군주 발나자르, 데서록, 바리마트라스의 무리였다.

공포의 군주들은 실바나스의 내면에서 타오르는 증오를 느끼면서, 그녀가 쓸모 있는 동맹이 되리라 생각했다. 그리고 자기들의 군대에 합류하라고 제안했다.

실바나스는 전쟁으로 화답했다. 실바나스는 최근에야 리치 왕에게서 벗어나 자유를 되찾았으며 어떤 새로운 주인에게도 다시 머리를 숙일 생각이 없었다. 게다가 공포의 군주들은 아제로스에 언데드 역병을 퍼뜨리는 데 일조한 전력이 있었다. 그들은 아서스를 만드는 것을 도왔다. 그리고 더 나아가, 자신을 괴물로 만들었다.

바리마트라스가 가장 먼저 실바나스에게 무릎을 꿇었다. 바리마트라스는 패배를 모면하기 위해 실바나스에게 무릎을 꿇고 충성스러운 종복이 되겠노라고 맹세했다. 악마들에게 충성은 별 의미가 없었다. 실바나스도 잘 아는 사실이었다. 그러나 실바나스는 바리마트라스가 강력한 무기가 될 수 있다고 생각했다. 그는 강했고 다른 공포의 군주들이 자기를 상대로 사용할 수도 있는 전략을 알고 있었다. 실바나스는 바리마트라스에게 사용할 가치가 남아 있다면 숨을 쉬도록 내버려 두기로 했다.

그러나 다른 공포의 군주들에게는 자비란 없었다. 실바나스의 언데드는 수가 많지 않았지만 그녀는 불사에서 새롭고 강력한 힘을 얻었다. 게다가 순찰대장으로 활약했던 전력 덕분에 전략과 전투 전술에 능통했다. 실바나스는 공포의 군주의 군대를 체계적으로 무너뜨렸다.

공포의 군주 데서록이 다음으로 실바나스의 분노에 쓰러졌다. 발나자르는 로데론의 무너진 수도의 벽 뒤로 몸을 숨기고서 피할 수 없는 공성전에 대비했다. 그의 노력은 수포로 돌아갔다. 실바나스의 군대가 무너진 도시를 덮쳤다. 그들은 발나자르를 쓰러뜨린 다음 요새를 직접 차지했다.

실바나스는 수도를 장악하고 적에게서 자신을 보호할 은신처를 확보했다. 그녀는 부하들에게 버려진 자들을 뜻하는 포세이큰이라는 이름을 붙이고 스스로 밴시 여왕으로 등극했다. 실바나스는 포세이큰에게 수도의 지하 동굴과 무덤, 하수도에 새로운 왕국을 건설하라고 명령했다. 그 썩어 가는 지하 소굴은 후일 언더시티라는 이름으로 알려졌다. 실바나스와 포세이큰은 유독한 물질이 가득한 회랑에서 리치 왕에 대한 복수를 계획했다.

빛의 균열

아서스 메네실은 리치 왕과 하나가 되어 노스렌드에 머물렀다. 로데론의 스컬지를 지휘하는 일은 켈투자드에게 맡겨졌다. 실바나스 윈드러너와 포세이큰이 언더시티에 자리 잡긴 했지만 리치 왕의 언데드는 역병지대의 상당 부분을 장악하고 있었다. 그러나 켈투자드와 끊임없이 영역 분쟁을 벌인 성가신 적이 있었다.

은빛 성기사단은 스컬지와의 전쟁에서 무너졌으나, 살아남은 성기사들은 함께 뭉쳤고 그 땅에서 언데드를 쫓아내기로 맹세했다. 그 신앙심 깊은 전사들 중 하나가 파멸의 인도자를 소지한 알렉산드로스 모그레인이었다. 아이언포지에서 만들어지고 신성한 빛을 주입한 무기인 파멸의 인도자는 전설적인 명검이 되었다. 파멸의 인도자가 스치면 언데드는 쓰러지고 자리에는 재만 남았다. 성기사들이 스컬지를 상대로 전투를 수행하면서 알렉산드로스의 무용에 대한 소문이 퍼져나갔다. 알렉산드로스도 곧 그의 무기와 같은 별명을 얻었다.

성기사들은 신출귀몰하고 지능적이었다. 성기사를 상대하는 전장의 스컬지에게는 운이 거의 따르지 않았다. 신성한 전사들이 언데드에게 주의를 기울이는 동안 또 다른 적이 보이지 않게 병력 속으로 침투했다. 발나자르였다.

공포의 군주 발나자르는 로데론 수도를 장악한 실바나스의 군대에 무릎을 꿇었으나 목숨을 부지할 수 있었다. 발나자르는 마지막 힘을 쥐어짜내어 역병지대로 탈출했다. 자신을 도울 다른 공포의 군주들이 없었기에 그의 힘은 제한적이었다. 발나자르는 스컬지가 언젠가 자신을 찾아낼 것을 염려하여 어둠 속으로 자취를 감추었다. 발나자르는 성기사들 틈에서 자신을 보호할 방법을 찾아냈다. 동시에 자신의 새로운 군대를 조직할 방법이었다.

발나자르는 세이든 다스로한이라는 존경받는 성기사를 처치하고 그의 형상을 취했다. 숭고하고 신성한 기사의 모습으로 위장한 발나자르는 대부분 성기사들의 정신을 자신의 뜻에 맞게 뒤틀 수 있

가리토스의 운명

로데론 수도를 공격한 것은 실바나스 윈드러너 혼자만이 아니었다.

데서록은 오스마르 가리토스와 많은 얼라이언스 병사들에게 마법을 걸었다. 실바나스는 공포의 군주들을 물리치고서 인간 지휘관 가리토스와 그의 군대를 풀어주었다. 가리토스는 실바나스와 그녀의 언데드를 믿지 않았지만 공포의 군주들을 훨씬 더 위험한 존재라고 생각했다. 그래서 가리토스는 실바나스의 수도 공격을 돕기로 동의했고 실바나스는 그 대가로 수도의 지배권을 주기로 약속했다.

가리토스는 뒤늦게서야 실바나스의 진의를 깨달았다. 실바나스는 수도를 정복한 다음 가리토스에게 죽음의 보상을 내렸다. 실바나스의 구울은 가리토스의 유해를 먹어치웠다. 그들이 남긴 것은 뼈다귀뿐이었다.

다고 확신했다. 그러나 그 영향력에서 벗어난 이가 하나 있었다. 알렉산드로스 모그레인이었다. 그가 파멸의 수호자를 휘두르는 모습은 신앙심과 용기의 상징이었다. 성기사들에게 영향력을 미치려면 한시라도 빨리 그가 사라져야 했다.

공포의 군주 발나자르는 시간을 두고 알렉산드로스의 장남, 르노 모그레인의 마음을 조종했다. 발나자르는 그 젊은 인간을 어둠에 굴복시키고 끔찍한 범죄를 저지르게 만들었다.

르노는 파멸의 인도자로 아버지를 살해했다.

알렉산드로스의 시체와 파멸의 인도자는 후일 스컬지에 의해 수습되었다. 리치 켈투자드는 두 가지를 모두 유용하게 사용할 수 있었다. 켈투자드는 전설적인 성기사를 불사의 몸으로 일으키고 충성스러운 종복으로 변화시켰다. 끔찍한 만행에 사용되었던 파멸의 인도자는 뒤틀린 채 한때의 모습이었던 검의 부정한 그림자가 되었다.

알렉산드로스의 죽음에 성기사들은 동요했다. 일부 성기사들은 어둠의 힘이 세이든 다스로한과 가까운 동료들을 지배하고 있다고 의심했지만 증명할 방법이 없었다. 그러한 의심은 성기사들 사이에 분열을 초래했다. 신성한 전사들은 은빛 여명회와 붉은십자군의 두 진영으로 나뉘었다.

은빛 여명회는 빛의 교리에 충실했으나 붉은십자군은 그렇지 않았다. 발나자르는 붉은십자군에서 지배력을 유지하고 있었다. 붉은십자군은 발나자르가 찾던 군대였고 곧 부패와 극단주의의 동의어가 되었다.

태양샘을 찾아서

로데론 북쪽에서는 태양샘이 파괴된 여파가 계속해서 퍼져나가고 있었다. 캘타스 선스트라이더와 블러드 엘프가 태양샘을 파괴했을 때 엄청난 폭발이 발생했지만 태양샘의 마력은 파괴되지 않았다. 태양샘의 에너지는 대지 곳곳에 흩뿌려졌다. 붉은용 코리알스트라즈는 그 보호되지 않은 마법을 발견하고서, 그것이 다른 진영의 주의를 끌어 결국에는 분쟁을 유발할 수 있다고 크게 우려했다.

그의 두려움은 옳았다. 마법의 위상인 말리고스는 태양샘 에너지의 존재를 감지했다. 말리고스는 자신의 부하인 푸른용 칼렉고스를 보내어 그 마력이 퍼져나간 범위를 조사하게 했다. 리치 왕 역시 태양샘에서 흘러나오는 에너지의 파장을 느꼈다. 리치 왕은 쿠엘탈라스를 스컬지에게 가져다 바친 배신자, 다르칸 드라시르에게 얼어붙은 왕좌의 이름으로 그 힘을 모으라고 명령했다.

코리알스트라즈는 실버문의 황폐화된 땅을 뒤지며 찾을 수 있는 마력을 모두 수집했다. 그는 시간이 촉박하다는 것을 알았기에 안비나 티그라는 이름의 인간 화신을 빚어낸 후 그녀에게 태양샘의 마력을 주입했다. 코리알스트라즈는 안비나에게 가짜 기억을 주었고 환영으로 인간 가족을 만들어 주었다. 코리알스트라즈는 안비나가 태양샘의 마력을 뒤쫓는 이들의 눈을 피해 달아나기를 바랐다. 안비나는 자신의 존재에 대해 아무것도 알지 못했으며 자신의 힘을 노리는 어둠의 세력이 어떤 일을 벌일지 생각하지도 못했다.

칼렉고스와 다르칸은 곧 안비나를 만났으나 한동안은 안비나의 진정한 정체를 파악하지 못했다. 결국 진실을 알아낸 다르칸이 안비나를 납치했고, 그녀의 마력을 흡수하기 위해 무너진 태양샘으로 향했다. 칼렉고스와 코리알스트라즈가 각자 그를 뒤쫓았으나 안비나를 발견했을 때는 이미 늦고 말았다. 다르칸은 태양샘의 마력을 직접 흡수하기 시작했다.

다르칸은 새로 얻은 힘을 이용하여 코리알스트라즈를 지배하여 칼렉고스와 싸우게 만들었다. 모든 희망이 사라졌다고 생각된 순간, 마침내 안비나가 자신의 진정한 힘에 눈을 떴다. 안비나는 태양샘의 힘이 자신에게 깃들어 있다는 사실을 깨달았다. 그리고 그 힘을 직접 사용할 수 있었다.

안비나는 다르칸에게 자신의 분노를 돌리고 그를 물리쳤다.

안비나 티그는 전투가 끝난 후, 블러드 엘프의 고위 순찰자 중 한 명인 로르테마르 테론의 보호를 받으며 쿠엘탈라스에 머물렀다. 칼렉고스는 칼렉이라는 이름의 반엘프의 형상을 취하고서 안비나와 함께 그곳에 남았다. 칼렉고스는 오랫동안 직접 안비나를 보호하면서 외부로부터 그녀의 존재를 숨겼다.

어둠의 전령

쿠엘탈라스에서 멀리 떨어진 곳에서, 가로나는 사냥 중이었다.

가로나는 남부 칼림도어 곳곳에서 초갈과 황혼의 망치단 이교도를 뒤쫓았고 서서히 그들의 세력을 무너뜨렸다. 사냥감은 교활했지만 사냥꾼도 마찬가지였다. 가로나는 적에게 자비를 베풀지 않았다. 가로나는 초갈의 심장에 단검을 꽂아 넣을 때까지 적들을 처치하겠다고 맹세했다.

가로나는 집요했고 초갈은 그에 분노했다. 가로나는 어둠 속에서 나타나 이교도 중 하나를 쓰러뜨리고 사라지곤 했다. 초갈은 가로나를 잡기 위해 함정을 꾸미고 복병을 배치했으나 가로나는 언제나 위험을 피해갔다. 시간이 흐르자, 고대 신의 천둥과도 같은 속삭임이 초갈의 마음속에 몰아쳤다. 그들은 분노하고 있었다. 너무도 오랫동안 그 성가신 암살자를 처리하지 못하고 있었다.

페랄라스의 깊은 우림에서, 초갈은 가로나를 꾀어낼 방법을 생각했다. 초갈은 막대한 위험을 무릅쓰고 이교도들을 보낸 다음 사냥꾼이 나타나기를 기다렸다. 초갈은 그녀가 자기의 목숨을 노린다는 사실을 알았고 이런 기회를 절대로 놓치지 않을 것이라고 생각했다. 특히 자신을 보호할 부하들이 없는 상황이라면, 더욱 그러했다.

예상한 대로 가로나가 그를 덮쳤다. 오우거 마법사 초갈과 반오크 암살자 가로나는 안개 자욱한 숲 속에서 격투를 벌였다. 가로나는 초갈에게 큰 상처를 입혔지만 치명타를 입히지 못했다.

초갈은 가로나를 꺾고서 그녀를 지배해 버렸다. 오래전, 어둠의 의회는 정신의 족쇄를 만들어 가로나의 마음을 지배했고 그녀의 의지와는 상관없이 종복으로 부렸다. 인간 대마법사 카드가는 그 속박을 풀어주고 그녀에게 자유를 베풀어주었다. 그러나 초갈은 그 족쇄를 되살리는 방법을 알고 있었다. 초갈은 새로운 정신의 족쇄를 지어 가로나를 자신의 종복, 자신의 암살자로 변화시켰다.

초갈은 가로나를 자신의 부하로 삼은 후 고대 신을 깨우는 원래의 임무로 돌아갔다. 초갈은 남은 황혼의 망치단 이교도들을 모아 태양에 그을은 실리더스 사막으로 떠났다. 초갈은 그 황금빛 사막 아래 어딘가에서 고대 신의 존재를 감지했다. 그는 고대 신이 자신을 부르는 것을 느꼈다. 그의 핏속에서 고대 신의 마력이 깨어나고 있었다.

초갈은 자신의 마음속에 속삭이는 크툰이라는 이름을 들었다.

3장: 얼어붙은 왕좌

4장
오랜 증오

새로운 세계수

3차 대전쟁은 나이트 엘프에게 끔찍한 피해를 안겼다. 그들의 세계수 놀드랏실은 수천 년 동안 나이트 엘프를 지켜주었으나 이제 그 마력은 사라지고 없었다. 나이트 엘프는 질병에 걸리고 노화하는 운명이 되었다. 또한, 놀드랏실의 피해로 인해 드루이드들은 신비로운 에메랄드의 꿈으로 들어가기가 더욱 어려워졌다.

대드루이드 판드랄 스태그헬름은 해결책이 있다고 생각했다. 판드랄은 나이트 엘프의 불멸성을 복원할 새로운 세계수를 심자고 제안했다. 판드랄은 수천 년 전에도 비슷한 것을 시도하면서 안드랏실이라고 알려진 세계수를 심었다. 시도는 실패로 끝났지만 판드랄은 그 실수에서 교훈을 배웠다. 그리고 판드랄은 무엇보다도, 선택의 여지가 없다고 생각했다.

말퓨리온 스톰레이지는 판드랄의 계획을 거절했다. 말퓨리온은 세계수를 심으려던 판드랄의 지난번 시도를 기억하고 있었다. 타락이 안드랏실을 물들였고 대지에 퍼져 들어 무고한 생명체들을 광기로 몰아갔다. 말퓨리온은 드루이드들과 함께 그 거대한 나무를 베어 넘겼으며, 그 나무는 볼드랏실이라는 이름으로 불리게 되었다. 생명을 잃은 밑동은 용의 위상만이 다룰 수 있는 마력에 관여하는 것이 얼마나 위험한지를 차갑게 깨우쳐 주었다.

판드랄은 분노로 들끓었다. 판드랄은 말퓨리온이 나이트 엘프의 미래를 보장하는 과감한 시도를 거부했다고 생각했다. 판드랄은 새로 생명을 얻은 세계수의 마력으로 무엇을 할 수 있을지 꿈꾸었으며 자신의 죽은 아들 발스탄 스태그헬름을 비밀스럽게 되살릴 생각에 빠져 있었다. 말퓨리온은 그의 목적을 방해하는 장애물이었다.

어느 밤, 판드랄 스태그헬름은 자신의 동굴에서 잠든 말퓨리온을 덮쳐 그를 혼수 상태에 빠뜨리고 에메랄드의 꿈 깊은 곳에 그의 영혼을 가두었다.

말퓨리온이 깨어나지 않자, 드루이드들은 에메랄드의 꿈 속에서 그의 영혼을 찾기 시작했지만 결국 찾을 수 없었다. 처음에는 별 문제가 아닌 것처럼 보였다. 말퓨리온은 전에도 에메랄드의 꿈에서 오랜 시간을 보냈고, 3차 대전쟁 후에는 그 에테르 영역과 자연에 대한 드루이드의 연결을 복원하기 위해 많은 일을 해야 했다. 누구나 말퓨리온이 중요한 작업에 몰두하고 있을 것이라고 추측했다.

말퓨리온이 사라진 동안 판드랄 스태그헬름이 세나리온 의회의 드루이드를 장악했고 그들을 어둠해안으로 이끌었다. 드루이드들은 그곳에서 함께 새로운 세계수를 심었다. 그리고 "대지의 왕관"

악몽의 하인

텔드랏실의 타락은 대부분 판드랄 스태그헬름이 저지른 일이었지만 그를 인도한 어둠의 힘이 있었다. 판드랄은 자비우스의 손에 타락했다.

자비우스는 고대의 전쟁 당시 아즈샤라 여왕의 신뢰받는 고문이었으나 말퓨리온 스톰레이지에게 쓰러졌다. 많은 아즈샤라의 핵심 인물들처럼 자비우스는 이제 고대 신의 의지에 복종했다. 자비우스는 악몽의 군주라는 이름을 얻으며 악몽을 더욱 멀리, 더욱 넓게, 에메랄드의 꿈의 경계 너머까지 퍼트릴 계획을 세웠다.

자비우스는 판드랄의 슬픔을 이용하여 그를 자신의 편으로 끌어들였다. 그리고 교묘하게 판드랄을 조종하여 그의 죽은 아들, 발스탄 스태그헬름이 아직 살아있다고 믿게 만들었다. 자비우스는 이미 오래전에 죽은 발스탄의 얼굴로 판드랄과 대화하면서 그의 행동을 이끌었고 악몽의 손길로 세계수 텔드랏실을 감염시키도록 설득했다.

자비우스의 영향력은 서서히 판드랄을 광기로 몰아갔다.

을 뜻하는 텔드랏실이라는 이름을 주었다. 텔드랏실은 바다 위로 높게 자라났고 밑동은 하나의 섬처럼 거대해졌다. 판드랄은 정말로 볼드랏실의 실수에서 교훈을 배웠다. 새로운 세계수는 눈부셨고 강력했으며 전혀 타락의 영향이 없었다. 나이트 엘프들은 벅찬 희망을 느끼며 그 세계수의 거대한 나뭇가지 사이에 다르나서스라는 도시를 건설했다.

불행하게도 용의 위상들의 도움 없이 세계수를 창조한 판드랄의 결정은 끔찍한 실수로 드러났다. 위상의 축복을 받지 못한 텔드랏실은 에메랄드 악몽의 어두운 영향력에 취약했다. 에메랄드의 꿈의 심장부에서, 악몽이 텔드랏실로 마수를 뻗쳤다. 오래지 않아, 악몽은 텔드랏실의 정수에 스며들었다.

판드랄은 수고스럽게 다른 나이트 엘프들에게서 그 자라나는 어둠을 숨겼다. 그들의 주의를 돌리기는 쉬웠다. 사티르와 펄볼그가 나이트 엘프의 영토 곳곳을 습격하며 소규모 분쟁을 일으켰고 호드는 잿빛 골짜기 아래에서 새로운 세력들을 결성했다. 그들은 3차 대전쟁 동안 불타는 군단에 맞서 나이트 엘프와 동맹을 맺었지만 불과 얼마 전까지만 해도 사나운 적이었다.

신뢰는, 설사 그것을 가질 수 있다고 해도, 아주 오랜 시간이 필요할 것처럼 보였다.

오그리마 건설

듀로타 건설

대족장 스랄은 커다란 마음의 짐을 던 기분이었다. 스랄과 오크는 한때 그들을 지배했던 불타는 군단에 맞서서 아제로스를 지켜냈다. 첫 번째 호드의 죄악은 절대 지울 수 없었지만 최근의 전쟁은 호드가 아제로스 세계에서 자리를 잡을 자격이 있음을 증명하는 것이나 다름없었다.

하이잘 산 전투 직후, 스랄은 칼림도어 동부 해안을 따라 펼쳐진 황량한 사막으로 오크를 이끌었다. 스랄은 죽은 아버지, 듀로탄의 이름을 따서 그 땅에 듀로타라는 이름을 붙였다.

호드는 곧 듀로타에 수도를 건설했다. 스랄은 전 대족장인 오그림 둠해머를 기리며 그 요새를 오그리마라고 명명했다. 그는 호드가 단순한 무기 이상의 존재가 될 수 있다고 스랄에게 가르쳐주었다. 오그리마는 호드의 수도였지만 진영의 일부 구성원들은 다른 지역에 정착했다. 검은창 트롤은 남쪽 메아리 섬에 터전을 마련했다. 서쪽으로는 타우렌이 멀고어의 푸른 초원의 중앙에 썬더 블러프라고 불리는 영구 정착지를 건설했다.

듀로타는 멀고어의 녹색 평원과 극명한 대조를 이루는 곳이었다. 듀로타는 바위투성이 지역이었으며 오크가 그곳에서 보낸 처음 몇 년은 고난으로 얼룩진 시간이었다. 스랄은 그 혹독한 시기를 수십 년 전 오크가 아제로스에 끼친 피해를 속죄하는 시간이라고 생각했다.

듀로타에 정착한 호드는 렉사르의 주의를 끌었다. 그는 첫 번째 호드를 따라서 아제로스를 침공했던 연로한 야수조련사였다. 나중에는 호드의 변한 모습에 염증을 느끼고 호드를 등지고 떠났다. 그리고 오랫동안 홀로 떠돌며 아제로스의 자연에서 생존하고 살아가는 방법을 익혔다. 렉사르는 스랄의 호드가 긍지와 명예를 가진 군대라고 생각했다. 그리고 조심스럽게 그들의 새로운 터전에서 오크와 합류했다.

호드가 여러 국가를 건설하는 동안 지난 3차 대전쟁 때의 일부 동맹은 더 남쪽으로 향했다. 제이나 프라우드무어가 이끄는 얼라이언스 피난민들은 먼지진흙 습지대에 정착하여 테라모어 섬이라고 불리는 항구 도시를 세웠다.

제이나와 스랄은 소통을 계속 이어갔고 그들의 불안한 휴전은 조금 더 영속적인 관계로 발전했다. 두 지도자는 서로의 영토를 존중하고 공격적인 행위를 삼갈 것이라고 공표했다.

쿨 티라스의 함대

호드와 테라모어 섬의 인간은 수년 동안 평화를 유지했지만 그것은 계속될 수 없었다. 그러나 전쟁에 다시 불을 붙인 것은 대족장 스랄도 제이나 프라우드무어도 아니었다.

대규모 얼라이언스 해군 함대가 칼림도어 해안에 모습을 드러냈다. 제이나의 아버지, 댈린 프라우드무어 제독이 함대를 이끌고 있었다. 함대는 오크와 주위의 트롤 정착지에 즉시 공격을 감행했다. 프라우드무어 제독은 2차 대전쟁에 참전했고 호드에게 아들을 잃었다. 그는 인간 왕국들을 거의 파괴할 뻔했던 생명체들이 힘을 되찾도록 내버려 둘 생각이 없었다. 그의 목적은 더도, 덜도 아닌 호드의 전멸이었다.

스랄은 인간들과 평화를 구축하기를 원했고 그의 새로운 호드는 동부 왕국을 침략했던 과거의 호드와는 다르다고 설득하고 싶었다. 그러나 스랄은 그의 염원을 실현할 기회를 얻지 못했다.

프라우드무어 제독은 스랄을 함정으로 유인하여 처치하기 위해 테라모어의 "사절"로 위장한 암살자들을 보냈다. 책략은 실패로 끝났고 전쟁은 불가피했다. 스랄은 오크와 검은창 트롤, 타우렌, 그리고 인근의 돌망치 오우거 부족까지 규합하여 전투에 대비했다.

시간은 그들의 편이 아니었다. 딸 제이나가 간청했으나 프라우드무어 제독은 테라모어를 인계받고 바다와 방어에 적합한 도시를 모두 장악했다. 입지를 다질 시간만 충분했다면 칼림도어 전체에 공격을 이끄는 것도 어려운 일이 아니었다.

호드의 군대가 테라모어로 이동하여 조용히 제이나를 찾았다. 스랄은 제이나에게 불가능한 것을 요청했다. 제이나의 아버지를 죽일 수 있도록 호드를 테라모어에 들여보내달라는 것이었다. 스랄은 그렇게 하지 않으면 댈린 프라우드무어가 호드를 영원히 전멸시킬 것이라고 말했다.

아버지와는 달리 제이나는 스랄의 호드가 옛 호드와 다르다는 것을 알고 있었다. 그리고 두 눈으로 그 증거를 목격했다. 제이나는 호드와 나란히 서서 불타는 군단을 상대했고 호드 병사들이 용감하고 명예롭게 싸우는 모습을 지켜보았다. 호드는 제이나와 그녀의 사람들이 바랐던 바로 그것, 즉 호드와 얼라이언스 간의 증오의 고리를 끊기를 원하고 있었다.

제이나는 얼라이언스와 호드 사이의 분쟁을 불필요한 요소라고 생각했다. 아제로스에는 아직 스컬지와 다른 위협이 남아 있었다. 아제로스의 고귀한 종족들이 힘을 합하여 진정한 적에 집중해야 했다. 제이나는 아버지에게 그것을 설득하려 했지만 제독은 귀를 기울이지 않았다.

제이나는 자신의 "선택" 때문에 비탄에 잠겼다. 호드에게 자신의 사람들을 최대한 해치지 말라고 간청했다. 호드의 군대가 테라모어를 습격했고 도시를 가르며 나아갔다.

렉사르가 직접 댈린 프라우드무어 제독에게 치명타를 안겼다. 렉사르는 맹목적인 편견과 증오 때문에 훌륭한 병사들의 심장이 어둡게 물들 수 있다는 사실을 모르지 않았다. 렉사르는 옛 호드의 많은 구성원들이 그러한 운명에 굴복하는 모습을 지켜보았다. 렉사르는 제이나 프라우드무어에게 지금의 모습이 아닌, 과거의 자랑스러운 군인으로 아버지를 기억하라고 말해 주었다.

테라모어는 제이나의 손에 맡겨졌다. 댈린의 함대 생존자는 대부분 동부 왕국으로 되돌아갔다. 그 전투를 끝으로 렉사르는 호드를 떠나기로 결정했다. 렉사르는 혼자 사냥하는 데 익숙했고 평화를 느끼는 자연으로 돌아갔다. 그러나 자신을 필요로 한다면 언제든 싸우겠다는 뜻을 분명히 밝혔다.

쿨 티라스의 분노

제독 댈린 프라우드무어는 군사 지휘관이기도 했지만 인간 왕국 쿨 티라스의 지도자이기도 했다. 쿨 티라스 사람들은 제독의 죽음에 대한 복수를 부르짖었으나 얼라이언스의 나머지 국가들은 복수를 추구하지 않았다. 로데론에 퍼진 언데드 역병 때문에 얼라이언스는 이미 흔들리는 상태였고, 다른 지도자들은 단독으로 전쟁을 일으킨 댈린 프라우드무어의 일을 그렇게 애석하게 생각하지도 않았다.

분노한 쿨 티라스는 얼라이언스에게서 등을 돌리고 스스로 고립되었다. 그러나 그들의 분노는 바리안 린이나 다른 얼라이언스의 지도자에게 향하지 않았다. 그들은 가족을 배신한 딸, 제이나 프라우드무어를 증오하고 있었다.

포세이큰과 호드

칼림도어에서 바다 건너편에 있었던 실바나스 윈드러너 여왕과 포세이큰은 사방에서 적에게 시달리고 있었다. 붉은십자군은 그들이 리치 왕으로부터 자신의 의지를 되찾았다는 사실에는 전혀 관심이 없었다. 그들은 광기에 휩싸인 채 무슨 일이 있더라도 언데드를 박멸하고 말겠다고 맹세했다.

실바나스는 쿠엘탈라스의 과거 동료들에게 보호를 요청했다. 실바나스는 목숨을 걸고 그들을 지켰기에 그 희생에 대해 보상을 기대했다. 그러나 결과는 거절이었다. 블러드 엘프는 언데드를 두려워했고 괴물로 취급했다.

실바나스는 더욱 절박해졌다. 그녀는 얼라이언스와 호드 모두에게 사절을 보냈다. 얼라이언스로 보낸 사절은 돌아오지 않았다. 실바나스는 그들이 스톰윈드 정문을 통과하기도 전에 죽었을 것이라고 짐작했다.

기대하지 않은 곳에서 호드의 첫 번째 반응이 왔다. 타우렌이었다. 하뮬 룬토템이라는 이름의 대드루이드가 흉측한 언데드의 내면을 살펴보고 그들이 구원받을 수 있으며 비록 육체는 되찾지 못하겠지만 정신적으로 부활할 수 있다고 판단했다. 하뮬은 포세이큰 사절을 타우렌 종족의 대부족장 케른 블러드후프에게 데려갔다. 케른 역시 언데드가 번영할 기회를 가져야 한다고 동의했다.

스랄은 실바나스 윈드러너를 오그리마로 초대했다. 스랄은 실바나스와 포세이큰에게 연민을 느꼈다. 오크들 역시 타락을 겪은 경험이 있었고 그것은 극복하기 어려운 유산이었다. 그리고 동시에 포세이큰의 전략적인 가치를 알아보았다. 그들은 로데론의 폐허에 살고 있었다. 만약 얼라이언스가 다시 전쟁을 일으킨다면 그 도시는 귀중한 거점이 될 수 있었다.

더욱 중요한 사실은 스컬지가 아직 사라지지 않았다는 것이었다. 스컬지는 일시적으로 물러난 것뿐이었다. 호드는 리치 왕의 언데드 군대로부터 자신의 땅을 지키기 위해 최대한 많은 동맹을 필요로 했다.

스랄은 고심 끝에 결정을 내렸다. 포세이큰은 호드의 일원으로 받아들여졌다.

놈리건의 몰락

어둠의 문이 열리고 25년 후

3차 대전쟁 동안 야만적인 트로그는 놈리건의 노움을 포위했다. 시간이 지나면서 노움은 자신들의 도시에서 서서히 밀려났다.

기발한 발명품도 트로그의 압도적인 숫자 앞에서는 만능일 수 없었다. 트로그는 결국 노움의 방어를 우회하여 놈리건의 기계공학 시설에 침입했다. 그로 인해 노움은 최고의 발명품을 빼앗기게 되었을 뿐만 아니라, 위험성조차 제대로 인지할 수 없는 생명체에게 불안정한 재료와 기계를 넘겨준 상황이 되었다. 한 차례 실수가 도시 전체가 무너지는 결과로 이어질 수 있었고 그것은 이제 시간문제였다.

천재적인 공학자 시코 텔마플러그가 해결책을 제안했다. 놈리건에서 트로그가 들끓는 구역에 치명적인 방사능을 퍼뜨리자는 의견이었다. 노움은 트로그가 죽을 때까지 기다리며 피신하기만 하면 되었다. 잔인했지만 절박한 계략이었고 그럴듯하게 들렸다. 노움의 지도자인 땜장이왕 겔빈 멕카토크도 결국 계획에 동의했다. 놈리건이 파괴되는 불가피한 재앙을 기다리느니 차라리 나은 방법이었다.

불행히도 텔마플러그는 다른 꿍꿍이가 있었다. 텔마플러그는 멕카토크의 직위와 특권을 시샘했으며 전쟁을 틈타 그 두 가지를 직접 차지하기로 마음먹었다. 또한 노움이 그들의 발명품을 활용하여 국력을 키우지 않는 것도 불만이었다. 그것이야말로 멕카토크의 직접적인 실책이라고 생각했다.

텔마플러그의 폭탄이 트로그와 대부분의 노움을 방사능에 오염시켰을 때 멕카토크는 진실을 알게 되었다.

며칠 만에, 노움 종족의 약 80%가 쓰러졌다. 생존자들은 자신의 도시에서 대피할 수밖에 없었다. 텔마플러그는 놈리건에 남아 자신이 저지른 공포 속에 갇혔다.

아이언포지의 드워프들이 피난민들을 받아주었다. 노움은 그 산속 도시에서 스스로 소규모 터전을 마련하고 땜장이 마을이라고 이름 지었다. 노움의 미래는 불확실했고 무엇을 해야 할지에 대한 의견도 갈렸다.

몇몇 노움은 최대한 빠른 시일 내에 놈리건을 되찾는 데 모든 노력과 자원을 집중해야 한다고 주장했다. 멕카토크는 동의하지 않았다. 노움은 결국 놈리건으로 돌아가야 하겠지만 지금은 얼라이언스에 대한 의무가 더 우선이었다. 3차 대전쟁으로 인해 얼라이언스는 크게 약화되었고 동맹들은 앞으로 살아남기 위해서 노움의 모든 도움을 필요로 하고 있었다. 멕카토크는 얼라이언스를 지원할 수 있는 새로운 기술을 연구하도록 노움들을 설득했다.

멕카토크는 얼라이언스와 노움의 운명이 뒤얽혀 있다고 생각했다. 얼라이언스가 휘청인다면, 겔빈 멕카토크와 노움도 놈리건을 과거의 영광스러운 모습으로 복구하는 데 필요한 지원을 얻을 수 없었다.

사라진 왕

3차 대전쟁 이후 인간 왕국의 힘의 균형추가 흔들렸다. 로데론은 무너졌고 길니아스와 쿨 티라스는 스스로 고립되었다. 그들의 자리에 스톰윈드가 얼라이언스의 지도력과 군사력의 새로운 보루로 떠올랐다. 그로 인해 스톰윈드 왕국은 세계 무대에서 막대한 특권과 영향력을 얻었으나 동시에 적들의 목표물이 되었다.

검은용군단은 동부 왕국에서 얼라이언스의 마지막 세력들을 무너뜨리고자 했고 동시에 그것을 조용히 처리하기를 원했다. 오닉시아는 카트라나 프레스톨이라는 이름의 귀족으로 위장한 채 스톰윈드를 약화시키기 위해 온갖 노력을 기울였다. 오닉시아는 스톰윈드 귀족들에게 반대하는 인간의 반역 단체인 데피아즈 결사단에게서 도움을 받았다.

데피아즈단은 바리안 린 국왕이 외교 임무를 위해 테라모어로 항해할 것이라는 첩보를 입수했다. 그들은 바리안이 탄 함선을 기습하여 그를 제외한 모두를 처치했다. 그리고 외딴 섬으로 바리안을 데려갔다. 오닉시아가 그들을 기다리고 있었다.

오닉시아는 바리안의 영혼을 분리하는 사악한 의식을 수행했고 자신을 거역하는 특성, 즉 그의 힘과 단호한 결의, 불굴의 의지를 벗겨내려 했다. 그리고 영혼의 반을 파괴하여 매력과 위엄이 넘치는 왕의 모습으로 보일 수 있는 연약한 껍데기만을 남긴 다음 맹목적으로 자신의 뜻을 따르는 꼭두각시로 삼을 계획이었다.

오닉시아가 바리안의 의지와 힘의 현신을 파괴하려던 순간 바리안은 그녀의 마수에서 탈출하여 바다에 뛰어들었다. 파도는 그를 통째로 집어삼켰고 어둠이 주위를 휘감았다. 얼마 후 바리안은 칼림도어의 먼 해안에서 의식을 되찾았다. 오닉시아의 마법 때문에 바리안의 의식은 누더기나 다름없는 상태가 되었다. 바리안은 오닉시아가 저지른 짓을 기억하지 못했다. 심지어 자신의 이름조차 기억하지 못했다. 바리안은 그 후 자신이 왕이라는 것도 알지 못한 채 세계를 떠돌았다.

오닉시아는 바리안의 반이 탈출했다는 것에 분노했으나 계획이 완전히 틀어진 것은 아니었다. 어쨌든 꼭두각시 왕과 함께 스톰윈드로 돌아가면 되었다. 그러나 어디까지나 바리안이 자신의 완전한 종복이 되었음을 확신한 다음의 일이어야 했다.

그동안, 스톰윈드의 주민들은 바리안의 실종으로 어려움을 겪었다. 많은 사람들이 그의 죽음을 염려했다. 바리안의 어린 아들 안두인 린이 왕위에 올랐다. 그리고 안두인이 성인이 될 때까지 왕국을 관리하며 일상적인 업무를 처리하는 섭정으로 전설적인 성기사 볼바르 폴드라곤이 임명되었.

볼바르도 안두인도 바리안이 죽었다고 생각하지 않았다. 그들은 바리안을 다시 만날 것이라는 희망을 한순간도 버리지 않았다.

용사의 등장

세계 곳곳에서는 빠른 속도로 문제가 터져 나오고 있었다.

얼라이언스와 호드는 휴전 관계였지만 미약한 수준이었다. 알터랙 계곡, 전쟁노래 협곡, 아라시 분지 등의 전략 거점에서는 점차 큰 전투가 벌어졌고 두 진영을 전면전으로 더 가까이 내몰았다.

그중 가장 큰 걱정거리는 호드와 얼라이언스가 아닌 다른 것이었다. 멀고어의 타우렌은 가시멧돼지라고 불리는 미개한 생명체의 침략에 시달렸다. 엘윈 숲의 인간 마을에는 코볼트 도둑과 질병에 걸린 동물이 들끓었다. 듀로타에서는 켄타우로스 전투 부대가 외곽의 오크 영토를 차치할 음모를 꾸미고 있었다. 비명은 끝이 없었다. 모든 대륙에서, 모든 국가에서, 모든 지역에서, 혼돈이 퍼졌고 위험천만한 재앙의 그늘을 드리웠다.

호드와 얼라이언스는 이러한 무질서가 분출한 배경에는 부분적으로 고대 신의 영향이 있었다는 사실을 알지 못했다. 고대 신들은 은밀하게 분쟁의 불길을 퍼뜨려 아제로스 국가들의 힘을 약화시키고 있었다. 만약 방치된다면 그 작은 불길들은 더욱 퍼져나가 무시무시한 파괴의 들불로 확대될 수 있었다.

그러나 불길은 퍼지지 않았다. 아제로스를 위해 분연히 일어서 싸웠던 과거의 전설적인 전쟁 영웅들 때문이 아니었다. 불길을 꺼뜨린 것은 바로 아제로스의 평범한 주민들이었다. 그들은 각자 다른 이유로 여정에 나섰다. 누군가는 모험을 위해, 또 다른 누군가는 정의라는 숭고한 대의를 위해 싸웠다. 일부는 복수를 위해 싸웠고 증오하는 진영을 무찌르기 위해 전쟁에 참여했다. 어떤 이는 돈을 위해 싸웠고 분쟁에서 이득을 얻을 방법을 찾았다. 또 다른 사람들은 온 아제로스 세계에서 자신들의 이름이 기억되기를 바라며 영광을 위해 싸웠다. 홀로 여행한 이들도, 강력한 길드를 결성하여 힘을 합쳐 어둠에 대항한 이들도 있었다.

시간이 지나면서 그 아주 특별한 용사들은 불가능한 임무에 도전했다. 그들이 없었다면, 아제로스는 분명 사악한 힘에 굴복하고 말았을 것이다.

검은무쇠 드워프의 고통

두 세기가 넘은 과거에, 검은무쇠 드워프의 마술사 영주는 불의 군주 라그나로스를 아제로스로 소환하고 자신의 드워프 부족에게 노예의 삶을 선사했다. 그때 격렬한 폭발이 발생하여 많은 사람들의 목숨을 앗아갔고 검은바위 산이라고 알려진 화산이 생겨났다. 검은무쇠 생존자들은 그 산의 안쪽을 깎아 어둠피철로 도시라고 불리는 요새를 건설했다. 그리고 수 세대 동안, 의지와 상관없이 라그나로스와 그의 부하들을 섬겼다.

와일드해머와 브론즈비어드 드워프는 그들의 먼 사촌을 구할 수 없었고 그럴 마음도 없었다. 그것은 다른 드워프 부족을 상대로 전쟁을 일으킨 검은무쇠 드워프가 자초한 운명이었다. 이제 그들은 그 책임을 감당해야 했다.

지금은, 오래전 죽은 마술사 영주의 후손인 제왕 다그란 타우릿산이 불의 군주를 대신하여 검은무쇠 드워프를 지배하고 있었다. 엄격한 지도자였던 그는 노예 상태라는 처지에 불만이 많았지만, 라그나로스가 그에게 내려준 힘을 만끽하며 즐겼다.

라그나로스가 검은무쇠 드워프에게 전쟁을 준비하라고 말했을 때 다그란은 환호했다. 다그란은 오랫동안 다른 드워프 부족들을 정복할 날을 꿈꾸었다. 그들을 지배하는 것은 물론이거니와, 더욱 강력해진 힘으로 불의 군주의 지배에서 벗어나기 위함이었다.

다그란의 첫 번째 공세는 아이언포지의 국왕 마그니 브론즈비어드의 딸인 모이라 브론즈비어드 공주의 납치였다. 다그란은 전쟁이 일어났을 때 최후의 수단으로 이용하기 위해 모이라를 인질로 삼았다. 다그란은 마그니가 딸의 목숨을 보호하기 위해서라면 무엇이든 마다하지 않을 것이기 때문에 공주를 위험에 처하게 할 수 있는 검은바위 산 공격과 같은 행동을 일체 고려하지 않을 것이라고 생각했다.

다그란은 스스로도 놀라며 모이라와 사랑에 빠졌다. 모이라는 날카로운 기지와 강한 의지의 소유자였으며 곤경에 처한 상황에서도 조금도 움츠러들지 않았다. 두 드워프는 미래의 희망을 이야기하며 많은 시간을 보내기 시작했다. 비록 마그니는 여자가 남자만큼 국가를 잘 이끌 수 있다고 생각하

검은바위 산의 검은무쇠 드워프를 지배하는 청지기 이그젝큐투스

검은바위 산의 검은무쇠 드워프를 지배하는 청지기 이그젝큐투스

지 않았으나, 모이라는 아이언포지의 정당한 계승자였다. 다그란은 검은무쇠 드워프를 노예 상태에서 해방시킬 생각이고 그를 위해서는 무엇이라도 할 생각이 있다고 모이라에게 털어놓았다. 그리고 몇 달이 지나지 않아 모이라와 다그란은 뜻을 모아 결혼했다.

 마그니 국왕은 자신의 딸이 자발적으로 적과 결혼했다는 소문을 믿을 수 없었다. 마그니는 부대를 꾸리고 검은무쇠 드워프의 요새에 침입하여 모이라를 구출할 얼라이언스의 용사를 모집했다.

 얼라이언스 부대는 적들을 쓰러뜨리면서 어둠괴철로로 다가갔고 마침내 옥좌에 도착했다. 곧 온 산을 뒤흔드는 전투가 벌어졌다. 결국 황제 다그란 타우릿산이 쓰러졌다.

 얼라이언스 침입자들은 몹시 의외였지만 모이라 브론즈비어드는 격분했다. 모이라는 구출해 주겠다는 그들의 제안을 거부하며 다그란 타우릿산의 아이를 가졌다고 밝혔다.

 모이라는 검은무쇠 드워프를 해방시키겠다는 다그란의 계획을 믿게 되었다. 그리고 다그란 없이 그 일을 이어나갈 생각이었다.

화산 심장부

남편의 기억을 기리기 위해 모이라 타우릿산은 그의 죽음 앞에서 분노를 제쳐놓았다. 어둠괴철로 도시는 적의 습격으로 완전한 혼돈에 빠져들었다. 당분간은 그것이 이점일 수 있었다. 라그나로스의 부하들은 다그란의 아내 모이라가 불의 군주에게 얼마나 충성할지에 대해 깊은 의구심을 품었지만 검은무쇠 드워프에 대한 지배력을 다지느라 모이라를 주의 깊게 감시할 여력이 없었다.

 모이라는 그 기회를 잘 활용했다. 그녀는 비밀리에, 검은무쇠 드워프가 불의 군주를 위한 대규모 군대를 만들도록 강요받고 있다는 소문을 퍼뜨렸다. 다그란 타우릿산의 죽음 때문에 군대를 만드는 일이 지연되었으나 그것도 잠시에 불과했다. 라그나로스와 그의 군대는 시간이 지날수록 강력해질 것이 분명했다. 모이라는 최대한 많은 관심을 끌어내기 위해 검은바위 산의 깊은 안쪽에 엄청난 힘을 가진 보물과 유물이 숨겨져 있다고 바깥 세계에 알렸다. 모이라는 몇몇 용감한 (또는 탐욕스러운) 영웅들이 힘을 모아 불의 군주 라그나로스의 방어를 무너뜨리고 그를 다시 정령계로 추방시켜 주기를 바랐다.

 모이라의 계획은 상상 이상의 효과를 발휘했다. 얼라이언스와 호드가 그 소문에 반응하기도 전에 또 다른 세력이 행동에 나섰다. 불의 정령과 자연스럽게 대립하는 물의 정령, 히드락시안 물의 군주였다. 그들은 라그나로스에게 도전하는 이들에게 도움과 보상을 제공하겠다고 나섰다.

 오래지 않아, 물의 군주는 검은바위 산의 심장부이자 라그나로스의 영지인 화산심장부를 공격할 수십 명의 강력한 용사들을 모았다. 그들은 불타는 요새 사이로 조심스럽게 움직이며 가장 강력한 불의 정령들을 상대하여 쓰러뜨렸다.

 화산심장부의 수호자들이 쓰러졌고 용사들은 물의 군주의 선물을 사용하여 라그나로스의 보호의 룬을 파괴했다. 용사들은 모든 장벽을 무너뜨리고 불의 군주 앞에 섰다.

 라그나로스의 힘은 전설적이었으나 침입자들을 모두 쓰러뜨리지는 못했다. 라그나로스는 패배하여 정령계로 다시 추방당했다.

 검은무쇠 드워프는 마침내 자유를 찾았다. 모이라의 진의를 의심했던 드워프들은 그녀에게 용서를 빌었다. 제왕 다그란 타우릿산이 사랑했던 모이라는 검은무쇠 드워프를 다스릴 권리가 있었다. 이제 모이라는 해방자로서 그들의 충성심을 얻었다.

 모이라는 승리했지만 검은무쇠 드워프에게 평탄한 시대가 보장된 것은 아니었다. 또한 모이라 타우릿산은 정복을 향한 남편의 꿈을 포기할 생각도 없었다.

마라우돈의 수수께끼

천년이 넘는 시간 동안 타우렌 부족과 켄타우로스는 잔혹한 전쟁을 벌이며 서로 수많은 사상자를 냈다. 전쟁이 잠시라도 중단된 것은 최근의 일이었다. 타우렌이 호드에 합류했을 때 대족장 스랄은 새로운 동맹인 타우렌을 보호하겠다고 다짐했다. 그들의 영토에 침입한 켄타우로스는 매우 뼈아픈 교훈을 얻어야 했다.

덕분에 수년 동안 적들이 줄어 갔다. 켄타우로스는 대부분 쓸쓸하고 적막한 잊혀진 땅으로 후퇴했다. 한편, 타우렌은 새로운 터전, 썬더 블러프를 건설하며 밝은 미래를 꿈꾸었다.

그러나 켄타우로스가 다시 등장하여 평화에 대한 희망을 어지럽혔다. 켄타우로스 전투 부대가 잊혀진 땅에서 들끓었으며 동시에 주위의 지역을 파괴했다. 스랄은 그 소란을 처리하고 완전히 잠재우기 위해 호드의 떠오르는 영웅들을 불러모았다.

호드의 군대는 켄타우로스가 외부의 적을 공격하는 것만큼 자기 부족들끼리도 살육을 일삼는다는 사실을 곧 깨달았다. 그들은 상황을 더 자세히 조사하던 중, 마그람 부족의 지도자인 와루그라는 켄타우로스를 만났다.

와루그는 호드에게 잊혀진 땅이 타락했다는 이야기를 전했다. 그리고 마라우돈이라고 불리는 곳에 타락의 원인이 있다고 말했다. 마라우돈은 켄타우로스에게 신성한 지역이었다. 그곳은 대지의 정령 테라드라스 공주와 그녀의 죽은 배우자인 숲의 수호자 재타르의 영혼이 깃든 곳이기도 했다. 전설에 따르면 그 두 생명체는 야만적인 켄타우로스의 조상이었다.

테라드라스는 켄타우로스를 사랑했고 호드가 힘을 얻음으로써 켄타우로스가 결국에는 전멸할 수 있다고 염려했다. 테라드라스는 수년 동안 오크와 그들의 동맹에게 적대감을 보이다가 자손을 구하기 위해 행동에 나섰다. 그녀는 켄타우로스에게 자신의 마력을 주입했고, 잊혀진 땅 바깥의 새로운 영토를 차지하기 위해 전쟁을 일으키도록 부추겼다.

켄타우로스 부족 대부분은 테라드라스 공주에게 매우 충성했다. 그러나 마그람 부족은 그런 충성심이 없었다. 호드에게는 더할 나위 없는 동맹이었다.

호드는 마그람을 도와 다른 폭력적인 부족을 진압했다. 그런 다음 호드의 용사들은 마라우돈으로 시선을 돌렸다. 그들은 깊고 깊은 그 무덤 속으로 내려가면서 그곳의 모든 생명체를 처치하고 테라드라스를 무찔렀다.

그들의 승리 덕분에 잊혀진 땅의 타락은 중단되었고 켄타우로스의 폭력적인 피의 욕망도 사라졌다. 와루그와 마그람 부족은 호드의 축복 속에서, 통합된 켄타우로스의 지도자가 되어 평온의 시대를 이끌었다.

그러나 켄타우로스가 얼마나 오래 평화의 길에 머물러 있을 것인지는 누구도 알 수 없었다.

혈투의 전장 폐허

호드가 잊혀진 땅의 위기를 해결하자마자 새로운 어둠의 근원이 모습을 드러냈다. 페랄라스 남부의 깊은 숲속에서 오우거 습격대가 정착지와 마을을 파괴했고 그들과 마주친 불운한 여행자들을 덮쳤다. 드루이드들도 그러한 타락과 부패를 감지했다.

호드는 페랄라스 곳곳에서 일련의 전투를 겪으면서 두 문제의 원인이 한때 엘드레탈라스라는 이

아제로스의 오우거 부족

2차 대전쟁에서 호드가 패배한 뒤 오우거들은 곳곳에 흩어졌다. 일부는 어둠의 문을 통과하여 드레노어로 향했다. 그러나 다른 오우거들은 피의 욕망으로 악명이 자자했던 오크에게서 떨어지기를 바랐다. 어렵게 대양을 건너 칼림도어에 도착한 오우거들은 적당한 거주지를 다수 발견했다. 동부 왕국에 남은 오우거들은 무자비한 얼라이언스 정찰대의 매서운 추격에 쫓겨 다니는 신세가 되었다.

름으로 불렸던 엘프의 무너진 도시, 혈투의 전장에 있었다는 것을 알게 되었다.

거의 십오 년 전, 고르독이라는 오우거 지도자가 골두니 부족을 혈투의 전장으로 이끌었다. 그들은 2차 대전쟁의 여파에서 살아남았을 뿐만 아니라 번영을 누렸다.

골두니 오우거들은 혈투의 전장을 검투사의 투기장으로 만들었다. 그 투기장은 아제로스의 용병과 악당들 사이에서 꽤나 인기를 끌었다.

고르독은 언제나 잔혹하고 무자비한 지도자였지만 지금은 끔찍한 속삭임이 정신을 어지럽히며 그를 광기와 살육으로 몰아가고 있었다. 고르독은 부족원들에게 누구든지 눈에 띄는 이들을 닥치는 대로 처치하라고 명령했다.

호드는 혈투의 전장에서 골두니 오우거들을 제거하기 위해 병력을 파견했다. 그들은 광기에 찬 지도자인 고르독을 처치하려는 계획이었으나 그 도시에 도착하여 두 가지 타락의 원인을 발견했다. 첫 번째는 에메랄드 악몽이었다. 고대 신의 사악한 에너지가 에메랄드의 꿈의 경계에서 빠져나와 물리 세계에 나타났다. 고르독을 광기로 몰아간 것도 그 힘이었다. 호드의 용사들은 페랄라스를 살리려면 그것을 제거해야 한다는 사실을 알고 있었다.

타락의 두 번째 원인은 혈투의 전장을 탐험한 이들도 놀랄 만한 것이었다. 그 고대의 도시 깊은 곳에는 쉔드랄라라는 엘프의 비밀 단체가 살고 있었다. 그들은 적대적이지 않았으며 처음에는 경계의 대상이 아니었다. 그러나 호드는 그 엘프가 이몰타르라는 이름의 악마를 가두고서 마력을 흡수하고 있다는 사실을 알아냈다. 그들은 행동에 나설 수밖에 없었다.

호드는 뒤틀린 황천으로 이몰타르를 추방했다. 그로 인해 엘프의 마력의 원천이 차단되었고 그들의 분노를 자극했다.

쉔드랄라의 지도자인 왕자 토르텔드린이 직접 호드에 대한 반격을 이끌었다. 그러나 이몰타르를 되찾지도, 복수를 이루지도 못했다. 토르텔드린은 호드의 칼에 쓰러졌으며 혈투의 전장은 그의 무덤이 되었다.

엘프 생존자들은 혈투의 전장을 버리고 떠났다. 그들은 악마의 마력을 끊고 다시 온전해지기 위해 애쓰면서 수년 동안 자연을 떠돌았다.

검은날개 둥지 습격

혈투의 전장에서 멀리 떨어진 검은바위 산에서는 모든 것이 불확실했다. 라그나로스는 패배했다. 라그나로스와 불의 정령 하수인들은 다시 불의 땅으로 추방당했다. 라그나로스에 맞서 승리를 거둔 모험가들은 고향으로 돌아와, 검은바위 산의 위험이 사라졌다고 생각하며 승리의 결실을 누렸다.

모이라 타우릿산은 조금 더 아는 게 있었다. 모이라의 드워프는 정령들에게서 해방되었으나 곧 놀랍고 새로운 적을 상대해야 했다.

라그나로스는 검은바위 산의 하부만을 지배했다. 검은바위 산의 상층에는 데스윙의 아들, 네파리안과 검은용군단이 자리를 잡고 있었다. 두 세력은 모두 고대 신을 섬겼지만 진정한 동맹은 아니었다.

십 년 이상 미약한 휴전 상태가 이어지며 불의 하수인들은 데스윙의 남은 자손들과 전쟁을 일으키지 않았다. 네파리안은 모습을 감추고서 특별한 동맹에 의지한 채 자신의 영토를 보호했다.

달렌드 블랙핸드가 이끄는 "진정한 호드"는 1차 대전쟁 이후 오그림 둠해머를 지도자로 받아들이지 않았고 이제 호드의 새로운 지도자가 된 스랄도 인정할 생각이 없었다. 오그리마의 군대에 맞서 공개적으로 전쟁을 일으킬 수 없었던 달렌드의 호드는 검은바위 첨탑의 요새에서 때를 기다렸다.

진정한 호드의 충성에 대한 대가로, 네파리안은 스랄이 이끄는 호드와의 전쟁에서 강력한 검은용군단이 그들의 편에서 싸울 것이라고 약속했다. 그것은 공허한 약속이었다. 네파리안은 그런 하찮은 내란에는 거의 관심이 없었다. 그에게는 더욱 놀라운 목표가 있었다.

네파리안은 검은용군단을 되살리고 강력하게 만들려고 했던 아버지의 과업을 이어갔다. 네파리안은 사로잡은 용들에게 고통스러운 의식을 수행했다. 그는 다른 용군단의 피를 결합하면 알려지지 않은 힘을 끌어낼 수 있다고 생각했다. 그의 실험은 끔찍하고 잔혹했으며 결국은 효과가 있었다. 수년 동안, 다섯 용군단의 피를 모두 물려받은 그 새로운 오색용군단의 자손들은 제대로 부화조차 하지 못했다. 결국, 극소수가 살아남기 시작했다. 그리고 조금 더 많은 새끼들이 살아남았다. 네파리안은 오색용군단의 생존이 거의 보장할 수 있는 수준에 이르렀다고 판단했고, 열의에 사로잡힌 채 부하들에게 오색용군단의 한 세대를 부화할 수 있는 일군의 알을 준비하게 했다. 그 잠재력은 네파리안이 생각할 수 있는 이상이었지만, 오색용들은 아직 약한 상태였다. 자신을 방어할 만큼 성장한 개체는 소수에 불과했다.

검은용군단이 움직이자 모이라 타우릿산은 동족을 구출할 계획을 꾸몄다. 모이라는 시간이 많지 않다는 것을 알았다. 네파리안이 우선 라그나로스의 옛 둥지를 정복하고 검은무쇠 드워프를 소탕할 것이 분명했다.

모이라는 라그나로스의 지배를 끝낸 용사들의 무용에 깊은 인상을 받았다. 다시 한 번, 모이라는 자신의 드워프를 시켜 달렌드의 호드가 검은용군단과 동맹을 맺었다는 정보를 아제로스의 머나먼 구석까지 퍼뜨렸다. 모이라의 첩자들은 그러한 소문이 오그리마에 전해지는 것까지 확인했다.

모이라가 의심한 대로, 호드의 지도자들 사이에서 즉시 큰 소란이 일어났다. 스랄은 수년 동안 "진정한 호드"에 대해 알고 있었으나 그들이 진정한 위험을 드리울 것이라고 생각하지는 않았다. 달렌드 블랙핸드가 데스윙의 아들을 신뢰할 만큼 어리석다면, 낭비할 시간이 없었다.

호드의 떠오르는 몇몇 용사들이 그 문제를 완전히 해결하기 위해 동부 왕국으로 여행을 떠났다. 달렌드가 직접 검은바위 첨탑을 방어하기 위해 나섰다. 달렌드는 강력한 전사였지만 그가 상대한 영웅들 역시 강력했다. 자칭 진정한 호드의 지도자였던 달렌드는 자신의 요새에서 최후를 맞이했다. 그의 나머지 부하들은 흩어졌고 검은용군단은 수호자들을 잃었다.

네파리안이 호드 침입자들에게 분노했으나 그들은 도망치지 않았다. 그들은 파도와 같이 밀려는 네파리안의 뒤틀린 창조물들을 끝없이 쓰러뜨렸다. 결국 네파리안도 그들의 힘과 끈기 앞에 쓰러지고 말았다.

호드의 용사들은 승리의 징표로 네파리안의 머리를 들고 정복의 영웅이 되어 오그리마로 돌아왔다. 아제로스의 주민들은 검은용군단의 강력한 최후의 보루가 무너졌으며 그들이 다시 돌아올 일은 없을 것이라고 생각했다.

악몽의 용

칼림도어의 서부 해안에서는 판드랄 스태그헬름이 텔드랏실에 번지는 타락을 다른 나이트 엘프들에게서 숨기려 애쓰고 있었다. 그러나 에메랄드 악몽이 곧 모습을 드러내며 아제로스 곳곳에서 물리 세계에 영향을 미치기 시작했다.

비록 원인을 분명하게 알지는 못했지만, 그 커지는 위협을 처음 발견한 것은 드루이드들이었다. 판드랄은 마지못해 세나리온 의회의 나이트 엘프와 다른 종족 드루이드들에게 악몽과의 싸움에 뛰어들 것을 허가했다.

세나리온 의회는 세계 곳곳에서 그 문제를 조사했다. 통곡의 동굴이라고 알려진 지하 동굴이 분쟁의 첫 지점이 되었다. 드루이드의 단체가 그 동굴의 지하에 갇혔고 일부는 타락했다. 호드는 그에 따라 동굴에서 악몽의 영향을 정화하고 몇몇 드루이드들을 구하기 위해 임무를 준비했다.

그러나 다른 곳에서 더욱 끔찍한 위험이 피어나고 있었다. 또다시 등장한 오랜 위험이었다.

천 년도 더 지난 과거에, 이세라와 녹색용군단은 아탈라이라는 일군의 광신도 트롤이 아제로스에 어둠의 신을 소환하려 하자 그에 개입했다. 그 신의 이름은 피의 로아 학카르였고 살아 있는 생명을 희생하여 스스로의 생명을 유지하는 존재였다. 녹색용군단은 슬픔의 늪 수렁 깊이 아탈라이의 사원을 가라앉혔고 다시 사악한 목적으로 쓰이지 않도록 감시했다.

그러나 녹색용들은 에메랄드 악몽에 의해 은밀하게 영향을 받고 있었다. 아탈라이 트롤의 후손들은 가라앉은 사원으로 돌아가 그 수호자들이 혼란에 빠져 약해졌다는 사실을 확인했다. 악몽과 트롤은 녹색용들을 광기와 타락의 깊은 수렁으로 끌어들였다. 아탈라이는 사원을 완전히 장악한 다음 다시 아제로스에 학카르를 불러들이기 위해 끔찍한 의식을 시작했다.

이타리우스라는 이름의 녹색용이 세나리온 의회의 도움을 요청했고 드루이드들은 사원을 정화할 얼라이언스 군대를 보냈다. 용사들은 수많은 아탈라이 신봉자들을 쓰러뜨리고 그들의 의식에 종지부를 찍었으나 악몽의 파급 효과는 겨우 시작일 뿐이었다. 타락한 녹색용들이 에메랄드의 꿈에서 나타나 아제로스 곳곳에 모습을 드러냈다. 그리고 광기에 사로잡힌 채 주위의 무고한 생명을 수백 명씩 보이는 즉시, 무차별적으로 학살했다.

세나리온 의회의 구성원들은 슬픔에 잠겼으나 단호한 결의를 다졌다. 구할 수 있는 녹색용은 극소수였다. 많은 용들이 죽음을 맞이했다. 그들의 광기를 막기 위해서는 다른 방법이 없었다. 그날의 기억은 그 후 오랫동안 녹색용군단을 괴롭혔다.

그렇지만, 드루이드와 동맹들이 임무에 성공한 후에도 위험은 사라지지 않고 있었다.

피의 로아

잔달라 트롤은 학카르를 소환하려 한다는 이야기를 듣고서 크게 놀랐다. 그들은 자신이 모든 트롤 종족의 영적인 지도자이자 수호자라고 생각했으며 피의 로아가 돌아오면 트롤에게 어둠의 시대가 열릴 것이라고 믿었다. 잔달라는 가라앉은 사원에서 아탈라이가 패배했다는 소식에 기뻐했으나 곧 그들의 안도는 끔찍한 공포로 바뀌었다.

학카르의 신봉자 일부가 살아남아 임무를 이어가고 있었다. 그들은 구루바시 트롤의 수도인 줄구룹에 침투하여 여러 강력한 사제들의 정신을 지배했다. 아탈라이 트롤과 그들의 비자발적인 하수인들은 학카르를 아제로스에 불러들이는 소름 끼치는 의식을 수행했다.

그 지역의 모든 트롤이 아탈라이의 영향력에 넘어간 것은 아니었다. 일부는 줄구룹을 되찾기 위해 싸웠지만 실패로 돌아갔다. 용감하게 수도를 습격했던 강력한 트롤들은 다시 돌아오지 않았다. 대신, 아탈라이는 그들마저도 사로잡았다.

아탈라이와 그들의 지도자 사술사 진도는 날이 갈수록 더욱 강력해지고 있었다. 잔달라 트롤은 줄구룹에서 아탈라이를 제거할 만한 힘이 없다는 사실을 알고 있었다.

그들은 검은창 트롤을 통해서 호드에게 즉시 행동에 나서야 한다고 말을 전했다. 만약 아탈라이가 학카르를 소환하는 의식을 완수한다면 아제로스는 혼돈에 빠질 것이 분명했다. 스랄은 대규모 돌격대를 구성하여 위협에 대응했다.

줄구룹 전투는 잔혹했고 희생이 뒤따랐다. 호드는 사원으로 돌진하여 아탈라이와 노예 추종자 무리를 쓰러뜨리고 나아갔다. 그들은 사술사 진도를 쓰러뜨렸지만, 때가 늦어 아제로스에 학카르를 불러들이는 것을 막지 못했다.

피의 로아 학카르는 죽음과 광기의 힘을 체화한 존재였다. 학카르는 몇몇 호드 용사의 피에 독을 주입하여 그들의 마음을 완전한 광기로 내몰려 했다. 그러나 그의 계획은 바로 학카르 자신의 힘 때문에 실패로 돌아갔다. 절박해진 호드 침입자들은 모두에게 독을 나누었고 학카르가 자신들의 타락한 피를 흡수하게 했다.

격노한 피의 로아 학카르는 보잘것없는 적들의 전술에 거의 신경을 쓰지 않았다. 학카르의 모든 생각은 피를 흡수하겠다는 지배적인 충동으로 가득했다. 학카르는 자신의 몸속에 독이 흘러들어오는 것도 모른 채 사냥감의 피를 실컷 흡수했고 뒤늦게 상황을 파악했을 때는 이미 손을 쓸 수 없었다. 학카르는 스스로의 어두운 마법에 무릎을 꿇었다. 모든 힘을 소진한 지친 생존자들은 침묵이 감도는 줄구룹에서 비틀거리며 빠져나왔다.

크툰의 등장

비록 그 원인을 식별할 수 있는 이는 극소수에 불과했지만 고대 신의 손길은 아제로스의 모든 요지에 미치고 있었다. 그 모든 피해를 일으킨 에메랄드 악몽의 확산은 다시 나타난 고대 신의 힘을 암시하는 징조에 불과했다. 또한 하수인의 도움으로 감옥에서 빠져나왔을 때 고대 신이 발휘할 수 있는 영향력의 극히 일부를 보여주었을 뿐이었다.

호드와 얼라이언스가 그들의 영토를 수호하기 위해 싸우는 동안 초갈과 황혼의 망치단 이교도들은 모든 것의 종말이라고 예언된 황혼의 시간을 인도할 준비를 이어갔다. 그들의 여정은 안퀴라즈라

줄구룹의 피의 로아, 학카르

는 고대 도시가 있는 실리더스 사막으로 이어졌다. 그 안에는 고대 신 크툰이 갇혀 있었으나 오우거 마법사 초갈은 그곳까지 다가갈 방법이 없었다. 스카라베 성벽이라고 알려진 마법 깃든 장벽이 보이지 않는 주인과 자신을 가로막고 있었다.

수백 년 전, 나이트 엘프와 용의 연합군은 스카라베 성벽을 세우고 안퀴라즈의 생명체들, 즉 실리시드와 퀴라지라고 불리는 사악한 곤충 종족을 가두었다. 아무도 그 장벽을 지나갈 수 없었다. 하늘로 날아갈 수도, 땅굴을 파고 들어갈 수도 없었다.

그러나 초갈은 물리적으로 장벽을 통과할 필요가 없었다. 초갈은 이교도들을 데리고 스카라베 성벽 바깥에서 거대한 의식을 수행했다. 마법은 성벽의 안쪽까지 미쳤고 크툰이 갇힌 감옥을 꿰뚫고 들어갔다. 흘러 들어간 마력이 고대 신 크툰의 속박을 풀어헤쳤다. 크툰이 풀려났고 초갈의 하수인들의 희생이 뒤따랐다. 그 의식을 통해 풀려난 에너지 때문에 의식을 수행한 이교도 대부분이 목숨을 잃었다. 생존한 소수는 정신분열을 일으켜 말도 하지 못하고 움직이지도 못하는 신세가 되었다. 초갈은 그들을 사막에 버려두었다. 그들은 더 이상 필요가 없는 존재였다.

크툰이 구속에서 풀려나자 초갈은 길을 떠났다. 아제로스 지하에는 다른 고대 신들이 갇혀 있었다. 초갈은 어떤 희생을 치르더라도 그들의 속박을 풀어야 했다.

크툰의 명령에 따라 초갈은 황혼의 망치단의 새로운 구성원을 찾으러 나섰다. 자발적으로 따른 이들도 있었고 무력으로 제압한 이들도 있었다. 이교도들은 비밀리에 아제로스 곳곳에 흩어졌다. 그들은 보이지 않는 역병처럼 모든 도시와 길드와 진영에 침투했다. 그런 다음, 때가 되어 고대 신의 부름을 받으면 분연히 일어나 황혼의 시간을 인도한다는 계획이었다.

한편, 크툰은 자체적으로 준비에 나섰다. 안퀴라즈와 실리더스의 사막 아래에는 수천 마리의 퀴라지와 실리시드가 잠들어 있었다. 두 종족 모두 검은 제국의 후예였고 고대 신의 피로 만들어진 충성스러운 하수인이었다.

크툰은 곤충들을 깨우고 전쟁을 위해 결집시켰다.

안퀴라즈 성문

안퀴라즈의 소란은 즉시 알려졌다. 실리더스의 드루이드 전진기지는 실리시드와 퀴라지 무리의 공격을 받았다. 호드와 얼라이언스는 모두 그들의 절박한 외침을 듣고서 실리더스를 지키기 위해 많은 지원군을 보냈다. 곧, 청동용군단에 의해서 곤충의 습격 배후의 진실이 밝혀졌다.

수백 년 전, 퀴라지와 싸웠던 용 아나크로노스가 크툰이 깨어났다는 것을 감지했다. 아제로스에 그런 전쟁을 일으킬 존재는 고대 신뿐이라는 것은 의심할 여지가 없었다. 그것은 크툰의 잠재적인 능력의 극히 일부에 불과했다.

고대 신 크툰은 너무 오랫동안 갇혀 있었다. 따라서 힘을 온전히 회복하려면 시간이 필요했다. 만약 그렇게 된다면, 아나크로노스는 아제로스의 어떤 군대도 크툰을 막을 수 없을 것이라고 생각했다.

대족장 스랄과 안두인 린을 대리하는 섭정 볼바르 폴드라곤은 신속하게 전례 없는 협약을 맺었다. 두 진영은 군사력을 합쳐 크툰에게 반격하기로 결정했다. 노련한 오크 전사인 바로크 사울팽이 작전을 이끌 지휘관으로 임명되었다.

아제로스의 영웅들은 나란히 서서, 파도처럼 밀려드는 퀴라지와 실리시드에게 맞섰다. 그러나 곤충들은 끝없이 밀려들었다. 결국 그들은 인해전술로 승리할 수밖에 없었다. 호드와 얼라이언스의 유일한 승리의 희망은 안퀴라즈의 심장부를 공격하여 고대 신 크툰과 직접 대적하는 것뿐이었다.

안퀴라즈 사원의 고대 신 크툰

과연 크툰을 쓰러뜨리는 것이 가능한 일인지 누구도 알지 못했다. 그러나 선택의 여지가 없었다. 많은 용사들이 자원하여 나섰다.

안퀴라즈를 둘러싼 스카라베 성벽을 통과하기란 불가능했다. 성벽을 열 수 있는 유일한 도구는 파괴되었고 그 조각들은 세계 곳곳으로 흩어졌다. 아제로스의 용사들은 대륙을 넘나들며 그 유물, 흐르는 모래의 홀의 조각들을 찾았다. 그리고 조각들을 모아서 마침내 유물을 완성했다.

바로크 사울팽은 군대를 이끌고 안퀴라즈 성문에 이르러 홀을 사용하라고 명령했다.

성문이 열렸다. 마치 댐이 터지기라도 한 듯이 끝없는 퀴라지의 물결이 쏟아져 나와 아제로스의 군대를 공격했다. 그날, 셀 수 없이 많은 영웅들이 벌레 무리에게 쓰러졌다. 그러나 전선은 밀리지 않았고 무너지지 않았다. 크툰의 대규모 병력이 쓰러져 나뒹굴었을 때 안퀴라즈로 통하는 길이 열렸다.

바로크는 시간을 조금도 낭비하지 않았다. 그는 고대 신이 다시 전열을 가다듬고 병력을 구축하는 것을 허락할 수 없었다. 바로크는 크툰의 군대에 양면 공격을 명령했다. 첫 번째 부대는 엄청난 수의 퀴라지가 들끓는 안퀴라즈의 폐허를 습격했다. 바로크는 그 곤충들의 잔혹함을 알고 있었다. 그리고 호드의 가장 뛰어난 정예 부대를 배치했다. 그 끔찍한 전투를 버틸 수 있는 것은 그들뿐이라고 생각했다.

호드가 퀴라지 전선을 맡는 동안 얼라이언스는 안퀴라즈 지하를 습격했다. 그들의 적은 곤충 군단이 아니었다. 그들은 크툰의 가장 강력한 하수인들을 제압하고…… 다음으로 고대 신 크툰과 싸워야 했다.

호드가 지상에서 퀴라지 군대를 상대하는 동안 얼라이언스 전사들은 광기의 심연으로 들어갔다. 크툰의 속삭임이 그들의 마음속에 스며들었고 정신을 어지럽히며 서로를 적으로 돌려세웠다.

그러나 그들은 성공했다. 용사들은 칼날과 방패와 마법으로, 고대 신을 쓰러뜨렸다.

안퀴라즈에서 거둔 승리의 빛나는 고결함을 이해한 필멸자는 거의 없었다. 심지어, 그렇게 오랜 세월을 살았던 용의 위상조차 크툰과 싸우는 것이 얼마나 위험한 것인지 진정으로 알지 못했.

아제로스 수호자의 승리는 남은 고대 신들에게 전하는 경고였다. 필멸자들이 힘을 합쳤을 때, 그들은 고대 신마저 쓰러뜨릴 정도로 강력했다.

파멸의 인도자

실리더스에서 멀리 떨어진 곳에서 스컬지는 아직 몰락한 로데론 왕국을 지배하고 있었다. 독성에 물든 역병지대는 비틀거리는 언데드와 치명적인 독, 최근의 폭력 사태로 죽어간 원한 서린 영혼들이 가득했다.

대조적인 두 성기사 집단은 계속해서 리치 왕의 영향력을 제거하는 데 집중했다. 붉은십자군은 더욱더 호전적인 성향을 띠면서 타락해 갔고 감히 붉은십자군의 방식에 의문을 제기하는 자에게는 잔혹한 심판을 내렸다. 그러나 붉은십자군이 광신적인 전쟁을 수행하는 동안 또 다른 성기사 단체가 힘과 결의를 모으고 있었다. 붉은십자군의 행동을 역겹게 생각했던 성기사들이 은빛 여명회를 설립하여 아제로스를 수호하는 성스러운 임무를 수행했다.

최근 은빛 여명회에 새롭게 합류한 사람들 중에는 죽은 알렉산드로스 모그레인의 막내아들 다리온 모그레인도 있었다. 다리온은 아버지의 죽음에 큰 충격을 받았다. 그의 아버지가 최후를 맞이한 이유는 스컬지 때문이 아니었다. 그의 혈육 때문이었다.

다리온의 형인 르노 모그레인이 어둠에 타락하여 아버지를 살해했다.

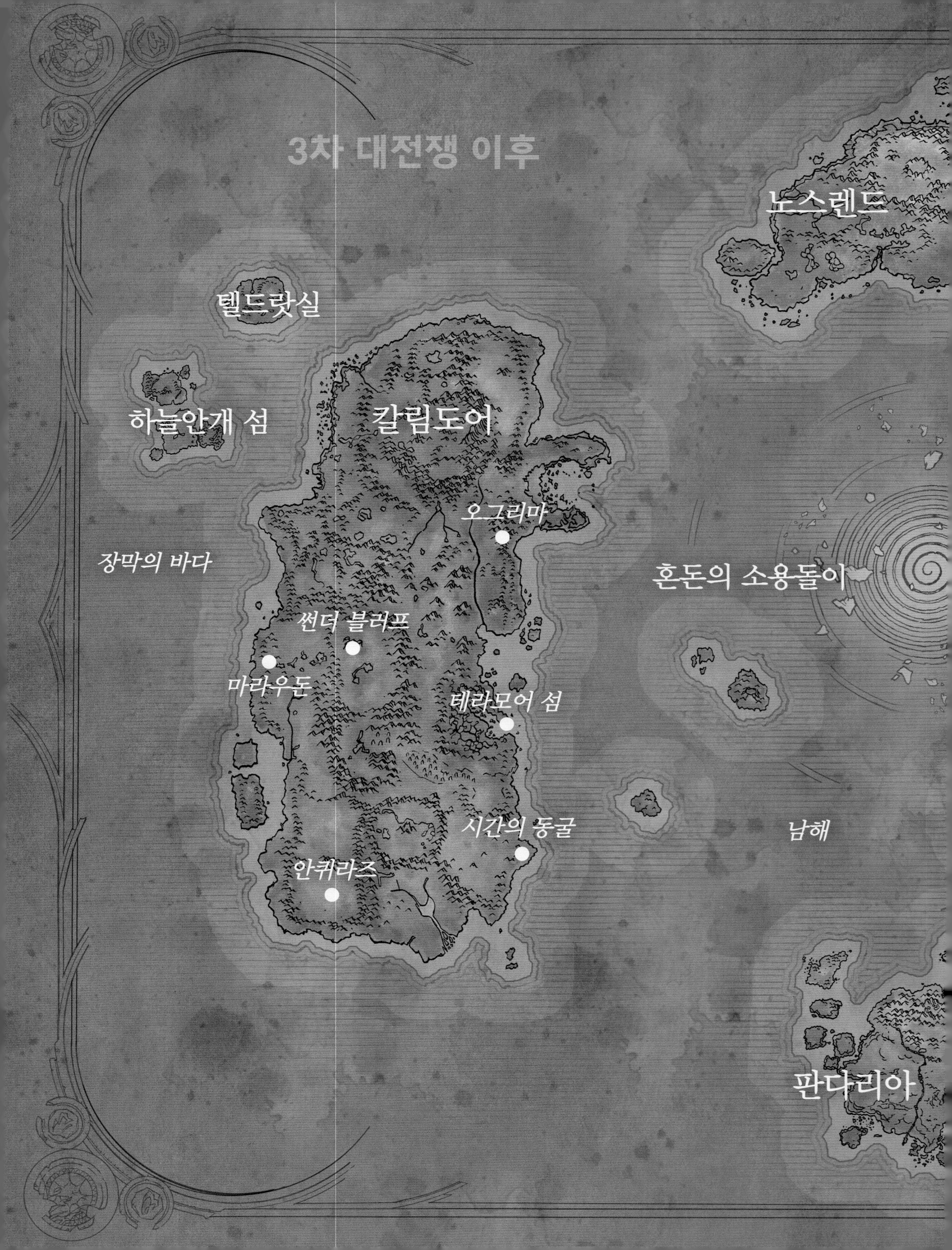

3차 대전쟁 이후

노스렌드

텔드랏실

하늘안개 섬

칼림도어

장막의 바다

오그리마

혼돈의 소용돌이

썬더 블러프

마라우돈

테라모어 섬

남해

시간의 동굴

안퀴라즈

판다리아

얼마간 다리온은 성스러운 빛에 대한 자신의 신앙을 의심했으나 최근의 사건을 통해서 다시 심기일전했다. 다리온은 아버지의 영혼이 스컬지의 떠다니는 죽음의 요새인 낙스라마스에 사로잡혀 있다는 사실을 알게 되었다. 다리온은 은빛 여명회에 합류하면서, 자기를 도와 아버지의 고통받는 영혼을 해방시켜달라고 요청했다.

많은 이들이 자발적으로 다리온을 돕겠다고 나섰고 함께 그 견고한 요새에 과감한 습격을 감행했다. 다리온과 동료들은 리치 왕의 가장 잘 알려진 부하들을 상대했다. 그중에는 무시무시한 4인 기사단도 있었다. 기사단의 우두머리는 바로, 무덤에서 죽음의 기사로 다시 일어난 알렉산드로스 모그레인이었다. 은빛 여명회의 습격대 대부분이 그 전투에서 쓰러졌다. 다리온은 간신히 아버지를 무찌르고 목숨을 부지했다.

다리온은 그 어려운 상황에서도 파멸의 인도자를 되찾았다. 온 아제로스에 아버지의 이름을 떨치게 만들어준 신성한 무기였다. 알렉산드로스가 죽은 후 파멸의 인도자는 리치 왕의 의지에 타락하고 말았다. 다리온은 파멸의 인도자에서 누군가의 속삭이는 목소리를 들었다. 놀랍게도 그것은 아버지의 목소리였다. 알렉산드로스는 그 무기 안에 갇힌 채 그곳에서 나갈 방법을 필사적으로 찾고 있었다.

다리온은 아버지의 바람대로 르노 모그레인에게 복수하러 나섰다. 기구한 두 형제가 서로를 마주했을 때, 파멸의 인도자에서 알렉산드로스의 영혼이 빠져나와 르노의 목을 베고 정의를 실현했다. 그러나 알렉산드로가 어떤 만족감을 느꼈든지 간에 그는 저주에서 빠져나오지 못했다. 그는 여전히 갇혀 있었다.

결국 다리온은 유배 중인 과거의 전쟁 영웅 티리온 폴드링을 찾아갔다. 티리온은 파멸의 인도자에 대한 전설을 알고 있었으며 그 무기가 타락했다는 사실을 알고서 개탄했다. 그것을 정화하기란 결코 쉽지 않았다. 저주를 깨뜨리고 그 안에 갇힌 영혼을 해방하는 방법은 무기를 더럽혔던 배신보다 더욱 큰 연민의 행동을 수행하는 것뿐이었다.

다리온은 거의 절망했다. 그는 티리온의 말을 이해하지 못했다. 다리온은 은빛 여명회로 돌아와 역병지대에 있는 희망의 빛 예배당에 합류했다. 스컬지의 군대가 그 신성한 장소에 공세를 높이고 있었다. 비록 은빛 여명회는 수적으로 매우 열세였지만 다리온은 전선에서 그들과 나란히 섰다.

희망의 빛 예배당의 전투는 필사적인 최후의 저항이었다. 은빛 여명회가 진다면 스컬지는 그 축복받은 땅은 물론 그곳에 잠든 모든 정의로운 영혼들까지 차지할 상황이었.

곧 전투의 흐름은 예배당의 수호자들에게 불리하게 돌아갔다. 그때, 다리온 모그레인은 마침내 티리온의 말을 이해했다. 그의 아버지는 배신으로 인해 죽음을 맞이했다. 해방을 위한 유일한 방법은 궁극의 희생을 행하는 것뿐이었다.

그리고 다리온이 그를 해방시킨다면 알렉산드로스 모그레인은 은빛 여명회의 궤멸을 막을 수 있을지도 몰랐다.

다리온은 타락한 파멸의 인도자로 자신의 몸을 찔렀다. 그의 희생적인 행동에 아버지가 풀려났을 뿐만 아니라 예배당 지하에 매장되어 있던 영혼까지 깨어났다. 그들은 알렉산드로스와 함께 복수와 분노를 터뜨리며 침략자 스컬지들을 초토화했다.

희망의 빛 예배당은 지켜졌다. 그러나 많은 이들이 쓰러졌다. 다리온을 포함한 일부는 스컬지에 의해 되살아났다. 다리온은 아버지의 영혼을 구하면서 스스로는 저주를 받았다.

이제 다리온 모그레인도 파멸의 인도자도 스컬지의 손에 있었다.

죽음의 요새의 그림자

리치 왕은 희망의 빛 예배당에서 스컬지가 패배했다는 것에 마음을 쓰지 않았다. 그의 대리인들은 호드와 얼라이언스를 감시하고 있었다. 최근 안퀴라즈를 비롯하여 아제로스의 곳곳에서 벌어진 전쟁으로 두 진영은 힘을 잃고 있었다. 리치 왕은 병력 대부분이 아직 노스렌드에 있긴 하지만 지금이야말로 칼림도어와 동부 왕국에서 입지를 강화할 기회라고 생각했다.

리치 왕은 아무 경고도 없이 죽음의 요새를 내보냈다. 하늘의 요새가 아제로스 여러 곳에서 나타났고 지역의 주민들을 공포로 몰아넣었다.

은빛 여명회가 모든 죽음의 요새 중에서도 가장 방어가 엄중한 낙스라마스에 스컬지의 힘이 집중되어 있다고 보고했다. 리치 켈투자드 등 여러 강력한 언데드의 근거지인 낙스라마스는 역병 지대 위에서 모습을 드러냈다.

볼바르 폴드라곤은 낙스라마스를 습격할 다수의 얼라이언스 영웅들을 모집했다. 그 죽음의 요새에서 떠도는 뒤틀린 생명체들은 거의 손을 쓸 수 없는 적들이었다. 얼라이언스의 용사들은 역병 걸린 누더기골렘, 극악무도한 서리고룡과 스컬지의 가장 강력한 죽음의 기사를 상대했다. 마침내 그들은 리치 켈투자드와 맞섰고, 켈투자드는 모든 힘을 적에게 쏟아냈다.

그러나 결국 켈투자드는 쓰러졌다. 얼라이언스는 스컬지의 짧았던 침략을 저지하는 데 성공했다. 비록 낙스라마스 자체를 파괴하지는 못했지만 누구도 그 요새 안에 머물 생각을 하지 못했다. 낙스라마스는 곧 노스렌드로 돌아갔다.

켈투자드는 마지막 숨을 거두며 다시, 전보다 더욱 강력해져서 돌아오겠노라고 말했다. 그것은 빈말이 아니었다.

흐트러지는 시간의 매듭

천년 전, 필멸자의 무리가 강력한 야생 신들과 함께 불타는 군단 침략군을 물리쳤다. 끝을 알 수 없는 긴 전쟁 동안 믿을 수 없는 승리와 충격적인 배신, 가슴 저미는 희생이 뒤따랐다.

수백 년 동안 시간의 길을 여행한 청동용군단과 같은 생명체들에게 역사의 그런 기념비적인 시기는 엄청난 관심을 끌었다. 그들이 조용히 고대의 전쟁을 세세한 부분까지 관찰하는 것은 흔한 일이었다. 그 안에는 언제나, 목격해야 할 새로운 영웅적인 행위들이 있었다.

그러나 청동용군단은 고대의 전쟁을 살피면서 역사의 일부가 바뀌었다는 사실을 발견했다. 처음에는 그러한 이상 징후가 미묘했지만 점차 극적으로 발전했고 결국에는 불타는 군단이 고대의 전쟁에서 승리하는 지경에 이르렀다. 시간의 위상인 노즈도르무는 시간의 길을 타락시키는 힘의 정체를 알지 못한 채 큰 불안에 휩싸였다.

노즈도르무는 바깥에서 역사를 바꾸는 존재를 알아낼 수 없었고 역사의 사건이 올바르게 펼쳐지는지 확인하기 위해 세 명의 영웅을 과거로 파견했다. 인간 마법사 로닌과 붉은용 코리알스트라즈, 1차, 2차, 3차 대전쟁의 오크 역전용사인 브록시가르였다.

시간을 잊은 세 영웅은 나이트 엘프 저항군에 합류하여 군단에 맞서 방어선을 구축했고 악마들의 패배를 확실하게 매듭지었다. 걷잡을 수 없이 상황이 악화된 최후의 전투에서 브록시가르는 아제로스로 연결된 불타는 군단의 차원문으로 뛰어들어가 수없이 많은 악마들을 학살했다.

그리고 군단의 본거지인 아르거스에서 살게라스와 맞서 싸우다가 죽음을 맞이했다.

노즈도르무는 임무를 완수한 로닌과 코리알스트라즈를 다시 현재로 데려왔다. 시간의 길의 고결성은 회복했지만 역사 속 이상 징후의 등장은 그것이 마지막일 수 없었다. 노즈도르무는 무엇이, 아니면 누가 그런 짓을 저질렀는지 그 수수께끼를 푸는 데 점차 집착하게 되었다.

노즈도르무는 시간의 길로 사라진 채 오랫동안 다시 모습을 드러내지 않았다.

시간의 길의 타락

우주의 모든 알려진 영역에서 시간은 앞으로, 항상 앞으로 흘러간다. 뒤틀린 황천과 같은 장소의 혼돈 에너지는 시간의 속도에 영향을 줄 수 있지만 그러한 경우에도 시간은 앞으로만 흐른다.

사건이 일어나면 그것은 바뀔 수 없다. 우주의 모든 생명체, 모든 힘으로 구성된 사건과 선택은 강물처럼 서로 합쳐져서 동일한 현실을 공유한다. 다른 선택과 다른 가능성은 마치 개울과 하구처럼 자연스럽게 시간의 강에서 빠져나오며 한동안 밀물과 썰물이 되어 움직인다. 그 다른 가능성의 그림자는 그대로 남겨질 경우, 결국 무로 사라진다. 그것을 보존하려는 (또는 바꾸려는) 노력이 가해진다면 그 가능성은 무한히 존재 속에 남을 수 있다. 게다가 주류로 돌아가기까지 한다. 죽은 생명체들이 "다시 살아나는" 것처럼 보일 수 있고 과거(또는 미래)가 문자 그대로 다시 돌아와 사람들을 괴롭힐 수 있다. 그것은 자연스러운 현상이 아니고 원래 시간의 길의 거주자들은 그러한 경험을 매우 경계하곤 한다.

우주에 영속적인 영향을 가진 유일한 시간의 길은 주류인 시간의 길이다. 시간의 마법을 사용했던 청동용군단과 같은 생명체들은 다른 우주와 시간의 길에서 발생하는 수많은 지류들을 모두 볼 수 있으며, 그 흐름을 따라 앞뒤로 움직이며 과거와 미래를 관찰할 수 있다.

만약 주류가 방해를 받으면 파멸과 재앙을 불러올 수 있다. 아제로스의 모든 생명체들은 앞으로만 가는 시간에 의지한다. 날마다 태양이 뜨고 지는 확실성이 사라진다면, 계절은 지나가지 않을 것이고 생명의 주기는 의미를 잃게 되며 모든 살아 있는 생명체들은 지속하지 못하고 죽음을 맞이해야 한다. 그런 일이 일어나지 않게 막는 것이야말로 청동용군단의 가장 신성한 임무다.

4장: 오랜 증오

5장
불타는 성전

아웃랜드의 지배자

화산 심장부와 안퀴라즈 공격이 발생하기 수년 전, 아웃랜드의 부서진 세계에서 분쟁의 불길이 붙었다.

일리단 스톰레이지는 리치 왕과의 전쟁에서 패배하고 혹독한 대가를 치렀다. 일리단은 노스렌드에서 부상을 당하고 수치심에 휩싸인 채 도망갔다. 군대는 크게 약화되었고 피해도 막심했다. 그의 패배는 악마 군주 킬제덴의 분노를 일으켰다. 킬제덴은 일리단에게 다시 자신의 가치를 스스로를 증명할 기회를 줄 생각이 없었다.

일리단은 그런 기회가 필요하지 않았다. 군단에 대한 거짓 충성을 끝낼 때였다. 일리단의 진정한 전쟁이 시작되었다.

일리단은 킬제덴이 곧 아웃랜드를 공격할 것이라고 예상하고 미리 방어를 강화했다. 병력을 보충하기 위해, 포로로 붙잡았던 지옥의 군주 마그테리돈을 옛 호드의 수도인 지옥불 성채로 보냈다. 일리단의 하수인들은 마력의 족쇄로 마그테리돈을 지옥불 성채에 속박했다. 그리고 마그테리돈의 몸에서 피를 흡수하고 수백 명의 오크에게 주입하여 무자비하고 전투에 굶주린 병사로 변화시켰다.

일리단의 군대가 커지자 배급의 필요성도 증가했다. 아웃랜드의 대부분은 먼지만 날리는 황야였다. 식량은 귀했다. 물은 더욱 귀했다. 일리단은 아직 식량과 물이 있는 소수의 지역 중 하나, 장가르 습지대의 자원을 확보하기 위해 여군주 바쉬와 나가를 보냈다.

장가르 습지대는 원래 거대한 바다였으나 드레노어가 파괴되면서, 섬과 수로로 뒤얽힌 늪지로 바뀌었다. 그 지역에는 어슬렁거리는 곰팡이 거인에서부터 작고 원시적인 스포어링에 이르기까지 온갖 종류의 생명체들이 가득했다. 또한 장가르 습지대는 많은 드레나이와 그들의 돌연변이 사촌인 뒤틀린 드레나이의 터전이기도 했다.

여군주 바쉬와 나가는 물이 많은 지형에서 생활하기에 적합했고 빠르게 장가르 습지대 곳곳에 퍼져나갔다. 드레나이는 주요 거주지인 텔레도르에 머물면서 그곳의 방어 시설을 이용하여 나가의 공격을 막아냈다.

그러나 뒤틀린 드레나이는 그렇게 운이 좋지 않았다. 최근, 그 뒤틀린 생명체 중 일부는 드레나이와의 관계를 개선하고 협력하기 시작했다. 그러나, 다수의 뒤틀린 드레나이 부족은 고립된 채로 자연 속에서 떠돌았다. 여군주 바쉬는 그들을 사냥한 다음 다수를 노예 일꾼으로 부리면서 장가르 습지대의 심장부에 갈퀴송곳니 저수지를 건설했다. 그 거대 요새는 그물처럼 얽힌 복잡한 기계 장치를 갖추고서 늪지대에서 물을 끌어냈다.

장가르 습지대의 물이 빠져나가면서 생태계의 미묘한 균형이 흔들렸다. 곰팡이 거인과 같은 몇몇 생명체들이 죽어 사라지기 시작했다. 그러나 여군주 바쉬는 그런 결과에는 거의 무신경했다. 갈퀴송곳니 저수지는 성공이었다. 그 덕분에 일리단의 군대는 유지되고 있었다.

일리단은 검은 사원에서 그러한 활동을 지켜보았다. 부서진 세계의 대부분은, 직접적인 지배는 아니더라도 일리단의 영향력 아래에 들어왔다. 아웃랜드는 사실상 그의 영토였다.

일리단은 방어를 구축하고서 군단을 공격할 새로운 무기를 만드는 데 관심을 돌렸다. 수년 전, 일리단은 자신의 모습을 닮은 전사를 만드는 것을 상상한 적이 있었다. 즉, 악마의 에너지로 강화되고 복수에 대한 갈망으로 뭉친 엘프, 군단을 무너뜨리기 위해서라면 무엇이든 희생할 수 있는 전투 부대였다.

일리단은 그 새로운 전사들을 악마 사냥꾼이라고 부르기로 했다.

악마 사냥꾼

일리단 스톰레이지는 각계각층의 블러드 엘프와 나이트 엘프를 모아 악마 사냥꾼을 만들었다. 그들은 아들이었고 딸이었고 어머니였고 아버지였다. 전투 훈련을 받은 이들도 있었고 기술자인 이들도 있었다. 모두에게 공통된 한 가지는 영혼 깊이 타오르는 증오였다. 모두 군단에게 누군가를 잃은 사람들이었다. 그리고 모두 복수의 욕구에 집어 삼켜진 자들이었다.

일리단은 검은 사원에서 그 엘프들을 훈련시키면서 다른 동맹에게는 그들의 존재를 비밀로 남겼다. 블러드 엘프의 지도자인 캘타스 선스트라이더도 그 일에 대한 소문만을 접한 정도였다. 그의 귀에 들려온 소식은 너무도 끔찍하고 기이하여 거의 믿기조차 힘들었다.

진실은 더욱 불편했다. 일리단은 매우 엄격하게 악마 사냥꾼들을 훈련했다. 함께 서서 군단에 맞설 이들에게 나약함을 용납할 수 없었다. 일리단은 부하들에게 악마의 살점을 강제로 먹이고 악마와 그들의 영혼을 하나로 묶었다. 그로 인해 엘프들은 군단의 진정한 본성에 대해 눈을 떴을 뿐만 아니라 엄청난 힘까지 얻을 수 있었다. 그들이 본 것은 너무도 충격적이고 너무도 끔찍했기에 자신의 눈을 스스로 파내기에 이르렀다.

훈련자들은 악마의 육신을 소화하여 지옥의 에너지를 주입받았다. 엘프들의 몸이 변했다. 뿔이 돋았고 일리단의 것과 비슷한 날개가 생겨났다. 그 시점부터 악마 사냥꾼들은 각자 자신의 영혼 속에 숨은 괴물과 내면의 싸움을 시작했다. 그들 속에 있는 악마의 영혼들은 끊임없이 마음을 어지럽히며 일리단에게 등을 돌리고 군단에게 항복하라고 속삭였다.

훈련에서 살아남은 것은 소수의 뛰어난 악마 사냥꾼들뿐이었다. 대부분은 그 과정에서 죽거나 광기에 내몰렸다. 악마 사냥꾼이 된 이들은 그 경험으로 인해 영원한 변화를 겪었다.

일리단과 부하들은 드레노어에 열린 차원문들을 이용하여 군단이 지배하는 행성들을 습격했고 악마의 피로 복수에 대한 갈증을 채웠다.

일리단에게, 그 작전은 앞으로 다가올 미래의 서곡에 불과했다. 그는 군단의 대리인을 처치하는 것에 만족할 수 없었다. 군단의 세계를 파괴해야 했다. 그중에서 가장 중요한 것이 아르거스였다. 그곳은 군단의 권좌이자 킬제덴 등 고위 지휘관들의 거처였다. 그곳은 뒤틀린 황천에 있었기 때문에 그곳에서 악마를 처치하면 영원히 죽일 수 있었다.

일리단이라고 해서 행성을 통째로 파괴하지 못할 이유는 없었다. 그는 드레노어의 운명을 연구했고 넬쥴의 무분별한 주문이 어떻게 드레노어를 산산조각냈는지 알아냈다. 일리단은 아르거스를 그렇게 만들 생각이었다. 그러려면 먼저 그곳을 찾아야 했다.

그는 단서가 될 만한 장소를 하나 알고 있었다. 공포의 군주의 고향 행성이자 군단의 신비와 금지된 지식의 저장소인 나스레자였다. 그러나 일리단이 공격을 준비하기까지는 시간이 필요했다.

거짓의 덫

킬제덴은 일리단 스톰레이지를 잘못 생각하고 있었다. 그는 한때 나이트 엘프였던 일리단을 그저 골치 아픈 벌레쯤으로 생각했으나 그것은 착각에 불과했다. 일리단은 지옥 마력을 주입한 전사들의 부대를 만들었다. 그리고 군단이 지배하는 행성을 공격할 방법을 발견했다.

킬제덴은 그것이 시작에 불과하다는 것을 알았다. 일리단은 예측할 수 없고 비밀스러웠으나 이제 그의 진정한 의도가 분명해졌다. 그는 군단을 파괴할 작정이었다. 킬제덴은 일리단이 어쩌면 아르거스를 공격하려 들 수도 있다고 생각했다. 유일한 문제는 시기와 방법이었다.

원하는 것이 전쟁이라면 악마 군주 킬제덴은 그에 응해줄 의사가 있었다. 킬제덴은 즉시 아웃랜드로 군대를 보냈다. 킬제덴의 가장 신뢰하는 부하, 대군주 크룰이라고 알려진 파멸수호병 악마가 그 군대를 이끌었다. 악마들은 일리단의 피를 보기 원했지만 아웃랜드에 가는 것이 쉽지 않았다. 일리단과 부하들은 부서진 세계, 아웃랜드의 많은 차원문을 닫았다. 크룰이 충분한 악마를 모아 아웃랜드에 거점을 마련하려면 수개월이 걸릴 수 있었다.

킬제덴은 크룰이 제대로 전쟁을 수행하기도 전에 일리단이 군단에 새로운 공격을 가할 수 있다고 염려했다. 그런 일이 일어나도록 기다리고 있을 수는 없었다. 킬제덴은 다른 무기가 필요했다. 그것은 적에게 있었다.

군단과의 전쟁에 대한 집착은 일리단의 가장 큰 약점이었다. 그는 열의에 사로잡혀서 지옥 마력을 받아들였고 아제로스의 동료들과도 소원해졌다. 그들은 일리단과 군단을 구분하여 생각하지 않았다. 그들은 일리단을 괴물로 여겼다. 만약 일리단이 아웃랜드를 차지하고 군대를 구축했다는 사실을 호드와 얼라이언스가 알게 된다면, 게다가 그것이 악마의 피를 잔뜩 주입한 군대라면 그들은 일리단을 저지할 것이 분명했다. 아제로스의 국가들이 일리단을 상대로 군사력을 모으도록 하기 위해서는 올바른 방향으로 나아갈 계기만 마련해 주면 되었다. 킬제덴은 그렇게 해주겠노라고 생각했다.

킬제덴은 계획을 구상하면서 또 다른 기회를 포착했다. 호드와 얼라이언스가 아웃랜드에 군사력을 투입하게 만들 수 있다면 아제로스는 제2전선이 되어 군단의 침공에 취약해질 수밖에 없었다.

킬제덴은 직접 공격을 이끌 계획이었다. 리치 왕이 실패했고 심지어 아키몬드도 실패했다. 그것은 아제로스를 차지하려면 다른 누구에게도 의지할 수 없다는 것을 보여주고 있었다. 그러나 아제로스로 들어가려면 강력한 차원문이 필요했다. 3차 대전쟁 동안, 군단은 하이잘 산의 두 번째 영원의 샘을 빼앗아 차원문을 만들려고 했다. 공격은 실패했고 이제 그 마력의 샘은 나이트 엘프의 엄중한 감시를 받고 있었다. 하이잘에 또 다른 공격을 감행한다면 너무 많은 주의를 끌 수 있었다. 그렇지만 영원의 샘을 대신할 것이 있었다. 바로, 태양샘이었다.

블러드 엘프의 왕자 캘타스 선스트라이더와 그의 부하들이 태양샘을 파괴하여 많은 마력을 흩어버렸지만 킬제덴은 태양샘을 복원할 방법을 찾아냈다.

3차 대전쟁 이후 군단의 잔여 병력은 아제로스로 뿔뿔이 흩어졌다. 킬제덴은 그 악마의 잔당을 이용하여 아제로스의 국가들을 염탐했다. 킬제덴은 그 첩자 중 하나를 통해서 쿠엘탈라스의 안쪽 어딘가에 마력의 원천이 있다는 사실을 알아냈다. 그의 교활한 부하들이 블러드 엘프의 형상을 취하고 쿠엘탈라스 왕국의 핵심층에 접근했다. 그리고 곧 태양샘의 잃어버린 에너지의 화신인 안비나 티그의 존재에 대한 이야기를 들었다.

그녀는 태양샘을 차원문으로 만들기 위한 열쇠였다.

캘타스도 마찬가지였다.

아제로스에 있는 킬제덴의 부하들은 소수였다. 설령 그들이 태양샘의 위치를 파악한다고 해도 그 샘에 익숙하지 않았기 때문에 안비나의 힘을 이용할 수 없었다. 그러나 캘타스 선스트라이더는 그렇지 않았다. 그 지역을 잘 아는 캘타스라면 수비를 우회할 수도 있었다.

킬제덴은 우선 캘타스를 지켜보기로 했다. 그러면서 그를 포섭할 적절한 시기를 기다렸다.

지도자의 짐

일리단은 캘타스 선스트라이더와 블러드 엘프가 마력에 대한 욕구를 충족하도록 유물이나 생명체, 주위 환경에서 에너지를 흡수하는 방법을 가르쳐 주었다. 그것은 공교롭게도 더 많은 마력을 갈구하는 결과를 가져왔다.

더 만족스러운 마력의 원천을 찾고자 필사적이었던 캘타스는 지옥 마법에 눈을 돌렸다. 그는 그것의 위험성을 인지하고 있었으나 통제 가능하다고 믿었다. 군단에 지배당하지 않고 지옥 마법을 의지대로 다루는 악마 사냥꾼이 바로 그 증거였다. 캘타스도 그들처럼 할 수 있다고 생각했다.

블러드 엘프의 왕자 캘타스는 일리단에게 지옥 에너지를 흡수하는 방법을 알려달라고 설득했다. 캘타스는 조심스럽게, 지옥 마법을 아주 조금씩 흡수해 나갔다. 얼마 후, 캘타스는 지옥 마법에 절망적으로 중독되기에 이르렀다. 그 어두운 에너지를 흡수할수록 마음과 육체와 영혼이 피폐해졌다. 지옥 마법에 빠져들자 블러드 엘프와의 관계마저 소원해졌다. 비록 블러드 엘프 종족을 구하고 싶은 마음은 간절했지만 어느 순간부터 캘타스는 망상에 사로잡혀가고 있었다. 캘타스는 그들이 자신을 실패자로 생각하고 있다고 굳게 믿었다.

사실 캘타스의 아웃랜드행은 블러드 엘프에게 도움이 되지 않았다. 오히려 블러드 엘프의 고통을 악화시켰을 뿐이었다. 만약 손해를 키우지 않고 고향으로 돌아왔다면 더 현명한 선택이었을 것이다. 그러나 캘타스는 블러드 엘프에게 지속할 수 있는 해결책을 찾지 못한 채 쿠엘탈라스로 돌아간다는 생각에 수치심과 분노를 느꼈다. 운명을 결정지은 것은 무능이 아니었다. 바로, 그의 자존심이었다.

캘타스는 마음에서 들끓는 감정 때문에 예측할 수 없는 성격이 되어갔다. 어떤 때는 친절한 마음씨를 가진 왕자의 모습이었다. 또 어떤 때는 갑작스럽게 설명할 수 없는 분노를 터뜨리기도 했다. 악마 군주 킬제덴은 캘타스를 쉽게 조종하지 못할 것이라고 판단하고서, 조심스럽게 접근했다. 캘타스는 스컬지를 만드는 과정에서 군단이 어떤 역할을 했는지 알고 있었다. 캘타스는 쿠엘탈라스를 파괴하고 태양샘을 오염시킨 책임이 악마들에게 있다고 보았다.

킬제덴은 결국 캘타스에게 손을 뻗쳤다. 그는 안비나 티그의 존재와 아제로스 침공 계획에 대해 아무것도 말하지 않았다. 오직 캘타스의 마력에 대한 갈망을 채워주겠다는 약속에만 집중했다.

킬제덴은 일리단이 지옥 마법의 사용에 대한 진정한 비밀을 숨기고 있다고 캘타스의 마음속에 속삭였다. 일리단이 그 혼돈의 에너지를 흡수하는 방법이라고 알려준 것은 하나뿐이었지만 다른 방법들이 존재했다. 악마 사냥꾼들은 더욱 세련된 기술을 사용했으며 덕분에 그토록 강력할 수 있었다. 일리단이 캘타스에게 그 정보를 알려주지 않은 이유는 간단했다. 그는 캘타스와 블러드 엘프가 그만한 가치가 있다고 보지 않았다. 일리단에게 그들은 군단과의 전쟁에서 희생시킬 수 있는 도구일 뿐이었다. 그것이 전부였다.

킬제덴은 캘타스에게 지옥 마법의 진정한 힘을 알려주겠다고 약속했다. 그 대가로 요구한 것은 그저 일리단을 버리라는 것뿐이었다.

캘타스는 제안을 거절했지만 킬제덴은 계속해서 은밀하게 교섭을 시도했다. 후일, 킬제덴의 말은 캘타스 선스트라이더의 마음속 혼란을 부추겨 일리단 스톰레이지에 대한 신뢰를 무너뜨렸다.

어둠 속의 빛

군단의 병력이 끊임없이 들어오면서 아웃랜드의 생명체들도 눈치를 채기 시작했다. 드레나이의 지도자 벨렌은 누구보다도 큰 걱정에 휩싸였다. 군단은 항상 아웃랜드에 있었지만 이제 악마들은 비할 수 없을 정도의 규모로 쳐들어오고 있었다.

십 년이 넘는 시간 동안 벨렌은 온갖 수단을 동원하여, 아웃랜드 곳곳에 흩어진 정착지에 드레나이의 존재를 숨겼다. 그러면서도 악마들에게 들킬지 모른다는 두려움을 떨칠 수 없었다. 벨렌은 악마들이 그 오래전 시작되었던 전쟁을 끝내고 드레나이의 생존자들을 학살할 것이라고 두려워했다.

벨렌은 그러한 역경을 겪으면서도 신성한 빛에 대한 믿음을 버리지 않았다. 하루도 빠짐없이, 나루의 인도를 바라며 기도를 올렸다. 그리고 군단이 아웃랜드에 새롭게 침공을 시작했을 때 더욱 자주 기도를 드렸다.

나루의 도움을 구한 것은 벨렌만이 아니었다. 어둠의 문이 파괴된 후, 대마법사 카드가는 다른 로서의 후예들과 함께 아웃랜드에 남아 어려운 삶을 이어가고 있었다. 시간이 지나면서, 카드가는 마법을 사용하여 군단과 함께 싸울 동맹을 찾아 끝없는 어둠을 뒤졌다. 빛의 군대의 나루는 벨렌의 기도와 함께 카드가의 존재를 느꼈다.

빛의 군대는 아르거스에서 군단과 전쟁을 수행하던 중이었다. 나루는 벨렌과 카드가를 돕기를 원했다. 그들은 아웃랜드가 악마들과 싸울 수 있는 중요한 전선이라고 생각했다. 그렇지만 군단을 상대로 하는 지금의 전투만 해도 큰 희생이 따랐으며 끝이 없었다. 아웃랜드를 지키기 위해 병력을 나눌 만한 상황이 아니었다. 그렇지만 어쩌면 다른 방식으로 벨렌과 카드가가 스스로를 방어하도록 도울 수 있을지도 몰랐다.

아달과 므우루, 오로스가 아웃랜드의 주민들을 돕겠다고 자원하여 나섰다. 그들은 폭풍우 요새라고 불리는 차원의 요새를 타고서 우주를 가로질러 아웃랜드에서 황천의 폭풍이라고 불리는 이계의 공간 한 귀퉁이에 도착했다.

그들이 황천의 폭풍에 이른 것은 우연이 아니었다. 그 지역에서는 현실 자체가 뒤틀려 있었다. 뒤틀린 황천은 끊임없이 황천의 폭풍의 경계를 좀먹었으며 그곳의 혼돈에 찬 마법이 점차 아웃랜드에 스며들고 있었다. 그로 인해 황천의 폭풍은 위험하고 예측할 수 없는 곳이 되었으나 나루가 도착하기에는 용이한 환경이기도 했다.

아달은 즉시 아웃랜드를 조사했다. 아달은 그 황무지 곳곳에 흩어진 드레나이의 정착지와 살아남은 로서의 후예들을 발견했다. 그들은 서로 분리되어 있으나 그럴 필요가 없었다. 그들은 모두 군단으로부터 스스로를 지켜낼 방법을 찾고 있었다.

아달은 아웃랜드의 세력을 한데 모아 방어군을 조직할 장소를 찾아 나섰다. 나루는 샤트라스에서 신성한 의식이 수행되는 것을 감지하고서 그곳을 선택했다. 드레나이 사제의 단체인 알도르가 성채의 폐허에 있는 사원으로 옮겨와 계속해서 신성한 빛을 숭배하고 있었다.

나루는 폭풍우 요새의 에너지를 끌어내어 요새 자체를 샤트라스로 옮겼다. 므우르와 오로스는 뒤에 남아 그 차원의 요새를 감시했다.

알도르는 두 팔 벌려 아달을 맞이했고 그를 따르겠노라고 맹세했다. 곧 다른 생명체들도 조금씩 샤트라스를 찾기 시작했다. 아달의 신성한 힘에 이끌린 그들은 아웃랜드의 먼 구석에서도 찾아왔다. 벨렌은 군단의 함정일 가능성을 경계하여 소수의 드레나이만을 이끌고 샤트라스를 찾았다. 그리고 진실을 확인하고서 크게 고무되었다. 결국 자신의 기도가 이루어졌기 때문이다.

카드가와 로서의 후예들도 용감하게 야생의 땅을 여행하여 샤트라스에 도착했다. 다수 드레나이가 그 이방인들을 경계했지만 아달은 빠르게 동요를 잠재웠다. 아달은 샤트라스에서 그들을 모으고 공통점을 찾아서 단결하자고 요청했다. 서로 나뉘어서는 군단에 쓰러질 수밖에 없었다. 살아남을 수 있는 가능성은 함께 서는 것뿐이었다.

나루의 충고는 모두에게 잘 받아들여졌다. 드레나이와 마찬가지로, 카드가 일행도 충분한 역경을 겪은 터였다. 새로운 적을 만들고 싶지 않았다. 아달의 인도하에서 얼라이언스 군대와 드레나이는 언젠가 아웃랜드 곳곳을 비출 희망의 상징인 샤트라스를 재건하기 시작했다.

점술가 길드

드레나이와 로서의 후예들은 물론 다른 세력들도 나루의 도착을 알아차렸다. 일리단 스톰레이지도 마찬가지였다. 그는 샤트라스의 재건을 군단과의 전쟁에 잠재적인 위협으로 생각했다. 그는 나루가 충분히 힘을 모은 다음, 자신의 요새를 공격하고 아웃랜드의 지배력을 손에 넣으려 할 것이라고 보았다.

일리단은 샤트라스가 아직 약할 때 공격하기로 결정했다. 그리고 블러드 엘프를 보내어 무력으로 샤트라스를 점령하라고 캘타스 선스트라이더에게 명령했다.

캘타스는 악마 사냥꾼을 함께 보내달라고 요청했으나 의견은 받아들여지지 않았다. 악마 사냥꾼에게는, 일리단이 무엇이라고 밝히지는 않았지만 다른 할 일이 있었다.

캘타스는 일리단의 반응에 분개하면서도 명령에 따랐다. 캘타스는 보렌살이라는 재능 있는 마법 학자에게 공격의 지휘를 맡겼다. 곧 블러드 엘프의 군대가 샤트라스를 향해 나아갔다. 그중에는 캘타스의 가장 뛰어난 마술사들도 있었다. 그들은 전쟁을 수행하는 방법을 알았고 왕자에게 기쁨을 전하고 싶은 열의에 차 있었다. 그들이 보았을 때 샤트라스와 그곳의 수호자에게는 승산이 없었다.

그러나 샤트라스 공격은 한 방울의 피도 흘리지 않고 끝날 운명이었다.

샤트라스로 가던 도중 보렌살은 계시를 경험했다. 그는 잠시나마 미래를 엿보았다. 블러드 엘프가 과거의 영광을 되찾고 중독과 절망에서 벗어나 자유로운 삶을 살고 있었다. 그 계시의 중심에 나루가 있었다. 나루의 신성한 빛이 쿠엘탈라스에 퍼져나가면서 빛에 닿은 모든 블러드 엘프의 영혼 속에서 고통을 달래주었다.

보렌살은 그 계시를 보고서 완전히 변화했다. 그리고 자신이 본 것을 설명하면서, 자세히는 알 수 없지만 나루가 블러드 엘프를 구할 수 있는 열쇠라고 부하들을 설득했다. 블러드 엘프들은 보렌살이 말해준 희망적인 미래를 받아들였다. 그들에게는 어려운 선택이 아니었다. 그들은 아웃랜드에서 거의 아무런 소득도 없이, 끝없는 역경을 겪었다. 블러드 엘프에게는 새롭게 나아갈 길이 절실했다. 그것이 비록 사라지고 마는 계시라고 해도 상관없었다.

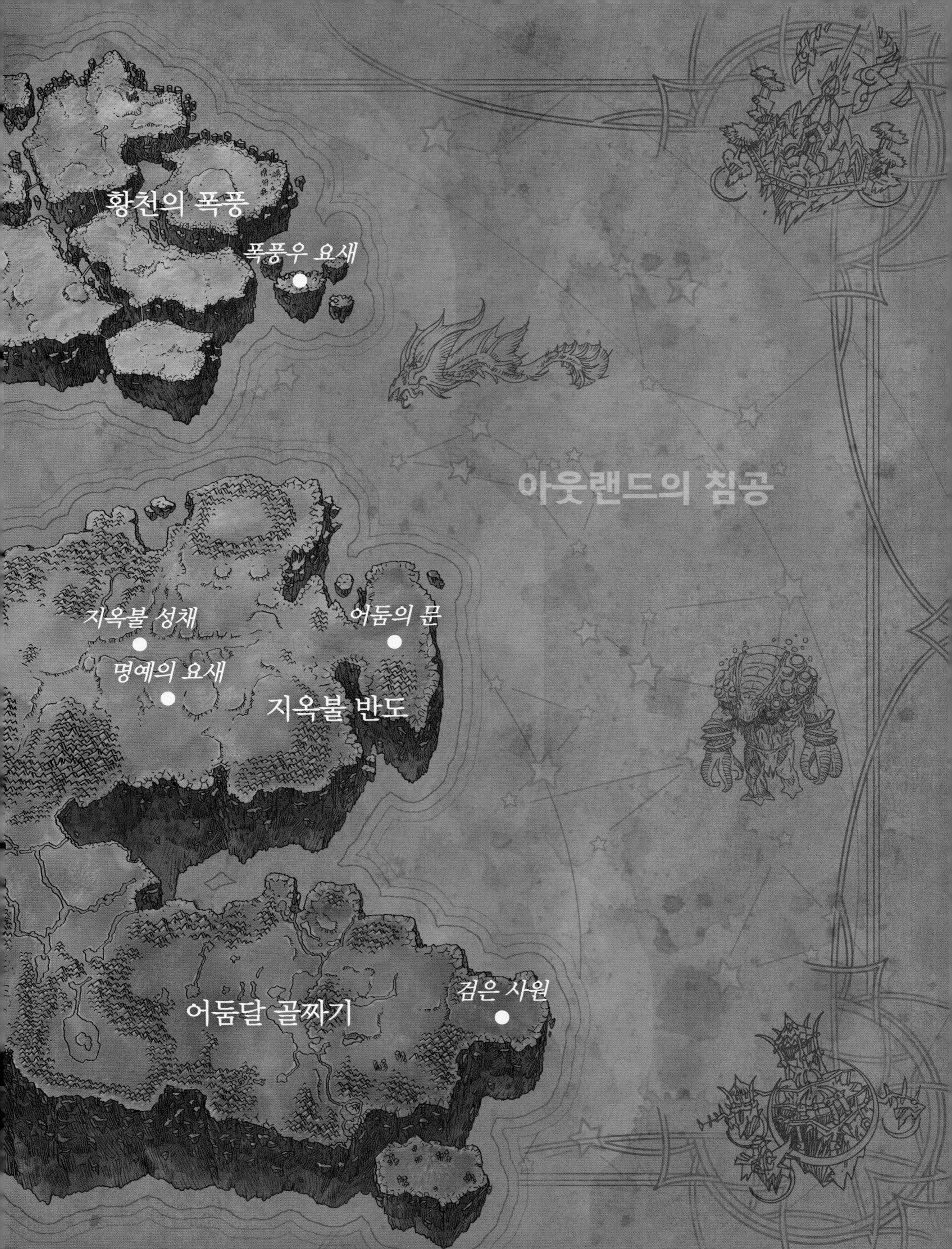

보렌살과 블러드 엘프는 샤트라스에 도착한 후 무기를 거두고 아달에게 충성을 맹세했다. 새로 합류한 블러드 엘프들은 후일 점술가 길드라는 이름으로 알려졌다.

보렌살은 캘타스에게 말을 전하며 샤트라스에서 나루와 함께하자고 설득했다. 그러나 답은 없었다.

캘타스는 부하들이 자신을 버리고 나루를 따랐다는 것에 분개했다. 공개적으로는, 그 행위를 반역이자, 왕자라는 그의 권위에 대한 공격이라고 비난했다. 그러나 개인적으로는 보렌살의 변절을 자신의 실패라고 여겼다.

그 사건으로 캘타스와 일리단 사이의 갈등은 깊어졌다. 캘타스는 과거 나이트 엘프였던 일리단에게 나루를 상대로 복수할 것을 요청했으나 아무 조처도 이루어지지 않았다. 일리단은 악마 사냥꾼에게만 정신이 팔린 나머지 보렌살의 군대에 대해서는 별로 신경을 쓰지 않았다. 그것은 킬제덴의 이야기가 진실이라는 것을 증명할 뿐이었다. 일리단은 캘타스와 블러드 엘프에게 관심이 없었다.

캘타스는 블러드 엘프를 일리단의 노리개로 만들 수 없었다. 그는 일리단에 대한 모든 신뢰를 잃었다. 그리고 새로운 조력자로 킬제덴에게 기대를 걸었다. 한편으로는, 특히 그들이 자신의 왕국에 저지른 짓을 생각하면 군단을 신뢰해서는 안 된다고도 생각했다. 그러나 지옥 마법의 유혹을 뿌리칠 수 없었다. 캘타스는 그 어두운 에너지를 흡수하는 새로운 방법을 생각하며 잔뜩 기대에 부풀었고 다른 모든 것은 부차적인 것이 되었다.

캘타스는 망설임 없이 악마 군주 킬제덴과 서약을 맺고 일리단 스톰레이지를 등지기로 동의했다. 킬제덴은 그 대가로 캘타스가 가장 원하는 것, 즉 지옥 마법에 관한 더 많은 지식을 허락했다.

혈기사단

일리단 스톰레이지가 악마 사냥꾼에게 정신이 팔려 있을 때 캘타스 선스트라이더는 대부분의 블러드 엘프와 함께 조용히 검은 사원을 떠났다. 캘타스는 다시 돌아오겠다고 약속했으나 그것은 거짓말이었다. 그리고 황천의 폭풍이라는 아웃랜드의 먼 구석을 찾아서 자신의 기지를 구축했다. 일리단은 한참이 지난 후에야 캘타스와 그의 군대가 검은 사원에 복귀할 의사가 없다는 것을 깨달았다.

캘타스는 이전에도 황천의 폭풍에 가서 그 지역에 가득한 잠재 에너지를 이용하려고 여러 시도를 해보았다. 그러나 캘타스만큼 뛰어난 마술사에게도 불가능한 일이었다. 황천의 폭풍의 마법은 혼란스러웠고 변덕스러웠다. 캘타스는 이런저런 노력에도 좌절만을 맛보았을 뿐이었다.

그러나 그것은 폭풍우 요새가 도착하기 전의 이야기였다. 폭풍우 요새는 캘타스가 아제로스에서 보았던 어떤 것보다도 뛰어난 기술을 자랑했다.

캘타스는 폭풍우 요새 내부의 작동 방식에 대해 잘 알지 못했지만, 황천의 폭풍 지역의 어긋난 마법을 모으고 흡수하는 데 그 기계를 이용할 수 있을 것이라고 생각했다. 캘타스는 소규모 블러드 엘프의 군대를 이끌고 새로 발견한 지옥 에너지를 휘두르며 폭풍우 요새에 침투한 다음 방어를 무너뜨렸다. 나루는 침입자들에게 거의 맞서지 못했다. 오로스는 마법을 이용하여 블러드 엘프에게서 폭풍의 요새의 한쪽 지구인 엑소다르라는 이름의 위성 구조체를 보호했다. 므우르는 다른 고통스러운 운명을 맞이했다. 그는 블러드 엘프의 지배 속에 떨어졌다.

캘타스는 킬제덴에게 충성을 맹세했지만 아직 자신의 블러드 엘프를 아꼈다. 그는 므우루의 마력으로 블러드 엘프의 마법에 대한 갈증을 채울 수 있으리라고 생각했다.

캘타스는 우주를 여행할 수 있는 폭풍우 요새의 기능을 이용해서 아제로스로 통하는 차원문을 열었다. 캘타스는 몇몇 부하들에게 쿠엘탈라스의 나머지 엘프들이 에너지를 흡수할 수 있도록 므우루

안비나 티그

킬제덴은 쿠엘탈라스의 악마 부하들에게서 캘타스 선스트라이더가 안비나 티그의 존재에 대해 알지 못한다는 것을 확인했다. 왕국의 섭정인 로르테마르 테론 등 소수 블러드 엘프만이 그녀의 존재와 진정한 정체를 알고 있었다. 그들은 그 사실을 캘타스에게 알리지 않고 비밀로 지켰다. 로르테마르와 그의 부하들은 캘타스가 절박하게 블러드 엘프를 구할 방법을 찾고 있다는 것을 알았다. 만약 안비나의 존재를 알게 된다면 캘타스가 무분별하게 행동할 수 있었다. 만약 안비나의 마력이 태양샘의 자리에 주입된다면 무슨 일이 일어날지 알 수 없었다. 쿠엘탈라스는 이미 망가진 국가였다. 또 다른 재앙이 일어난다면 영원히 파괴될 수도 있었다.

시간이 지나면서 그 비밀스러운 문제에 대한 로르테마르의 생각도 바뀌었다. 로르테마르와 블러드 엘프는 아웃랜드에 있는 캘타스의 운명에 대해 끊임없이 걱정했다. 캘타스가 돌아올 때가 되었다. 로르테마르는 그를 다시 불러올 방법은 안비나에 대해 이야기해주는 것뿐이라고 생각했다.

캘타스가 므우루를 아제로스로 보낸 후, 로르테마르의 전령들이 안비나에 대한 이야기를 전하기 위해 길에 나섰다. 그러나 그들은 캘타스를 만나지 못했다. 쿠엘탈라스에 있는 킬제덴의 대리인들이 손을 썼기 때문이다. 캘타스는 태양샘을 복원할 수 있다는 생각에 희망을 가질 것이고 그것은 킬제덴이 바라는 바가 아니었다. 킬제덴은 캘타스가 완전히 자신의 지배 속에 들어올 때까지, 그가 미래에 대한 확신이 없이 절박한 상태이기를 원했다.

를 데리고 가라고 지시했다. 또한 왕국의 엘프들에게 생명체나 유물 등 다른 마력 원천에서 마법을 흡수하는 방법을 가르치라고 명령했다.

므우루가 도착하자 쿠엘탈라스의 블러드 엘프들은 복잡한 감정에 휩싸였다. 섭정 로르테마르 테론 등 많은 엘프들은 신성한 빛의 존재에게서 에너지를 흡수하는 것을 거북하게 생각했다. 다른 블러드 엘프들은 그렇게 생각하지 않았다. 일부는 몇 달간이나 므우루를 상대로 실험을 하기도 했다. 결국 그들은 나루의 신성한 에너지를 끌어내는 방법을 알아냈고 직접 빛의 힘을 사용하게 되었다.

그 발견에 대한 소식은 쿠엘탈라스의 옛 사제들 사이에서 빠르게 퍼졌고 여군주 리아드린에게도 전해졌다. 3차 대전쟁 동안 스컬지가 쿠엘탈라스를 파괴했을 때 리아드린은 빛이 그녀를 버렸다고 생각했다. 믿음은 흔들렸고 리아드린은 신성한 힘을 부르는 능력을 잃었다. 쿠엘탈라스의 다른 사제들도 비슷한 운명을 겪었다.

그러나 므우루를 통해서 리아드린과 동료들은 신성한 빛을 부르는 새로운 방법을 찾았다. 그들은 나루의 에너지를 스스로의 의지에 따라 쓸 수 있었다.

리아드린은 므우루의 에너지에 탐닉한 첫 번째 엘프였다. 리아드린과 그녀의 뒤를 따른 블러드 엘프들은 혈기사단이라는 새로운 엘프 성기사의 조직을 만들었다.

에테리얼

캘타스는 므우루와 함께 또 다른 마력의 원천을 쿠엘탈라스로 보냈다. 캘타스와 블러드 엘프는 폭풍우 요새의 기술을 이용하여 뒤틀린 황천으로부터 마법을 흡수하는 방법을 발견했다. 그들은 폭풍우 요새의 일부를 분해하고 마나괴철로라고 불리는 일련의 장치를 건설했다. 그리고 황천의 폭풍 곳곳에 그 비전 기계 장치를 설치했다. 장치는 가동을 시작했고 황천의 폭풍으로부터 마력을 채취하여 마력 깃든 마나 저장기에 저장했다. 그리고 블러드 엘프들은 마나 저장기에서 마력을 흡수했다.

킬제덴은 캘타스가 마나 저장기를 쿠엘탈라스로 보내는 그의 작업을 이어가도록 격려했다. 킬제덴의 충고는 블러드 엘프를 위한 것이 아니었다. 킬제덴은 때가 되어 캘타스가 태양샘에 군단의 차원문을 열게 되면 마나 저장기가 유용하게 쓰일 것이라고 생각했다.

점차, 마나괴철로는 황천의 폭풍에서 현실의 조직을 약화시켰다. 그 현상은 크아레쉬라는 행성에서 살았던 뛰어난 과학자와 마법사 종족, 신비로운 에테리얼을 끌어들였다. 그들은 지식과 비전 기술을 추구하면서 종족과 고향을 파멸의 운명으로 이끌었다. 크아레쉬인들은 공간을 찢어 공허 속으로 통하는 균열을 열었고 만물의 포식자 디멘시우스라고 알려진 존재의 분노를 일으켰다.

디멘시우스는 불안정한 에너지로 크아레쉬를 가득 채웠고 그 에너지는 서서히 행성을 찢었다. 크아레쉬인들은 자신을 보호하기 위해 필사적인 노력을 기울였다. 그들의 시도는 일부 효과를 거두었다. 그들의 마법은 디멘시우스의 어두운 마력을 차단했다. 그러나 정제되지 않은 비전 에너지가 그들의 육신을 파괴했다. 남은 것은 마력으로 가득한 그들의 영혼들뿐이었다. 그 후, 육체를 잃은 그 존재들은 스스로를 에테리얼이라고 칭했다.

에테리얼은 다른 세력으로 분리되었다. 일부는 방랑자와 상인이 되어 마법과 강력한 유물을 찾아 우주를 떠돌았다. 다른 이들은 크아레쉬의 복수를 위해 디멘시우스와 공허의 생명체들을 처치하겠다고 맹세했다.

그들은 아웃랜드가 자신의 목적을 추구하기에 적합한 세계라고 생각했다. 상인들은 교역 활동을 통해 새로운 부를 창출하기를 원했고 상대적으로 호전적인 에테리얼들은 공허와의 전쟁을 치르는 데 사용할 새로운 무기를 찾기 바랐다.

나스레자 침공

캘타스 선스트라이더가 황천의 폭풍에서 자리를 잡는 동안 일리단 스톰레이지는 군단에 대한 공격을 이어나갔다. 악마 사냥꾼에 대한 일리단의 집착은 곧 또 다른 동료, 아카마를 소외시키는 결과를 가져왔다.

아카마와 뒤틀린 드레나이는 자신들이 신성하게 여기는 장소인 검은 사원을 차지할 수 있으리라는 기대를 품고서 일리단에게 합류했다. 그러나 그들은 검은 사원을 갖지 못했으며 그것은 나중에도 요원해 보였다. 일리단은 비밀스럽고 잔혹한 지도자였다. 일리단은 공공연히 지옥 마력을 받아들였고, 그의 그림자 속에 숨어 있는 악마 사냥꾼들도 그랬다. 어떻게 보면 일리단은 검은 사원의 전 지배자였던 마그테리돈과 별로 다르지 않았다.

아카마는 일리단에 대한 믿음을 거두며 악의 손아귀에서 검은 사원을 해방할 수 있는 새 동맹들을 찾아 나섰다. 그들 중 유력한 이가 마이에브 섀도송이었다.

일리단 스톰레이지와 악마 사냥꾼들

마이에브와 감시자들은 아웃랜드에 남아, 일리단에게 또 다른 공격을 개시하기 위해 병력을 구축하고 있었다. 그들은 그 부서진 세계에서 많은 역경을 겪었으나 마이에브는 거의 쉴 틈조차 허락하지 않았다. 일리단을 잡겠다는 집착은 그녀의 판단력을 흐트러뜨렸고 위험한 극단으로 몰아갔다. 마이에브는 사냥감을 잡기 전에는, 비록 감시자들이 위험에 처한다고 해도 아웃랜드를 떠날 수 없었다.

아카마가 마이에브의 신뢰를 얻기까지는 시간이 걸렸다. 그들은 다른 세계에서 태어났고 전혀 다른 욕망에 이끌렸으나 공통된 목표가 하나 있었다. 비밀리에, 그들은 일리단을 쓰러뜨리고 검은 사원에서 그의 부하들을 정화하기로 계획했다.

아카마는 마이에브와의 거래를 주인에게 들키지 않기 위해 많은 노력을 기울였으나 사실 효과는 없었다. 일리단은 아카마가 생각했던 것보다 통찰력이 뛰어났다. 그러나 아카마의 배신을 알고서도 그를 처치하지 않았다. 다른 곳에 사용하기 위해서였다.

악마 사냥꾼들은 나스레자 침공 준비를 거의 마쳤다. 남은 것이라곤 나스레자로 통하는 차원문을 여는 것뿐이었다. 그것을 위해서는 막대한 마력이 필요했다. 마이에브의 추종자 무리의 영혼이라면 충분히 그 용도에 부합했다.

일리단은 마이에브 일당을 함정으로 유인하라고 아카마에게 명령했다. 감시자들은 매복한 병력이 기다리는 곳으로 걸어들어왔다. 마이에브의 부하들은 일리단의 군대에 쓰러졌고 그들의 영혼은 행성 간 차원문을 여는 연료로 쓰여졌다. 감시자들 중에서 오직 마이에브만 살아남았다. 그것은 자비가 아니었다. 일리단은 마이에브를 사로잡으라고 부하들에게 명령을 내렸다. 자기가 당했던 그대로, 마이에브에게 고통을 돌려주기 위해서였다. 그러나 일리단은 조금 더 기다려야 했다.

나스레자로 통하는 길이 열렸다.

일리단과 악마 사냥꾼은 아주 정교하게 공포의 군주의 고향 행성을 타격했다. 그들은 나스레자의 주 기록 보관소를 덮쳤고 수호자들을 학살했다. 일리단은 거침없이 나아가 전리품인 아르거스의 문장을 차지했다. 유물은 강력한 에너지와 지식으로 고동치고 있었다. 일리단은 그것이 자신의 전쟁을 위한 열쇠임을 알았다. 그 유물에는 군단의 권좌가 위치한 곳의 정보가 담겨 있었다.

일리단과 악마 사냥꾼은 유물을 차지한 후 나스레자의 수호자들을 쓰러뜨리면서 다시 차원문을 타고 아웃랜드로 돌아왔다. 일리단은 차원문을 닫지 않고 자신의 힘을 집중하여 그것을 불안정하게 만들었다.

오래전 드레노어에서 있었던 일을 나스레자에 할 수 있는지, 자신의 능력을 시험할 시간이었다.

차원문이 흐트러졌고 마법의 물결이 나스레자를 덮쳤다. 대지가 항거하듯 포효했다. 공포의 군주의 도시들은 무너져 가루가 되었다. 일리단 스톰레이지는 재빨리 아웃랜드의 차원문을 닫고 나스레자에서 펼쳐지는 파멸에서 자신의 영역을 보호했다.

일리단은 정확하게 시간을 맞췄다. 차원문이 닫힌 직후, 나스레자는 조각나 부서졌다. 그곳의 모든 악마는 사멸했다.

수천 년 동안 불타는 군단이 경험하지 못했던 최악의 패배였다.

엑소다르

지옥불 반도에서는 대군주 크룰과 그의 침략군이 곳곳에 퍼지면서 황량한 벌판의 요새들을 공격하고 있었다. 날이 갈수록 그들의 힘은 커졌다.

샤트라스의 아달과 그의 추종자들은 군단의 활동을 유심히 지켜보았다. 아달은 악마들이 아웃랜드의 다른 지역에 나타나는 것도 시간문제일 뿐이라고 생각했다. 샤트라스에는 많은 용감한 영혼들이 모였으나 군단의 대규모 병력에는 비할 수 없었다. 그러한 사실은 앞으로도 바뀔 수 없었다. 아웃랜드에서 모을 수 있는 병사들은 많지 않았다.

아달은 새로운 동맹이 필요했다. 빛의 군대에서 병력을 끌어오기는 어려웠다. 아달은 대신 아제로스를 찾았다. 아달은 아제로스와 그곳의 영웅들에 대해, 군단과 전쟁을 치른 역사에 대해 알고 있었다. 아제로스에 이르는 것은 어렵긴 했으나 불가능하지는 않았다. 캘타스 선스트라이더와 블러드 엘프가 폭풍우 요새를 부분적으로 해체했지만 요새의 한쪽 지구가 아직 남아 있었다. 아달은 그것을 이용한다면 우주를 여행하여 아제로스에 닿을 수 있다고 생각했다. 블러드 엘프의 마수를 피해 몸을 숨긴 오로스도 엑소다르에 머무르고 있었다.

아달이 엑소다르를 동원하자고 제안하자 벨렌이 즉시 그 위험천만한 여행에 자원하고 나섰다. 벨렌은 지겨우리만큼 오랫동안 숨어 지냈으며 남은 드레나이를 군단으로부터 보호하기 위해 활동하는 것이 자신의 의무라고 생각했다. 또한 벨렌은 나루의 요새가 작동하는 내부의 원리를 알고 있었다.

벨렌은 아달의 축복을 받은 후 드레나이 병력을 이끌고 폭풍우 요새를 습격했다. 그들은 황천의 폭풍 작전을 비밀에 부쳤으나 킬제덴의 감시에 찬 눈을 피할 수 없었다. 그리고 곧, 킬제덴은 아제로스 이동 계획에 대해 알게 되었다.

킬제덴은 드레나이들을 처치하고 싶은 생각이 간절했지만 그들을 막지 않기로 결심했다. 그는 벨렌을 증오했으며 그에게 고통을 줄 기회를 찾아 수천 년 이상 헤맸다. 어려운 일이었지만 킬제덴은 피에 대한 열망을 접어 두었다. 그로 인해 자신의 진정한 목적을 훼손할 수는 없었다.

그대로 내버려 둔다면, 드레나이는 아제로스에 도착하여 그곳의 국가들과 연합할 가능성이 있었고 그것은 위험한 일이었다. 그러나 킬제덴은 그 여행이 위험보다 이득이 많다고 판단했다. 드레나이가 그곳에서 아웃랜드의 군단의 존재와 일리단의 악행에 대한 이야기를 전한다면 아제로스의 거주자들은 행동에 나설 가능성이 다분했다.

그리고 아제로스의 병력이 부서진 아웃랜드 세계에 도착하는 순간, 킬제덴은 전쟁을 일으켜서 일리단이 미처 알아차리기도 전에 그의 음흉한 계획을 끝장낼 생각이었다.

벨렌과 드레나이는 킬제덴이 자신들을 감시하고 있다는 사실을 알지 못한 채 과감한 습격을 시작했다. 블러드 엘프들은 드레나이가 폭풍우 요새 전체를 노리고 있다고 생각하고서 요새 곳곳에 수비 병력을 배치했다. 그들은 뒤늦게야 드레나이가 정복에는 아무런 관심이 없다는 사실을 깨달았다.

드레나이는 폭풍우 요새에서 오로스가 있는 지구에만 공격을 집중하며 블러드 엘프의 방어를 격파했다. 폭풍우 요새에서 위성 구조체 엑소다르가 떨어져 나왔고 마법의 폭발을 일으키며 사라졌다.

벨렌은 여행이 시작된 후에야 엑소다르에서 무언가가 잘못되었다는 사실을 깨달았다. 폭풍우 요새 전투 동안 한 무리의 블러드 엘프가 엑소다르로 쳐들어와 장치를 사용하지 못하도록 파괴했다. 시도는 실패했지만 나름의 영향을 끼쳤다. 아제로스에 도착한 후 벨렌은 엑소다르를 통제할 수 없었다. 엑소다르는 하늘에 열린 균열 속에서 마치 유성처럼 급격하게 떨어졌다. 엑소다르는 칼림도어 북부, 하늘안개 섬이라고 불리는 외딴 섬에 떨어졌다. 그 추락으로 엑소다르는 거의 파괴될 지경에 이르렀고 무력한 여행자들은 위험에 처했다. 사상자가 발생했으나 다수의 탑승자들은 생존했다.

텔드랏실의 나이트 엘프들은 하늘에서 빛나는 불빛을 보고서 그 현상을 조사했다. 나이트 엘프들은 새로 도착한 드레나이를 경계했지만 곧 벨렌 일행이 위협적이지 않다는 사실을 알게 되었다. 그들은 군단이라는 공동의 적을 두고 있었다.

스톰윈드에서 아이언포지까지 전령들이 드레나이의 도착과 아웃랜드의 상황에 대한 소식을 전했다. 얼라이언스는 투표를 통해 드레나이를 연합의 구성원으로 받아들였고 거처와 보호를 제공했다. 결정은 만장일치였다.

얼라이언스는 일리단의 음흉한 행동과 아웃랜드에 군단이 모여들고 있다는 소식에 우려를 표했지만 지도자들은 행동에 나서는 것에는 아직 동의하지 않았다.

새로운 충성

쿠엘탈라스는 여전히 혼란스러웠다. 언데드는 곳곳에서 무리 지어 떠돌았다. 남쪽 끝에서는 아마니 트롤이 약해진 블러드 엘프를 공격하기 시작했다. 섭정 로르테마르 테론은 그러한 위협으로부터 왕국을 지킬 자원이 부족했다. 왕국의 군대는 엉망이 되어 있었다. 지나치게 마법을 탐닉한 일부 엘프들은 쇠약해졌고, 버림받은 엘프라고 불리는 존재가 되었다. 그 불행한 영혼들은 블러드 엘프 사회에 등을 돌리고서 마법을 탐하며 이곳저곳을 떠돌았다.

설상가상으로, 캘타스 선스트라이더 왕자는 아직도 아웃랜드에서 돌아오지 않고 있었다. 로르테마르와 블러드 엘프가 그 부서진 세계에서 들은 마지막 소식은 불길한 것이었다. 다수의 군단이 알 수 없는 이유로 모여들고 있었고 캘타스가 이끄는 블러드 엘프의 상당수가 그를 버리고 떠났다고 했다.

캘타스는 위기 상황이었으나 로르테마르는 쿠엘탈라스를 무방비 상태로 남겨두고 왕자를 돕기 위해 아웃랜드로 원정을 떠날 수 없었다. 블러드 엘프는 동맹을 필요로 했다. 그러나 인간과 드워프, 노움, 나이트 엘프는 아니었다. 여군주 바쉬와 일리단에게 합류한 캘타스의 결정으로 쿠엘탈라스와 얼라이언스의 관계는 틀어지고 말았다.

답은 기대하지 않은 곳에 있었다. 실나바스 윈드러너였다. 이유는 알려지지 않았지만, 밴시 여왕 실바나스는 블러드 엘프와 동맹을 맺으라며 호드의 지도자들을 설득했다. 소문에 의하면 실바나스의 남은 인격의 일부가 쿠엘탈라스와 블러드 엘프의 고난에 연민을 느꼈다고 했다. 한편, 실바나스에게 다른 꿍꿍이가 있다는 이야기도 떠돌았다. 진실이 무엇이든 간에 실바나스는 대족장 스랄과 대부족장 케른 블러드후프가 로르테마르와 만나 가능성을 논의하도록 자리를 마련했다.

블러드 엘프는 오크와 쓰라린 전쟁을 겪은 경험이 있었지만 로르테마르는 그 제안을 수용했다. 로르테마르는 호드가 과거에 쿠엘탈라스를 파괴한 그들과 다르다는 사실을 알고 있었다. 또한 쿠엘탈라스 왕국과 캘타스 왕자에게 시간이 많지 않다는 사실도 뼈저리게 느끼고 있었다.

스랄과 케른은 블러드 엘프에게서 큰 가능성을 보았다. 쿠엘탈라스의 주민들은 스컬지와 같은 외부의 위협에 맞서 왕국을 수호하면서 용기와 결의를 증명했다. 스랄과 케른은 앞으로 호드와 블러드 엘프가 살아남으려면 서로를 필요로 할 것이라고 생각했다. 그들은 평화의 손길을 내밀었고 로르테마르는 그들의 손을 잡았다.

그 동맹은 모두에게 이로웠다. 블러드 엘프는 도움을 청할 아군이 생겼으며 호드는 동부 왕국에서 또 다른 전략적 기반을 얻었다. 또한, 스랄과 케른은 블러드 엘프를 돕는 것이 명예로운 행동이라고 여겼다. 호드의 다른 많은 종족들처럼 그들은 소멸할 위기에 처해 있었다. 적은 사방에 있었다. 계속된 전쟁과 마법에의 중독이 그들의 자부심과 한때 영광스러웠던 문화를 좀먹었다. 스랄과 케른은 블러드 엘프가 평화를 찾는 데 도움을 줄 수 있다고 생각했다.

블러드 엘프가 호드에 합류한 후 로르테마르 테론은 스랄과 케른 블러드후프에게 아웃랜드에 군단이 존재한다는 것과 캘타스 선스트라이더를 찾고 싶다는 의사를 밝혔다. 악마에 관한 소식은 매우 곤혹스러운 것이었다. 그러나 얼라이언스의 지도자들처럼, 스랄과 케른은 아웃랜드로 모험에 나서는 것에 조심스러웠다.

그러나 곧 킬제덴이 그 이유를 마련해 주었다.

아웃랜드 침공

어둠의 문이 열리고 26년 후

킬제덴은 블러드 엘프가 호드에 합류할 것이라고 예상하지 못했으나 기꺼이 받아들였다. 군단의 아웃랜드 결집과 일리단 스톰레이지가 그 세계를 정복했다는 소식은 아제로스의 가장 강력한 국가들에 퍼졌다. 지도자들은 모여서 대책을 논의했으나 행동에 나서기를 주저했다. 어둠의 문은 닫혔다. 아웃랜드는 머나먼 위협이었다.

그러나 상황이 바뀌었다.

아웃랜드에서 킬제덴은 대군주 크룰에게 부하들을 어둠의 문으로 모으라고 명령했다. 그리고 아제로스에 있는 병력에게도 같은 지시를 내렸다. 3차 대전쟁 이후 아제로스에는 많은 악마들이 갇혀 있었다. 그중 가장 강력한 자가 파멸의 군주 카자크였다. 아제로스에서 사실상 군단의 지도자였던 카자크는 찾을 수 있는 악마들을 모아서 저주받은 땅의 어둠의 문으로 그들을 이끌었다.

그런 다음 킬제덴은 부하들에게 대규모 의식을 수행하여 균열을 다시 열게 했다. 비록 지금은 닫혔지만 한때 어둠의 문이 존재했던 그곳의 현실은 영구적으로 뒤틀려 있었다. 군단의 주문이 그 약해진 현실을 찢는 순간, 두 세계를 잇는 통로가 번쩍이는 빛을 내면서 활력을 되찾았다.

카자크는 아웃랜드로 들이닥쳤고 군단의 병력을 장악했다. 그는 대군주 크룰보다 더욱 노련한 지휘관이었다. 그리고 부하들에게서 더한 공포와 경의를 이끌어냈다.

킬제덴은 크룰을 위해 생각해 둔 것이 있었다. 대군주 크룰은 아제로스와 아웃랜드에 전쟁의 불길을 일으킬 불씨가 되어야 했다. 크룰은 소규모 침략군을 이끌고 어둠의 문을 통과했다. 그리고 스톰윈드와 오그리마 등 세계의 곳곳을 공격했다. 정복을 위한 싸움이 아니었다. 단지 호드와 얼라이언스를 분노로 몰아넣기 위한 책략이었다. 그리고 크룰은 성공했다.

호드와 얼라이언스는 즉각적으로 반응했다. 그들은 군대를 동원하여 악마들과 전쟁에 나섰다. 크룰과 부하들은 거짓으로 후퇴하는 척하면서 동부 왕국에 모였고 적들을 어둠의 문으로 유인했다. 대군주 크룰은 항상 호드와 얼라이언스가 아웃랜드에 오기를 바라고 있었다. 그리고 마침내, 그들을 아웃랜드로 불러들이고 있었다. 크룰의 악마들은 매 걸음을 내디디면서 적들의 피를 쥐어짰다. 어둠의 문 바깥에서 격렬한 전투가 벌어졌다. 호드와 얼라이언스는 값비싼 대가를 치르고서 어둠의 문 너머로 악마들을 몰아냈다.

아제로스의 수호자들은 이제 아웃랜드의 위협을 무시할 수 없었다. 어둠의 문은 복원되었다. 어둠의 문을 닫는다고 해도 군단이 다시 열면 그만이었다. 남은 선택은 하나뿐이었다.

호드와 얼라이언스는 아웃랜드로 군대를 이끌었다. 병사들 대부분은 그때 처음으로, 부서진 드레노어 세계를 보았다. 오크 중에는 과거에 그곳에 살았던 이들도 있었지만 그들조차 아웃랜드의 모습에 충격을 받았다.

크룰과 카자크가 군단의 대부대를 이끌고 어둠의 문 반대편에서 그들을 맞이했다. 이번에는 악마들이 물러서지 않았다.

군단과 아제로스의 수호자는 어둠의 문의 그늘에서 잔혹한 전쟁을 벌이며 주도권을 다투었다. 호드와 얼라이언스는 서서히 지옥불 반도로 밀고 들어갔다. 양측의 사상자가 늘어갔다. 크룰이나 카자크도 전투의 분노에서 자유로울 수 없었다. 그들은 킬제덴이 아제로스의 영웅들을 저지하는 것을 도울 지원군을 보내줄 것이라고 예상하고 있었다.

그러나 악마 군주 킬제덴의 의도는 그렇지 않았다. 킬제덴은 크룰과 카자크를 희생하여 호드와 얼라이언스의 사기를 높여줄 생각이었다. 그들은 최대한 빠르게 아웃랜드에 교두보를 마련하여 일리단에게 분노를 돌려야 했다. 군단과 교착 상태로 장기전에 돌입한다면 킬제덴의 의도에 부합하지 않았다. 어쩌면 침략자들이 아제로스로 후퇴할 수도 있었다.

호드와 얼라이언스는 내륙으로 밀고 들어가면서 지옥불 반도에 요새를 건설했다. 얼라이언스 병사들은 명예의 요새와 그곳의 거주자들을 발견하고서 몹시 놀랐다. 로서의 후예들은 그들이 생각했던 것과 달리 죽지 않았다. 명예의 요새의 사령관인 존경받는 인간 전사 다나스 트롤베인은 두 팔 벌려 얼라이언스 병사들을 맞이했다.

호드는 자신의 것으로 삼을 요새가 없었다. 그들은 지옥불 반도의 북부에 스랄마라는 새로운 기지를 건설했다. 곧 호드는 대의를 위해 손을 잡을 동료를 발견했다. 마그하르 오크였다.

마그하르는 수가 많지 않았으나 무시무시한 전사들이었다. 그들은 다른 대부분의 오크들을 타락시켜 갈색 피부를 녹색으로 물들이고 전투에 굶주린 병사로 변화시킨 악마의 피와 저주에 굴복하지 않았다. 드레노어가 파괴된 후 소수의 마그하르 공동체들은 아웃랜드에서 주술의 전통을 연마하고 오크의 오랜 삶의 방식을 지키면서, 힘겹게 생존을 이어갔다. 그들은 새로운 호드를 있는 그대로 보았다. 새로운 호드는 원래의 오크들이 지녔던 자긍심과 명예를 되찾은 존재였다.

얼라이언스와 호드는 명예의 요새와 스랄마에서 군단을 상대로 계속 공세를 펼쳤다. 그들은 악마의 세력을 꺾고 지옥불 반도의 끝자락으로 몰아냈다.

어둠의 문 습격

어둠의 문에서 군단에 맞서 싸운 이들은 호드와 얼라이언스만이 아니었다. 비밀스럽게, 일리단 스톰레이지와 악마 사냥꾼들이 전투에 참여했다. 그들은 대군주 크룰이 소규모 군대를 이끌고 아제로스 군대의 측면을 노리는 것을 확인했다. 일리단의 군대가 선수를 쳤다. 그들은 악마 부대를 뚫고 나아가 결국 크룰을 쓰러뜨렸다.

악마 사냥꾼들은 그곳에 머무르지 않았다. 일리단은 얼라이언스와 호드에게 자신의 존재를 알리는 것을 경계했다. 그들은 지옥 마법을 사용하는 자신과 부하들을 군단의 대리인으로만 생각할 것이 분명했다. 일리단은 전투를 마치고 어둠의 문을 떠나 다른 세계의 군단을 공격할 준비를 계속했다.

그런 다음 아제로스의 용사들은 자칭 아웃랜드의 지배자, 일리단 스톰레이지에게 주의를 돌렸다. 이제 두 진영은 배신자 일리단에 관한 불편한 소문을 듣고 있었다. 장가르 습지대 땅을 뒤트는 나가와 폭풍우 요새를 차지하고서 황천의 폭풍에서 마력을 빨아들이는 블러드 엘프에 대한 이야기였다.

그게 다가 아니었다. 일리단이 악마의 마력을 주입한 엘프들을 훈련하고 있다는 소문도 있었다.

얼라이언스와 호드는 군단을 무너뜨리려는 일리단의 진정한 목표를 알지 못했다. 일리단 역시 진실을 전할 생각을 하지 않았다. 일리단은 아르거스를 공격할 준비를 거의 마쳤다. 아제로스의 사람들에게 방법을 설명한다고 해도 그들은 이해할 수 없었다. 그래서 일리단은 악마 사냥꾼과 그들의 임무에 모든 주의를 기울였다.

드레노어의 유령

지옥불 반도에서 군단의 세력을 격파한 후 호드는 지옥불 성채에서 일리단 스톰레이지의 타락한 오크를 공격했다.

호드의 많은 구성원들에게 그 공격은 개인적인 면이 있었다. 붉은색 피부를 가진 그 흉포한 오크는 옛 호드를 물들였던 악마의 타락이 떠오르는 존재였다. 일리단은 지옥의 군주 마그테리돈의 피를 이용해서 잔혹한 병사들의 군대를 구축했다. 으스러진 손 오크 부족의 악명 높은 족장, 카르가스 블레이드피스트가 지옥불 성채를 다스리고 있었다. 카르가스와 으스러진 손 오크들은 구제조차 불가능했다. 그들은 호드에게 자비를 베풀지 않았고, 호드도 그들에게 자비를 베풀지 않았다.

호드는 카르가스를 쓰러뜨리고 지옥불 성채의 중심부로 나아갔다. 그들은 멈추지 않고 성채 내부에 있는 마그테리돈을 처치했다. 이제 다시는 그가 오크 종족을 타락시키지 못하게 되었으나 축하 의식은 없었다. 그것은 끔찍한 승리였다. 호드는 타락한 오크의 피를 쏟는 것을 기뻐할 수 없었다.

그러나 아웃랜드에서 호드가 보낸 시간은, 특히 스랄에게 희망과 구원을 가져다주었다. 스랄은 아제로스에서 태어나 선조의 고향 땅을 밟을 기회가 없었다. 이제 옛 드레노어의 흔적은 거의 남지 않았지만 드레노어를 덮친 재앙에서 크게 영향을 받지 않은 지역이 있었다.

스랄과 호드는 결국 오크 선조의 문화가 깃든 땅인 나그란드로 나아갔다. 그곳에는 마그하르 오크의 가장 큰 마을이 있었다. 그들은 스랄의 할아버지의 이름을 따고 스랄의 할머니, 게야가 보살피는 가라다르라는 마을에서 살고 있었다. 스랄은 게야를 만나고서 인생이 바뀌었다. 갓난아이였을 때 부모를 잃은 스랄에게 게야는 가장 가까운 혈육이었다. 게야는 스랄의 부모에 대해서, 오크 종족에 대해서, 그리고 스랄 자신에 대해서 많은 것을 가르쳐 주었다.

그러나 스랄도 가르쳐 줄 것이 있었다. 가라다르의 지도자는 전설적인 전사 그롬마쉬 헬스크림의 아들, 가로쉬 헬스크림이었다. 가로쉬는 아버지의 아제로스에서의 행적을 알지 못했다. 그리고 그롬마쉬가 종족을 악마의 손아귀로 이끈 장본인 중 하나였으며 괴물이었다고 생각하고 있었다. 스랄은 지체하지 않고 그의 아버지가 영웅이었다는 사실을 말해주었다. 스랄은 그롬마쉬가 어떻게 자신을 희생하여 만노로스를 쓰러뜨렸는지, 오크를 괴롭혔던 피의 저주를 어떻게 정화했는지 설명했다. 가로쉬는 진실을 듣고 자신감을 되찾았다.

스랄은 가로쉬에게서 큰 잠재력을 보았다. 성급하고 다혈질적인 면이 있었지만 오크 문화에 대한 강렬한 자부심과 지식은 호드에게 큰 도움이 되리라고 생각했다. 스랄은 아제로스에서 자신의 조언가로 활동할 것을 제안하며 마그하르 오크인 가로쉬를 설득했다.

렉사르와 모크나탈

렉사르는 동족인 모크나탈과의 재회를 위해 호드와 함께 아웃랜드를 찾았다. 마지막으로 그들을 본 후 많은 시간이 지났다. 렉사르는 지옥불 반도의 북쪽, 칼날 산맥의 날카로운 봉우리 사이에서 그들을 발견했다. 어느 나이 많은 전사가 모크나탈을 이끌고 있었다. 렉사르의 아버지, 레오룩스였다.

오래전, 아버지와 아들 사이에 틈이 벌어졌다. 레오룩스는 옛 호드에 반대했고 호드에 합류하려는 렉사르의 결정을 반대했다. 두 모크나탈 사이에서 격렬한 논쟁이 벌어졌다. 그리고 서로 가슴에 분노를 품은 채 갈라섰다.

시간은 지났어도 상처는 치유되지 않았다. 렉사르는 아버지의 얼굴을 볼 수 없었지만 칼날 산맥에서 모크나탈을 도우며 전력을 다해 아버지의 적을 물리쳤다.

갈퀴송곳니 저수지

곧, 얼라이언스와 호드는 장가르 습지대의 늪지로 들어섰다.

얼라이언스에 합류한 드레나이는 아웃랜드에 남겨진 이들과 재회하기를 간절히 바랐고 그들 중 많은 수가 장가르 습지대에 살고 있었다. 얼라이언스 군대는 곧 장가르 습지대에서 가장 큰 드레나이의 은신처인 텔레도르에 모였다.

얼라이언스는 텔레도르의 드레나이들에게서 불편한 사실을 알게 되었다. 장가르 습지대의 상태는 날로 나빠지고 있었다. 질병이 식물과 동물을 가리지 않고 퍼졌다. 식량 자원마저 떨어져 가는 바람에 지역의 생명체들은 광기에 내몰렸다. 인근의 뒤틀린 드레나이들은 종적을 감추고 다시 나타나지 않았다.

여군주 바쉬와 나가가 장가르 습지대에서 문제를 일으킨 원인이었다. 그들은 그곳의 물을 끌어가면서 지역의 정교한 생태계를 뒤집어 놓았다. 자연은 격변에 휩싸였고 무언가 조처를 취하지 않으면 계속해서 망가질 것이 분명해 보였다.

얼라이언스는 망설이지 않았다. 용사들은 나가의 수중 요새, 갈퀴송곳니 저수지를 습격했다.

지옥불 성채에서 마그테리돈을 공격했을 때도 마찬가지였지만, 얼라이언스의 갈퀴송곳니 저수지 공격은 공격자들에게도 큰 타격을 주었다. 요새에는 병든 야생의 생명체들과 여군주 바쉬의 가장 무시무시한 전사들이 가득했다. 갈퀴송곳니 저수지에는 노예로 사로잡힌 뒤틀린 드레나이들이 떠돌았으며 거의 대부분이 자유의 약속을 환영하며 받아들였다. 얼라이언스 군대는 그들을 구속에서 풀어주고 나가의 성채를 향해 돌진했다.

여군주 바쉬가 얼라이언스의 칼날에 마지막으로 쓰러졌다. 바쉬가 쓰러지자 갈퀴송곳니 저수지는 더는 위험이 되지 못했다. 장가르 습지대가 다시 균형을 찾기까지는 시간이 걸리겠지만 텔레도르의 드레나이는 이제 안전하게 지역에서 세력을 확장할 수 있게 되었다.

가로쉬에게 그롬마쉬 헬스크림의 영웅적인 행동을 말해주는 스랄

타락한 태양

이윽고 호드와 얼라이언스는 샤트라스에 다다랐다. 아달은 그들의 도착에 기뻐했다. 벨렌의 과감한 아제로스 탈출은 효과를 거두었다. 아달은 이제 군단으로부터 아웃랜드를 지킬 동맹을 얻었다.

샤트라스는 호드와 얼라이언스의 핵심 작전 지역이 되었다. 아제로스와 아웃랜드의 주민들 사이에서 활발한 교역이 이루어졌다. 주로 무기와 방어구가 교환되었지만 호드와 얼라이언스가 샤트라스에서 찾은 것들 중에서 가장 가치가 있었던 것은 정보였다.

대마법사 카드가가 많은 정보를 주었다. 그는 샤트라스에서 영향력 있는 인물이 되어 있었다. 카드가는 비록 얼라이언스의 구성원이었지만 아웃랜드의 운명을 결정하는 데 있어서 호드 역시 중요한 역할을 수행하고 있다는 사실을 인지하고 있었다. 그래서 두 다른 진영 사이에서 가교 역할을 수행하며 일리단 스톰레이지의 영역이 된 아웃랜드에 대한 지식을 전해주었다.

아제로스의 일부 수호자들은 점차 검은 사원이 있는 어둠달 골짜기로 모여들었다. 그곳에서 얼라이언스는 로서의 후예들의 다른 영웅을 만났다. 어둠달 골짜기에는 쿠르드란 와일드해머와 그의 동료 드워프의 요새가 세워져 있었다. 그들은 그곳에서 검은 사원을 감시하며 카드가에게 동태를 보고했다.

카드가는 배신자 일리단과 그의 부하들, 특히 캘타스 선스트라이더 사이에 문제가 발생했다는 사실을 확인했다. 블러드 엘프들은 일리단 스톰레이지를 버리고 떠났으며 일리단에게는 자신을 방어할 군대조차 별로 남지 않았다.

일리단은 별로 구애받지 않는 듯했다. 일리단을 목격하는 횟수는 점점 더 적어졌다. 카드가는 일리단이 어떤 활동을 하는지 확실히 알지 못했지만 검은 사원을 공격할 시점이 거의 무르익었다고 생각했다. 호드와 얼라이언스는 카드가의 계획에 반대하지 않았다. 일리단은 장가르 습지대를 거의 파괴하다시피 했다. 그리고 마그테리돈을 이용하여 수백 명의 오크를 타락시켰다. 일리단의 술책을 내버려 둔다면 또 다른 재앙이 닥치는 것은 시간문제일 뿐이었다.

그러나 영웅들은 검은 사원을 포위할 준비가 되어있지 않았다. 대부분이 아직 아웃랜드 곳곳에 흩어져 있었다. 그중의 다수, 특히 호드의 블러드 엘프들은 황천의 폭풍에 모여 있었다.

샤트라스에서 그들은 캘타스 선스트라이더의 운명에 대해 이야기를 들었다. 생각했던 것보다도 나쁜 소식이었다. 블러드 엘프의 왕자가 불타는 군단에 충성을 맹세했다는 소문이 돌았다.

일부 블러드 엘프는 그 이야기를 믿지 않았다. 최소한, 처음에는 그랬다. 그들은 황천의 폭풍으로 향했고 자신의 눈으로 진실을 목격했다. 캘타스는 지옥 마법을 받아들였다. 그리고 군단의 노리개가 되었다. 캘타스는 더는 블러드 엘프의 왕자가 아니었다.

쿠엘탈라스에도 그 소식이 전해졌다. 그들은 그 소식을 듣고서 비탄에 잠겼지만 공통된 결론에 이르렀다. 캘타스는 가망이 없었다. 그를 제압하고 배신을 끝내는 것은 그들의 의무였다.

호드는 캘타스 일당을 상대로 전쟁을 일으켰다. 전투는 폭풍우 요새로 번졌고 그 차원의 요새를 통째로 집어삼켰다. 왕자는 최후의 전투를 치렀다. 그곳에서, 그의 가장 충성스러운 부하들이 피를 흘리며 통치의 마지막 장을 장식했다.

그러나 호드에게는 알려지지 않았지만 캘타스 선스트라이더는 죽지 않았다.

킬제덴은 캘타스의 패배를 예견하고 대책을 마련해 두었다. 캘타스의 악마 동료들이 그의 영혼을 인도하여 죽음의 문턱에서 데려왔다. 캘타스의 영혼은 거의 남아 있지 않았다. 그는 이제 킬제덴의 충성스러운 하수인이었으며 주인이 요구하는 것은 무엇이든 따를 준비가 되어 있었다.

호드와 얼라이언스가 검은 사원으로 병력을 이끄는 동안 캘타스와 군단은 어둠의 문을 통과하여 태양샘으로 향하고 있었다.

검은 사원 공성전

일리단 스톰레이지는 시간이 부족했다. 호드와 얼라이언스가 샤트라스의 군대와 함께 검은 사원 성벽에 도착했고 전투를 시작했다. 일리단의 수비는 견고했으나 오래 버티지 못했다. 일리단은 절박했다. 일리단은 아르거스의 위치를 알았지만 강력한 마법이 행성을 감싸고 있었기 때문에 그곳에 차원문을 열 수 없었다. 군단의 권좌에 다가갈 방법은 마르둠이라고 알려진 뒤틀린 황천의 부서진 세계에 있었다. 일리단은 그 부서진 땅에 귀중한 유물이 있다는 것을 알아냈다. 살게라이트 쐐기돌이라고 불리는 그 유물이 아르거스로 길을 낼 수 있는 열쇠였다.

적들이 검은 사원을 뚫고 요새로 쏟아져 들어왔을 때 일리단은 결정을 내렸다. 아웃랜드를 포기할 수는 없었다. 그는 살게라이트 쐐기돌을 찾은 후 돌아와 아르거스 공격을 준비해야 했다. 대신, 마르둠에 악마 사냥꾼들을 보내고 자신은 검은 사원에 남아 적들을 상대하기로 했다. 그는 남은 부하들이 적들을 저지해 주기를 바랐다.

그들은 저지하지 못했다. 호드와 얼라이언스, 샤트라스의 연합군은 적들을 쓰러뜨리며 검은 사원 내부로 진격했다. 일리단의 몇몇 부하들은 목숨을 바쳐 싸웠다. 겁에 질려 도망친 이들도 있었다. 또 다른 이들은 적들의 공격을 배신자를 배신하는 기회로 삼았다.

아카마도 그중 하나였다. 일리단을 섬긴 그의 시간은 고통과 실망으로 가득했다. 검은 사원에 대한 공격이 시작되었을 때 아카마는 마이에브 섀도송을 감옥에서 풀어주고 일리단을 공격하도록 부추겼다. 마이에브는 설득이 필요하지 않았다.

아카마가 아제로스의 용사들을 검은 사원 내부로 이끄는 동안 마이에브는 독자적으로 길을 찾았다. 결국 마이에브는 침입자들과 함께 일리단에게 대적했고 배신자에게 일격을 날리며 오랫동안 갈구했던 정의와 복수를 실현했다.

일리단 스톰레이지는 모든 힘과 지식을 동원하여 공격자들을 상대했다. 그는 자신을 구하기 위해서 그리고 군단과의 전쟁의 불씨를 계속 이어가기 위해서 싸웠다. 그의 신념은 확고했으나 그것이 승리를 가져다주지는 못했다.

결국 일리단은 쓰러졌다.

일리단이 보호하고자 했던 바로 그 세계의 영웅들이 그를 처치하고 악마와의 전쟁을 막은 것은 운명의 가혹한 장난이었다. 마지막 순간, 일리단의 정신은 오랜 적에게 향했다. 일리단은 자신의 패배로 마이에브 섀도송이 파멸을 맞을 것이라고 생각했다. 마이에브는 일리단의 교도관이자 추적자로서 삶의 대부분을 살았다. 임무가 끝난 지금, 그녀는 목표를 잃었다.

일리단의 악마 사냥꾼들은 살게라이트 쐐기돌을 찾아서 마르둠에서 돌아왔지만 주인의 죽음이 그들을 기다리고 있었다. 마이에브는 빠르게 그들을 제압했다. 그녀는 악마 사냥꾼들과 일리단의 시체를 마력 깃든 수정에 얼려 두었다. 그들은 방치하기에는 너무 위험했다. 그래서 마이에브는 그들을 안전하게 가두기 위해 아제로스로 옮겼다. 그리고 부서진 섬의 감옥, 감시관의 금고에 가두고 엄중하게 감시했다.

아웃랜드는 일리단 스톰레이지와 그의 군대에게서 벗어났다. 그러나 호드와 얼라이언스는 승리를 기념할 수 없었다. 끔찍한 소식이 그들에게 전해졌다. 죽었다고 생각했던 캘타스 선스트라이더가 아제로스에서 타락한 엘프와 악마의 군대를 이끌고 있었다.

줄아만의 신들

호드와 얼라이언스가 일리단 스톰레이지의 세력과 전쟁을 일으키는 동안 대장군 줄진과 아마니 트롤은 쿠엘탈라스 공격을 준비하고 있었다. 그들은 블러드 엘프의 숙적이었고 전면전을 감행할 최적의 기회를 기다리고 있었다. 대부분의 쿠엘탈라스 병사들이 아웃랜드로 떠난 지금이 그 기회였다.

줄진은 교활한 지도자였다. 공격의 배경은 쿠엘탈라스에 대한 증오였지만 그 못지 않게 전략적인 판단도 작용했다. 블러드 엘프는 최근 호드에 합류했다. 덕분에 더욱 강력한 힘과 자원을 얻을 수 있었다. 줄진은 쿠엘탈라스가 결국 새로운 동맹들을 설득해서 아마니 제국을 공격할 것이라고 생각했다.

아마니 제국의 수도 줄아만에서, 트롤 사제들은 로아의 마력을 사용하기 위해 의식을 수행했다. 그 강력한 생명체들은 거대한 야수의 모습으로 줄아만을 거닐었다. 그들의 에너지는 트롤 병사들에게 퍼져 그들을 로아의 살아 있는 화신으로 변화시켰다.

호드는 아웃랜드와 쿠엘탈라스의 두 전선에서 전쟁을 벌이기를 원하지 않았다. 호드의 가장 용감한 용사들이 자원하여 줄아만을 습격했다. 호드의 돌격대는 뱀의 머리를 자르듯이 트롤의 군대가 쿠엘탈라스에 대한 공격을 시작하기도 전에 줄진과 사제들을 처치했다.

태양샘의 분노

줄아만의 북쪽에서 캘타스 선스트라이더와 블러드 엘프는 쿠엘탈라스를 침공했다. 왕국의 병력 대부분이 아웃랜드에 있었던 블러드 엘프는 타락한 왕자에게 거의 저항조차 할 수 없었다.

킬제덴의 명령에 따라, 캘타스의 군대는 나루 므우루와 태양샘의 에너지를 가진 화신 안비나 티그를 붙잡았다. 캘타스는 그들의 힘을 흡수하여 무너진 태양샘을 복원했다. 샘에서 눈부신 에너지가 폭발하면서 3차 대전쟁 이후 처음으로 생기를 띠고 빛났다. 캘타스는 황천의 폭풍에서 수집한 마나 저장기의 에너지로 자신의 의식에 더 많은 힘을 불어넣었다.

캘타스는 태양샘의 마력으로 킬제덴을 아제로스로 소환할 차원문을 짓기 시작했다. 그동안, 몇몇 블러드 엘프가 아웃랜드로 도망쳐 호드의 지도자들에게 사태의 추이를 전했다. 혈기사 리아드린도 그중 한 명이었다. 리아드린은 캘타스의 공격을 자신의 눈으로 목격했다. 그녀는 샤트라스에서 아달을 만나 캘타스에 대한 충성을 포기하고 군단과 싸우겠다고 맹세했다. 아달은 그녀를 받아들였고 캘타스와 맞서기 위해 새롭게 조직을 구축했다. 그 단체는 무너진 태양 공격대라고 불렸으며 알도르의 드레나이와 점술가 길드의 블러드 엘프가 모두 포함되어 있었다.

무너진 태양 공격대는 태양샘으로 향했고 그곳에서 군단의 병력을 상대로 격렬한 전투를 벌였다. 리아드린과 동맹들은 끊임없이 악마들에게 포위당하면서도 나름의 역할을 해냈다. 캘타스는 주문에 집중하는 데 방해를 받았고 덕분에 더 많은 지원군이 도착할 시간을 벌 수 있었다.

호드와 얼라이언스의 구성원들이 태양샘에 모여들어 무너진 태양 공격대와 나란히 섰다. 리아드린은 호드의 용사들을 마법학자의 정원으로 이끌고서 캘타스를 뒤쫓았다. 캘타스는 폭풍우 요새에서 패배했을 때보다 더욱 강력해졌지만 그가 상대하는 영웅들 역시 마찬가지였다. 호드는 캘타스 선스트라이더를 다시, 그리고 마지막으로 쓰러뜨렸다.

한편 얼라이언스는 태양샘이 위치한 태양샘 고원을 공격했다. 캘타스의 마법으로 샘 깊은 곳에 균열이 생겨났다. 얼라이언스의 눈앞에서 킬제덴이 차원문을 통해 아제로스에 모습을 드러내고 있었다.

얼라이언스 병사들은 킬제덴을 차원문 밖으로 돌려보내기 위해 전력을 다해 싸웠다. 그러나 그러한 노력에도 별로 성과를 거두지 못했다. 결국 전투의 흐름을 뒤집은 것은 안비나 티그였다. 안비나는 자신을 희생하여 남아 있던 에너지로 킬제덴의 기세를 꺾었다. 얼라이언스는 간신히, 그리고 마침내 악마 군주 킬제덴을 추방하고 아제로스로 통하는 균열을 봉합했다.

아제로스는 다시 한 번 군단의 손아귀에서 벗어났다. 그리고 대가가 따랐다. 캘타스의 마법으로 태양샘이 오염되었다. 태양샘에서는 전처럼 타락한 에너지가 흘러나왔고 곧 쿠엘탈라스 곳곳으로 퍼져 블러드 엘프들을 집어삼켰다. 로르테마르 테론과 부하들은 다시 태양샘을 파괴하는 방안을 검토했지만 또 다른 해결책이 등장했다.

벨렌이 므우루를 찾아서 태양샘에 도착했다. 므우루는 육신이 거의 사라지고 심장만 남아 있었다. 벨렌은 므우루의 유해에서 희미하게 빛나는 힘, 즉 희망을 느꼈다. 벨렌은 므우루의 심장으로 태양샘을 정화하고 신성한 빛과 비전 마법의 샘으로 변화시켰다. 모두의 눈앞에서 눈부신 에너지가 쿠엘탈라스의 온 땅과 하늘에 퍼져나갔다.

그 사건은 블러드 엘프, 특히 여군주 리아드린과 혈기사에게 심대한 영향을 끼쳤다. 그들은 신성한 빛을 강제로 휘두르기를 포기하고 옛 방식으로 돌아갔다. 그들은 태양샘을 통해서 빛의 축복을 구하기로 했다.

태양샘은 다시 태어났다. 그것은 블러드 엘프의 눈부신 미래를 알리는 신호였다. 마력을 끌어낼 태양샘이 있었기에 더는 마력을 갈구하며 다른 곳으로 눈길을 돌릴 필요가 없었다.

칼렉고스와 안비나

수년 동안 친절한 푸른용 칼렉고스는 쿠엘탈라스에서 안비나 티그를 보호했다. 캘타스 선스트라이더가 쿠엘탈라스를 침공했을 때 칼렉고스는 인간 화신인 안비나를 보호하기 위해 필사적으로 싸웠다. 그러나 그 많은 적들을 저지할 수 없었다.

공포의 군주 타락의 사스로바르는 칼렉고스의 정신을 지배하여 태양샘 고원에서 강제로 군단에 복종하게 만들었다. 그 후 칼렉고스는 얼라이언스의 도움으로 악마의 지배에서 풀려났다.

황천의 용

아웃랜드로의 여행은 호드와 얼라이언스에게 큰 영향을 주었으나 그 부서진 세계를 방문하지 않은 여러 생명체들의 운명까지도 바꾸어 놓았다.

아웃랜드를 탐험하는 동안 푸른용 타이리고사는 황천의 용이라고 알려진 용족과 친분을 쌓았다. 그들은 검은 용의 위상 데스윙의 혈통으로, 데스윙이 자신의 알을 안전하게 보관하기 위해 드레노어에 가져온 것이 기원이 되었다. 드레노어가 폭발했을 때 주입된 에너지가 부화되지 않은 용들을 뒤틀어 부분적으로 형체가 없는 존재로 변화시켰다. 그 황천의 용들은 강력했지만 천진난만했다. 그들은 진정한 지도자가 없었으며 제멋대로였다. 또한 그로 인해 외부의 영향에 취약한 면이 있었다.

라그노크 블러드리버라는 이름의 변절한 죽음의 기사가 황천의 용들에게서 큰 잠재력을 보았다. 그는 아웃랜드를 정복하기 위해 조직한 자신의 군대에 황천의 용들을 포섭하려 했다.

계획은 수포로 돌아갔으나 황천의 용을 이용한 그의 시도는 타이리고사를 고민에 빠뜨렸다. 타이리고사는 라그노크의 명령에 따라 싸우다가 부상을 당한 황천의 용들이 죽을까 봐 염려했다. 그리고 다수의 황천의 용을 푸른용군단의 둥지인 마력의 탑으로 데리고 갔다. 그곳의 에너지가 부상당한 황천의 용들에게 활력을 주기를 바랐기 때문이다. 그러나 타이리고사는 새로운 손님들에게서 푸른용들이 안전할 것인지는 미처 생각하지 못했다.

황천의 용들은 마력의 탑에서 비전 에너지에 젖어 들었다. 그들이 겪었던 무엇과도 견줄 수 없는 마력이었다. 황천의 용들은 더욱 강해지기 위해 그 마력의 전부를 원했다. 라그노크와 같은 자에게 다시 지배당하는 일은 없어야 했다. 그들은 마력의 탑을 직접 차지하기 위해 푸른용들을 기습적으로 공격했다.

전투가 펼쳐졌고 그것은 말리고스의 주의를 끌었다.

수천 년 전, 고대의 전쟁에서 데스윙이 다른 용군단들을 배신했을 때 말리고스는 세상을 등지고 돌아섰다. 그는 슬픔과 고통에 잠겨 마력의 탑에 은둔했다. 말리고스는 부하들에게 이상 현상을 조사하면서 아제로스를 감시하라고 맡기고서는 바깥세상에서 일어나는 일에는 거의 신경을 쓰지 않았다. 그렇지만 자신의 둥지에서 발생한 공격마저 무시할 수는 없었다.

말리고스는 황천의 용들을 몰아세우며 거의 대부분을 자신에게로 흡수해버렸다. 그 형체가 없

태양샘에서 모습을 드러낸 킬제덴

는 생명체들의 에너지는 뜻밖에도 말리고스의 정신을 어지럽혔던 고통과 후회의 안개를 걷어냈다.

황천의 용들의 공격 덕분에 말리고스는 아제로스의 비전 마법을 수호하는 자신의 신성한 의무를 다시 받아들여야 한다고 생각하게 되었다. 말리고스는 아제로스에서 마법과 관련된 사건의 상태를 점검했으나 결과는 전혀 만족스럽지 않았다. 말리고스의 눈에는 필멸자 마법사들의 어리석은 행동 때문에 마법이 전쟁과 혼돈에 빠져들고 있었다.

말리고스는 마법에 대한 지배력을 다시 수립할 수 있는 방법을 구상했다. 그는 아제로스에 흐르는 잠재적인 비전 에너지와 필멸자들 간의 연결을 끊겠다고 마음을 굳혔다.

빛의 그림자

아제로스와 아웃랜드에서 많은 일들이 벌어지는 동안 초갈은 계속해서 황혼의 망치단 이교도 세력을 넓혀갔다. 그 단체는 한때의 모습이었던 오크 부족과는 매우 다른 형태로 변화했다. 황혼의 망치단은 모든 종족의 모든 계층의 사람들을 기꺼이 받아들였다. 초갈의 추종자들은 아제로스의 모든 주요 도시로 퍼졌고 비밀리에 교리를 퍼뜨리고 자신들의 대의에 사람들을 개종시켰다. 그들은 로데론에서 말할 수 없는 공포를 목격한 3차 대전쟁의 생존자들에게 특히 관심을 두고 포교 활동을 벌였다.

그중 하나가 성스러운 빛의 교단의 지도자, 대주교 베네딕투스였다. 그는 1차 대전쟁과 2차 대전쟁을 겪었다. 그는 고통을 목격하면서 괴로워하긴 했지만 믿음이 흔들리지는 않았다. 어떤 면에서는 그러한 갈등을 믿음에 대한 시험으로 여기기도 했다. 그러나 3차 대전쟁은 달랐다. 로데론의 몰락과 스컬지의 등장은 그의 믿음을 한계점까지 내몰았다. 어째서 신성한 빛은 아서스 왕자와 테레나스 왕, 다른 성기사들과 왕국의 선량한 시민들을 보호하지 않았던 것인가? 어째서 신성한 빛은 인간이 가장 필요로 하는 시간에 독실한 신자들을 내버렸단 말인가?

이교도들은 대주교의 불확실한 심정을 알게 되었고 썩은 고기를 찾은 까마귀 떼처럼 그에게 모여들었다. 그들은 신성한 빛의 신도로 위장하고 인도를 요청했다. 실제로는, 대주교의 남은 믿음을 깎아내기 위해 모여든 자들이었다. 서서히, 그러나 확실하게 그들은 임무를 수행했다. 어떤 이들은 우주에 보편적으로 존재하는 에너지인 공허에 대해 이야기했다. 그리고 공허는 신성한 빛과 달리 섬기는 자들을 절대로 버리는 법이 없다고 주장했다.

다른 사제들처럼 대주교 베네딕투스는 어둠의 마법에 대해 알고 있었다. 그러나 부정하고 타락한 것이라고 생각하여 직접 실험해본 적은 없었다. 그러나 이제는 그것이 진실이었는지 아니면 단지 그렇게 믿도록 이끌렸던 것인지 의심하기 시작했다.

그리고 그 호기심은 고대 신에게 길을 열어주었다. 고대 신들은 꿈속에서 그에게 속삭이며 자기들의 관점에서 빛의 모습을 보여주었다. 신성한 에너지는 예전에 생각했던 것만큼 자애로워 보이지 않았다. 오직 완벽한 질서와 복종만을 용인해 주었다. 그리고 필멸의 지지자들에게, 신앙에 의해서가 아니라 빛의 필요에 의해서만 도움을 주었다.

여러 밤 동안 그런 꿈들이 이어졌고 황혼의 시간이라는 계시로 끝을 맺었다. 베네딕투스는 그것을 보고서 마음이 동했다. 그는 황혼의 시간이 모든 것의 종말이 아니라 신성한 빛의 독재에서 벗어날 기회이자 스스로 운명의 주인이 되는 새로운 세계를 창조할 기회라고 생각했다. 베네딕투스는 고대 신과 공허의 힘이 우주의 자연적인 상태라고 믿게 되었고 자신이 신성한 빛의 수행자로서 한때 그랬던 것처럼 그러한 현실과 싸우는 것이 잘못된 행동이라고 생각하게 되었다. 신성한 빛은 자신과 수천 명의 사람들에게 실망과 번뇌만을 안겨주었다. 공허는 거짓이 아니라 모든 가능한 진실의 원천이었다. 공허는 추종자들을 무시하거나 포기하지 않았다. 베네딕투스는 목숨을 걸고 공허를 섬기기로 맹세했다.

베네딕투스는 황혼의 망치단 이교도에 합류하여 가장 영향력 있는 구성원 중 한 명이 되었다. 겉으로는 대성당의 지도자 역할을 수행했다. 그리고 순수한 의지력을 통해서 신성한 빛을 사용하는 능력을 유지했다. 그의 위치는 막대한 권한을 주었을 뿐만 아니라, 환멸에 젖은 사제들과 신도들을 만날 기회를 제공했고 베네딕투스는 기꺼이 그들을 교단에 끌어들였다.

초갈은 베네딕투스를 황혼의 망치단에 끌어들인 것을 승리로 여겼다. 이교도의 수는 초갈이 생각했던 것보다도 빠르게 증가하고 있었다.

북쪽의 비가

초갈은 황혼의 망치단 이교도의 급격한 성장에 만족하면서도 한편으로는 크툰이 쓰러졌다는 사실에 동요하고 있었다. 초갈은 필멸자들이 고대 신을 무찌를 힘을 가지고 있다고 상상조차 해보지 않았다. 그럼에도 초갈은 황혼의 시간을 인도하는 자신의 임무를 포기하지 않았.

호드와 얼라이언스의 영웅들이 아웃랜드에 붙들려 있는 동안 초갈은 노스렌드를 찾았고, 고대 신 요그사론의 감옥인 울두아르를 공격했다. 초갈은 울두아르 수호자들의 제지를 받지 않은 채 성채의 지하까지 내려갔다. 요그사론은 로켄을 비롯한 고대 수호자들의 마음을 흐리며 초갈의 존재를 숨겼다.

요그사론은 울두아르를 지키는 수호자들의 마음을 이미 오래전에 사로잡았으나 그 지배력은 미약했다. 그리고 직접적인 도움을 기대하며 수호자들을 설득한 적이 있었지만 별 소득을 얻지 못했다. 그러나 초갈에게는 아무런 문제가 없었다. 머리가 둘 달린 오우거 초갈은 기꺼이 요그사론을 옥죄는 마력의 속박을 조금씩 벗겨냈다. 비록 완전히 부수지는 못했지만 사슬을 어느 정도 느슨하게 만들 수는 있었다.

그리고 요그사론의 영향력을 배가시키는 목적으로는 충분했다. 수호자에 대한 요그사론의 영향력은 무쇠처럼 단단해졌다. 요그사론은 그중 가장 위대한 수호자인 로켄에게 의지의 용광로에서 군대를 만들라고 명령했다. 정의로운 손에 있었다면 그 엄청난 기계 장치는 고귀한 생명체를 만들어냈겠지만, 이제는 로켄의 손에서 피비린내 나는 전쟁만을 추구하는 강철 피부의 드워프와 브리쿨 군단을 생산해냈다.

요그사론의 군대가 울두아르 주위의 땅을 요새화하고 있을 때 초갈은 노스렌드를 떠나 계속해서 황혼의 망치단 이교도를 인도했다. 그는 요그사론이 군대를 꾸릴 시간을 최대한 벌어줘야 했다. 또한 얼라이언스와 호드에게서 고대 신을 안전하게 지킬 필요가 있었다. 두 세력은 크툰을 쓰러뜨림으로써, 차이를 뒤로하고 단결했을 때 누구도 막을 수 없다는 것을 이미 증명했기 때문이다.

초갈은 그런 일이 다시 발생하게 할 수 없었다. 그는 호드와 얼라이언스 사이에 분열을 일으킬 방법을 궁리했다. 곧 완벽한 기회가 저절로 찾아왔다.

검투사 왕

아웃랜드 침공 동안 바리안 린은 자신의 과거를 모르는 상태로 살았다. 그의 정수는 두 쪽으로 나뉘어 두 개의 다른 몸에 깃들었다. 사교적이고 순종적인 반쪽과 굽힐 줄 모르는 의지의 반쪽이었다. 의지에 찬 반쪽은 오닉시아의 손아귀에서 탈출한 후, 레가르 어스퓨리라는 이름의 오크에게 노예로 붙잡혔고 검투사로 훈련을 받았다. 바리안의 반쪽은 상대할 자가 없는 전사가 되었고 사나운 전투 스타일로 이름을 떨쳤다. 그 무용으로 로고쉬라는 별명을 얻었는데, 그것은 타우렌이 야생 신 골드린을 부르는 이름이었다. 전설에 따르면 그 거대한 흰색 늑대는 무엇과도 견줄 수 없는 분노와 야성을 지녔으며, 바리안의 반쪽이 바로 그러했다.

로고쉬의 진정한 자아의 조각이 바깥으로 떠오르기 시작했다. 그는 자신의 삶에 유혈 낭자한 전투 이상의 무언가가 있음을 감지한 후 레가르에게서 탈출했다. 그는 자신의 과거를 가리는 안개로부터 벗어나는 것을 도울 사람을 찾아 나섰다. 그리고 여정을 이어가던 중 테라모어에서 제이나 프라우드무어라는 이름의 강력한 마법사를 만났다.

로고쉬는 제이나가 자기의 친구라는 사실도 모른 채 테라모어에 들어섰다. 그에게 제이나는 그저 또 다른 이방인에 불과했다.

제이나는 그 전투의 흉터를 가진 전사를 바로 알아보지 못했으나 익숙한 무언가를 느꼈다. 바리안의 영혼을 갈랐던 마법은 그를 어두운 마법의 오라에 몰아 넣었다. 그 에너지는 모두에게, 심지어 친구였던 이들에게서도 그의 정체성을 감추었다.

제이나는 시종장인 전설적인 여마법사 에이그윈에게 도움을 청했다. 그들은 함께 마법의 힘으로 바리안의 마음을 가린 장막을 찢고 그의 정체를 밝혔다. 그는 노예가 아니었고 검투사도 아니었다. 그는 스톰윈드의 국왕이었다.

바리안은 고향으로 돌아왔다. 그리고 경악스럽게도, 어떤 사기꾼이 자신과 똑같은 모습으로 자신의 왕관을 쓰고 있는 것을 발견했다. 여군주 카트라나 프레스톨로 위장한 오닉시아가 굴복한 바리안의 나머지 반쪽 정수를 꼭두각시 지배자로 앉히고서 마음대로 조종하고 있었다. 스톰윈드의 백성들은 감쪽같이 속았지만 바리안과 가까운 많은 이들은 속지 않았다. 안두인 린 왕자는 아버지에게서 무

에이그윈의 유산

3차 대전쟁 이후 테라모어에는 많은 모험가와 상인이 왔고 영웅들까지 모여들었다. 그중 하나가 과거 티리스팔의 수호자 에이그윈이었다. 제이나 프라우드무어는 테라모어에 남아달라고 전설적인 마법사 에이그윈을 설득했다. 에이그윈은 그 부탁을 받아들여 제이나의 공식적인 시종장이 되었다. 그 직위는 옛 삶의 영광을 이어주지는 못했지만 환영할 만한 변화였다. 에이그윈은 아들 메디브를 아제로스에 다시 불러들인 후 많은 힘을 잃었다. 그리고 단순하고 평화롭게 살기를 바라고 있었다.

오닉시아를 쓰러뜨린 후 스톰윈드로 돌아온 바리안 린 왕과 안두인 왕자

언가 잘못된 것이 있다고 느꼈으나 그러한 의심에 대해 행동에 나설 방법이 없었다.

바리안 린은 싸움을 피할 사람이 아니었다. 바리안은 카트라나 프레스톨과 싸웠고 그녀의 가면을 만천하에 벗겨냈다. 프레스톨이 진정한 모습을 드러냈을 때 스톰윈드는 혼돈에 휩싸였다. 거대한 검은용 오닉시아는 안두인 왕자를 데리고 스톰윈드에서 도망친 다음 먼지진흙 습지대의 진창에 있는 자신의 둥지로 돌아갔다.

바리안의 두 반쪽은 대립하면서 각자가 진짜 왕이라고 주장했다. 그러나 그들이 하나 동의한 것이 있었다. 바로 안두인에 대한 사랑이었다. 그들은 각자의 차이를 뒤로하고 오닉시아를 쫓아 나섰다. 그들은 하나가 되어 오닉시아의 둥지로 전진했다. 둘은 목숨을 바쳐서라도 아들을 보호하겠다고 단결했고 헌신할 뜻을 나누었다. 그것이 바리안의 삶과 스톰윈드의 역사를 바꾸었다.

오닉시아의 둥지에서 전투가 벌어졌고 바리안 린에 대한 오닉시아의 마법이 흐트러졌다. 바리안의 부서진 정수들이 합쳐졌다. 그리고 바리안은 다시 완전해졌다. 스톰윈드의 진정한 한 명의 왕이 오닉시아를 제압하고 용의 목을 베어냈다.

바리안은 안두인을 데리고 스톰윈드의 왕좌로 돌아왔다. 스톰윈드 정문에는 오닉시아의 머리가 걸렸다. 왕국을 위협하는 자에게 어떤 운명이 기다리는지를 보여주는 경고였다.

바리안 린은 승리했지만 다시는 전과 같을 수 없었다. 그의 마음에는 전사의 영혼이 지배적인 힘으로 남았다. 이후 바리안은 로고쉬라는 이름을 얻은 자신의 무시무시한 일부인 분노를 다스리기 위해 분투해야 했다.

평화의 약속

호드와 얼라이언스 사이에는 오랫동안 긴장이 들끓었으나 아웃랜드 원정은 두 진영이 협력할 수 있다는 가능성을 증명해 주었다. 검은 사원이나 태양샘 공격은 힘을 합쳤기에 성공할 수 있었다. 역사상 처음으로 호드와 얼라이언스는 지속적인 평화 협정에 대한 희망을 꿈꾸었다.

제이나 프라우드무어는 그 길의 개척자였다. 제이나는 아제로스가 군단이든 리치 왕이든 아니면 다른 사악한 힘이든 앞으로 새로운 위협을 맞을 것이라고 확신했다. 제이나는 테라모어를 중립 지대로 만들겠다고 약속하면서, 호드와 얼라이언스의 회담을 마련했다.

모두는 아니었지만 호드와 얼라이언스의 지도자들 대부분은 평화를 추구했다. 바리안 린과 스랄은 진영의 대표단을 거느리고 테라모어에 회합했다. 호드와 얼라이언스 간의 역사에서 전례가 없었던 모임이었다. 아제로스의 운명을 더 좋게 바꿀 수 있는 가능성도 충분했다.

초갈이 아니었다면, 아마도 그렇게 되었을 것이다.

머리 둘 달린 오우거 초갈이 회담에 대해 알게 되었다. 두 진영 사이에 혼돈의 씨앗을 뿌리기 위해 기다리던 바로 그 기회가 찾아온 셈이었다. 초갈은 가로나에게 바리안과 대표단의 구성원들을 암살하라고 명령했다. 확실하게 전쟁을 유발할 수 있는 행동이었다. 가로나는 주인에게 복종할 수밖에 없었다.

회담이 진행되던 중 가로나는 바리안을 기습적으로 공격하여 그에게 칼을 겨누었다. 바리안은 간신히 습격을 막아냈고 임무에 실패한 암살자를 붙잡았다.

바리안은 격노했다. 그는 가로나가 호드의 암살자라고 생각했다. 그럴 만한 이유도 충분했다. 1차 대전쟁 동안 가로나는 스톰윈드 왕궁의 알현실에서 바리안의 아버지 레인 린 국왕을 살해했다. 바리안은 테라모어에서의 이 공격이 역사를 되풀이하려는 시도라고 판단했다. 바리안은 스랄과 호드의 배신을 비난하며 전쟁을 염두에 두고 평화 협정에서 철수했다.

가로나는 바리안을 죽이지 못했지만 호드와 얼라이언스 간의 평화에 대한 희망을 산산조각내는 데 성공했다.

바리안 린은 복수를 갈망했지만 그럴 기회를 잡지 못했다. 오그리마와 스톰윈드에서 테라모어에 전해온 소식 때문이었다. 수상하고도 길었던 침묵 끝에, 노스렌드에서 리치 왕이 움직이기 시작했다. 3차 대전쟁 이후 많은 수가 보이지 않았던 스컬지가 아제로스 전체에 공격을 시작하고 있었다.

가로나의 운명

스컬지 공격에 대한 소식을 들은 후, 호드와 얼라이언스 대표단은 테라모어를 떠났다. 제이나 프라우드무어와 에이그윈에게는 새로운 죄수, 가로나를 감시하는 일이 맡겨졌다. 두 마법사는 반오크 가로나가 완전한 자신이 아니라는 사실을 알았다. 사악한 에너지의 장막이 그녀를 뒤덮고 있었다. 제이나와 에이그윈은 초갈이 가로나의 마음속에 씌운 마법의 족쇄를 끊으려고 시도했지만 성공하지 못했다.

그러나, 가로나가 자신의 의지로 일어서겠다고 맹세했고, 초갈의 정신 지배와 싸우며 그에게 맞섰다. 가로나는 황혼의 망치단 이교도에 대해 자신이 아는 것을 밝혔지만 이교도에 대한 많은 것들은 수수께끼로 남았다. 제이나와 가로나, 에이그윈은 이교도와 그들의 진정한 목적에 대해 더 많은 정보를 밝혀내기로 결정했다.

가로나는 결국 초갈과 이교도들이 자신에게 저지른 짓에 대한 복수를 갈망하며, 다시 한 번 스스로의 의지로 걸음을 내디뎠다.

6장
리치 왕의 분노

6장
리치 왕의 분노

푸른용군단의 쇠락

노스렌드의 얼어붙은 산맥과 동토 곳곳에서 소란이 벌어지고 있었다. 요그사론은 힘을 모았고 리치 왕은 아제로스 정복을 위한 궁극의 계획을 준비했다.

그러나 세계의 지붕, 눈 덮인 봉우리 사이에서 전혀 새로운 위협이 떠오르고 있었다. 마법의 위상인 말리고스가 푸른용군단을 불러들였다. 말리고스는 필멸자 마법사들이 아제로스를 망치고 있으며 그들의 만행을 막을 방법은 그들에게서 마법을 완전히 차단하는 것뿐이라고 생각했다.

말리고스는 부하들에게 아제로스의 모든 마법의 지맥을 찾아서 그 에너지를 자신의 둥지인 마력의 탑으로 돌리라고 지시했다. 푸른용들이 명령을 따르는 동안 말리고스는 그렇게 수집하여 모은 마력의 흐름을 뒤틀린 황천으로 전달했다.

즉, 말리고스는 아제로스의 모든 마법 지맥에서 에너지를 흡수한 다음 어떤 마법사도 갈 수 없는 곳에서 그것을 처리함으로써, 아제로스에서 비전 마법을 없애려는 생각이었다.

아제로스의 마법사들은 곧 무언가가 잘못되어가고 있다는 것을 깨달았다. 익숙하게 사용하던 비전 마력의 자연스러운 흐름이 사라지고 있었으며, 그 마력이 노스렌드로 향하고 있다는 것을 감지했다.

키린 토의 몇몇 강력한 마법사들이 조사에 나섰다. 그들은 마력의 탑에 이르렀고 말리고스를 직접 만났다. 푸른용의 위상은 그들에게서 아무것도 숨기지 않았다. 말리고스는 자기가 무엇을 하는 중이고 왜 그런 일을 하는지 정확하게 설명해 주었다. 비전 마법의 사용은 아제로스에, 그것도 여러 차례 불타는 군단을 끌어들였고 이제 호드와 얼라이언스의 군대는 진영의 분쟁을 해결하기 위해 그 에너지를 남용하고 있었다. 말리고스는 이미 그 피해가 아제로스에 미치고 있다는 것을 마법사들에게 보여주면서 대의에 동참하라고 요구했다.

몇몇 고위 마법사들은 그의 주장에 영향을 받아 푸른용군단에 충성을 맹세했다. 다른 이들은 공포에 질려 탈출을 시도했다. 그러나 아무도 성공하지 못했다. 그들은 돌아가서 키린 토에 말을 전하지 못하도록 죽임을 당했다. 말리고스의 편에 선 마법사들은 곧 마법사 사냥꾼이라는 이름으로 알려졌고 푸른용군단의 새로운 대의에 반하는 모든 장애물을 제거하는 데 힘썼다.

그들은, 말리고스와 마찬가지로 그 계획이 완전히 실행되었을 때 가져올 피해를 예상하지 못했다. 티탄들은 용의 위상에게 막대한 힘과 지식을 부여했으나 알려주지 않은 한 가지 사실이 있었다. 아제로스는 지금은 잠들어 있지만 언젠가 깨어나면 가장 강력한 티탄이 될 수 있는 세계 영혼을 품

앞면: 노스렌드 얼음왕관 성채에 모여드는 얼라이언스와 호드의 군대

고 있었다.

말리고스의 계획은 아제로스의 균형을 들쑤셔 놓았고 노스렌드에서부터 칼림도어와 동부 왕국의 남쪽 끝자락에 이르기까지 자연재해를 일으켰다. 무언가 손을 쓰지 않으면 재앙은 걷잡을 수 없이 확대되어 아제로스의 세계 영혼에 회복할 수 없는 피해를 가할 수 있었다.

얼어붙은 왕좌의 전쟁

아제로스의 누구도 아직 스컬지의 위협이 남아 있다는 것을 잊지 않았다. 리치 왕의 죽음의 요새가 칼림도어와 동부 왕국의 지역을 습격하여 공포와 불사의 씨앗을 뿌린 것도 그리 오래전의 일이 아니었다. 그 공격은 매서웠지만 리치 왕은 단지 약점을 파악하고 있었던 것에 불과했다. 리치 왕은 힘을 비축할 필요가 있었다.

나머지 세계에는 알려지지 않았지만 리치 왕의 영지에서 또 다른 전투가 최근 막을 내렸다. 아서스 메네실과 넬쥴 간의 싸움이었다.

아서스는 리치 왕의 갑옷을 입으면서 그 과정에서 리치 왕에게 흡수당할 것을 염려했다. 그러나 그런 일은 일어나지 않았다. 아서스의 정체성은 그대로 남았고 더욱 강력한 힘을 얻었다. 그리고 넬쥴의 옆에서 그 힘을 사용했다. 두 영혼은 같은 육신 내에서 공존하고 있었다.

시간이 지나면서 아서스는 리치 왕의 힘을 넬쥴과 나누는 것이 불일치와 혼돈과 무질서만을 유발한다는 결론에 이르렀다. 그 힘을 정확하게 휘두르고 진정한 잠재력을 발휘하기 위해서는 단 하나의 정신만이 필요했다.

아서스는 넬쥴의 영혼을 제압했고 넬쥴은 무너졌다. 아서스는 리치 왕의 힘을 완전히 장악했다는 사실에 기뻐하며 얼어붙은 왕좌에 앉았다. 그는 스컬지의 유일한 지배자였다. 수년 후 아서스는 자신이 틀렸다는 것을 깨달았다.

아서스는 영혼의 깊은 바닥에서, 깨어나기 위해 발버둥 치는 넬쥴의 존재를 느꼈다. 두 존재는 리치 왕의 힘을 영원히 장악하기 위한 전쟁을 벌였다.

아서스보다 더 오랫동안 그의 힘을 지니고 살았던 넬쥴이 초반 우위를 점했다. 그러나 아서스는 당당했고 고집스러웠으며 단호했다. 아서스는 넬쥴의 영혼에서 한 가지 약점을 발견했다. 자신도 모르게 오크 종족을 불타는 군단의 노예로 이끌었다는 죄책감의 흔적이었다. 아서스는 이미 오래전에 자신의 죄책감을 묻었다. 아버지의 살해, 학살한 무고한 생명들, 그리고 다른 배신행위들…… 아서스는 이제 그 모든 것에 조금도 슬퍼하지 않았다.

아서스는 강력한 의지로, 넬쥴의 마음속 상처를 헤집고 나아가 그의 정신을 갈가리 찢었다. 리치 왕의 몸이 얼어붙은 왕좌에서 미동도 없이 앉아 있는 동안 아서스는 완전한 지배력을 얻었다. 그 과정은 넬쥴에게 몹시도 고통스러웠다. 아서스는 넬쥴을 죄책감 속으로 빠뜨렸을 뿐만 아니라 필사적으로 이성의 고리를 부러뜨려 넬쥴을 깊고 깊은 절망 속으로 몰아넣었다.

마지막 전투가 끝난 후, 넬쥴은 리치 왕의 의식 뒤편에서 구슬픈 울부짖음으로만 남았다. 아서스는 그것을 쉽게 무시할 수 있었다.

아서스는 힘을 회복하고 다음 작전을 준비하면서 오랜 시간을 보냈다. 아서스는 성기사로서 아제로스에 질서와 정의를 구현하는 데 힘썼다. 아직 그러한 욕망이, 어느 때보다도 더욱 뒤틀린 채로 남아 있었다.

언데드가 지배하는 세계는 부당함도, 전쟁도, 필멸자의 약점도 없었다. 리치 왕은 스컬지가 아제로스를 위협하는 세력으로부터 세계를 잘 수호할 능력이 있다고 생각했으며, 아마도 그것은 리치 왕에게 가장 중요한 것일 수 있었다. 리치 왕은 크툰의 각성과 아제로스 공격을 위한 불타는 군단의 여러 가지 노력을 지켜보았다. 악마들도, 공허의 세력도 아제로스를 지배하기 전까지 공격을 중단할 생각이 없었다. 얼라이언스와 호드가 끊임없이 충돌하는 분열된 아제로스는 절대로 또 다른 침략에 대처할 수 없었다.

리치 왕은 곧 전략을 마련했다. 그는 운명의 계시를 보았고 계획의 모든 가능한 결과를 검토했다. 순수한 무력으로 아제로스를 정복하는 것은 충분하지 않았다. 많은 다른 이들이 그것을 시도했고 실패했다. 아제로스를 지배하기 위해서는 그곳의 가장 강력한 존재들, 즉 얼라이언스와 호드에서 나타난 최고의 위대한 용사들을 사로잡아야 했다.

그들을 뜻대로 부릴 수 있다면 나머지 세계는 소모전으로 충분했다. 먼저 그 용사들을 자신의 손아귀 속으로 불러 들어야 했다.

리치 왕은 노스렌드에서 군대를 일으켜 가장 신뢰하는 부하들에게 아제로스를 향해 최후의 전쟁을 준비하라고 명령했다. 언데드는 리치 왕의 명령에 따라 호드와 얼라이언스에 잔혹한 전쟁을 일으켰다. 그들은 수많은 도시와 마을의 식량 보급로에 언데드 역병을 퍼뜨리기 시작했고 수백 명의 무고한 사람들을 스컬지의 하수인으로 만들었다. 두 진영의 영웅들은 역병의 전파를 막기 위해 어쩔 수 없이 감염된 시민들을 쓰러뜨려야 했다.

얼라이언스에게 그것은 로데론의 몰락의 오랜 상처가 되살아난 것이나 마찬가지였다. 호드에게는 새롭고 끔찍한 경험이었다. 두 진영은 행동에 나섰다. 그리고 감염된 지역을 정화할 때마다 리치 왕을 처단하겠다는 결의는 더욱 강해졌다.

칠흑의 기사단

칼림도어와 동부 왕국에 대한 스컬지의 공격은 대부분 거짓 침공이었고 분노를 일깨우고 노스렌드에 공격을 유도하기 위한 미끼였다. 그러나 리치 왕의 계획 중에서도 계략이 아닌 하나가 있었다. 언데드는 동부 역병지대 경계의 신 아발론이라고 불리는 작은 인간 마을에 전면 공격을 감행했다. 리치 왕은 작전을 운에 맡기지 않고 몸소 공격을 지휘했다.

타락한 파멸의 인도자를 휘두르는 죽음의 기사 다리온 모그레인은 리치 왕의 오른팔이나 마찬가지였다. 그는 붉은십자군과 신 아발론의 수많은 시민들을 처치하는 임무를 이끌었다. 쓰러진 자들 중에서 가장 강력한 자들은 죽음의 기사로 되살아났고 즉시 생존한 형제들을 쓰러뜨리러 나섰다.

불길과 재가 마을을 뒤덮는 가운데 다리온은 그 지역에 마지막 남은 정의의 요새인 희망의 빛 예배당으로 새로운 죽음의 기사들을 이끌었다. 그곳은 다리온에게 특별한 의미가 있었다. 목숨을 바쳐 아버지의 고통받는 영혼을 구원한 신성한 장소였다. 공교롭게도 다리온을 희망의 빛 예배당으로 보낸 잔혹한 결정은 리치 왕의 가학성이 아닌 전략의 증거였다. 리치 왕은 다리온에게 신경 쓰지 않았다. 리치 왕은 단 한 명의 인간을 끌어내기 위해 모든 죽음의 기사들을 희생할 준비가 되어 있었다. 바로 티리온 폴드링이었다.

티리온은 노련한 성기사이자 타고난 지도자였다. 리치 왕은 스컬지의 새로운 전쟁에서 티리온이 아제로스를 수호하는 핵심적인 역할을 맡을 기회를 갖기 전에 그를 처치하기를 바랐다.

리치 왕이 계획한 대로, 티리온은 희망의 빛 예배당에서 모습을 드러냈다. 티리온은 은빛 성기사단과 은빛 여명회와 함께 침략해 오는 언데드 군대에 맞서 신성한 분노를 터트렸다. 빛은 스컬지의

희망의 빛 예배당에서 스컬지를 이끄는 죽음의 기사 다리온 모그레인

군대를 압도했고 죽음의 기사들은 패배를 예감했다.

곧 리치 왕이 나타나서 희망의 빛 예배당 공격은 티리온을 쓰러뜨리기 위한 미끼에 불과했다고 밝혔다. 다리온은 자기가 먹잇감으로 이용당했다는 것을 알고서 격노한 채, 주인에게 분노의 칼날을 겨누었다.

리치 왕은 간단히 다리온을 물리쳤다. 리치 왕은 다리온과 죽음의 기사들을 무력화시킨 다음 서리한으로 티리온의 영혼을 흡수하기 시작했다.

다리온 모그레인은 리치 왕의 지배에 저항하면서 어렵사리 티리온 폴드링에게 타락한 파멸의 인도자를 건네주었다. 티리온은 빛의 힘을 끌어내어 눈부시게 빛나는 에너지로 검을 정화했다. 그리고 다시 복구한 파멸의 인도자를 휘두르며 예배당의 신성한 땅에서 리치 왕을 몰아냈다.

은빛 여명회와 은빛 성기사단의 성기사들은 뒤를 따를 새로운 용사를 얻었다. 티리온은 두 단체를 통합하여 은빛십자군을 만들고 리치 왕을 쓰러뜨리겠다고 맹세했다.

그날 전장에 쓰러진 죽음의 기사는 대부분 리치 왕의 지배에서 벗어났다. 다리온은 자유 의지를 되찾은 죽음의 기사들을 규합하여 칠흑의 기사단이라는 새로운 이름을 부여했다. 그들은 자신의 고향을 찾아 호드와 얼라이언스로 돌아갔다. 그리고 두 진영과 함께 리치 왕에게 맞서 싸우겠다고 맹세했다. 죽음의 기사들과 서약을 맺는 것을 불편하게 생각하는 사람도 많았지만 호드와 얼라이언스는 앞으로 치러야 할 전쟁에서 그들이 귀중한 동료가 될 것이라고 생각했다. 그들은 결국 죽음의 기사들을 군대에 받아들였다.

한때 리치 왕의 부하였던 그들은 곧 복수할 기회를 얻게 되었다.

노스렌드 침공
어둠의 문이 열리고 27년 후

스컬지의 공격으로 얼라이언스와 호드는 정의로운 분노에 사로잡혔다. 두 진영은 군대를 조직하여 전쟁을 일으켰고 리치 왕의 턱밑까지 공격을 이끌었다.

얼라이언스의 바리안 린 국왕은 성기사 볼바르 폴드라곤에게 스컬지를 제거하라고 명령을 내렸다. 그가 지휘하는 군대는 용맹의 원정대라는 이름으로 불렸다. 원정대는 노스렌드에 도착한 후, 울부짖는 협만에 거점을 건설했다. 그 어둡고 악몽 같은 해안에는 호전적인 브리쿨과 위험한 영혼이 가득했다. 곧 리치 왕의 영향이 분명하게 드러났다. 많은 브리쿨이 얼어붙은 왕좌에 지배당한 채 얼라이언스 수비대에 몸을 던지며 소모전을 벌였다.

얼라이언스의 용사들은 해안을 확보한 후 내륙에서 익숙한 얼굴을 발견했다. 얼어붙은 폭풍우 봉우리에서 살아가는 서릿결 드워프였다. 그들은 처음에는 리치 왕과의 전쟁에 합류하기를 꺼렸으나 결국 얼라이언스의 전쟁에 도움을 제공했다.

대족장 스랄은 가로쉬 헬스크림에게 호드 군대의 지휘를 맡겼다. 가로쉬는 자신의 가치를 증명하기를 원했고 이미 전투에서 강렬한 지도력을 보이며 명성을 얻고 있었다. 그의 군대는 전쟁노래 공격대라는 이름으로 불렸는데, 용맹하기로 이름을 떨치며 많은 존경받는 전사들을 배출했던 옛 오크 부족의 이름을 딴 것이었다. 그중에서 가장 유명한 두 사람이 노련한 전사 바로크 사울팽과 그의 아들, 드라노쉬 사울팽이었다. 드라노쉬는 큰 자부심을 느끼며 호드의 선봉대를 지휘하는 임무를 맡았다.

호드는 북풍의 땅에 상륙했고 즉각 저항에 직면했다. 가로쉬 헬스크림은 호드의 내륙 진출에 핵심적인 발판이 될 대규모 전초기지의 건설을 감독하면서 스컬지 군대에 대한 공격을 도왔다.

또한, 가로쉬의 군대는 타우렌의 먼 조상이자 인근에 거주하던 고귀한 종족인 타운카와 함께 스컬지를 물리쳤다. 후일 그 강력하고 친절한 생명체들은 감사를 표하며 공식적으로 호드와 동맹을 맺었다.

낙스라마스의 운명

얼라이언스와 호드는 각자 공격을 이끌며 점차 노스렌드의 안쪽까지, 리치 왕의 권좌에 더 가까이 나아갔다. 그들이 용의 안식처의 얼어붙은 골짜기에 이르러 조악한 전초기지를 구축했을 때 스컬지가 첫 번째 대규모 반격을 감행했다.

무시무시한 죽음의 요새 낙스라마스가 호드와 얼라이언스 군대의 머리 위에 나타났다. 옛 주인인 켈투자드가 그 요새를 지휘하고 있었다. 켈투자드는 리치 왕의 마력으로 되살아났고 전보다 더욱 강해져 있었다. 켈투자드는 매우 정교하게 언데드 군대를 이끌면서 호드와 얼라이언스의 군대를 사방에서 공격했다. 그리고 비밀스럽게 첩자를 이용하여 두 진영 내에서 혼돈을 유발하고 지도자들에게서 오는 중요한 정보를 차단했다. 볼바르 폴드라곤과 드라노쉬 사울팽이 이끄는 얼라이언스와 호드 선봉대가 얼음왕관 성채에 가까이 접근하고 있었지만 켈투자드의 전략으로 병력이 갈라지고 약화될 위험에 처했다.

그러나 켈투자드는 치명적인 실수를 저질렀다. 낙스라마스를 전선에 너무 가까이 배치함으로써, 과감하게 요새를 타격할 수 있는 가능성을 열어주고 말았다.

호드와 얼라이언스의 용사들이 낙스라마스를 덮쳤다. 그들은 요새의 내부를 파괴하고 요새의 전당에서 악을 정화했다. 일부 영웅들은 이미 한 차례 낙스라마스를 공격했던 전력이 있었으며 기꺼이 켈투자드를 다시 상대할 준비가 되어 있었다.

리치 왕은 낙스라마스에 지원군을 보내려고 했지만 켈투자드는 패배하고 말았다. 켈투자드의 영혼이 죽은 자의 영역인 어둠땅으로 사라졌다는 소문이 빠르게 퍼졌다. 켈투자드의 죽음으로 리치 왕은 노스렌드 침공이 정점을 향해 다가가는 시점에서 가장 강력한 부하 중 하나를 잃게 되었다.

뜻밖의 패배로 인해 리치 왕의 궁극적인 전략도 위태로워졌으나 리치 왕에게는 다행스럽게도, 곧 또 다른 위협이 얼라이언스와 호드의 영웅들의 주의를 끌었다.

푸른용군단의 둥지, 마력의 탑

마력 전쟁

침략자들은 용의 안식처에서 낙스라마스를 무너뜨리며 영구적인 거점을 확보했다. 그들은 그곳에서 얼음왕관 성채를 직접 공격할 계획이었다.

그것은 요원한 일이었다. 키린 토는 마침내 마력의 탑에서 벌어지는 일을 밝혀냈다. 말리고스와 다수의 푸른용들이 아제로스의 비전 에너지를 빨아들이면서, 감히 그에 맞서는 마법사들을 모두 처치하고 있었다.

대마법사 로닌과 키린 토의 고위 마법사들은 키린 토의 일부 마법사들이 푸른용군단으로 넘어갔다는 사실에 크게 놀랐다. 말리고스가 드리운 위험은 너무도 컸기에 달라란의 마법사들은 전례 없는 일을 계획했다. 그들은 마력을 집중하여 도시 전체를 노스렌드의 하늘로 순간이동시켰다.

새롭게 유리한 위치를 점하고서 키린 토는 말리고스의 작전을 중단시키기 위해 공격을 감행했다. 그러나 소득은 별로 없었다. 푸른용의 위상과 그의 부하들은 달라란의 위대한 마법사들이 상대하기에도 너무 강력했다. 얼마 후, 키린 토는 얼라이언스와 호드에게 도움을 요청했다. 가로쉬 헬스크림과 볼바르 폴드라곤은 리치 왕과의 전쟁을 위한 병력을 나누는 상황이 반갑지 않았지만 모두 그 필요성을 인정했다.

호드와 얼라이언스의 구성원들은 마력의 탑 주변에서 푸른용군단의 방어 상황을 조사했다. 말리고스에 대해 우려가 깊었던 다른 용군단들의 대리인들이 그들과 함께했다. 필멸자와 용의 군대는 마법의 위상을 만나 파괴적인 전쟁을 중단하도록 그를 설득하고자 했으나 돌아온 것은 노골적인 적대감뿐이었다.

갈등이 격화되는 가운데 용의 위상 알렉스트라자와 다른 용군단의 대사들이 만나 말리고스의 운명을 논의했다. 마법의 위상에 반대하는 일부 푸른용들까지 회합에 참여했다. 말리고스는 이미 너무

황혼의 용

검은용군단은 말리고스와의 전쟁을 자기에게 유리하게 이용하고자 했다. 마법의 위상의 분노에서 탈출한 소수의 황천의 용 중 하나가 데스윙의 배우자인 신타리아에게 붙들렸다. 신타리아는 새롭고 무시무시한 용의 일족을 만들어 자신의 용군단을 재건하려 했다.

신타리아는 황천의 용의 마력을 끌어내어 황혼의 용이라고 알려진 생명체를 빚어냈다. 검은용군단을 재건하려는 그녀의 절박한 시도는 부분적인 성공만을 거두었다. 칼렉고스와 코리알스트라즈 등 용들을 포함한 많은 영웅이 신타리아의 실험에 대해 알게 되었다. 그들은 검은용들을 공격하여 신타리아와 그녀의 자손들을 처치했다.

불행하게도, 황혼의 용이 모두 죽은 것은 아니었다. 데스윙은 신타리아의 혈족을 찾아냈고 황혼의 용의 엄청난 잠재력을 발견했다. 그리고 수개월 동안 죽은 배우자의 과업을 이어 수행했다.

많은 무고한 생명을 처치했고 아제로스의 지맥을 흡수하여 세계의 균형을 망가뜨렸다. 죽음과 파괴는 시간이 갈수록 악화되기만 했다.

용들은 무거운 마음으로 합의에 이르렀고 고룡쉼터 사원 용군단을 결성했다. 그들은 아제로스의 정의를 위해 필멸자의 편에 서서 말리고스와 전쟁을 일으키기로 결정했다. 모두에게, 특히 알렉스트라자에게는 어려운 결정이었다. 알렉스트라자는 말리고스와 남매와도 같은 관계였다. 그리고 생명의 수호자로서 다가올 유혈 사태를 끔찍하게 생각했다. 그러나 아무것도 하지 않는다면 희생될 생명의 수는 상상할 수 없었다.

고룡쉼터 사원 용군단의 연합군이 마력의 탑 내부 말리고스의 요새를 공격했다. 아제로스의 수호자들이 마법의 위상을 상대하고 있을 때 알렉스트라자가 직접 나타나 말리고스를 쓰러뜨렸다. 알렉스트라자는 고대로부터 친구였던 말리고스의 삶을 끝내면서 안도하지도 기뻐하지도 않았다. 그저 깊은 슬픔만을 느꼈다.

말리고스가 죽고 푸른용군단의 전쟁도 종지부를 찍었다. 키린 토의 구성원들은 그 후 수년 동안 아제로스의 지맥에 가해진 피해를 복구했고 결국 원래의 강력한 상태로 되돌릴 수 있었다.

분노의 관문 전투

말리고스가 죽은 후, 호드와 얼라이언스는 얼음왕관 성채에 다시 관심을 집중했다. 볼바르 폴드라곤과 드라노쉬 사울팽은 각자 스컬지와 맞서 싸우면서 언데드 군대를 더욱 안쪽으로, 용의 안식처까지 밀어냈다.

두 지휘관은 리치 왕을 상대하면서 한쪽 진영의 승리는 곧 모두의 승리가 된다는 사실을 빠르게 깨달았다. 한쪽 진영에서 언데드를 공격하면 다른 진영은 또 다른 전선에서 "우연히" 지시를 내려 스컬지의 주의를 돌리곤 했다. 두 지휘관 사이에서는 달갑지 않은 상호 존중감이 형성되었고 미묘하게 조율된 그들의 공격은 매우 효과적이었다. 그러한 작전을 벌이며 호드와 얼라이언스는 다른 방향으로 나아갔지만 결국 얼음왕관의 남쪽 입구인 분노의 관문 앙그라타르에서 만나게 되었다.

분노의 관문을 확보한다면, 두 진영은 원하는 때에 얼음왕관 성채에 공격을 시작할 수 있었다. 리치 왕의 방어는 견고했고 그 방벽을 뚫기 위해서는 잔혹하고 큰 피해가 따르는 전투를 치러야 했다.

볼바르도 드라노쉬도 상대 진영에서 모든 영광을 차지하기를 원하지 않았다. 드디어, 분노의 관문을 공격하는 날이 되었고 두 진영은 전장에 모여들었다. 얼라이언스와 호드 앞에는 지금껏 보지 못했던 엄청난 규모의 스컬지 군대가 서 있었다. 잔혹한 백병전이 벌어졌다.

아제로스 수호자의 강력한 단결된 힘 앞에서 스컬지의 전선이 흔들렸다. 서서히 볼바르와 드라노쉬는 적들을 쓰러뜨리며 분노의 관문 앞으로 길을 냈다. 승리는 닿을 듯이 가까웠다. 그러나 리치 왕은 적들의 승리를 허락하지 않았다. 호드와 얼라이언스의 용사들을 자신의 편으로 끌어들이겠다는 리치 왕의 계획이 성공하려면 두 진영은 전쟁에 지치고 찌든 상태가 되어 얼어붙은 왕좌에 도착해야 했다. 확신이 가득하고 기운이 넘치는 상태로 도착한다면 그들은 스컬지를 완전히 쓸어버릴 것이 분명했다.

리치 왕은 분노의 관문에 모습을 드러내고 직접 전투에 뛰어들었다. 리치 왕의 존재만으로도 전투의 흐름이 스컬지 쪽으로 기울 수 있었다. 그러나 얼라이언스와 호드는 리치 왕을 보고서도 도망가지 않았다. 그들은 물러서지 않고 결연히 싸움을 이어나갔다.

만약 분노의 관문 전투가 끝까지 이어졌다면 리치 왕이 최후를 맞았을지도 몰랐다. 그러나 그런 일은 일어나지 않았다.

분노의 관문에서 스컬지를 상대하는 볼바르 폴드라곤과 드라노쉬 사울팽

분노의 관문이 내려다보이는 언덕에서 역병을 가득 채운 통이 모든 전사들에게 빗발치며 쏟아졌고 전투는 그 자리에서 중단되었다. 살아 있는 자와 언데드 모두에게 치명적인 녹색 안개가 전장을 뒤덮었다. 리치 왕은 즉시 상황을 파악하고서 망설임 없이 후퇴했다. 전장에 있었던 모두가 쓰러졌다. 볼바르 폴드라곤을 포함한 약 오천 명의 얼라이언스 군대, 드라노쉬 사울팽과 사천 명 이상의 호드 병력이 목숨을 잃었다.

붉은용군단이 아니었다면 역병은 그 지역 전체에 퍼져 모든 생명을 닥치는 대로 쓰러뜨렸을 것이다. 알렉스트라자와 붉은용들이 하늘에서 내려와 마력 깃든 불길로 그 땅을 정화했다. 쓰러진 자들을 되살릴 수는 없었으나 역병은 종식시켰다.

연기가 걷힌 후, 드라노쉬와 볼바르의 시체는 발견되지 않았다. 그들의 실종은 또 다른 날을 위한 수수께끼로 남았다. 호드와 얼라이언스는 분노의 관문에서 발생한 사건에 대해 격노했다. 모두가 그 역병의 출처를 명백하게 알고 있었다. 그런 무기를 만들 수 있는 것은 포세이큰뿐이었다.

호드와 얼라이언스는 그것을 사용한 책임이 있는 자들을 처단할 준비가 되어 있었다.

언더시티 전투

분노의 관문에서 재앙이 발생한 후 대족장 스랄은 실바나스 윈드러너 여왕을 불렀다. 그러나 실바나스는 이미 스랄을 만나기 위해 오는 중이었다. 실바나스는 언데드 반역자와 악마의 무리가 반란을 일으켜 언더시티에서 어쩔 수 없이 도망쳐 나왔다고 스랄에게 전했다. 겁을 먹고 불타는 군단에서 떨어져 나왔다고 여겨졌던 공포의 군주 바리마트라스가 그동안 실바나스를 상대로 음모를 꾸미고 있었다. 바리마트라스는 군단이 밴시 여왕보다 훨씬 더 많은 보상을 줄 수 있다며 뛰어난 재능을 지닌 대연금술사 퓨트리스를 설득했다. 그들은 함께 새로운 언데드 역병을 만들었다. 그 역병은 살아 있는 생명은 물론 스컬지와 어쩌면 리치 왕까지도 쓰러뜨릴 수 있을 만큼 강력했다.

스랄과 실바나스가 함께 반격할 계획을 짜고 있었을 때 제이나 프라우드무어가 그들을 만났다. 바리안 린 국왕이 분노의 관문 사건의 모든 책임을 호드에게 돌리면서 전쟁을 준비한다는 소식이었다. 제이나는 그렇지 않다고 바리안을 설득해야 했다.

실바나스는 자신이 아는 사실을 제이나에게 설명하고 양 진영에서 엄청난 사망자를 낸 배신자들을 처단하겠다고 약속했다.

제이나에게 소식을 전해 들은 바리안은 실바나스의 해명을 의심스럽게 여겼다. 그러나 밴시 여왕의 말이 진실이든 거짓이든 바리안은 기회를 발견했다. 당장 언더시티는 호드의 지배하에 있지 않았다. 어쩌면 얼라이언스가 옛 로데론 왕국을 되찾을 수 있는 시점이었다.

호드와 얼라이언스는 언더시티에 각자 공격을 개시했다. 실바나스와 스랄이 이끄는 호드는 반역의 배후이자 조종자인 바리마트라스를 노렸다. 바리안이 이끄는 얼라이언스 부대는 퓨트리스를 찾아 언더시티의 하수도를 습격했다.

두 임무는 모두 성공적이었다. 바리마트라스와 퓨트리스는 배신의 대가를 치렀고 패배했다.

그러나 바리안은 그에 만족할 수 없었다. 아직 분노가 가라앉지 않은 바리안은 검을 뽑아 들고서 언더시티의 왕좌로 진격했고 스랄과 맞섰다. 분노의 관문 공격의 책임이 진정 누구에게 있는지는 중요하지 않았다. 바리안 린은 호드를 믿을 수 없었다. 그리고 호드가 없다면 아제로스는 더 안전한 곳이 될 것이라고 생각했다. 그는 바로 그곳에서 즉시 스랄과 호드에게 전쟁을 선포했다.

파국의 전투가 펼쳐졌다. 그러나 제이나 프라우드무어는 능숙하게 마법을 이용하여 그 자리에 있

분노의 관문과 실바나스의 역할

선의의 거짓말이 대개 그렇듯이 언더시티의 반란에 관한 실바나스 윈드러너의 설명은 어느 정도 진실이었다. 대연금술사 퓨트리스는 실제로 실바나스를 끌어내리려 했고 바리마트라스는 불타는 군단의 이름으로 포세이큰을 차지하려 했다.

그러나 역병은 실바나스의 지시로 만들어졌다. 실바나스는 리치 왕에게 복수하기 위해서라면 어떤 희생이라도, 심지어 그것이 역병과도 같은 치명적인 무기를 만드는 것이라고 해도 기꺼이 감수할 각오가 서 있었다. 실바나스가 퓨트리스와 바리마트라스의 역병 혼합물 사용 계획을 알고 있었는지는 수수께끼로 남았다. 실바나스가 사전에 분노의 관문 공격에 대해 알고 있었다는 소문은 끊이지 않았으며 실바나스의 부인에도 비방자들의 의심은 사그라지지 않았다.

던 모두를 멈춰 세운 다음 얼라이언스 군대를 언더시티 밖으로 순간이동시켰다.

당장의 전면전은 발발하지 않았다. 그러나 두 진영 사이에서는 팽팽한 긴장감이 감돌았다. 그 후, 노스렌드의 호드와 얼라이언스 군대는 비록 소규모의 짧은 접전에 불과했지만 종종 충돌을 일으키곤 했다.

울두아르의 비밀

노스렌드에서 전쟁이 격화되는 동안 고대 신 요그사론은 울두아르 지하에서 계속 힘을 모았다. 요그사론은 지상에서 펼쳐지는 혼돈을 보고서 크게 기뻐했다. 호드와 얼라이언스는 리치 왕과 싸우고 있었을 뿐만 아니라 서로에게 분노를 돌리고 있었다. 그러나 요그사론은 두 진영이 숨겨진 스컬지의 전초기지를 뒤지는 시간이 길어질수록 울두아르에 있는 자신의 존재를 발견할 가능성도 커질 것이라고 생각했다.

요그사론은 안퀴라즈에서 크툰이 패배했을 때 상황을 면밀하게 지켜보고 있었다. 그리고 같은 운명을 맞을 생각이 없었다. 요그사론은 시기를 기다렸다. 그의 타락한 하인, 수호자 로켄이 마력 깃든 의지의 용광로를 재가동하여 무시무시한 무쇠 드워프와 브리쿨의 새로운 세대를 만들고 있었다. 모두 요그사론의 충성스러운 부하였다.

그러나 요그사론이 존재를 숨긴다고 해도 영원히 필멸자의 눈을 피할 수는 없었다. 탐험가 연맹의 창시자 중 한 명인 브란 브론즈비어드가 우연히 비밀을 발견했다. 브란은 드워프 종족의 고대 역사에 대한 단서를 추적하면서 울두아르에 이르렀고 예상보다 훨씬 엄청난 것을 발견했다. 브란은 간신히 목숨을 붙들고 울두아르를 탈출했다. 그리고 그 잊힌 요새에서 살아 있는 악몽이 꿈틀대고 있다고 키린 토의 로닌에게 곧장 알렸다.

로닌은 얼라이언스와 호드에게 소식을 전했다. 그리고 다시 한 번 그들이 차이를 접어두고 한 차례 전투를 준비할 때라고 생각하기를 바랐다. 바리안 린 국왕, 대족장 스랄, 가로쉬 헬스크림이 달라란에 모여서 울두아르의 문제를 논의했다. 그리고 협력의 모든 희망이 사라졌다. 가로쉬와 바리안은 곧바로 대립했다. 만약 로닌이 중재하지 않았다면 어느 하나가 죽을 때까지 싸웠을 것이다.

비록 두 지휘관은 서로에게 단호했지만 많은 부하들은 울두아르의 어둠을 무시한다면 리치 왕과의 전쟁도 파국을 맞으리라고 생각했다.

얼라이언스의 구성원들은 비밀을 더 밝히기 위해 브란 브론즈비어드와 함께 울두아르로 향했다. 그리고 돌의 전당이라고 알려진 부속 요새에 잠입했다. 바로 의지의 용광로가 있는 곳이었다. 수호자 로켄의 가장 신뢰하는 부하 중 하나인 무쇠구체자 쇼니르가 그들을 기다리고 있었다. 그는 의지의 용광로를 다루는 장인이자 요그사론 무쇠 군대의 설계자였다. 얼라이언스 영웅들은 많은 위험을 극복하면서 쇼니르를 쓰러뜨렸고 요그사론의 병력 생산을 저지했다.

호드 역시 가만히 있지 않았다. 몇몇의 가장 위대한 영웅들이 울두아르의 또 다른 지구인 번개의 전당으로 향했다. 로켄은 울두아르의 그곳을 거처로 삼았고 가장 열정적인 부하들을 주위에 거느리고 있었다. 타락한 수호자 로켄과 대면한 호드의 용사들은 거의 쓰러질 뻔했으나 포기하지 않고 끈질기게 싸우며 그를 쓰러뜨렸다. 마지막 순간, 로켄은 자신의 죽음은 아제로스의 최후를 알리는 전조라며 수수께끼 같은 말을 남겼다.

호드의 용사들은 수호자 로켄의 말에 매우 신경이 쓰였다. 그들은 키린 토의 중재인을 통해서 의지의 용광로를 습격했던 얼라이언스 영웅들에게 조용히 연락을 취하고 로켄의 경고를 이해할 수 있는지 물었다. 브란 브론즈비어드는 즉시 경고를 전했다. 브란은 울두아르에 대해 발견한 지식을 토대로 로켄의 죽음이 아제로스 전체에 심각한 결과를 가져올 것이라고 확신했다. 그러나 그 이유를 완전히 알지는 못했다. 더 자세히 알기 위해서는 요그사론이 있는 울두아르의 심장부를 찾아야 했다.

탐험가 연맹과 키린 토는 함께 울두아르에 최후의 공격을 감행하자고 호드와 얼라이언스 구성원

요그사론의 피

수천 년 전, 요그사론의 정수에서 뻗어 나온 촉수가 사로나이트라고 불리는 기이한 광물의 형태로 아제로스의 지면에 스며들었다. 그 날카로운 물질은 노스렌드 곳곳에서 결정으로 피어났다.

리치 왕은 노스렌드에 처음 도착했을 때 사로나이트를 발견하고 자세히 연구했다. 그리고 사로나이트가 거의 파괴되지 않으며 여러 형태의 마법에 매우 강력한 저항성을 지닌다는 사실을 알아냈다. 또한 언데드 생명체의 육체와 영혼을 파괴하는 힘이 있다는 것도 발견했다. 리치 왕은 그에 흥미를 느꼈고 부하들에게 사로나이트를 사용하여 갑옷과 전쟁 기계를 만들고 노스렌드 곳곳에 성채를 건설하라고 지시했다.

들을 설득했다. 중립적인 단체의 요청이었기 때문에 영웅들은 동의했다. 두 진영 간에는 격렬한 경쟁심이 피어올랐지만 울두아르에서 목격한 악이 걷잡을 수 없이 퍼지도록 방치할 수 없었다.

울두아르 습격은 상상 이상으로 어려웠다. 요새는 요그사론의 남은 무쇠 군대가 지키고 있었고 로켄 등 요그사론의 영향력에 굴복한 강력한 수호자들이 그들과 함께 싸웠다. 울두아르 성채의 얼어붙은 외곽 성벽에서부터 어두운 지하의 전당까지, 요그사론의 군대를 상대로 잔혹한 전투가 펼쳐졌다.

침략자들은 마침내 고대 신 요그사론의 감옥에 이르렀다. 요그사론은 광기에 찬 계시와 배신, 고통으로 그들의 정신을 난도질했다. 몇몇 영웅들은 광기에 빠져들었고 요그사론은 과거의 동료들끼리 칼을 겨누게 만들었다.

그러나 크툰을 상대했을 때 그랬듯이 아제로스의 필멸자들은 승리를 거두었다. 요그사론은 패배했고 울두아르에 대한 지배력도 사라졌다.

티탄의 복구 계획

아제로스의 수호자들은 또다시 불가능을 이루었다. 그러나 잠시도 숨을 돌릴 여유는 없었다. 울두아르 공격 동안 브란 브론즈비어드는 매우 곤혹스러운 사실을 발견했다. 자신의 죽음이 세계의 최후를 의미한다는 수호자 로켄의 말은 과장이 아니었다. 그의 죽음은 티탄이 설계한 복구 계획의 첫 단계를 가동시켰다.

오래전, 티탄은 수호자들에게 두 가지 마력의 장치를 만들도록 지시했다. 의지의 용광로와 시초의 용광로였다. 의지의 용광로는 울두아르에 보관되어 있었고 시초의 용광로는 울둠이라고 불리는 머나먼 남쪽 땅에 설치되어 있었다. 시초의 용광로는 북쪽에 있는 의지의 용광로와는 매우 다른 목적으로 만들어졌다. 아제로스가 타락에 굴복할 경우 그 장치는 에너지를 방출하여 세계의 동식물을 정화하게 되어 있었다. 그리고 정화 작업이 완료된 후에는 새로운 세대의 생명을 만드는 절차를 가동하도록 준비되어 있었다.

티탄들은 관찰자 알갈론이라는 이름의 별무리에게 그 과정의 감독을 맡겼다. 알갈론은 아제로스의 상태를 판단하여 세계를 정화할 필요가 있는지 판단했다.

브란 브론즈비어드는 안전 확보 프로토콜의 진정한 의미를 정확하게 이해하지는 못했지만, 좋은 결말로 이어지지 않을 것이라는 두려움에 휩싸였다. 브란은 아제로스를 기다리는 운명을 막기 위해 요그사론을 처치한 용사들을 울두아르의 비밀 시설로 이끌었다. 그러나 이미 늦은 시점이었다.

로켄의 죽음으로 알갈론이 울두아르로 소환되었고 그는 분석 작업을 마쳤다. 고대 신의 타락이 아제로스 곳곳에 퍼졌으며 심지어 울두아르와 같은 요새에도 뿌리를 내리고 있었다. 알갈론은 남은 방법은 아제로스에 시초의 용광로의 힘을 방출하는 것뿐이라고 생각하고서 복구 프로토콜을 가동했다.

아제로스의 영웅들은 알갈론을 저지하기 위해 용감하게 싸웠다. 그러나 알갈론은 어리둥절했다. 그들의 행동의 논리를 이해할 수 없었다. 복구 계획은 이미 가동되었으며 설령 자신을 쓰러뜨린다고 해도 그것이 중단되는 것은 아니었다.

그러나 필멸자들은 물러서지 않았다. 그들은 자신들의 세계를 위해서, 자신들의 고향을 위해서, 자신들의 친구를 위해서 싸웠다. 그리고 결국 알갈론을 항복시켰다.

알갈론은 그들의 결의에 마음이 움직였다. 아제로스는 알갈론이 정화한 첫 행성이 아니었다. 알갈론이 경험한 다른 세계의 어떤 생명체도 그 영웅들처럼 간절하게 생존을 염원하지 않았다. 알갈론은 그들이 아제로스의 타락에 직접 맞서 싸울 권리가 있다고 판단했다. 알갈론은 시초의 용광로가 돌아가기 전에 그 필멸자들이 복구 프로토콜을 되돌리는 것을 허락했다.

그리고 알갈론은 사라졌다. 그렇지만 멀리 가지는 않았다. 알갈론은 얼마간 멀리서 아제로스를 지켜보았다.

아제로스의 재창조

복구 프로토콜의 일부로 알갈론은 분석 결과를 확인하고 시초의 용광로 작동을 허가할 수 있도록 티탄에게 신호를 보냈다. 알갈론도, 아제로스의 영웅들도 티탄이 오래전 살게라스와 불타는 군단에게 쓰러졌다는 사실을 알지 못했다.

티탄은 알갈론의 신호를 받을 수 없게 되었지만 그렇다고 해서 복구가 중단되는 것은 아니었다. 결국 시초의 용광로는 아제로스에서 모든 생명을 파괴했을 것이다.

은빛십자군 마상시합

노스렌드에서 혼돈과 학살이 펼쳐지는 중에도 리치 왕과의 전쟁은 계속해서 진행되고 있었다. 얼라이언스와 호드의 군대는 노스렌드 곳곳에서 수많은 스컬지 전초기지를 격파하면서 언데드의 영토를 하나씩 빼앗았다.

남은 것은 얼음왕관 성채에 대한 최후의 공격뿐이었다. 리치 왕은 대담하게 적들에게 얼어붙은 왕좌로 공격해 들어오라고 부추기듯이 군대의 대부분을 그곳에 남겨두었다.

가로쉬 헬스크림과 바리안 린은 리치 왕을 쓰러뜨리고 싶은 생각이 간절했으나 누구도 공격을 명령하지 않았다. 은빛십자군의 지도자인 티리온 폴드링이 두 지도자에게 공격을 중지하라는 경고를 전했기 때문이다. 티리온은 완전한 전면 공격이야말로 리치 왕이 기다리는 것이라고 판단했다.

은빛십자군과 칠흑의 기사단은 얼음왕관 성채 가까이에 소규모 거점을 마련하고서 몇 주 동안 신중하게 스컬지의 전략과 움직임을 관찰했다. 서로의 차이에도 성기사와 칠흑의 기사단은 정보를 교환하면서 동일한 결론에 이르렀다. 리치 왕은 지상 공격에서 막대한 피해를 감수할 준비를 하고 있었다. 왜냐하면 상대 병사들은 전투에서 죽으면 다시 일어서서 리치 왕의 하수인이 될 것이 분명했기 때문이다.

티리온은 얼음왕관을 정복하려면 한 가지 방법밖에 없다고 생각했다. 소규모의 정예 돌격대가 얼음왕관 성채의 수비를 꿰뚫고 리치 왕에게 나아가는 방법이었다.

그를 위해서, 티리온은 아제로스의 영웅들을 불러 그 중요한 임무를 수행할 수 있는지 실력을 검증하는 기회를 마련했다. 그렇게 은빛십자군 마상시합이 생겨났다.

대립하는 두 진영이었지만 모두 티리온 폴드링을 신뢰했다. 티리온은 희망의 빛 예배당을 수호하

며 모범적인 용기를 보여주었으며 호드는 오래전 오크 아이트리그를 지켜준 그의 정의에 대한 헌신을 기억하고 있었다. 누구도 그의 진정성과 리치 왕을 쓰러뜨리려는 순수한 열망을 의심하지 않았다. 진영을 막론하고 그의 곁에서 싸우고자 하는 영웅들은 넘쳐났다.

수많은 영웅들이 마상시합 시험에 참가했다. 곧 티리온은 그들 중에서 소수의 영웅들을 선택했다. 그들은 티리온과 은빛십자군의 용사들이었다. 다리온 모그레인과 다수의 죽음의 기사들도 잿빛 선고단이라는 새로운 조직의 깃발 아래 합류했다.

함께, 그들은 리치 왕에게 최후의 심판을 내리기로 결의했다.

리치 왕의 몰락

얼음왕관 성채를 향한 공격은 하늘에서 시작되었다. 호드와 얼라이언스의 비행포격선이 요새의 하늘을 가르고 나아가 각자 다른 위치에서 병력을 내려놓았다. 침입자들은 얼음왕관 성채 깊은 곳까지 침투하여 마침내 투영의 전당이라고 불리는 성채의 지구에 도착했다. 그곳에서, 리치 왕이 직접 필멸의 용사들을 상대했고 그들은 후퇴할 수밖에 없었다.

아제로스의 수호자들은 그 패배에도 불구하고 다시 전열을 가다듬고 최후의 공격을 준비했다. 은빛십자군과 칠흑의 기사단은 얼음왕관 성채의 주 입구에 집결지를 마련했고 아제로스의 용사들은 리치 왕을 쓰러뜨리기 위해 모여들었다.

얼음왕관 성채를 집어삼킨 전투는 티리온 폴드링과 은빛십자군의 힘과 의지를 시험했다. 리치 왕은 가장 강력하고 위험한 부하들을 가까이 두었을 뿐만 아니라 과거의 영웅, 드라노쉬 사울팽을 부리고 있었다.

스컬지는 분노의 관문에서 쓰러진 자긍심 넘치는 오크 드라노쉬의 시체를 수습했다. 그리고 리치 왕은 그를 죽음의 기사로 변화시켰다. 이제 드라노쉬는 과거의 동맹들을 상대로 싸워야 했고 과거의 동맹들은 그를 쓰러뜨려야 했다. 바로크 사울팽은 아들의 소식을 듣고서 비탄에 잠겼다. 얼라이언스의 인원들까지 그에게 연민을 느꼈다. 그의 사랑하는 아들에게 가해진 고통은 너무도 사악하고 잔혹했다.

공격대는 수많은 얼음왕관 성채의 수호자들과 싸우며 계속 나아갔다. 그들은 스컬지의 군대를 베어 넘기면서 마침내 얼어붙은 왕좌에 다다랐다.

그곳에서, 분노의 관문에서 사라진 또 다른 영웅을 만날 수 있었다. 볼바르 폴드라곤이었다. 볼바르는 붉은용군단의 마력 깃든 불꽃에 타버린 몸으로, 얼어붙은 왕좌 위에서 사슬에 매달려 있었다. 드라노쉬와 마찬가지로 볼바르는 리치 왕에 의해 되살려졌지만 드라노쉬처럼 쉽게 타락하지 않았다. 스컬지의 주인은 그를 어둠에 물들이기 위해 무척이나 애를 쓰고 있었고 볼바르는 끔찍한 고통에 시달렸다.

용사들은 볼바르를 풀어줄 수 없었다. 리치 왕을 쓰러뜨리기 전까지는 불가능했다. 지치고 만신창이가 된 그들은 몹시 분노했다. 리치 왕이 계획한 대로였다. 그의 진정한 전리품, 아제로스의 가장 강력한 영웅들이 눈앞에 서 있었다. 그들을 쓰러뜨리면, 다시 불사의 몸으로 일으켜 살아 있는 자들에게 무기로 사용할 수 있었다.

아제로스의 운명이 이 한순간에 달려 있었다.

리치 왕은 완전한 분노를 드러냈다. 티리온 폴드링과 그의 용사들은 용감하게 반격했다. 전투는 얼음왕관 성채를 바닥까지 뒤흔들었다. 리치 왕은 서리한으로 몇몇 영웅의 영혼을 육체에서 벗겨냈다. 그러나 그들은 멈추지 않았다. 용사들은 저주받은 서리한에 갇혀서도 계속 싸우면서 그 검에 갇힌 다른 영혼들을 깨워 움직이게 만들었다.

용사들은 용감하게 영웅적으로 싸웠지만 승리하지 못했다. 리치 왕의 힘은 그들을 압도했다. 티리온 폴드링은 얼음덩이리에 갇혔고 동료들은 학살당했다.

리치 왕은 승리했다. 그리고 적들을 불사의 몸으로 일으키기 시작했다.

티리온은 포기하지 않았다. 티리온이 얼음 감옥을 깨뜨리고 나왔다. 그리고 필사적인 일격으로 파멸의 인도자를 휘둘러 서리한을 파괴했다. 순간, 서리한에 갇혔던 영혼들이 풀러났다. 리치 왕에게 희생된 영혼들은 잔혹한 고통을 주었던 그에게 몰려들었고 정당한 복수를 이루었다.

아서스의 아버지, 테레나스 메네실 2세의 영혼이 쓰러진 용사들을 되살렸고 그들은 새롭게 전투에 뛰어들었다. 이제 리치 왕은 무력했으며 치명적인 부상을 입은 상태였다.

아서스가 죽어가던 순간, 얼어붙은 왕좌의 타락이 스러지자, 그는 자신이 저지른 엄청난 죄악의 무게에 짓눌렸다. 그리고 그는 죽음 속으로, 용서가 허락되지 않는 차가운 어둠 속 내세로 빠져들었다.

남은 문제는 스컬지 무리를 어떻게 처리할 것인지였다. 테레나스의 영혼은 만약 강력한 의식이 언데드를 통제하지 않는다면 그들은 미친 듯이 날뛰며 아제로스에 상상할 수 없는 피해를 줄 것이라고 티리온 폴드링과 용사들에게 경고했다.

티리온은 동의했으나 누구에게도 부탁할 짐이 아니었다. 티리온은 스스로 리치 왕의 투구를 집어들고 저주받은 자들의 간수가 되겠다고 마음을 굳혔다. 그러나 티리온이 저주받은 갑옷을 입고 운명을 봉인하기 전에 볼바르 폴드라곤이 끼어들었다.

사슬에서 풀려나 자유의 몸이 된 볼바르가 티리온의 자리를 차지하고 나섰다. 분노의 관문에서 얻은 상처는 그의 몸을 망가뜨렸고 마음에 상처를 남겼다. 볼바르는 원래의 삶으로 돌아갈 수 없었다. 이전처럼 산 자들 사이에서 걸을 수 없었다. 볼바르는 아제로스를 위해서 리치 왕의 투구를 쓰고 의지를 행사하여 스컬지를 통제하리라 결심했다. 그렇게 해서, 스컬지의 위협이 영원히 사라지기를 희망했다.

승자의 귀향

리치 왕이 패배한 후 얼라이언스와 호드의 군대는 승리자가 되어 고향으로 돌아왔다. 그들은 아제로스가 지금껏 겪었던 가장 거대한 위협에 맞서 승리를 거두었다. 오그리마의 가로쉬 헬스크림은 형제들에게서 천둥과 같은 박수갈채와 환영을 받았다. 가로쉬는 이제 헬스크림 혈통의 가치 있는 후손으로 여겨졌고 개인적으로도 뛰어난 전투 사령관의 능력을 보였다.

호드의 다른 사령관인 바로크 사울팽은 노스렌드에 남아서 호드의 철수 과정을 감독했다. 드라노쉬 사울팽의 죽음은 그에게 깊은 상처를 남겼으며 바로크는 조용히 아들을 애도하고 싶었다. 그의 부재는 호드에게 경험과 지도력의 상실을 의미했고 후일 심각한 문제를 초래한다.

잠든 왕좌

노스렌드에서 철수하는 호드와 얼라이언스의 군대는 스컬지를 거의 볼 수 없었다. 대부분 사람들은 리치 왕이 사라진 지금 더는 언데드를 위협으로 생각하지 않았다. 물론 그것은 사실과 달랐다.

볼바르 폴드라곤은 수많은 언데드 군대를 장악하기 위해 안간힘을 쓰고 있었다. 리치 왕은 그들을 살아 있는 자들의 전쟁으로 이끌었고 그 공격성은 진압하기가 어려웠다. 볼바르는 이성을 유지하기 위해 싸웠다. 볼바르는 성인이 된 후 평생 동안 강력한 성기사로 살았으나 리치 왕의 투구를 착용한 순간 신성한 빛은 그를 버렸다. 새로운 강령술의 마력은 그의 정의감과 고결함에 대립했으며 볼바르는 언데드를 가두기 위해서 전력을 기울여야 했다.

일부 스컬지 무리가 그의 지배를 벗어나기도 했다. 동부 왕국의 언데드 무리들은 계속해서 리치 왕의 지시를 따랐으며, 감히 역병지대에 발을 들인 자들을 마구 공격했다. 스컬지에 대한 볼바르의 통제에 가장 곤혹스러운 영향을 준 것은 뜻밖의 사건, 바로 실바나스 윈드러너의 두 번째 죽음이었다.

수년 동안 실바나스는 자신의 몸에서 영혼을 거두고 자신을 원하지 않는 노예의 신세로 변화시킨 장본인인 아서스 메네실을 쓰러뜨리겠다는 목적을 위해 모든 것을 바쳤다. 이제 아서스는 죽었고 그녀는 그를 직접 처치할 기회조차 얻지 못했다. 고통받는 자신에게 평화를 기원하며, 실바나스는 얼음왕관 성채의 꼭대기에서 몸을 던졌다.

실바나스는 추락 때문이 아니라 땅속에 박혀 있었던 날카로운 사로나이트 광석에 찔려 죽음을 맞이했다. 리치 왕과 마찬가지로 얼라이언스와 호드는 그 신비로운 광물을 발견하여 여러 가지를 실험했다. 사로나이트는 많은 흥미로운 성질이 있었다. 그중 한 가지가 언데드의 육신과 영혼을 파괴하는 능력이었다.

실바나스는 황량하고 무시무시한 사후 세계에 던져졌다. 발키르라고 알려진 영혼의 존재가 그곳에서 실바나스의 영혼을 찾아 포세이큰의 미래를 보여주었다. 보호할 자가 사라진 포세이큰은 호드에게 이용당하고서 결국 멸망을 맞이했다. 발키르는 약속을 맺을 것을 제안했다. 포세이큰을 보호하기로 맹세한다면 실바나스의 영혼을 육체로 돌려주겠다는 내용이었다. 그 대가로 발키르는 마침내 리치 왕의 지배에서 벗어나서 기꺼이 밴시 여왕을 섬기겠다는 뜻을 밝혔다. 실바나스는 동의했다. 그리고 아제로스로 돌아와 포세이큰을 계속 이끌었다.

볼바르는 발키르와의 결속이 급작스럽게 끊어졌다는 사실에 놀랐다. 그는 다시 발키르에게 자신의 의지를 심으려 했지만 그들은 반응하지 않았다. 마치 다른 주인을 섬기는 듯했다.

볼바르는 그 사건에서 교훈을 얻었다고 생각하고 운명을 받아들였다. 그는 언데드가 살아 있는 자들에게 해를 끼치지 못하도록 지켜야 했을 뿐만 아니라 다른 이들이 스컬지의 힘을 남용하지 못하도록 막아야 했다.

악몽과의 전쟁

고대 신들은 수천 년 동안, 에메랄드의 꿈을 타락에 물들이기 위해 애썼다. 그들은 그 에테리얼 영역에 영향력을 뻗쳤으며 그 결과 에메랄드 악몽이라고 불리는 현상이 발생했다. 최근 노스렌드에서 요그사론이 패배했지만 그 위험은 사라지지 않았다. 오히려 요그사론의 부하들이 행동에

얼어붙은 왕좌에서 리치 왕을 처치하는 티리온 폴드링과 영웅들

나서는 계기가 되었다.

리치 왕이 죽은 후 악몽은 외부 세계의 더욱 먼 곳까지 마수를 뻗쳤다. 아제로스의 주민들은 끔찍한 악몽을 경험했다. 티란데 위스퍼윈드도 그러한 밤의 공포에 영향을 받은 이들 중 하나였다. 티란데는 그 원인을 조사하면서 나이트 엘프가 숭배하는 여신인 엘룬의 계시를 목격했다. 계시 속에서, 티란데는 배우자인 말퓨리온 스톰레이지가 에메랄드의 꿈 속에서 죽어가는 모습을 목격했다.

말퓨리온은 오랫동안 에메랄드의 꿈에 잠들어 있었지만 지금까지 경계할 만한 징후는 없었다. 많은 드루이드들이 오랜 기간 동안 그 영역을 탐구했다. 티란데는 말퓨리온을 깨웠지만 그는 일어나지 않았다. 그제야 최근 에메랄드의 꿈에 들어간 이들이 깨어나지 못하고 있다는 것이 분명해졌다. 심지어 꿈의 위상인 이세라마저 영원한 꿈에 갇혀 있었다.

말퓨리온이 자리를 비운 동안 세나리온 의회의 지도자를 맡았던 판드랄 스태그헬름은 자기가 답을 알고 있다고 주장했다. 판드랄은 세계수 텔드랏실에 스며든 타락의 영향을 과소평가하고서 세계수가 에메랄드 악몽의 영향을 받지 않았다고 주장했다. 그러나 거짓말이었다. 악몽은 이미 텔드랏실에 스며들었고 판드랄은 다른 나이트 엘프에게서 악몽의 존재를 숨기고 있었다.

판드랄은 계략을 이어가기 위해 자기가 텔드랏실을 보호하고 악몽의 손길을 막을 수 있다고 단언했다. 그리고 그 일을 마무리하면 틀림없이 말퓨리온을 구할 방법이 있을 것이라고 강조했다.

티란데는 말퓨리온이 위험에 처한 상황에서 기다리고 있을 수 없었다. 그리고 에메랄드의 꿈에 들어가서 직접 말퓨리온을 찾아 나섰다. 얼마 후 티란데는 말퓨리온이 고대의 적, 악몽의 군주 자비우스에게 붙잡혀 있다는 사실을 알아냈다.

자비우스는 고대 신의 부름에 응했으나 자신의 하수인을 다수 거느리고 있었다. 그중 하나가 판드랄 스태그헬름이었다. 오래전, 자비우스는 판드랄의 죽은 아들, 발스탄 스태그헬름이 아직 살아있다고 설득하여 그를 자신의 편으로 끌어들였다.

티란데는 최근 사건에서 판드랄의 행적을 접하고서 마침내 끔찍한 진실의 전모를 깨달았다. 텔드랏실이 악몽에 의해 타락했으며 판드랄은 다른 나이트 엘프들에게서 그 사실을 숨기고 있었다.

티란데는 동료들과 함께 싸워 말퓨리온을 구했다. 말퓨리온이 꿈에서 깨어난 후 그들은 자비우스와 악몽을 상대로 공격에 나섰다.

결국, 자비우스는 쓰러졌고 악몽은 에메랄드의 꿈에서 거의 정화되었다. 티란데 위스퍼윈드도 말퓨리온 스톰레이지도 악몽을 완전히 제거할 수 없었다. 그들은 알른의 균열이라고 불리는 에메랄드의 꿈의 한구석에 자비우스의 영혼과 함께 그 타락을 봉인했다. 그들은 악몽이 그곳에 갇혀 있기를 바랐지만 언젠가는 빠져나올지 모른다는 두려움을 떨치지 못했다.

에메랄드의 꿈에서 승리를 거두자, 악몽 속에서 고통받던 많은 이들도 영원히 해방되었다. 이세라는 영원한 잠에서 깨어났고 그녀의 귀환을 기리는 "깨어난 여왕"이라는 새로운 이름을 얻었.

대드루이드 판드랄 스태그헬름에 대한 악몽의 지배력은 깨졌으나 상처받은 마음과 영혼은 치유할 수 없었다. 판드랄은 광기에 빠져들었고 세나리온 의회의 드루이드들조차 도움을 줄 수 없었다. 마음대로 바깥을 떠돌도록 놓아둘 수 없었던 그들은 판드랄을 지하굴에 가두었다.

악몽이 패배한 후, 용의 위상 알렉스트라자와 이세라는 텔드랏실을 보호할 필요를 느꼈다. 그들은 텔드랏실이 영원히 악몽의 타락에 빠지지 않도록 마법의 축복을 내렸다.

6장: 리치 왕의 분노

7장
대격변

보이지 않는 자

고대 신들은 아제로스의 수호자들에게 크툰과 요그사론이 쓰러지는 등 최근의 충격적인 패배에 타격을 받았다. 누구도 그렇게 격렬한 저항을 예상하지 않았다. 그토록 용감한 영웅들이 나타날 것이라고는 상상조차 하지 못했다.

열기에 찬 꿈의 바다에 둘러싸인 채, 이름 없는 공포의 유해 사이에서 느조스는 필멸자의 칼날에 영향을 받지 않고 남아 있었다. 느조스는 아제로스의 용사들이 결국 자신을 찾아 크툰과 요그사론과 같은 운명을 선사할 것이라고 확신했다.

느조스는 그것이 두렵지는 않았으나 기회가 빠르게 사라지고 있다고 직감했다. 아제로스는 리치 왕과의 최근 전쟁으로 망가져 있었다. 고대 용의 위상들은 내부의 갈등에 함몰되어 있었다. 이세라는 에메랄드의 꿈의 심연에서 최근에야 돌아왔지만 전과 같지 않았다. 이세라의 마음에는 예언적인 계시가 끝없이 떠올랐고 어느 것이 진실이고 어느 것이 거짓인지 구분하기조차 어려웠다. 한편, 노즈도르무는 과거와 현재와 미래에 혼란을 일으키는 사악한 세력을 찾아 시간의 길 속으로 사라졌다. 말리고스는 죽었고 푸른용군단은 지도자를 잃었다. 알렉스트라자만이 아제로스를 수호하고 있었지만 노스렌드에서 얼라이언스와 호드를 도운 후 휴식이 절실한 상황이었다.

황혼의 시간을 인도할 때가 되었다.

종말의 전조가 될 첫 번째 망치는 초갈이나 이교도의 것이 아니었다. 바로 데스윙의 것이었다. 데스윙은 그림 바톨 전투 이후 한동안 정령계에서 대지의 영역인 심원의 영지에 피신해 있었다. 오래 전, 수호자들은 정령계를 빚어 아제로스의 난폭한 정령들을 가두었다. 데스윙에게 심원의 영지는 또 다른 고향이나 다름없었다. 데스윙은 대지의 원소와 선천적인 유대감을 느꼈고 그 영역에 잠재한 에너지를 흡수하면서 힘을 축적하고 상처를 치유할 수 있었.

느조스는 검은용의 위상 데스윙의 심장에 자신의 사악한 에너지를 전했다. 데스윙은 전에 겪어보지 못한 강력한 힘이 주입되는 것을 느꼈다. 강력한 힘이 흘러들자 데스윙의 육체는 더욱 불안정해졌다. 핏줄을 타고 흐르는 용암은 터질 듯이 강력한 힘으로 데스윙을 완전히 집어삼켰다.

느조스의 명령에 따라 황혼의 망치단 이교도들은 데스윙을 돕기 위해 심원의 영지로 향했다. 그들은 데스윙의 몸이 찢기지 않도록 상처 부위에 엘레멘티움 갑옷을 박아 넣었다. 그 과정은 고통스러웠고 데스윙은 이교도들에게 종종 분노를 터뜨리기도 했다.

앞면: 정령계에서 나타난 후 아제로스를 파멸에 몰아넣는 데스윙

이교도들이 데스윙을 돌보는 동안 느조스는 정령계에서 다른 고대의 동맹에게 손을 뻗쳤다. 아제로스가 어렸을 때 고대 신들은 아제로스의 파괴적인 정령들을 사로잡아 무기로 사용했다. 그들은 황혼의 시간에도 활약할 필요가 있었다. 느조스는 정령들에게 전쟁 준비를 요청했지만 일부 응하지 않은 이들이 있었다.

두 정령 지배자가 고대 신의 명령을 거부했다. 파도사냥꾼 넵튤론과 바위 어머니 테라제인이었다. 속박을 당한 후로 아주 오랜 시간이 흐르면서 그들은 고대 신에게 이어진 족쇄를 끊었다. 두 정령은 느조스를 따를 생각이 없었다. 느조스나 그의 하수인이 다시 지배를 시도한다면, 그들은 모든 분노를 다하여 싸울 각오가 되어 있었다.

나머지 정령 군주들은 느조스의 명령을 따랐다. 불의 군주 라그나로스와 바람의 군주 알아키르는 전쟁의 기대감을 즐겼고 고대 신의 구속도 끊어지지 않고 남아 있었다. 느조스는 그들을 감옥에서 풀어주고 고대에 한때 그랬던 것처럼 아제로스의 대지를 자유로이 활보하게 해주겠다고 약속했다.

그들을 풀어줄 열쇠는 바로 검은용의 위상 데스윙이었다. 전쟁 준비를 마친 데스윙은 정령계와 아제로스의 대지 사이에 균열을 내고 심원의 영지에서 솟아올라, 느조스의 의지를 대신하여 황혼의 망치단과 정령들을 지휘하고 그들의 공격을 조율하는 역할을 수행해야 했다. 느조스는 데스윙이 그렇게 함으로써 아제로스에서 다른 용들을 제거하고 세계를 차지할 수 있다고 믿게 만들었다.

사실 느조스는 데스윙에게 보상을 줄 계획이 없었다. 타락한 용의 위상 데스윙은 과거 검은 제국의 영광을 되돌리고 세계를 어둠으로 뒤덮을 도구에 불과했다.

하수인은 목적을 이룬 후 처리하면 그만이었다.

정령의 격변
어둠의 문이 열리고 28년 후

심원의 영지에서 데스윙은 느조스와 정령계의 에너지를 이중으로 누렸다. 데스윙은 놀라운 속도로 회복했지만 아제로스는 더 큰 대가를 치러야 했다. 정령계는 에너지가 빠져나면서 불안정해졌으며 정령은 혼란에 빠져들었다. 그들의 고통과 혼란은 심원의 영지에만 제한되지 않았고 아제로스의 표면까지 퍼져나갔다.

대양은 분노로 들끓었다. 사나운 폭풍이 울부짖으며 산을 타고 내려왔고 평소 따뜻했던 지역을 얼음으로 뒤덮었다. 대지는 들썩이고 삐걱였으며 세계 곳곳에서 지진을 일으켰다. 자연재해는 끊이지 않았다. 더욱 빈번하고 심각해졌다. 여행은 위험했다. 많은 상선이 바다에서 실종되었다.

대족장 스랄과 다른 주술사들은 정령에게 무언가 잘못된 것이 있음을 직감했다. 그러나 그 격변의 원인은 수수께끼였다. 스랄은 여러 차례 대화를 시도했지만 정령은 답을 줄만한 상황이 아니었다. 정령을 진정시킬 방법이 없었다. 그때 한 가지 생각이 떠올랐다. 아제로스의 정령과 대화가 어렵다면 아웃랜드의 정령에게서 조언을 듣는 것도 방법일 수 있었다.

스랄은 아웃랜드로 떠나기 전에 가로쉬 헬스크림을 호드의 대족장 대행으로 임명했다. 가로쉬는 아직 배울 것이 많았지만 리치 왕과의 전쟁에서 지도자로서의 능력을 증명했다. 가로쉬는 용맹과 드높은 자긍심으로, 특히 오크들 사이에서 많은 인기를 얻었다.

스랄의 조언가 모두가 대족장 대행에 관한 결정에 동의한 것은 아니었다. 가로쉬를 무모한 전쟁광이라고 여겼던 대부족장 케른 블러드후프는 그에게 호드의 지배권을 넘긴다는 계획에 반대했다. 스랄은 케른을 무척이나 존중했지만 결정을 바꾸지는 않았다. 스랄은 가로쉬도 새로운 책무를 맡으면 공격적인 성품이 누그러지고 지혜를 얻을 수 있으리라 생각했다. 그것은 잘못된 판단이었다.

지도자의 지위에 오른 후 가로쉬의 호전적인 태도는 더욱 심해지기만 했다. 가로쉬는 호드가 너무 유약하다고 생각했다. 자원은 부족했고, 노스렌드에서 전쟁을 치른 지금은 더욱 그랬다. 정령의 혼란은 세계를 집어삼키며 상황을 악화시키고 있었다.

스랄이 떠난 후 가로쉬는 북서부, 잿빛 골짜기의 우거진 숲으로 시선을 돌렸다. 호드는 그 풍요로운 땅에 충분히 영향력을 행사할 수 있었다. 그 지역의 대부분은 나이트 엘프의 영토였지만 가로쉬는 잿빛 골짜기의 숲에 군대를 보냈다. 가로쉬는 얼라이언스에게 자원을 요청하거나 거래를 시도하는 데 관심이 없었다. 필요한 것이 있다면 힘으로 가져오면 되거늘, 왜 그래야 한단 말인가?

잿빛 골짜기에서 호드의 갑작스러운 활동은 얼라이언스의 분노를 불렀다. 두 진영 간 갈등이 격해졌고 언제든 전쟁은 불가피해 보였다.

호드의 일부 구성원들은 그 과감하고 공격적인 작전을 반겼지만 케른 블러드후프는 그렇지 않았다. 타우렌의 장로이자, 호드의 대부족장인 그는 대행 대족장을 설득하고 유혈 사태를 막기 위해 모든 노력을 기울였다. 케른의 눈에 가로쉬는 호드를 위험한 길, 파멸을 향한 길로 이끌고 있었다.

가로쉬는 케른의 지혜에 귀를 기울이지 않았다. 다른 방법이 없었다. 케른은 가로쉬가 이해할 수 있는 언어로 이야기했다. 그는 목숨을 걸고 싸우는 호드의 전통적인 결투, 막고라를 신청했다.

모여든 군중 앞에서 타우렌과 오크는 호드의 미래를 위해 싸웠다. 한쪽에서는 평화로운 미래를 약속했다. 다른 쪽에서는 피와 정복을 약속했다. 그날, 피와 정복이 승리를 거두었다. 케른 블러드후프는 용감하게 싸웠지만 적에게 쓰러졌다. 케른의 죽음 이후, 누구도 가로쉬 헬스크림의 지배에 맞서지 않았다.

세 망치단 의회

호드와 마찬가지로 얼라이언스 역시 내부의 동요에 시달리고 있었다. 정령의 격변은 특히 아이언포지의 드워프에게 큰 시련을 주었다. 대규모 지진이 요새 바깥의 눈 덮인 언덕을 뒤흔들었고 광범위한 지역을 파괴하고 동식물들을 쓰러뜨렸다.

국왕 마그니 브론즈비어드는 자신을 희생해서라도 그러한 재앙을 막을 결의에 차 있었다. 얼마전 마그니와 조언가들은 대지와 대화할 수 있는 고대 의식에 대해 알아냈다. 바위 피부를 가진 드워프의 조상, 토석인에게서 유래한 의식이었다. 마그니는 아제로스에 문제를 일으키는 원인을 찾기 위해 자원하여 그 의식을 치르겠다고 나섰다.

의식은 계획대로 이루어지지 않았다. 마그니는 대지와 연결되지 못했다. 대신 대지와 하나가 되었다. 마그니는 생명을 잃은 듯한 다이아몬드 조각상으로 변했다. 대부분은 마그니가 죽었다고 생각했고 아이언포지는 국왕을 잃은 슬픔에 잠겼다.

마그니의 운명에 관한 소식은 관계가 소원해진 딸, 어둠괴철로 도시의 모이라 타우릿산에게도 전해졌다. 최근 모이라는 검은무쇠 드워프 부족을 고대의 지배자인 불의 정령에게서 해방시키고 검은용군단으로부터 보호하는 데 힘썼다. 그러나 작금의 사태가 모이라의 결실을 위협하고 있었다. 정령들이 더욱 깊은 혼란에 빠져들면서 일부 검은무쇠 드워프들이 예전의 방식으로 돌아갔다. 그들은 라그나로스에게 무릎을 꿇고 모이라에게 반란을 일으켰다.

모이라는 아이언포지의 왕좌가 공석이 된 상황이 충성스러운 검은무쇠 드워프들을 더욱 안전한 곳으로 데려갈 기회라고 생각했다. 그렇지만 아이언포지의 드워프들이 그들을 환영할 리 없었다. 브론즈비어드 드워프와 검은무쇠 드워프는 서로를 적대시했다. 그러나 모이라는 포기하지 않았다. 왕위 계승의 규칙에 따라 왕권은 자신에게 있었다. 모이라의 말은 법이었다.

모이라는 검은무쇠 드워프와 함께 아이언포지를 찾아가 자신을 산속의 여왕으로 선언했다. 일부 드워프들은 모이라의 귀환에 분개했으나 다른 이들은 모이라를 지도자로 받아들였다. 아이언포지에서 긴장이 고조되었고 내전의 조짐까지 일었다.

모이라는 폭력 사태의 발발을 막기 위해 철권을 휘둘렀다. 모이라는 자신의 왕권 계승이 완료될 때까지 아이언포지에서 모든 출입을 금지했다. 그것은 중대한 실수로 드러났다. 마침 아이언포지에는 스톰윈드의 왕자 안두인 린이 와 있었다. 안두인이 인질이 된 것은 바리안 국왕의 눈에 전쟁 행위나 다름없었다. 안두인은 그에게 남은 유일한 가족이었다. 바리안은 안두인을 보호하기 위해서라면 무엇이든 할 수 있었고 왕족이라도 쓰러뜨릴 수 있었다.

바리안 린은 암살자로 돌격대를 구성하여 아이언포지를 공격했다. 그들은 그림자처럼 움직이며 아이언포지를 헤집고 마침내 모이라를 붙잡았다. 안두인이 아니었다면 바리안은 그때 그곳에서 그녀의 목을 베었을 것이다. 안두인 왕자는 아버지에게 자비를 청했다. 스스로를 억제하고 평화의 길을 택하는 것은 바리안에게 어려운 일이었다. 그렇지만 결국 바리안은 안두인의 말에서 지혜를 보았다.

바리안은 모이라를 살려주었으나 모이라의 처신을 보고난 후 아이언포지를 그녀에게만 맡길 수 없었다. 그리고 그 유서 깊은 도시를 통치할 새로운 조직을 꾸리기를 요청했다. 드워프들은 그에 응하여, 각 경쟁 부족의 대표자를 한 명씩 포함하는 통치 기구인 세 망치단 의회를 결성했다.

그림토템의 반란

케른 블러드후프의 죽음은 배반의 결과였다. 그의 강력한 적이었던 타우렌 마가타 그림토템이 가로쉬 헬스크림과의 결투를 기회로 활용했다. 마가타는 타우렌 종족의 수도, 썬더 블러프를 장악한 다음 모든 타우렌 부족을 지배할 꿈에 부풀었다. 케른은 그녀를 막는 장애물이었다.

마가타는 남몰래 가로쉬의 전설적인 도끼, 피의 울음소리에 독을 발랐다. 그 이점 덕분에 가로쉬는 케른을 살해할 수 있었다.

결투가 끝난 후 마가타는 썬더 블러프에서 반란을 일으키고 도시를 장악했다. 그러나 승리는 짧았다. 케른의 아들, 바인 블러드후프가 반격하여 마가타를 물리쳤다. 바인은 적을 처형할 당연한 권리가 있었지만 손을 거두었다. 바인은 아버지의 가르침에서 인도를 찾았고 명예와 연민의 길을 걷는 것이 진정한 지도자의 표식이라고 결론을 내렸다. 결국 바인은 마가타를 썬더 블러프에서 멀리 추방했다.

그 사건 동안 마가타는 가로쉬에게 도움을 요청했으나 아무런 지원을 받지 못했다. 가로쉬는 마가타가 자신의 무기에 독을 발랐다는 사실에 분개했다. 막고라의 승리는 퇴색했고 자신이 케른보다 진정 뛰어난 전사라는 것도 확실히 증명할 수 없게 되었기 때문이다.

일부 드워프들은 그것을 반겼으나 또 다른 이들은 부족에 대한 의회의 통치를 못마땅하게 생각했다. 시간이 걸렸지만 세 망치단 의회는 자리를 잡아갔다. 모이라 타우릿산, 폴스타트 와일드해머, 무라딘 브론즈비어드 등 세 명의 유망한 드워프가 세 망치단 의회에서 활동했다.

세 부족은 수백 년 동안 함께 어울려 살지 않았다. 공통 분모를 찾는 것은 매일의 고난이었다. 부족 사이에서는 긴장감이 잦아들지 않았고 간헐적인 폭력이 발생했다.

아이언포지는 물론 다른 아제로스의 주민들에게 상황은 나빠지기만 했다.

정령의 옥좌

스랄은 아제로스에서 벌어지는 사건에 대해 아무것도 모르고 있었다.

그는 아웃랜드에서 대모 게야를 만나 아제로스 정령들의 불안에 대해 조언을 구했다. 지혜로운 오크 게야는 스랄에게 가혹한 진실을 알려주었다. 스랄은 뛰어난 주술사였지만 아직 배울 것이 많았다. 아제로스에서 무언가를 변화시키고자 한다면 정령과의 결속을 연마할 필요가 있었다.

아웃랜드의 마그하르 오크 중에도 뛰어난 주술사들이 있었다. 게야는 가장 뛰어난 제자를 불러 스랄을 가르치게 했다. 그녀의 이름은 아그라였다. 아그라는 새로운 제자를 엄격하게 가르쳤다. 스랄이 호드를 이끌었다는 사실도 개의치 않았다. 오히려 그것 때문에 스랄이 주술사로 성장하는 데 어려움을 겪고 있다고 생각했다. 아그라는 스랄이 대족장과 주술사의 의무 사이에서 어느 것에도 집중하지 못하고 있다고 충고했다. 그리고 한 가지를 선택하여 집중하지 않는다면 어디에서도 완전하게 능력을 발휘하지 못할 것이라고 덧붙였다.

스랄은 호드를 포기하기를 거부했지만 아그라의 가르침에 헌신적으로 응했다. 스랄은 귀를 기울였다. 그리고 지켜보았다. 또, 익혔다. 하루가 지날수록 정령과의 결속은 강화되었다. 그리고 하루가 지날수록 스랄과 아그라는 가까워졌다.

스랄은 새로운 능력에 자신감을 갖고서 정령의 옥좌를 방문했다. 그 신성한 장소는 아웃랜드 정령들의 고향이자 주술사의 숭배지였다. 그곳에는 자연의 격노라고 불리는 네 명의 위대한 존재가 살았다. 대지의 격노 고르다우그, 불의 격노 인시네라투스, 바람의 격노 칼란드리오스, 물의 격노 아보리우스가 그들이었다.

격노의 존재들은 최근 수십 년 동안 엄청난 고통을 겪었다. 옛 호드가 처음 부상했을 때 지옥 마법의 사용으로 정령의 힘이 파괴되고 말았다. 그런 다음, 드레노어가 붕괴했고 정령은 거의 괴멸되다시피 했다. 격노의 존재는 회복하는데 오랜 시간이 걸렸고 과정도 고통스러웠다. 그러나 미래는 밝았다. 마침내 아웃랜드에 평화가 깃들었다.

스랄은 아제로스의 정령을 달랠 방법을 찾기 위해 격노의 존재에게 도움을 청했다. 스랄은 대신에 경고를 들을 수 있었다. 아제로스 정령의 불안은 드레노어가 무너지기 직전 상태와 몹시도 닮았다는 말이었다.

스랄은 아제로스로 돌아와서 자신이 알아낸 사실을 사람들에게 전했다. 아그라도 스랄과 동행하기로 결정했다. 나그란드의 고향을 등지는 것은 어려웠지만 아제로스의 정령을 돕는 것이 주술사의 의무라고 생각했다. 게다가 스랄이 앞으로의 시련을 홀로 감당하기를 원하지 않았다. 아그라는 스랄을 제자 이상으로, 그리고 친구 이상으로 생각하고 있었다.

스랄이 떠난 후 아제로스는 달라져 있었다. 스랄은 새롭게 펼쳐진 호드와 얼라이언스의 분쟁에 몹시 놀랐다. 그리고 케른 블러드후프가 죽었다는 사실을 알고 더욱 충격을 받았다. 그를 죽인 자는 다른 누구도 아닌 스랄이 자신의 사람들을 이끌도록 위임한 바로 그 오크였다. 가로쉬 헬스크림을 믿은 것은 치명적인 오판이었다. 스랄은 그간의 모든 사태에 대해 스스로에게 책임을 돌렸다.

그러나 사태를 수습할 기회는 없었다. 스랄의 눈앞에서 세계가 찌그러졌다. 발아래에서 대지가 갈라지기 시작했다.

대격변이 시작되었다.

부서지는 세계

때가 되었다. 데스윙의 불안정한 육체는 화염과 어둠으로 가득했다. 가죽에 박아 넣은 엘레멘티움 갑옷은 넘치는 힘에 데스윙의 육체가 찢기지 않게 잘 막아주었다. 느조스의 명령에 따라 데스윙은 분노를 축적하여 배출했다. 데스윙은 정령계와 물리 세계의 경계를 부수면서 심원의 영지에서 아제로스로 솟아올랐다.

검은용의 위상 데스윙이 돌아오면서 아제로스 곳곳에서 연쇄적인 자연재해가 발생했고 그 사건은 통칭하여 대격변이라는 이름으로 알려졌다. 산맥이 무너져 가루가 되었다. 대지가 갈라진 틈에서는 불꽃이 터져 나왔다. 솟구치는 파도가 해안을 강타하여 해안 마을을 파괴하고 넓은 지역에 홍수를 일으켰다. 수천 명의 사상자가 났지만 다가올 죽음은 더, 훨씬 더 많았다.

느조스는 데스윙의 핏줄에 불을 지펴 극심한 고통을 선사했다. 데스윙은 아제로스에 분노를 돌렸다. 그의 타오르는 육체는 하늘에 그늘을 드리웠고 도시와 숲은 불길에 휩싸였다. 데스윙의 잔혹한 만행은 무분별한 것처럼 보였지만 실은 목적이 분명한 행동이었다.

데스윙은 아제로스를 파괴하면서 초갈과 황혼의 망치단에게 어둠 속에서 나올 것을 명령했다. 대부분의 이교도들은 수년 동안 모습을 숨기고 있었다. 그러나 쉬고 있었던 것은 아니었다. 규모는 증가했고 성스러운 빛의 교단의 지도자인 대주교 베네딕투스와 같은 강력한 인물들이 교단에 합류했다.

초갈은 많은 이교도들을 아이언포지 북쪽의 목가적인 해안 지역인 고원으로 이끌었다. 다수의 와일드해머 드워프가 그 고원과 산맥에 거주하고 있었지만 그 지역의 유일한 세력은 아니었다. 그림 바톨 전투 이후 용아귀 오크 부족의 잔여 세력이 그 지역으로 피신하여 해안가에 조악한 요새를 건설했다.

드워프도, 용아귀 오크도 황혼의 망치단을 상대할 준비는 되어 있지 않았다. 이교도의 공격은 갑작스러웠고 잔혹했다. 이교도들은 고원의 거주자들을 상대로 전쟁을 일으켰고 그 지역의 중심부를 깎아 요새를 건설했다. 초갈은 그 기지를 황혼의 요새라고 명명하고, 이교도들의 작전 기지이자 보이지 않는 신을 위한 숭배의 장소로 만들었다. 그 첨탑에서 서서히 공허의 에너지가 흘러나와 주변의 땅에 스며들었고 그 어둠을 지나는 모든 생명체를 돌연변이로 만들었다. 땅이 뒤틀렸고 어둠에 휩싸였다. 그 지역은 곧 황혼의 고원이라는 이름으로 알려졌다.

멀리 남쪽에서는 다른 이교도들이 검은바위 산에 거점을 구축하고 그곳에서 새로운 무기를 만들어내고 있었다. 그들은 네파리안과 신타리아의 조각난 시신을 복구하여 공허의 마법으로 되살렸다. 두 용은 과거 인격의 편린을 지닌 채 황혼의 망치단의 충성스러운 하수인으로 거듭났다. 이교도들이 원한 것은 그들의 힘이 아니라 괴물을 만들어내는 그들의 지식이었다. 신타리아는 황혼의 용으로 이루어진 온전한 군단을 만드는 작업을 이어갔고 네파리안은 자신의 실험을 재개하여 새로운 세대의 오색용을 빚어냈다.

사방에서, 호드와 얼라이언스의 적이 등장하고 있었다. 그러나 주위에서 세계가 부서지는 동안에도, 호드와 얼라이언스는 서로를 쓰러뜨릴 생각에만 빠져 있었다.

불타는 스톰윈드

심원의 영지에서 대재앙을 일으키며 등장한 데스윙은 스톰윈드에 내려와 도시의 일부를 불태워 잿더미로 만들었다. 병사들이 모여서 데스윙과 싸웠지만 그의 피를 보지는 못했다. 데스윙은 나타났을 때와 마찬가지로 순식간에 스톰윈드에서 사라졌다.

스톰윈드는 데스윙의 손아귀에 있었지만 그는 스톰윈드를 파괴할 생각이 없었다. 도시의 시민들은 살아 있는 편이 더 가치 있었다. 데스윙의 진정한 목적은 자신의 하수인으로 포섭할 수 있도록 시민들의 의지를 꺾는 것이었다.

많은 스톰윈드 시민들은 그러한 운명을 맞이했다. 공포에 질린 사람들은 그들의 신성한 지도자가 황혼의 망치단의 비밀스러운 일원이라는 사실을 모른 채, 대주교 베네딕투스의 조언을 구했다. 베네딕투스는 그 절박한 사람들을 기꺼이 받아들이며 교묘하게 이교도의 품으로 인도했다.

길니아스 침공

대격변이 펼쳐지는 동안 스랄은 갈림길에 섰다. 호드는 대족장 스랄의 인도를 필요로 했고 아제로스는 또한 주술사 스랄의 도움을 필요로 했다. 아그라의 말이 옳았다. 스랄은 두 책임을 고르게 다할 수 없었다. 선택을 내려야 했다. 스랄은 마음속으로 아제로스를 치유하는 것이 올바른 길이라고 생각했다. 만약 아제로스가 드레노어처럼 파괴된다면 호드는 존재할 수도 없었다.

스랄과 아그라는 원소의 균형을 유지하기 위해 헌신하는 중립적인 주술사의 단체, 대지 고리회와 함께 모였다. 아제로스를 위해 오랜 적대감을 내려놓은 호드와 얼라이언스의 주술사들이 대지 고리회에 포함되어 있었다.

스랄과 아그라는 많은 대지 고리회 주술사들과 함께 데스윙이 아제로스로 솟아오른 장소를 찾았다. 바로, 대해에서 거칠게 휘몰아치는 혼돈의 소용돌이였다.

데스윙이 돌아온 바로 그곳, 아제로스의 표면과 정령계 사이에 상처가 나 있었다. 혼돈의 소용돌이에서 발생한 불안정성이 아제로스 세계로 넘쳤고 정령들을 자극하여 더욱 큰 광기로 몰아넣고 있었다. 대지 고리회가 데스윙이 만든 균열을 치유하지 못한다면 그 파괴적인 힘은 계속 이어져 아제로스 전체에 퍼져나갈 것이 분명했다.

스랄이 혼돈의 소용돌이로 떠난 동안 대족장 가로쉬 헬스크림은 마음껏 권한을 행사했다. 대격변이 발생했어도 가로쉬는 얼라이언스와의 전쟁에서 물러서지 않았다. 살아남기 위해서 호드는 모든 이득을 취해야 했다. 또한, 동부 왕국에서 호드의 지배력을 무척이나 확장하고 싶어 했다. 즉, 더욱 많은 자원을 확보하고 동부 왕국에서 호드의 존재감을 강화하기를 원했다.

대격변은 완벽한 목표를 제시해 주었다. 전략적으로 중요한 위치를 점한 항구의 도시 국가이자 난공불락의 요새인 길니아스였다.

길니아스는 북부 국경의 거대한 그레이메인 성벽 덕분에 외부 세력의 침입을 피할 수 있었다. 그러나 대격변과 함께 상황이 달라졌다. 지진 때문에 성벽의 일부가 무너졌고 길니아스는 무방비 상태였다.

길니아스에 눈독을 들인 호드의 구성원은 가로쉬 헬스크림만이 아니었다. 실바나스 윈드러너도 길니아스를 자신의 영토로 차지하기를 갈망하고 있었다. 실바나스는 침략군의 지휘를 맡겨달라고 가로쉬를 설득하여 광란에 찬 호드의 군대를 고립된 왕국 길니아스로 이끌었다.

길니아스로서는 최악의 시기에 호드의 침공을 당했다. 길니아스는 북문 반란이라는 내전의 여파로 약해져 있었다. 또한, 훨씬 더 어두운 내부의 분쟁이 벌어지고 있었다. 수년 동안 늑대인간의 저주는 왕국을 황폐화했고 많은 시민들을 늑대 야수로 변화시켰다. 그 생명체들은 자신의 분노에 이끌리는 노예가 되어 동료와 적조차 구분하지 못했다. 겐 그레이메인 왕도 저주의 희생자가 되었다.

오래전, 늑대인간의 저주를 처음 경험한 이들은 나이트 엘프였다. 몇몇 나이트 엘프가 에메랄드의 꿈에서 늑대 야수를 불러낸 대마법사 아루갈의 마법을 감지했고 자세한 조사를 위해 길니아스로 길을 나섰다. 나이트 엘프는 인간 왕국 길니아스가 저주에 대처하도록 도움을 주는 것이 자신의 의무라고 생각했다. 호드의 침략이 진행되는 동안 그들은 균형의 의식을 수행하여 많은 늑대인간들을 조화로 이끌었다. 핏속의 저주는 정화되지 않았지만 마음속 분노와 피의 욕망은 가라앉았다.

균형의 의식은 또한 길니아스의 분열된 시민들에게 평화를 가져다주었다. 겐 그레이메인은 늑대인간과 인간을 모두 모으고 그들 모두가 길니아스인이라고 다시 선언했다. 그들은 포기하는 자들이 아니었다. 한 번도 그랬던 적은 없었다. 길니아스의 군대는 칼날과 발톱으로 용감하게 호드와 맞서 싸웠다.

양편에서 많은 사상자가 났다. 특히 길니아스 왕의 피해가 컸다. 독을 바른 실바나스의 화살이 겐 그레이메인에게 정통으로 날아왔다. 겐의 유일한 아들인 리암 그레이메인이 몸을 던져 아버지를 지켰다. 화살은 대신 왕자의 목숨을 거두었다.

거친 반격에 실바나스 윈드러너는 극단적인 수단을 동원하기에 이르렀다. 실바나스는 길니아스에 역병을 풀어 겐과 길니아스인들을 내몰았다. 그들은 반격조차 하지 못할 만큼 큰 손실을 보았고 자신의 왕국에 갇힌 신세가 되었다.

길니아스로서는 모든 것을 잃은 듯한 순간이었다. 그때 바다에서 나이트 엘프의 함대가 나타났다. 다시, 대양을 건너온 이방인들이 겐 그레이메인과 길니아스인들을 도우러 나섰다.

조상의 땅을 버린 결정은 겐에게 있어서 가장 어려운 결정이었다. 그러나 다른 선택은 불가능했다. 길니아스에 남는 것은 자신은 물론 남은 가족과 충성스러운 부하들의 죽음을 의미했다. 겐은 길니아스인들에게 배에 오르라고 명령하고 머나먼 나이트 엘프의 수도, 다르나서스를 향해 항해에 나섰다.

겐 그레이메인은 몇 년이 걸리고 설령 자기가 죽는 한이 있더라도, 언젠가는 다시 돌아와 길니아스에 과거의 영광을 되찾아 주겠노라고 맹세했다.

실바나스 윈드러너의 화살에 쓰러진 아들, 리암의 죽음에 절규하는 국왕 겐 그레이메인

빌지워터 무역회사

대격변으로 고통받은 독립 국가는 길니아스만이 아니었다. 대격변의 여파는 빌지워터 무역회사의 기지 넘치는 고블린들을 멸망의 문턱까지 내몰았다.

오랫동안, 고블린들은 방대한 상업 제국의 중심지인 케잔 섬에서 삶을 영위했다. 고블린은 뛰어난 기술자이자 숙련된 뱃사람이었으나 다른 무엇보다도 뻔뻔스러운 탐욕으로 가장 잘 알려져 있었다. 그들은 호드와 얼라이언스의 전쟁에서 어느 쪽으로도 잘 기울지 않았다. 고블린은 중립을 지키면서 두 진영과 교역을 진행했고 이윤을 극대화했다.

그러나 중립적인 위치 때문에 고블린은 어려움이 닥쳤을 때 의지할 동료가 없었다. 대격변이 일어나면서 케잔의 거대 화산인 카자로 산이 분출했다. 불타는 돌덩이가 케잔 섬에 빗발치며 빌지워터 무역회사의 공장과 창고, 배를 산산이 조각냈다. 그리고 화산에서 용암이 흘러내려 와 남아 있는 모든 것을 집어삼켰다.

고블린은 도망칠 수밖에 없었다. 그들의 고향은 끝이었다.

빌지워터 무역회사의 허영심 많은 지도자 무역왕 갤리윅스는 고블린의 절박한 사정을 이용했다. 케잔에 남은 배라고는 그의 천박한 유람 요트가 유일했다. 갤리윅스는 그의 노예가 되는 조건으로 고블린들을 배에 안전하게 태워주었다.

고블린들은 위험이 사라졌기를 바랐지만 헛된 기대였다. 그들은 물살에 이끌려 호드와 얼라이언스의 분쟁 속으로 곧장 빨려 들어갔다.

해전이 벌어지는 도중 얼라이언스 함선이 고블린의 배를 침몰시켰다. 덕분에 고블린은 일방적인 적대감을 가지게 되었고 결국 호드의 품에 들어갔다. 갤리윅스는 빌지워터 무역회사의 소중한 중립성을 포기하기가 쉽지 않았지만 시대에 순응하는 것의 가치를 알고 있었고 그 불행한 사건 속에서도 이익을 생각했다.

고블린은 공식적으로 호드에 합류하고 아즈샤라 지역에 정착했다. 갤리윅스는 마지못해 고블린들을 노예 상태에서 풀어주었으나 무역회사의 지배권을 유지할 수 있었다. 그만한 거래처와 지도력을 가진 이는 별로 없었기 때문이다. 갤리윅스는 곧 자신이 고블린을 이끌 적임자임을 증명했다. 그의 감독 아래에서 무역회사는 아즈샤라를 개척하여 새로운 해안 도시를 세웠다. 빌지워터 항만은 호드의 전략 거점이자 비행의 소굴이었다. 도박장과 유흥 시설, 기타 사치스러운 시설이 도시의 거리를 가득 채웠다.

가로쉬 헬스크림은 고블린의 타고난 탐욕과 방종을 혐오했지만 그들의 전쟁 기계와 기술적으로 발전된 무기에서 큰 잠재력을 보았다. 그의 명령에 따라 고블린들은 잿빛 골짜기에 강철 피부의 벌목기를 배치했고 막대한 면적의 숲을 베어 넘겼다. 숲 지대의 벌목으로 호드는 목재를 안정적으로 수급할 수 있었으며 가로쉬는 나이트 엘프의 땅에서 자신의 영향력을 확장했다.

가로쉬는 호드의 붉은색 깃발이 그 숲 지대의 전역에 내걸릴 때까지 작업을 중단할 생각이 없었다.

늑대인간의 분노

호드의 잿빛 골짜기 침입은 나이트 엘프에게 커다란 시련을 안겼다. 3차 대전쟁이 끝나고 나이트 엘프는 세계수 놀드랏실과 자신들을 연결해준 마력을 잃었다. 그들은 불멸의 삶을 잃었고 질병과 노화에도 취약해졌다. 이제 피할 수 없는 필멸자의 운명을 받아들여야 했다.

나이트 엘프 문화와 전통도 변화의 과정 속에 있었다. 혈투의 전장에서 온 명가 센드랄라 마술사와 길니아스인들이 다르나서스에 정착했다. 많은 나이트 엘프가 새로운 손님들을 경계했다. 두 집단은 공통적으로 과거의 아픈 기억을 각인시켜 주었다. 특히 명가에게는 의심의 눈초리와 노골적인 적대감이 뒤따랐다. 고대의 전쟁에서 비전 마법에 대한 그들의 집착은 군단을 아제로스로 불러들이는 계기가 되었다. 만 년이 지난 지금에도 그 죄악은 쉽사리 잊히거나 용서를 바랄 수 없는 것이었다.

티란데 위스퍼윈드는 최선을 다해서 동족의 두려움을 달랬고 더 많은 동맹이 필요한 이유를 설득했다. 나이트 엘프는 약해졌고 호드는 전쟁의 길에 들어섰다. 어떤 도움이라도 필요한 상황이었다. 지금은 새로운 친구를 만들고 얼라이언스에 헌신할 때였다.

티란데는 늑대인간이 합류하여 얼라이언스가 더욱 강해질 것이라고 생각했다. 그러나 혼자서는 그 결정을 내릴 수 없었다. 티란데는 늑대인간을 아군으로 들이기 위해 다르나서스에서 얼라이언스 국가들의 회담을 요청했다.

회담이 열렸고 안건은 거의 무산되는 듯이 보였다.

겐 그레이메인 국왕에게 반감이 있었던 바리안 린 국왕은 늑대인간과의 동맹을 일언지하에 거절했다. 바리안은 얼라이언스를 등지고 외부 세계에서 왕국을 고립시킨 결정을 내린 지도자를 경멸하고 있었다. 그러나 바리안의 분노는 내면의 갈등에서 비롯된 것이기도 했다. 바리안은 오닉시아의 마법을 풀고 완전해진 후 조절할 수 없는 분노와 싸우며 고통받고 있었다. 그의 분노는 서서히 친구와 아들인 안두인까지 밀어냈다. 상처는 얼라이언스를 위협하며 분열을 유발하고 있었.

대드루이드 말퓨리온 스톰레이지가 인간 왕들 사이의 관계를 조심스럽게 조율했다. 말퓨리온은 그들에게 사냥에 나설 것을 제안했고 두 국왕은 사냥 도중 불가피하게 서로 협력하게 되었다. 바리안은 겐에 대해서 알아갈수록 그가 명예롭고 용기 있는 지도자라고 생각하게 되었다. 그리고 길니아스의 국왕 겐에게 마음속 분노를 다스릴 수 있도록 도움을 청하기까지 했다. 겐은 자신과 늑대인간들이 분노를 다스리기 위해 치렀던 균형의 의식으로 바리안을 인도했다.

의식은 효과가 있었다. 바리안 린은 수년 만에 처음으로 마음의 평화를 느꼈다.

한편 가로쉬 헬스크림은 잿빛 골짜기에 공세를 이어가며 호드를 더 깊은 숲속으로 이끌었다. 그의 부대는 나이트 엘프의 요새를 포위했지만 그 잔혹한 공격은 오래가지 못했다.

바리안 린과 겐 그레이메인, 늑대인간이 나이트 엘프의 고향을 지키기 위해 함께 나섰다. 얼라이언스 군대의 연합군은 호드의 전선을 공격하여 전진을 막았다. 늑대인간은 전투에서 무시무시한 전사임을 증명했다. 그들은 원시의 분노를 이용해 호드의 병사를 찢어발겼고 겁에 질린 적들은 도망쳤다.

얼라이언스가 잿빛 골짜기의 일부 기지를 되찾은 후에도 가로쉬는 자신이 정복한 많은 영토에 끝까지 집착했다. 잿빛 골짜기의 숲은 치열한 분쟁이 벌어지는 땅으로 남았다.

잿빛 골짜기 전투 이후 얼라이언스는 길니아스를 받아들이기 위한 투표를 재개했다. 이번에는 바리안이 길니아스 왕국의 지지자로 목소리를 높였다. 결정은 만장일치였다. 지도자들은 겐 그레이메인과 늑대인간의 얼라이언스 합류를 환영해 주었다. 길니아스인들은 얼라이언스 진영을 위해 싸우겠다고 맹세했다. 그리고 필요하다면 목숨까지도 바치겠다는 뜻을 밝혔다.

아제로스의 수호

잿빛 골짜기의 전투에 뒤이어 다른 지역에서도 호드와 얼라이언스의 산발적인 전투가 발생했다. 데스윙은 두 진영의 주의를 분산시킨 다음 고대 신의 하수인들을 아제로스에 풀어놓았다.

칼림도어 남쪽 끝에서는 알아키르와 그의 정령들이 정령계의 영지, 하늘담으로부터 고대 울둠의 땅에 균열을 내고 모습을 드러냈다. 수천 년 전 티탄의 하수인들은 마법을 사용하여 그 지역을 시야에서 감추었으나 정령의 불안으로 마법의 장벽이 부서지고 말았다. 울둠은 이제 그곳의 치명적인 비밀과 함께 아제로스에 모습을 드러냈다.

울둠 깊은 곳에는 시초의 용광로가 놓여 있었다. 수호자들은 그 장치를 이용하여 아제로스를 강화하고 타락으로부터 보호했다. 시초의 용광로는 엄청난 에너지를 내보내어 아제로스의 동식물을 정화하고 생명이 새롭게 시작할 수 있는 환경을 만드는 기능이 있었다. 알아키르는 바로 그것, 아제로스에서 모든 생명체를 정화할 수 있는 그 힘을 노리고 있었다.

파도 아래에서는 느조스의 또 다른 하수인이 움직이고 있었다. 고대 신의 의지에 타락하기 전까지 고대 나이트 엘프의 왕국을 지배했던 아즈샤라 여왕이었다. 그녀는 바쉬르라는 이름으로 알려진 수중 지역에 충성스러운 나가들을 보냈다. 그곳에는 파도사냥꾼 넵튤론의 정령계로 통하는 균열이 있었다. 물의 정령들은 느조스의 명령을 거부했기에 응당 대가를 치러야 했다. 그러나 아즈샤라와 나가의 목적은 넵튤론을 처치하는 것에 그치지 않았다. 정령 군주 넵튤론은 아제로스의 바다를 지배하는 힘이 있었고 느조스는 바로 그것을 요구했다. 그 능력을 손에 넣는다면 대륙 사이의 모든 항로를 끊고 세계의 국가들을 고립된 세력으로 분리할 수 있었다.

느조스는 호드와 얼라이언스가 자신의 부하들을 일부 저지한다고 하더라도 모두를 막지는 못할 것이라고 확신했다. 자신의 전쟁 중 하나라도 성공을 거둔다면 황혼의 시간을 인도할 수 있었다.

얼라이언스와 호드는 서로와의 분쟁에 휘말린 채 새로운 적들을 상대할 준비가 되어 있지 않았다. 다행히도, 아제로스의 수호자는 두 진영만이 아니었다.

중립적인 진영이 결집하여 데스윙과 부하들에게 맞섰다. 첫 번째 세력이 대지 고리회 주술사들이었다. 그들은 아제로스의 균형을 복원하기 위해 정령의 불안을 유발하는 지역에 모여들었다. 그들은 호드와 얼라이언스에게, 전쟁을 접어두고 무너지는 아제로스를 구하는 데 집중할 지혜로운 자들에게 도움을 요청했다.

노스렌드에서, 아웃랜드에서, 안퀴라즈에서 싸웠던 영웅들이 대지 고리회의 부름에 응했다. 그들은 각자 다른 땅에서 왔다. 그들은 각자 다른 믿음을 지녔다. 그러나 자신의 고향, 아제로스를 지키겠다는 공통된 바람은 모두가 같았다.

영웅들은 아제로스 곳곳에서 임무의 선봉에 섰다. 심원의 영지에서는 황혼의 망치단 세력을 무너뜨렸고 덕분에 대지 고리회의 주술사들은 데스윙이 아제로스로 솟아오르며 세계에 만들어낸 피해를 수습하는 작업에 집중할 수 있었다.

바쉬르와 울둠의 작전도 비슷한 성공을 거두었다. 얼라이언스와 호드의 돌격대는 파도 밑으로 뛰어들어 나가와 동맹의 힘을 무력화시켰다. 울둠에서는 황혼의 망치단이 사용하기 전에 고대 시초의 용광로를 확보했다. 바로 그곳에서 아제로스의 수호자들은 느조스의 정령 하수인들에게 치명타를 가했다. 그들은 울둠의 통로를 지나 우뚝 솟은 하늘담의 영지에 침입했고 바람의 군주 알아키르를 쓰러뜨렸다.

알아키르의 패배는 아제로스의 수호자들에게 한 가닥 희망을 전했다. 다가올 날에 그들에게 필요한 것이었다.

라그나로스의 정령 군대와 맞서 싸우는 하이잘의 수호자들

불타는 하이잘

바쉬르와 울둠에서 전쟁이 벌어지는 동안, 하이잘 산에서는 또 다른 전선이 만들어졌다. 대격변이 발생한 직후 데스윙과 황혼의 망치단 이교도의 군대가 하이잘 정상 부근에 모여들었다. 데스윙은 대규모 의식을 수행하여 라그나로스의 영지, 불의 땅에서 이어지는 균열을 만들었다. 그 균열에서 수천 마리에 달하는 화염의 하수인들이 나타났다. 라그나로스가 직접 그 군대를 진두지휘하고 나섰다.

정령들은 마음껏 자유를 즐겼다. 숲을 불태우는 것도 즐거웠지만 라그나로스는 그들에게 또 다른 목적을 주었다. 라그나로스는 하수인들을 채찍질하여 광기로 몰아넣고 하이잘 산의 꼭대기로, 세계수 놀드랏실을 향해 내보냈다.

놀드랏실은 3차 대전쟁 이후 완전히 회복하지 못했지만 지금도 막대한 힘을 보유하고 있었다. 아제로스 깊은 곳까지 뿌리를 뻗은 채 대지에 양분을 공급하면서 보이지 않는 상처를 치유하고 있었다. 놀드랏실이 있었기 때문에 하이잘 산의 많은 지역에서 초목이 다시 꽃을 피우기 시작했다. 느조스는 세계수를 불태운다면 아제로스가 복구할 수 없는 치명타를 입을 것이라고 생각했다.

자연의 수호를 맹세한 세나리온 의회의 드루이드와 고대의 친구 녹색용들이 정령에 맞서 첫 번째 방어선을 구축했다. 곧 나이트 엘프 군대와 호드와 얼라이언스의 용사들이 합류했다. 연합군은 하이잘 산 곳곳에서 방어 전선을 구축했으나 연기와 잿불의 폭풍을 저지하기에는 벅찼다.

하이잘을 수호하기 위해서는 무언가가 더 필요했다. 자연의 가장 용맹스러운 수호자, 야생 신이었다.

세나리온 의회의 노력으로 전설적인 야생 신이 전투에 뛰어들었다. 그 거대한 야수 대부분은 고대의 전쟁에서 죽었거나 그 전쟁 이후 자취를 감췄다. 최근까지 적극적으로 역할을 수행하면서 숲을 지킨 이는 세나리우스뿐이었다. 세나리우스는 3차 대전쟁에서 그롬마쉬 헬스크림의 도끼에 쓰러졌고 그의 영혼은 에메랄드의 꿈 깊은 곳으로 사라졌다.

3차 대전쟁이 끝나갈 무렵 드루이드들은 에메랄드의 꿈에서 다른 야생 신들을 깨우고 도움을 청하려 했으나 시도는 수포로 돌아갔다. 세나리우스의 죽음으로 야생 신들은 혼란에 빠져들었다.

이제 충분한 시간이 흘렀고 야생 신들은 내면의 안정을 찾았다. 서서히 그리고 조심스럽게, 드루이드와 동료들은 그 거대한 생명체들을 하이잘로 불러냈다. 그들은 에메랄드의 꿈에서 세나리우스의 영혼까지 찾아서 물리 세계로 그를 불러냈다. 곧, 위대한 늑대 골드린, 지혜로운 불굴의 거북 토르톨라 등 전설적인 생명체들이 하이잘의 숲을 뒤흔들며 나타났다.

야생 신의 귀환은 역사적인 사건이었다. 고대의 전쟁 이후 야생 신은 그렇게 많은 다른 종족들과 함께 아제로스를 수호하기 위해 나선 적이 없었다.

하나의 목적으로 뭉친 하이잘의 수호자들은 거침없이 나아갔다. 검과 마법으로, 발톱과 송곳니로, 그들은 하이잘의 황혼의 망치단 세력을 무너뜨리고 불의 정령들을 돌려보냈다. 라그나로스조차 야생 신과 필멸자 동맹의 분노 앞에 도망치고 말았다. 라그나로스는 남은 부하들을 이끌고 아제로스와 불의 땅 사이의 균열 속으로 모습을 감추었다.

당분간, 하이잘은 안전했다.

황혼의 망치단의 몰락

정령과 나가의 공격이 실패하면서 전세가 역전되었다. 얼라이언스와 호드는 계속해서 자신들의 힘 싸움에 매달려 있었지만 최근의 사태는 세계의 다른 장소에서 벌어지는 일을 그저 무시할 수 없다는 교훈을 가르쳐 주었다. 비록 대격변과 정령의 침공에 관련된 진정한 내막은 아직 알려지지 않았지만 공격이 계획적이라는 것은 분명했다. 얼라이언스와 호드는 데스윙이 황혼의 망치단 이교도를 이용해서 아제로스에 전쟁을 일으켰다고 생각했다.

한때 얼라이언스와 호드는 황혼의 망치단을 그저 느슨하게 조직된 광신도 집단이자 시끄러운 폭도라고만 생각했다. 하지만 지금 황혼의 망치단은 고도로 조직화되어 극히 위험한 상대였다. 이교도들은 전 세계에 마치 쥐 떼처럼 퍼져 있었다. 그냥 두었다가는 더 강해질 수 있었다.

호드와 얼라이언스는 황혼의 망치단을 상대로 반격에 나섰고 가장 잘 알려진 요새들을 공격하기 시작했다. 그 공격은 황혼의 고원 습격으로 이어졌다. 전쟁 기계와 병사를 실은 비행선들이 태양을 가렸다. 호드와 얼라이언스는 연합을 구성하지는 않았지만 같은 목표를 두고서 싸웠다. 그들은 이교도를 무릎 꿇린 다음 그 고원을 안전하게 차지하기를 바랐다.

얼라이언스는 그 지역의 와일드해머 드워프 중에서 새로운 친구를 발견했다. 그들은 사납고도 독립적인 특성이 있었고, 드워프 사회에서 떨어져서 생활한 탓에 외부인과의 협력이 익숙하지 않았다. 지지를 얻기까지는 시간이 걸렸지만 그들은 앞으로의 전투에 매우 유용한 도움을 주었다.

붉은용군단도 얼라이언스를 지원하기 위해 날아와, 특히 고대의 요새 그림 바톨에서 활약을 펼쳤다. 그들은 군대에 합류하여 합동 공격을 펼치면서 황혼의 망치단의 손아귀에서 그림 바톨을 해방시켰다.

한편 호드의 오크는 용아귀 부족과의 오랜 유대를 되살렸다. 2차 대전쟁이 끝난 후 용아귀 부족은 홀로 고립된 생활을 이어갔다. 대족장 가로쉬 헬스크림은 피와 영광을 약속하면서 호드에게 충성을 맹세하라고 용아귀 오크를 설득했다. 가로쉬의 지휘하에서, 그들은 두 가지를 충족할 수 있었다.

황혼의 고원에서 전쟁이 격화되는 가운데 가로나가 나타나 이교도들을 처치했다. 가로나는 초갈의 무리를 쓰러뜨리겠다는 임무를 포기하지 않았다. 비록 가로나는 새로운 호드에 충성을 맹세하지는 않았지만 그들의 편에서 싸웠다. 가로나는 복수의 화신이 되어 황혼의 망치단 인장을 가진 이의 피로 단검을 적셨다.

호드는 결국 이교도의 본산인 황혼의 요새를 공격했다. 학살이 벌어졌고 요새의 방어가 무너졌다. 호드의 위대한 용사들은 적들을 베어 넘기며 성채로 진입했다. 초갈의 검은 심장을 꿰뚫기 전까지는 멈출 수 없었다. 머리 둘 달린 오우거 초갈은 적에게서 도망치지 않았다. 그리고 운명을 받아들였다. 초갈은 죽어가는 그 순간까지 황혼의 시간이 반드시 도래할 것이라고 믿었다.

초갈과 황혼의 요새의 몰락은 이교도의 세력을 무너뜨렸으나 그들의 영향력은 지속되었다. 많은 이교도 구성원들이 세계 곳곳에서 활동을 이어갔다. 초갈이 죽은 후 대주교 베네딕투스가 지도자의 역할을 맡았다. 베네딕투스는 옛 신분을 완전히 벗어던지고 황혼의 아버지라는 진정한 이름을 얻었다.

잔달라의 봉기

아제로스 곳곳의 종족들이 대격변의 영향으로 흔들렸지만 일부는 특히 더한 고통을 겪었다. 격동하는 지진과 해일이 잔달라 트롤을 덮쳤고 잔달라 섬을 쑥대밭으로 만들었다.

자연재해에 이어 수상한 세력이 트롤들을 공격하기 시작했다. 과거의 적이었다.

그 사건은 트롤을 약화시킨 일련의 고난 속에서 비교적 최근의 일에 불과했다. 잔달라 부족은 한때 아제로스의 머나먼 구석까지 세력을 떨치며 제국을 건설했다. 그 영광스러운 날은 지났다. 수천 년 동안 트롤은 전쟁과 기아에서 벗어나지 못했다.

줄이라고 알려진 신비로운 예언자가 트롤을 돕기 위해 나섰다. 줄은 자신의 고향 섬이 파도 속으로 가라앉는 끔찍한 계시를 보았고 트롤들에게 잔달라를 버리고 새로운 운명을 찾아 나서야 한다고 설득했다. 아제로스 곳곳에서는 대격변으로 인해 정치적인 동요가 일어나고 있었고 줄은 그것을 기회라고 생각했다. 만약 잔달라 트롤이 혼란을 역으로 이용하여 분열된 트롤 부족들을 통합하고 거대 제국을 건설한다면, 고대에 그랬던 것처럼 아제로스의 우월한 세력으로 자리매김하는 것도 불가능한 일이 아니었다.

잔달라의 지도자 라스타칸 왕은 고향을 떠나라는 줄의 충고에 귀를 기울이지 않았지만, 부족의 함대를 이끌고 나가 자신에게 합류하기를 원하는 자를 데려올 수 있는 권한을 주었다.

아제로스 곳곳의 다른 트롤 부족들이 줄의 부름에 응했다. 가장 강력한 부족들은 구루바시와 아마니 트롤이었다. 잔달라의 인도와 함께 그들은 망가진 국가를 재건하고 전쟁에 대비했다.

줄은 볼진과 검은창 부족에게도 지원을 희망하며 연락을 취했다. 그것은 중대한 실수였다. 볼진은 그 제안을 거절했을 뿐만 아니라 잔달라 트롤의 전쟁을 막기 위해 움직였다.

볼진은 대족장 가로쉬 헬스크림만큼 얼라이언스에 적대적이지 않았다. 볼진은 협력에서 지혜를 찾았고 떠오르는 트롤 제국을 제압할 얼라이언스와 호드의 영웅들을 모집했다. 영웅들은 성공을 거두었으나 줄을 막지는 못했다. 줄은 아제로스에서 트롤의 패권을 다질 방법을 계속 찾아다녔다.

무너진 용군단

호드와 얼라이언스가 황혼의 고원에 도착한 후 데스윙은 하늘에서 잠시 모습을 드러냈다. 그리고 생명의 어머니 알렉스트라자도 나타났다. 알렉스트라자는 대격변으로 발생한 순수하고도 파괴적인 힘과 그것이 불러온 수많은 죽음에 끔찍한 공포를 느꼈다. 그러나 그 재앙의 원인이 데스윙에게 있다는 사실을 알고서 그것이 시작에 불과하다고 생각했다. 알렉스트라자는 타락한 용의 위상 데스윙을 저지하고 아제로스의 고통을 중단시키겠다고 맹세했다.

두 마리 용은 황혼의 고원이 내려다보이는 하늘에서 불길과 비늘의 폭풍을 일으키며 결투를 벌였다. 데스윙은 그 대결에서 심각한 부상을 입었으나 결국 승리했다. 알렉스트라자는 데스윙의 분노 앞에서 도망칠 수밖에 없었다.

데스윙은 승리를 거두었지만 불안을 떨치지 못했다. 그는 간신히 알렉스트라자를 물리칠 수 있었다. 이세라와 노즈도르무가 함께 싸웠다면 어떻게 되었을까?

알렉스트라자와 달리 다른 용의 위상은 무해하고 혼란스러운 상태에 있었지만 데스윙은 그들이 바뀔 수 있다는 것을 알았다. 만약 예전의 힘과 영광을 되찾는다면 그들은 진정한 위협이 될 수 있다. 데스윙은 그런 일이 일어나기 전에 반드시 고귀한 용의 위상들을 쓰러뜨려야 한다고 생각했다. 그리고 무시무시한 황혼의 용을 주축으로 군대를 꾸렸다. 그리고 초갈과 나머지 이교도들을 운명에 내맡긴 채 황혼의 고원에서 사라졌다. 그들의 생사는 데스윙에게 별 의미가 없었다.

곧 용의 위상을 공격할 기회가 찾아왔다. 알렉스트라자가 노즈도르무와 이세라에게 고룡쉼터 사원에서 회합을 요청했다. 알렉스트라자는 분열된 용군단을 한데 규합하여 단결된 힘으로 데스윙에 맞서고자 했다.

회합은 시작부터 삐걱거렸다. 노즈도르무는 행방을 알 수 없었다. 이세라는 알렉스트라자의 부름에 응했지만 그녀의 마음은 기이한 미래의 계시에 가려져 어지러웠다. 이세라는 예감과 현실조차 제대로 구분할 수 없는 상태였다.

푸른용 칼렉고스와 아리고스도 고룡쉼터 사원에서 용군단의 미래를 논의했다. 그들은 죽은 말리고스를 계승할 가장 유망한 후보자로 떠올랐다. 그러나 두 용은 전혀 달랐다. 칼렉고스는 지혜롭고 침착했다. 말리고스의 아들인 아리고스는 건방지고 교만했다. 아리고스는 지금도 아버지의 죽음을 알렉스트라자의 탓으로 돌렸고 그녀를 용서하지 않았다.

아리고스와 용들 사이에서 격한 논쟁이 벌어졌다. 그 순간, 데스윙의 군대가 들이닥쳤다.

황혼의 용들이 하늘에서 내려와 고룡쉼터 사원과 그곳의 수호자들을 공격했다. 알렉스트라자와 동료들은 몰랐지만 그 공격은 단지 시선을 끌기 위함이었다.

황혼의 망치단 이교도들이 고룡쉼터 사원 아래에 있는 일련의 마력의 성소를 공격했다. 그곳에는 용군단의 알이 보관되어 있었다. 이교도들은 공허의 에너지로 알들을 뒤덮고서 부화하지 않은 생명체들을 서서히 황혼의 용으로 변화시켰.

알렉스트라자의 배우자, 코리알스트라즈가 아니었다면 그들의 의식은 성공을 거두었을 것이다. 붉은용 코리알스트라즈는 성소에서 새어 나오는 타락을 감지했다. 이미 시간이 지나 알들에게서 이교도의 마법을 정화하는 것도 불가능했다. 코리알스트라즈는 그 생명체들이 황혼의 용으로 부화하기 전에 고통을 끝내기로 결심했다. 방법은 하나뿐이었다.

코리알스트라즈는 자신의 생명의 정수를 끌어내어 성소에서 마법의 불길로 폭발을 일으켰다. 모든 알과 이교도가 불길 속에서 사라졌다. 그리고, 코리알스트라즈도 사라졌다.

그 충격으로 고룡쉼터 사원이 바닥까지 흔들렸다. 얼마 후, 황혼의 용들은 하늘 속으로 사라졌다.

황혼의 유산

호드와 얼라이언스는 황혼의 망치단 이교도와 전쟁을 벌이면서 네파리안과 신타리아를 처치했다. 그러나 그들의 창조물들은 살아남았다. 그들은 모두 이교도의 명령을 따를 강력한 무기를 만들어냈다. 특히 신타리아가 그랬다. 그녀는 수백 마리에 이르는 황혼의 용을 빚어냈고 그들은 데스윙 군대의 주축을 이루었다.

알렉스트라자와 용들은 성소를 조사하여 알들을 파괴한 것이 코리알스트라즈라는 사실을 확인했다. 그러나, 어째서 알들을 깨뜨렸는지 알 수 없었다. 그들은 코리알스트라즈가 영웅적으로 자신을 희생했다고 생각하지 못했고 데스윙의 영향으로 타락했을 것이라고만 여겼다.

너무도 명백한 배신과 너무도 많은 새 생명의 손실에 알렉스트라자는 마음이 찢어질 듯 아팠다. 그리고 슬픔에 잠긴 채 노스렌드에서 사라졌다. 고룡쉼터 사원에 모인 다른 용들도 하나둘씩 사원을 떠났다. 용들이 흩어지면서 용군단의 결합에 대한 남은 희망도 모두 사라지고 말았다.

알들을 타락시키려는 계획은 실패했지만 데스윙은 사건의 전개를 흡족하게 여겼다. 용군단의 단결은 깨졌다. 고룡쉼터 사원은 데스윙의 군대가 장악하고 있었다. 데스윙은 황혼의 용과 이교도의 군대를 데리고 그 신성한 사원을 점령하라고 황혼의 아버지에게 명령했다.

용의 위상들을 완전히 제거하기 위해서는 아직 해야 할 일들이 많았다.

위상의 황혼

노스렌드의 남쪽에서 스랄과 대지 고리회는 원소의 균형을 복원하기 위해 계속 분투하고 있었다. 그들은 혼돈의 소용돌이에서 밤낮으로 의식을 수행했다. 모든 것이 실패로 돌아갔다. 대지 고리회의 문제는 통제할 수 없는 정령들 때문만이 아니었다. 스랄에게도 문제가 있었다.

스랄은 케른 블러드후프의 죽음과 호드의 불확실한 미래에 관한 생각을 떨칠 수 없었다. 그 내면의 동요가 대지 고리회의 의식을 방해하고 있었다. 스랄은 자신을 잃었다. 자신이 누구인지, 망각의 낭떠러지에서 위태롭게 흔들리는 이 세계에서 무엇을 이루어낼 수 있는지 확신하지 못했다. 혼돈의 소용돌이에서 나타난 수수께끼의 방문객이 그 답을 전했다.

이세라는 황혼의 시간을 예견했다. 생명이 모두 사라지고 회색빛이 된 세계의 계시였다. 그 끔찍한 미래에서는 데스윙조차 목숨을 잃었다. 그러나 실낱같은 희망이 있었다. 이세라는 꿈에서 스랄이 앞으로 다가올 날에 어떤 중요한 역할을 수행하는 모습을 보았다. 스랄이 정확히 어떤 일을 하는지는 알지 못했으나 그것을 알아낼 생각이었다.

스랄의 능력을 활용할 방법을 몰랐던 이세라는 우선 페랄라스의 먼 구석의 정령을 달래라는 간단한 임무를 맡겼다. 스랄은 그 제안에 머뭇거렸지만 아그라가 응하라고 설득했다. 인정하기는 힘들었지만 스랄은 혼돈의 소용돌이에서 도움이 되기보다 해를 끼치고 있었다. 스랄은 자신의 불확실한 마

데스윙이 고룡쉼터 사원에 꿰뚫린 황혼의 시간에 대한 이세라의 계시

음을 극복할 수 있는지 돌아볼 시간이 필요했다.

페랄라스에서 시작된 스랄의 임무는 곧 훨씬 멀리까지 이어졌다. 그 후 스랄은 아제로스의 머나먼 지역을 여행하면서 용의 위상을 돕는 임무를 수행했다. 그러면서 필멸자로서는 거의 보기 어려운 것들을 목격하게 되었다.

스랄은 페랄라스를 방문한 다음 시간의 길로 뛰어들어가 노즈도르무를 찾았다. 현명한 시간의 위상 노즈도르무는 자신의 영지에서 길을 잃은 채 시간의 모든 순간에 갇혀 있었다. 스랄은 노즈도르무를 도와 시간의 감옥에서 풀어주었고 노즈도르무는 현재로 돌아올 수 있었다.

청동용의 위상 노즈도르무는 그간의 경험으로 변화를 겪었다. 그는 시간의 길에서 고대 신들이 데스윙의 타락과 에메랄드 악몽, 그리고 역사에서 발생한 다른 사악한 사건들에 관여했다는 사실을 확인했다. 수천 년 동안 그 사악한 존재들은 용의 위상들의 힘과 단결을 좀먹고 있었다.

또한 노즈도르무는 무한의 용군단을 조종한 자들이 바로 고대 신이었다는 사실을 발견했다. 무한의 용군단은 오랫동안 시간의 이상 현상을 일으키며 노즈도르무의 주의를 빼앗은 사악한 세력이었다. 게다가, 무한의 용군단을 이끄는 우두머리의 모습은 불안감을 더했다.

바로 노즈도르무 자신이었다.

어느 먼 미래에 노즈도르무는 타락에 떨어졌고 무르도즈노라는 이름을 얻었다. 그 노즈도르무의 그림자는 무한의 용군단을 만들어내어 시간의 성소를 흐트러뜨리고 있었다.

그리고 스랄은 마력의 탑으로 여행을 떠났다. 그는 푸른용군단이 새로운 용의 위상을 선택하는 과정에서 도움을 주었다. 푸른용들은 칼렉고스를 지지하는 파와 아리고스를 지지하는 파가 깊이 갈라져 있었다. 대부분의 푸른용들은 이성과 차가운 논리로 결정을 내리고 있었다. 그러나 스랄은 마음을 신뢰하라며 그들을 설득했다. 그렇게 해서 푸른용들은 칼렉고스를 선택했다.

그러자, 아리고스가 생각할 수 없는 행동을 저질렀다. 그는 동족을 공격했다.

다른 푸른용들은 알지 못했으나, 데스윙은 아리고스를 자신의 편으로 끌어들였다. 아버지의 죽음으로 분노에 휩쓸린 아리고스는 좋은 먹잇감이었다. 그는 말리고스를 쓰러뜨린 알렉스트라자와 필멸자들에게 쓰라린 증오를 품었다. 그들의 행동은 배신이었고 똑같은 방법으로 복수할 날만을 꿈꾸었다. 그리고 데스윙과 황혼의 망치단에게 충성하면서 자신과 아버지를 농락한 자들에게 대적할 만한 강력한 군대를 가졌다고 생각했다.

아리고스는 데스윙과의 동맹 관계를 밝히며 황혼의 용 군대와 함께 마력의 탑을 공격했다. 공격은 실패했고 아리고스는 쓰러졌다. 그는 푸른용군단의 배신자로 삶을 마감했다.

스랄의 교훈

스랄은 알렉스트라자와 동료의 삶을 바꾸었다. 그러면서 자신의 삶 또한 바뀌었다. 아제로스 곳곳을 누비면서 내면의 평화가 찾아왔고 정령과의 결속도 강화되었다. 스랄은 과거에 내린 결정이나 미래에 자신과 아제로스에 닥칠 수 있는 불확실성에 대해 걱정하기보다 현재에 집중하는 방법을 배웠다.

칼렉고스가 용의 위상에 오른 다음, 스랄은 알렉스트라자를 만났다. 생명의 어머니 알렉스트라자는 잊혀진 땅에 은둔하고 있었다. 그리고 슬픔에 잠긴 채 홀로 살아갔다. 스랄은 과거의 계시로 알렉스트라자를 절망의 손아귀에서 꺼내주었다. 그는 정령을 통해서 코리알스트라즈가 자신을 희생하여 붉은용군단의 알을 타락에서 구하는 모습을 보았다.

스랄은 그 계시를 알렉스트라자에게 보여주었다. 그것은 알렉스트라자의 희망에 다시 불을 붙였다. 코리알스트라즈의 고귀한 희생에 감명을 받은 그녀는 싸울 의지를 되찾았다.

스랄과 함께, 알렉스트라자는 용들을 모아 고룡쉼터 사원으로 나섰다. 만 년이 넘는 시간이 지나고 처음으로, 고귀한 용군단이 대의를 위해 단결했다.

데스윙의 군대에게서 고룡쉼터 사원을 되찾기 위한 전투는 길고도 잔혹했다. 결국, 용의 위상과 연합군의 힘은 황혼의 망치단이 감당하기에는 너무도 강력했고, 그들은 사원을 버리고 달아났다.

불의 땅의 분노

용의 위상들은 데스윙과 황혼의 망치단의 잔당을 쫓아 싸우고 싶었지만 그보다는 먼저 부서진 세계를 치유할 방법을 찾아야 했다. 그들은 하이잘 정상에 모여서 세계수 놀드랏실에 의식을 수행했다. 놀드랏실은 회복 중이었으나 회복세가 빠르지 않았다. 용의 위상들은 자신들의 힘을 주입하여 놀드랏실에게 과거의 영광을 되찾아주고자 했다. 놀드랏실의 뿌리가 다시 무성하게 자라나면 아제로스도 힘을 얻어 빠르게 회복할 수 있으리라 생각했다.

데스윙은 그들의 계획을 알고서 라그나로스의 정령들을 다시 하이잘 산에 내보냈다. 불의 땅에서 다시 균열이 생겨났고 잿불과 연기의 군대가 숲으로 쏟아져 들어왔다.

아제로스의 수호자들이 휘몰아치는 불길을 저지하는 동안 데스윙은 스랄에게 눈길을 돌렸다. 그는 단 한 명의 오크가 자신을 위협할 수 있으리라고 상상조차 하지 못했다. 그러나 그자는 달랐다. 스랄의 수완으로 고귀한 용의 위상이 단결했고 멸망의 위기에서 벗어났다. 그뿐만 아니라 그 오크는 정령과의 결속을 통해서 대지, 즉 데스윙 자신의 영지에 엄청난 힘을 발휘했다.

데스윙은 스랄을 처치하기 위해 새로운 무기를 꺼냈다. 바로, 화염의 드루이드였다. 세나리온 의회의 불명예스러운 옛 지도자, 판드랄 스태그헬름이 그들을 이끌고 있었다.

판드랄은 말퓨리온 스톰레이지의 실해를 시도하고 에메랄드 악몽과 거래한 대가로 지하굴에 갇혔다. 그러나 대격변이 벌어졌을 때 황혼의 망치단 대리인들이 그를 도와 탈출하게 해주었다. 그런 다음, 데스윙에게 충성하면 아들 발스탄 스태그헬름의 죽음에 대해 세상에 복수할 수 있는 힘을 주겠다며 거래를 제안했다.

판드랄은 평생 자식을 잃은 슬픔에서 헤어나오지 못했다. 악몽과의 전쟁에서 패배한 후, 그는 발스탄을 되살리는 것이 불가능하다는 것을 깨달았다. 그로 인해 판드랄의 마음과 영혼은 어둡게 물들었다. 그의 유일한 희망은 아제로스를 파멸로 이끄는 것이었고 황혼의 망치단이 그 방법을 알려주었다.

불의 군주 라그나로스가 직접 판드랄을 불길 속에서 다시 만들어냈다. 판드랄은 모습이 바뀌었고 불의 정령을 부릴 수 있는 힘을 얻었다. 그는 라그나로스의 심복이자 첫 번째 화염의 드루이드가 되었다. 판드랄은 다른 이들, 주로 세나리온 의회에 환멸을 느낀 드루이드들을 자신의 편으로 끌어들였다. 새로운 지도자와 마찬가지로, 그 드루이드들은 불길 속에서 새롭게 태어났다.

판드랄과 드루이드들은 하이잘 정상 인근에서 스랄을 습격했다. 그리고 스랄의 주술을 역으로 이용하여 그의 영혼을 조각낸 다음 정령계로 던져버렸다. 분리된 각각의 정수는 스랄의 원초적인 감정

검은 왕자

데스윙의 타락은 검은용군단의 거의 모든 용들에게 퍼졌다. 그들은 데스윙의 적의와 파괴에 대한 갈망을 상징했다. 그러나 일부 예외도 있었다. 대격변 이후 레아스트라자라는 이름의 붉은용이 검은용의 알을 훔치고 데스윙의 영향력을 정화하려는 위험한 임무에 나섰다. 그리고 그녀는 성공을 거두었다.

그 알에서 부화한 생명체는 검은 왕자, 래시온이라는 이름으로 알려졌다. 그는 새끼 용이었을 때부터 또래보다 지혜롭고 강력했다. 데스윙의 지배를 받지 않았던 그는 중립적인 시선으로 검은용의 모습을 보았고 그들이 아제로스에 어떤 위협을 끼치는지 깨달았다. 래시온은 검은용군단을 정화할 방법은 단 하나, 즉 죽음뿐이라고 생각했다. 래시온은 아제로스의 남은 검은용들을 처치하기 위한 잔혹한 전쟁을 시작했다.

마침내 그의 잔인한 전쟁이 끝났고, 래시온은 검은용군단의 최후의 생존자 중 하나가 되었다.

을 체화한 것이었다.

많은 동료들은 스랄이 죽었다고 생각했다. 그러나 아그라는 그렇지 않았다. 아그라는 그렇게 가까운 사이가 된 스랄을 포기할 수 없었다. 그녀는 호드와 얼라이언스의 구성원들에게 스랄의 분리된 영혼을 찾아달라고 설득했다. 함께 힘을 모은다면 스랄을 다시 온전하게 만들 수 있었다.

한편, 말퓨리온 스톰레이지는 하이잘의 수호자들을 규합하여 불의 군주 라그나로스에게 대규모 반격을 시행했다. 그들은 불의 땅으로 라그나로스의 군대를 돌려보냈으나 거기에서 멈추지 않았다. 말퓨리온은 라그나로스가 살아 있는 한 언젠가 다시 공격해 올 것이라고 확신했다. 하이잘을 그의 불길에서 보호하는 방법은 하나뿐이었다.

세나리온 의회는 불의 땅을 공격하여 녹아내린 전초지라고 알려진 요새를 구축했다. 하이잘의 수호자들은 불의 정령들에게 끊임없는 공격을 받으면서도 굳게 버텨냈다. 곧 호드와 얼라이언스의 지원군이 세나리온 의회를 찾았다. 서서히, 그들은 불의 땅 깊은 곳까지 나아갔고 마침내 라그나로스의 이글거리는 성채, 설퍼론 요새에 도착했다.

스스로 필멸의 존재들이 미칠 수 없는 존재라고 믿었던 라그나로스는 자신의 영지에서만큼은 안전하다고 생각했다. 바람의 군주 알아키르도 그렇게 생각했다. 그리고 알아키르와 마찬가지로, 라그나로스는 아제로스 수호자들의 맹공에 쓰러지고 말았다. 판드랄 스태그헬름과 화염의 드루이드 거의 대부분을 포함한 그의 강력한 부하들도 같은 운명을 맞이했다.

불의 군주가 쓰러지면서 하이잘은 마침내 모든 것을 집어삼키는 불길에서 벗어났다.

용의 영혼

하이잘에 다시 평화가 돌아온 후, 용의 위상들은 마침내 원래의 임무로 돌아갔다. 그들은 놀드랏실 아래에 모여 세계수에 에너지를 집중시켰다. 즉시, 효과가 나타났다. 놀드랏실의 상처가 치유되었고 가지마다 새로운 생명이 깃들었다. 푸릇푸릇한 꼭대기가 하늘에 닿았으며 뿌리는 세계의 깊은 곳까지 파고들었다.

놀드랏실의 생명 에너지가 주위 숲에 흘러내렸다. 산 여기저기에 불타버린 나무들 사이로 어린나무들이 잿더미를 뚫고 솟아나 새잎을 피워냈다.

용의 위상들은 그 결과에 만족했으나 아직 할 것이 많았다. 그들은 놀드랏실에 남아서 어떻게 데스윙을 쓰러뜨릴 것인지 그리고 그것이 가능한지 의논했다. 데스윙은 오래전 그림 바톨에서 싸웠던 그 존재가 아니었다. 지금 그의 피에는 공허 마력이 흘렀으며 거의 무적이라 할 만큼 강력했다. 용의 위상들은 그를 무찌르기 위해 데스윙을 돌려놓아야 했다. 그의 정수를 하나하나 파괴해야 했다.

칼렉고스가 방법을 고안했다. 용의 위상들이 마력을 합치고 모종의 수단을 통해서 그것을 증폭시킨다면 가능했다. 칼렉고스는 그 목적에 적합한 유물을 알고 있었다. 위상의 에너지를 담기 위해 특별히 만들어진 유물이었다.

2차 대전쟁에서 오크는 그 유물을 발견하고 무기로 삼았다. 그들은 그 유물의 진정한 유래를 알지 못하고서 악마의 영혼이라는 이름으로 불렀다. 그러나 칼렉고스와 용들은 원래 이름을 알고 있었다. 그것은 용의 영혼이었다.

다른 위상들은 그 의견을 경계했다. 용의 영혼은 위험한 물건이었다. 오래전, 그들은 용의 영혼에 마력을 주입했다. 어떤 용이든지 그것을 만지면 엄청난 고통을 느꼈고 경우에 따라서는 치명적인 결과를 맞이할 수도 있었다.

그렇지만 칼렉고스는 묘수를 생각했다. 바로 스랄이었다. 스랄은 용이 아니었기에 유물의 마력에 영향을 받지 않았다. 그뿐만 아니라 스랄은 그 유물에 대지의 정수를 주입할 수 있었다. 그렇게 되면 데스윙은 유물의 마력에 더욱 취약해질 수밖에 없었다.

칼렉고스의 주장은 그럴듯했다. 그러나 용의 위상들은 더욱 큰 문제에 부딪혔다. 용의 영혼은 이제 없었다. 그것을 사용할 수 있는 유일한 방법은 과거에서 가져오는 것뿐이었다. 노즈도르무의 축복으로만 수행할 수 있는 일이었다.

노즈도르무에게 있어서 용의 영혼을 가져오는 것은 자신이 존재하는 이유를 거스르는 행동이었다. 아무리 고귀한 목적을 위해서라고 해도, 그의 임무는 성스러운 시간의 길에 개입하는 것이 아니라 그것을 보호하는 것이었다. 노즈도르무는 깊은 고심 끝에 과거로 떠나는 것만이 황혼의 시간을 피할 수 있는 아제로스의 유일한 희망임을 깨달았다.

노즈도르무는 시간의 길에서 무한의 용군단의 영향을 제거하는 것이 유물을 찾기 위한 첫 단계라고 생각했다. 그것은 무르도즈노와 싸워야 한다는 의미였다. 노즈도르무는 강력했지만 자기 자신의 뒤틀린 미래의 모습에 맞설 수 있을지 두려움을 느꼈다. 노즈도르무는 호드의 용사들을 통해서 용기를 얻었다. 그들도 용의 영혼이 데스윙을 처치할 수 있는 답이라고 믿었다. 용사들은 자원하여 목숨을 걸고 노즈도르무와 함께 시간의 길에 나섰다.

함께, 그들은 시간의 길 속에서 어느 황량한 자락에 뛰어들었다. 무르도즈노와 무한의 용군단이 알아볼 수 없을 정도로 현실을 뒤틀어버린 미래였다. 노즈도르무는 필멸자 동료들의 강철 같은 의지와 용기에 기운을 얻고서 호드의 용사들과 함께 자신의 사악한 그림자, 무르도즈노를 쓰러뜨렸다.

승리는 달콤하면서도 씁쓸했다. 아제로스는 안전해졌다. 그러나 노즈도르무는 자신이 언젠가 타

시간 이상

과거에서 용의 영혼을 가져온다는 결정은 노즈도르무에게 쉽지 않은 것이었다. 그의 임무는 시간의 길을 수호하는 것이었으며 시간에 간섭하는 것이 아니었다. 그렇지만 노즈도르무는 데스윙을 막기 위해 필요하다면 무엇이라도 할 준비가 되어 있었다. 황혼의 시간이 도래한다면 보호할 시간의 길조차 남아 있지 않을 것이 분명했기 때문이다.

고대의 전쟁에서 용의 영혼을 가져오는 행위는 시간의 길에서 혼란을 유발했다. 그러나 노즈도르무는 그것이 오래 가지 않으리라는 것을 알고 있었다. 유물은 데스윙과의 전투에 쓰이고서 과거의 시간으로 돌아갔고 따라서 시간의 질서도 되돌아갔다.

락하여 무르도즈노가 되리라는 것을 깨달았다. 그 운명은 피할 수 없었다. 노즈도르무는 그 끔찍한 운명이 실현되면 영웅들이 나서서 자신을 쓰러뜨리고 시간의 길을 어지럽히는 것을 막아줄 것이라고 생각하며 현실을 받아들였다.

시간의 길에서 무한의 용군단의 영향을 제거한 다음 노즈도르무는 불타는 군단이 아제로스를 처음 침공했던 시기, 즉 고대의 전쟁으로 통하는 길을 열었다. 그 시간으로 여행하는 것은 위험했지만 필수적인 일이었다. 용의 위상들에게 필요한 용의 영혼은 데스윙의 손에서 만들어지고, 그에게 설득된 옛 동료들에게 에너지를 주입받고서 얼마 지나지 않은 순수한 상태의 것이어야 했다.

이번에는 얼라이언스의 영웅들이 도전에 응하고 나섰다. 그들은 노즈도르무와 함께 과거의 부서진 전장으로 뛰어들었다. 지옥 불길의 연기가 피어오르고 곳곳에 시체가 나뒹구는 전장에 악마들이 바글거렸다. 얼라이언스의 영웅들은 전쟁의 희생자가 될 뻔했지만 간신히 위기를 모면했다. 그리고 노즈도르무를 도와 용의 영혼을 구한 다음 현재로 돌아왔다.

용의 위상들은 그들의 결합된 마력과 스랄의 주술 마력을 유물에 주입하기 위해 고룡쉼터 사원을 향해 길을 떠났다. 그들의 행동은 눈을 피해갈 수 없었다. 아제로스 곳곳에서 활동하던 데스윙의 부하들은 그들이 용의 영혼을 가져왔다는 사실과 그 유물에 마력을 주입하려 한다는 계획을 알아냈다.

적들의 성공은 데스윙의 죽음을 의미했다. 데스윙은 고룡쉼터 사원에서 모든 분노를 쏟아냈다.

황혼의 시간

데스윙은 물러서지 않았다. 지금껏 거느렸던 어떤 병력보다도 거대한 황혼의 용과 이교도의 군대가 고룡쉼터 사원에 결집했다. 그의 하수인들은 땅과 하늘에서 그 신성한 탑을 에워쌌다. 고대신 느조스조차 전투를 거들 부하들을 보냈다. 느조스의 명령에 따라 느라키, 즉 "얼굴 없는 자"라고 불리는 악몽 같은 생명체들이 때를 맞추어 고룡쉼터 사원에 도착했다.

그 적들과 싸운 것은 고귀한 용의 위상, 호드와 얼라이언스의 용사들만이 아니었다. 붉은용군단, 푸른용군단, 녹색용군단, 청동용군단의 용들이 고룡쉼터 사원에 모여 그곳을 차지하기 위해 싸웠다.

용들의 싸움이 펼쳐졌고 날개 달린 거대한 형체들이 태양을 가렸다.

양쪽에서 끔찍한 피해가 났다. 황혼의 아버지 등 수백에 달하는 이교도와 황혼의 용들이 생명을 잃었다. 그리고 사원의 수호자들도 마찬가지로 많은 수가 쓰러졌다.

그러나 붉은용과 푸른용, 청동용은 헛되이 죽지 않았다. 그들의 희생 덕분에 용의 위상과 동료들은 데스윙에게 분노를 집중시킬 수 있었다. 막대한 힘을 가진 데스윙도 단결한 적을 꺾을 수 없었고 그들이 용의 영혼을 강화하는 것도 막지 못했다. 스랄과 용의 위상들은 데스윙에게 용의 영혼을 사용하여 고룡쉼터 사원에서 몰아냈다.

데스윙은 부상당한 몸을 이끌고 분노에 휩싸인 채 혼돈의 소용돌이로 날아갔다. 그리고 휘몰아치는 바다의 심연을 지나 심원의 영지로 내려갈 생각이었다. 용의 위상들을 피해 부상에서 회복할 수 있는 방법은 정령계에 몸을 숨기는 것뿐이었다.

고룡쉼터의 수호자들은 데스윙을 뒤쫓으며 하늘에서 서서히 그의 힘을 뺐다. 고대 신 느조스는 자신의 하수인이 패배의 위기에 몰렸다는 사실을 직감했다. 느조스의 계획이 흐트러지고 있었다. 그는 전세를 뒤집을 최후의 절박한 시도를 감행했다. 느조스는 데스윙에게 자신의 마력을 주입했다. 그전까지 주었던 것보다도 훨씬 큰 힘이었다. 너무도 강력한 에너지의 유입에 데스윙의 불안정한 육체는 뒤틀리기 시작했고 찢긴 가죽 사이에서는 용암의 촉수가 자라났다.

스랄은 흉측하게 변한 그 괴수에게 용의 영혼을 사용했다. 용의 위상들은 데스윙을 확실하게 파괴할 수 있도록 자신을 희생하여 남은 모든 힘을 용의 영혼에 불어넣었다. 위상의 정수에 스랄이 엮어 넣은 대지의 정수가 결합된 무기가 데스윙의 몸을 불살랐다. 엄청난 폭발과 함께 데스윙의 육신과 영혼이 산산이 부서졌다.

그 순간, 황혼의 시간을 인도하려던 느조스의 전쟁도 막을 내렸다.

아제로스는 위험에서 벗어났지만 영원히 모습이 바뀌었다. 대격변은 세계를 바꾸어 놓았고 수많은 목숨을 앗아갔다. 아제로스의 국가들이 피해를 복구하려면 많은 시간이 걸려야 했다. 어떤 이들은 과거의 방식으로 돌아갈 방법을 찾을 수 없었다.

용의 위상들은 데스윙을 처치하기 위해 자신의 마력을 희생했다. 그들은 세계에서 일어나는 사건에 관여하겠지만 마력을 잃은 상황에서 더는 아제로스의 수호자로 활약할 수 없었다. 용의 위상들은 그 신성한 의무를 새로운 수호자들에게 물려주었다.

그 의무는 필멸자들에게 돌아갔다.

용의 위상과 티리스팔의 수호자의 시대가 저물었다. 호드와 얼라이언스는 자신들이 아제로스를 위협하는 어떤 힘에도 맞설 수 있다는 것을 증명했다.

이제 세계를 수호하는 일은 그들의 것이었다. 그러나 호드와 얼라이언스가 그 책임을 감당할 준비가 되었는지는 또 다른 문제였다. 호드와 얼라이언스를 집어삼킨 증오의 순환은 아직 깨지지 않고 남아 있었다.

데스윙을 무찌른 사건은 두 진영이 자신들의 전쟁을 돌아보는 계기가 될 수 없었다. 오히려, 데스윙과 황혼의 망치단을 쓰러뜨린 후 호드와 얼라이언스는 서로에 대한 증오심을 키워 나가고 있었다.

계속…

대격변 이후 재건되는 스톰윈드의 일부 건물들

색인

1차 대전쟁, 11, 22, 27, 32, 38, 121, 131, 162, 166
2차 대전쟁, 11, 17, 19, 20, 22–23, 26–27, 29, 32, 38, 44, 52, 53, 57, 61, 111, 120, 131, 162, 208, 218
3차 대전쟁, 40–41, 55, 56, 59
가로쉬 헬스크림, 153, 155, 174–175, 177, 182, 184, 187, 195–197, 199–201, 203–204, 208–209
갈퀴송곳니, 137, 142–143, 154
감시자, 76, 85–87, 92, 95, 148
검은 사원, 13–15, 95–96, 137, 142–144, 146–148, 156–157, 166
검은 제국, 10, 21–22, 26, 125, 195
검은바위 산, 19, 25, 40–41, 116–118, 121, 128–129, 199, 216–217
검은창, 53–54, 111–112, 123, 209
게야, 153, 198
겐 그레이메인, 60–61, 201–202, 204
겔빈 멕카토크, 36, 56, 114
고대의 전쟁, 11, 21, 25, 38, 69–71, 77, 80, 84, 86, 109, 131, 160, 204, 207, 219
고룡쉼터 사원, 178, 185, 210–212, 214, 219–220
고르다우그, 198
고엘, 스랄 참조
구루바시, 54, 123, 209
굴단, 26, 52, 57, 65, 71, 75, 77–78, 85–87, 92
굴단의 해골, 57, 65, 71, 75, 77–78, 85, 92
그레이메인 성벽, 36, 60, 201
그롬마쉬 헬스크림, 19, 32, 34, 46, 53, 67–68, 71–75, 153, 155, 207
그림 바톨, 19, 22–23, 40–41, 194, 199, 208, 216–218
길니아스, 34, 36, 40–41, 59–61, 115, 200–204, 216–217
나그란드, 14–15, 142–143, 153, 198
나스레자, 138, 146, 148
네크로스 스컬크러셔, 22–23
넬쥴, 11–13, 17–18, 138, 171
넬타리온, 데스윙 참조
노즈도르무, 19, 23, 25, 69, 131–132, 194, 210, 213, 218–219
놀드랏실, 38, 43–44, 66, 69–70, 80–81, 93, 108, 204, 207, 214, 218
놈리건, 36, 40–41, 55–56, 59, 114, 128–129
느조스, 25, 194–195, 199, 205, 207, 219–220
다나스 트롤베인, 12–13, 152
다르칸 드라시르, 63, 103–104
다리온 모그레인, 127, 130, 172–174, 186
다발 프레스톨, 22–23
달라란, 20, 27, 29–30, 36, 45, 50, 55, 57, 59, 64–66, 74, 87–88, 90–94, 102
대격변, 199–201, 203, 207–210, 214–215, 220
대지 고리회, 200, 205, 211
댈린 프라우드무어, 27, 36, 53, 111–112
데서록, 84, 100–101
데스윙, 21–23, 25, 121, 160, 177, 194–195, 199–200, 205, 207–208, 210–215, 218–220
돌발톱 봉우리, 66–68, 79
돌발톱 산맥, 68, 73, 74
드라노쉬 사울팽, 174–175, 178–179 180, 186–187
드라카, 21, 32
드레노어, 11–13, 16–17, 22, 57, 78, 92, 120, 136–138, 148, 151–153, 160, 198, 200
래시온, 215
렉사르, 111–112, 154
로닌, 22–23, 131–132, 177, 182
로데론, 11, 19, 20, 22–23, 25, 27–28, 30, 32, 34, 36–37, 39, 40–41, 44–48, 50, 52, 54–60, 64–65
로르테마르 테론, 90, 104, 145, 150–151, 156, 159
로서의 후예들, 8–9, 12–13, 95, 140–141, 152, 156
로켄, 163, 181–183
르노 모그레인, 103, 127, 130
리아드린, 145, 159
리치 왕, 17–19, 29–31, 37–39, 44, 47, 50–55, 57–58, 63, 65–66, 77, 81, 84–87, 91, 94–96, 98, 100–101, 103, 113, 127, 130–131, 136, 138, 166–167, 170–172, 174–175, 177–178, 180–182, 184–190, 194–195
릴줌킨
마그니 브론즈비어드, 36, 116, 118, 196
마그테리돈, 13, 92, 95–97, 136, 146, 153–154, 156
마그하르, 152–153, 198
마라우돈, 119, 128–129
마력의 탑, 25, 160, 170, 176–178, 185, 213, 216–217
마이에브 섀도송, 85–87, 90, 92, 95, 146, 148, 157
만노로스, 57, 66, 71, 73–75, 153
말가니스, 17, 47–48, 50–53, 65
말리고스, 19, 23, 25, 103, 160, 162, 170–171, 177–178, 194, 210, 213
말퓨리온 스톰레이지, 69–70, 76, 78, 80–81, 85, 87, 90, 93, 108–109, 190, 204, 214–215
메단 404
메디브, 11, 37–39, 45–46, 57, 65–66, 73–74, 80–81, 164
메디브의 책, 57, 65
명예의 요새, 8–9, 12, 14–15, 95, 142–143, 152
모이라 타우릿산, 116, 118, 121, 196–198
무너진 태양 공격대, 159
무라딘 브론즈비어드, 27, 50–51, 198
무르도즈노, 213, 218–219
므우루, 140, 144–146, 159
바로크 사울팽, 125, 127, 174, 186–187
바리마트라스, 17, 84, 94, 100, 180–181
바리안 린, 27, 36, 112, 115, 164–167, 174, 180, 182, 184, 197, 204
바쉬, 86–87, 91–96, 136–137, 150, 154
바쉬르, 205, 207
바위 어머니 테라제인, 195
바인 블러드후프, 197
발나자르, 17, 84, 100, 101, 103
발스탄 스태그헬름, 108–109, 190, 214
발키르, 19, 188
베네딕투스, 162–163, 199–200, 208
베리사 윈드러너, 23, 61
벨렌, 12, 16, 140–141, 149–150, 156, 159
보렌살, 141, 144
볼바르 폴드라곤, 115, 125, 131, 174–175, 177–180, 187–188
볼진, 54, 209
불의 군주 라그나로스, 116, 118, 121, 195–196, 207, 214–215
불의 땅, 121, 207, 214–215
불타는 군단, 10–13, 16–19, 21–22, 26, 29–30, 37–39, 45–46, 52, 57–58, 65–66, 69–71, 73–81, 84–86, 91–92, 95–96, 109, 111–112, 131–132, 136–141, 144, 146, 148–153, 156–157, 159–160, 166, 170–172, 180–181, 184, 204
붉은십자군, 102, 113, 127, 172
브란 브론즈비어드, 181–183
빌지워터 무역회사, 203
빛의 군대, 12–13, 140, 149
빛의 수호자 우서, 27, 48
살게라스, 10–12, 26, 37–38, 40–41, 76, 78, 85–87, 91–92, 102, 132, 184
살게라스의 무덤, 26, 40–41, 78, 85–87, 102
살게라이트 쐐기돌, 157
샤트라스, 14–16, 140–144, 149, 156–157, 159
서리한, 17, 39, 47, 50–53, 55, 58, 61, 63, 65, 98, 100, 174, 186–187
서릿결, 51, 174
세 망치단 의회, 196–198
세나리온 의회, 108, 122, 190, 207, 214–215
세나리우스, 70–73, 75–76, 207
스랄, 32–36, 45–46, 53–54, 66–68, 73–74, 80, 111–113, 119, 121, 123, 125, 150–153, 155, 166, 174, 180, 182, 195–196, 198–200, 211, 213–215, 218–220
스카라베 성벽, 125, 127
스칼로맨스, 30, 32, 40–41
스컬지, 44, 47–48, 50–52, 54–58, 60–61, 63–66, 68, 77, 80, 84–85, 88–91, 93–94, 98, 101, 103, 112–113, 127, 130–131, 139, 145, 150, 162, 167, 171, 178–179, 180–181, 184, 186–188
스톰윈드, 11, 19, 22, 25, 27, 36–37, 40–41, 113, 115, 128–129, 150–151 164–167, 197, 200
스트라솔름, 47–50, 59, 64
시초의 용광로, 183–184, 205
스트롬가드, 34, 65
신타리아, 177, 199, 211
실바나스 윈드러너, 61–63, 94, 100–101, 113, 150, 180–181, 188, 201–202
심원의 영지, 194–195, 199–200, 205, 220
썬더 블러프, 111, 119, 128–129, 197, 216–217

아그라, 198 – 200, 211, 215
아나스테리안 선스트라이더, 61 – 63, 88
아눕아락, 29 – 30
아달, 140 – 141, 144, 149, 156, 159
아르거스, 12, 16, 132, 137, 138, 140, 148, 153, 157
아리고스, 210, 213 – 214
아마니, 27, 41, 61, 150, 158, 209
아서스 메네실, 27 – 28, 46 – 55, 58 – 66, 77, 78, 80, 84, 88, 94, 98, 100 – 101, 162, 171, 187 – 188
아웃랜드, 12 – 16, 92, 95 – 96, 98, 136 – 146, 148 – 154, 156 – 160, 162 – 164, 166, 195, 198, 205
아이언포지, 27, 36, 40 – 41, 50 – 51, 55 – 56, 59, 101, 114, 116, 118, 128 – 129, 150, 196 – 199, 216 – 217
아이트리그, 36, 186
아졸네룹, 29, 40 – 41, 98, 185
아지노스의 쌍날검, 98
아카마, 17, 95 – 97, 146 – 148, 157
아키몬드, 11, 43, 57, 65 – 66, 71, 75 – 77, 80, 92, 138
아킨둔, 14 – 16, 142 – 143
악마의 영혼, 21 – 23, 218
안돌할, 37, 41, 46 – 48, 58 – 59
안두인 린, 115, 125, 164 – 166, 197, 204
안비나 티그, 103 – 104, 139, 145, 159 – 160
안퀴라즈, 26, 123, 125 – 127, 131, 136, 181, 205
안토니다스, 20, 27, 45, 50, 64 – 65
알도르, 140 – 141, 159
알레리아 윈드러너, 12 – 13, 61
알렉산드로스 모그레인, 101 – 103, 127, 130
알렉스트라자, 19 – 25, 69, 177 – 180, 190, 194, 210 – 214
알아키르: 바람의 군주, 195, 205, 215
애델라스 블랙무어, 32 – 33, 34
어둠괴철로 도시, 116, 118, 196
어둠달 골짜기, 14 – 15, 95, 142 – 143, 156
어둠땅, 19, 175
어둠의 문, 11 – 12, 14 – 16, 22 – 23, 29, 37 – 38, 57, 80, 114, 120, 140, 142 – 143, 151 – 152, 157, 174, 195
언더시티, 101 – 102, 180 – 181
얼어붙은 왕좌, 18, 30 – 31 39, 91, 94, 98, 100, 103, 171, 174, 178, 186 – 187
얼음왕관 성채, 18, 40 – 41, 98, 175, 177 – 178, 184 – 186, 188
에메랄드의 꿈, 25, 60, 70, 76, 81, 108 – 109, 120, 122, 188, 190, 194, 201, 207
에메랄드 악몽, 25, 109, 120, 122 – 123, 188, 190, 213 – 214
에이그윈, 37 – 39, 164, 167
엑소다르, 144, 149
여왕 아즈샤라, 69, 86, 109, 205
역병지대, 58 – 59, 60, 84, 94, 101 – 102, 127, 130, 172, 188
영원의 샘, 38, 45, 57, 69 – 70, 75 – 76, 80, 86, 138
오그리마, 110 – 111, 113, 121 – 122, 128 – 129, 151, 167, 216 – 217
오그림 둠해머, 20 – 22, 34 – 35, 46, 111, 121
오닉시아, 22, 25, 115, 164 – 166, 204
오로스, 140 – 141, 144, 149
오스마르 가리토스, 90, 93 – 94, 100 – 101
요그사론, 25, 163, 170, 181 – 183, 188, 194
용맹의 원정대, 174
용아귀, 19 – 20, 22 – 23, 199, 208
울다만, 56, 59
울두아르, 40 – 41, 163, 181 – 183, 185
울둠, 183, 205, 207, 216 – 217
은빛 성기사단, 27, 36, 48, 101, 174
은빛 여명회/은빛십자군, 103, 127, 130 – 131, 172, 174, 184 – 186
의지의 용광로, 163, 181 – 183
이볼타르, 120
이세라, 19, 23, 25, 69, 122, 190, 194, 210 – 212
인시네라투스, 198
일리단 스톰레이지, 69, 76 – 78, 85 – 87, 90 – 99, 136 – 141, 144, 146 – 153, 156 – 158
자르지라, 53
자비우스, 109, 190
잔달라, 123, 128 – 129, 209, 216 – 217
장가르 습지대, 14 – 15, 136 – 137, 142 – 143, 153 – 154, 156
재스터 갤리윅스, 203
저주받은 자들의 교단, 30, 37, 39, 44
전쟁노래, 19, 32, 34, 53, 68, 71, 73 – 74, 174
점술가 길드, 141, 144, 159
정령계, 118, 194 – 195, 199 – 200, 205, 215, 220
제라, 12 – 13
제이나 프라우드무어, 27 – 28, 45 – 46, 48, 50, 64 – 68, 73 – 74, 80, 111 – 112, 164, 166 – 167, 180
줄, 209
줄구룹, 123 – 124, 128 – 129, 216 – 217
줄아만, 158, 216 – 217
줄진, 158
지옥불 성채, 13 – 15, 136, 142 – 143
초갈, 26 – 27, 86, 104, 123, 125, 162 – 163, 166 – 167, 194, 199, 208, 210
카드가, 12 – 13, 57, 104, 140 – 141, 156
카자크, 66, 151 – 152
카트라나 프레스톨, 25, 36, 115, 164, 166
칼란드리오스, 198
칼렉고스, 103 – 104, 160, 210, 213 – 214, 218
캘타스 선스트라이더, 88, 90, 93 – 97, 103, 137 – 141, 144 – 146, 149 – 151, 156 – 159
케른 블러드후프, 67, 113, 150 – 151, 195 – 197, 198, 211
케잔, 203, 216 – 217
쿠엘투자드, 29 – 31, 37, 39, 44, 46 – 47, 57 – 58, 64 – 66, 84, 101, 103, 131, 175
코리알스트라즈, 23, 103, 131 – 132, 177, 210 – 211, 214
쿠르드란 와일드해머, 12 – 13, 156
쿠엘탈라스, 27, 34, 40 – 41, 55, 58, 60 – 65, 88, 90, 94, 102 – 104, 113, 138 – 139, 141, 144 – 146, 150, 156, 158 – 160
쿨 티라스, 36, 40 – 41, 59, 111 – 112, 115, 128 – 129
크라서스. 코리알스트라즈 참조
크롤, 138, 149, 151 – 152
크툰, 26, 104, 123, 124 – 127, 163, 172, 181, 183, 194
키린 토, 27, 29, 36, 46, 57, 64, 90, 170, 177 – 178
킬제덴, 11, 16 – 19, 37, 39, 57, 66, 84 – 85, 91 – 92, 94, 96, 98, 136 – 140, 144 – 146, 149, 151 – 152, 156, 159, 161
타나리스, 26, 40 – 41
타레사 폭스턴, 32
태양샘, 58 – 59, 63 – 64, 88, 95, 102 – 103, 128 – 129, 138 – 139, 145 – 146, 157, 159 – 161, 166
테라드라스, 119
테라모어, 111 – 112, 115, 128 – 129, 164, 166 – 167
테레나스 메네실, 27, 36, 44 – 46, 48, 50, 55, 162, 187
텔드랏실, 109, 122, 128 – 129, 150, 190
텔레도르, 136, 142 – 143, 154
통곡의 동굴, 122
투랄리온, 12
티란데 위스퍼윈드, 69 – 71, 76, 78, 80 – 81, 85, 87, 90, 93, 190, 204
티리온 폴드링, 36, 130, 172, 174, 184, 186 – 187, 189
티콘드리우스, 17, 65 – 66, 71, 75, 77 – 78
티핀 엘레리안 린, 27
파도사냥꾼 넵튤론, 195, 205
파멸의 인도자, 101, 103, 127, 130, 172, 174, 187
파수대, 70 – 71, 76, 80, 87
판다랄 스태그헬름, 108 – 109, 122, 190, 214 – 215
포세이큰, 100 – 101, 113, 180 – 181, 188
폭풍우 봉우리, 185
폭풍우 요새, 140 – 144, 146, 149, 153, 156, 159
폴스타트 와일드해머, 23, 198
퓨트리스, 180 – 181
하늘담, 205
하이잘, 38, 40 – 41, 44, 69 – 70, 73, 75 – 81, 84, 87, 111, 138, 206 – 207, 214 – 217
학카르, 122 – 123
혈기사, 144 – 145, 159
혈투의 전장, 119 – 120, 204
혼돈의 소용돌이, 40 – 41, 128 – 129, 200, 211, 213, 216 – 217, 220
황천의 폭풍, 14 – 15, 140, 142 – 144, 146, 149, 153, 156, 159
황혼의 고원, 199, 208, 210, 216 – 217
황혼의 망치단, 26 – 27, 104, 123, 125, 162 – 163, 167, 194, 199 – 200, 205, 207 – 208, 210 – 211, 213 – 214, 220
황혼의 시간, 26, 123, 125, 162 – 163, 194 – 195, 205, 208, 211 – 212, 218 – 220
황혼의 아버지, 베네딕투스 참조
흐르는 모래의 홀, 127
희망의 빛 예배당, 128 – 131, 172 – 174, 184

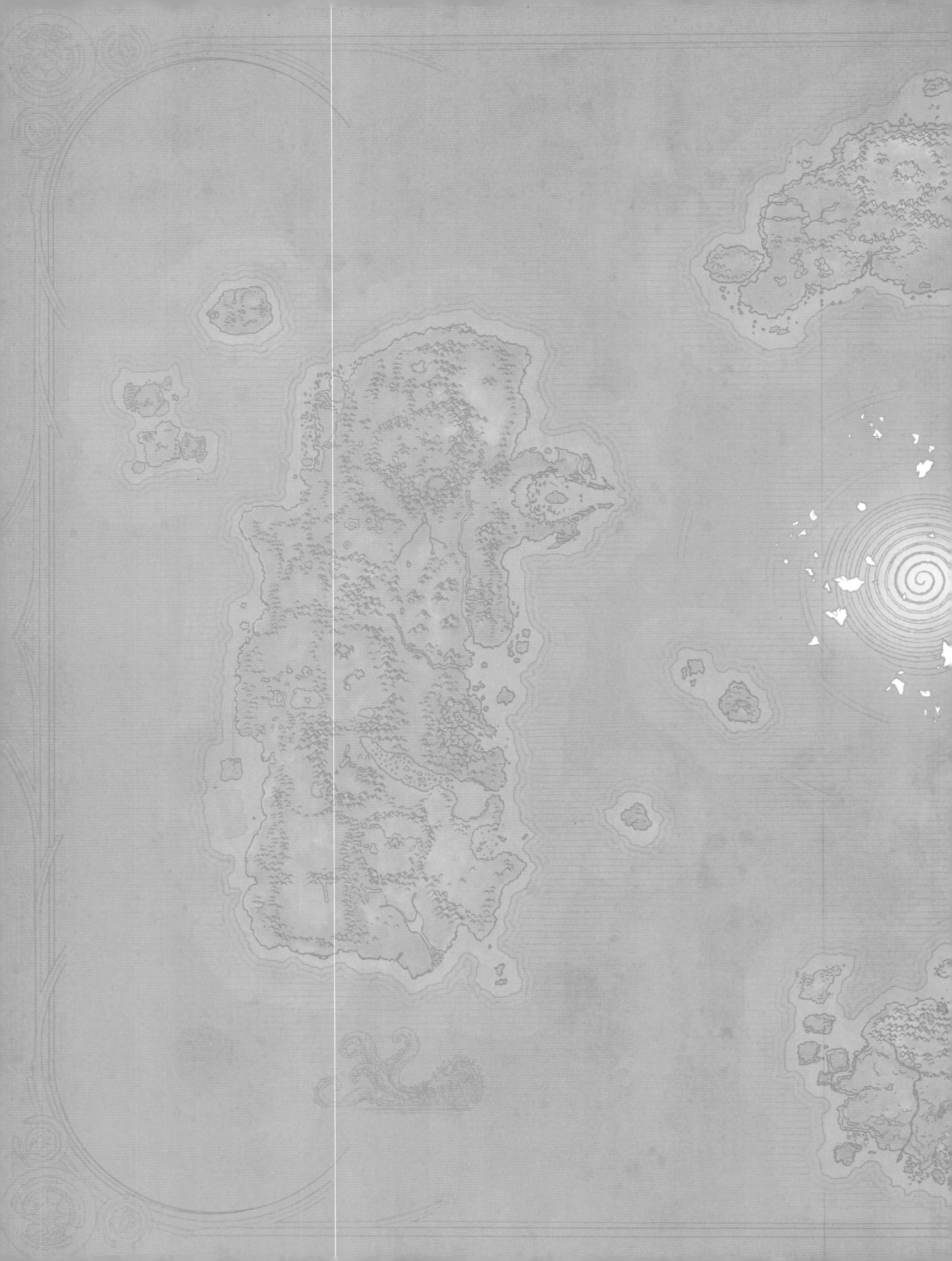